Le bal des poignards

*

LA DAGUE AU LYS ROUGE

La liste des ouvrages
du même auteur
figure en fin de volume

Juliette Benzoni

Le bal des poignards

*

LA DAGUE AU LYS ROUGE

Plon
www.plon.fr

ISBN : 978-2-259-21198-7

PREMIÈRE PARTIE

UN CADEAU ROYAL

1

Les bagages de l'ambassadeur

Debout sur le château arrière de la galère, les bras croisés sur sa poitrine retenant les plis de son ample cape noire, Lorenza regardait approcher Marseille sans aucune joie mais cependant avec un certain soulagement. Le voyage depuis Livourne lui avait paru interminable. En effet, par crainte des pirates barbaresques qui infestaient la Méditerranée même après leur défaite à Lépante en 1571, les trois navires florentins avaient longé la côte au plus près afin de s'assurer constamment un refuge facile. C'est ainsi que l'on avait fait escale à Portofino, Gênes, Alassio, San Remo, Antibes et Toulon. Ce cabotage peu glorieux présentait au moins l'avantage de se procurer des vivres frais et de reposer la chiourme.

Cette dernière avait été mise à rude épreuve à cause d'une absence quasi totale de vent, une rareté en septembre. Impossible de hisser une voile et les quelque cent vingt rameurs, esclaves, condamnés ou prisonniers turcs enchaînés par trois aux quarante longues pales rouges érodées par le sel, avaient trimé sans relâche, leurs dos nus brûlés par le soleil et parfois déchirés par les coups de fouet des comites. En dépit des seaux d'eau de mer dont on les arrosait, leur odeur pouvait être insupportable même avec les boules de senteur dont usaient les passagers. Et encore, ceux de Florence, et ceux des chevaliers de Malte n'étaient-ils pas les plus mal traités parce qu'un galérien solide valait mieux – surtout dans les combats ! – qu'un être épuisé par la faim ou les mauvais traitements. Pourtant, leur vue n'en était pas moins pénible à Lorenza et elle ne sortait sur le haut pont qu'à proximité d'un port.

Ce soir, c'était la toute première fois qu'elle se trouvait seule sur le château arrière. Ser Filippo Giovanetti, ambassadeur en France du grand-duc Ferdinand de Médicis, à qui elle était confiée, ne manquait jamais de l'accompagner et veillait avec le plus grand soin à ce que le manteau et la capuche l'enveloppent entièrement, et ne laissent libre que son visage :

— Vos grands yeux noirs sont déjà bien suffisants pour ajouter aux regrets, donc aux souffrances de cette misérable horde, expliquait-il. L'éclat de votre superbe chevelure d'or fauve pourrait les rendre fous !

Elle remerciait d'un petit sourire machinal cette curieuse preuve de charité chrétienne. S'il avait osé l'affubler d'une paire de bésicles il n'y aurait sûrement pas manqué mais, en ce dernier jour, une violente migraine terrassait cet homme – charmant au demeurant ! – et le tenait cloué au lit en compagnie de son médecin qui lui posait des compresses froides sur les yeux. Cette occupation enchantait ce disciple de Galien : elle le changeait des heures passées au chevet de donna Honoria, tante détestée mais chaperon obligé de la jeune Lorenza, et dont le mal de mer s'était emparé dès qu'elle avait posé le pied sur la galère. Un malaise que les effluves ambiants n'arrangeaient pas. Le résultat était désastreux : acariâtre et malveillante à l'état normal, la grosse dame atteignait des sommets dans les criailleries, entrecoupant ses nausées de malédictions et d'injures. Aussi les escales avaient-elles été les bienvenues mais, en dehors de ces heures bénies, Valeriano Campo, le médecin, se risquait à faire ingurgiter à sa « patiente » du vin additionné d'un peu de poudre d'ellébore qui la calmait un moment pour la rendre plus malade ensuite. Elle pleurait alors comme une fontaine en jurant de faire jeter au bûcher cet assassin dès que l'on aurait touché terre !

Enfin on y était. Tandis que les trois galères traçaient leur chemin entre des îles roussies de soleil dont l'une portait la tour mélancolique d'une petite citadelle, Lorenza admettait que sa première découverte d'un pays où elle passerait peut-être le reste de ses jours aurait pu être pire encore. Posée comme une couronne sur le bleu intense de la mer, Marseille, avec ses maisons étroites et colorées dégringolant d'une montagne ornée en son sommet d'une chapelle et d'un fortin, jusqu'à son port dessiné naturellement par l'embouchure du fleuve Lacydon au bord duquel s'ancraient les puissantes murailles de ses remparts, ressemblait à l'une de ces vignettes dont les moines ornaient encore leurs précieux manuscrits. Le paysage de Provence alentour ne différait guère de ceux que la jeune voyageuse avait connus jusque-là.

C'était, après tout, de bon augure même si l'ambassadeur ne lui avait pas laissé ignorer que le chemin serait long entre cette ville écrasée de soleil et Paris, la capitale du roi Henri IV où se nouerait son destin, où elle allait devenir une autre et porter un nom dont elle préférait ne pas se souvenir parce qu'il désignait ce qu'elle serait désormais : un pion sur l'échiquier politique de Ferdinand de Toscane, son oncle de la main gauche.

Pour l'heure présente, elle s'appelait encore Lorenza Davanzati. Sa mère, Madalena, morte quand elle avait quatre ans, avait été une Médicis, fille bâtarde mais reconnue du premier Cosme à avoir coiffé la couronne grand-ducale de Toscane. Son père, Bernardo Davanzati, mort du chagrin d'avoir perdu sa belle épouse, faisait remonter son origine loin dans la suite des siècles et laissait une grande fortune que la banque Médicis gérait avec une loyauté exemplaire. Ce qui n'était pas si fréquent à l'époque...

A l'exception des deux fils légitimes de Cosme, François et Ferdinand, qui s'étaient succédé sur le trône de Florence, il ne restait à l'orpheline que deux parents, un oncle, Jean de Médicis, autre bâtard de Cosme... et sa tante, Honoria Davanzati. Aussi laide que désagréable, elle était demeurée vieille fille en dépit de la rente confortable inscrite dans le testament de son frère, assortie, naturellement, de l'autorisation de résider dans le palais familial et la villa de Fiesole pour elle et ses éventuels époux et descendants. Malgré ces avantages alléchants, aucun prétendant n'avait tenté l'aventure.

Sagement, Ferdinand et son épouse Christine de Lorraine, élevée à la cour de France par sa grand-mère Catherine de Médicis, avaient confié l'éducation de la petite Lorenza au couvent des Murate[1] où Catherine elle-même avait longuement séjourné. Seul le nom était sinistre, l'enfant s'y était trouvée bien. Le vaste jardin des bords de l'Arno était magnifique et les religieuses, qui ne cessaient de se chamailler, essentiellement distrayantes outre qu'elles n'étaient pas sans culture, loin s'en fallait. Lorenza avait beaucoup appris chez elles et surtout elle y avait trouvé l'affection de Mère Maria-Annunziata, la supérieure, parce qu'elle ressemblait à la petite fille que celle-ci avait perdue avant d'entrer en religion. C'était une Strozzi – l'une des plus nobles maisons de Florence – et quand Lorenza atteignit ses seize ans, elle songea à lui faire épouser l'un de ses neveux, Vittorio, qui en avait deux de plus. Il lui semblait en effet qu'ils formeraient le plus beau des couples et qu'ils étaient faits pour s'entendre. En outre, les deux jeunes gens étaient égaux sur le plan de la fortune et l'on aurait au moins l'assurance que celle de Lorenza n'irait pas courir l'aventure en dehors de la ville du lys rouge...

La Mère s'en était ouverte à la grande-duchesse Christine à laquelle la liait une solide amitié. Cette dernière en avait parlé à son époux et, trois mois

1. Les emmurées.

environ avant que les galères ne quittent Livourne, Lorenza échangeait sa cellule aux Murate pour une chambre au palais Pitti[1] et rencontrait Vittorio au cours d'une de ces fêtes nocturnes dont Florence avait le secret.

Une habile stratégie les avait menés à se trouver l'un en face de l'autre près du bassin d'une fontaine dont le jet d'eau fusait vers le ciel en gerbe scintillante avant de laisser retomber ses gouttes cristallines. Lorenza avait vu venir vers elle un garçon beau comme un ange blond. Des traits fins composaient le visage le plus aimable et le plus souriant qui soit, et il portait avec élégance, à défaut d'une paire d'ailes, un pourpoint richement brodé d'argent du même bleu que ses yeux. De son côté, le jeune homme n'avait pas caché son éblouissement devant celle qu'il crut un instant la divinité du jardin, si rayonnante de jeunesse dans une robe de satin blanc d'une simplicité voulue afin de mieux mettre en valeur la splendeur d'une somptueuse chevelure d'or traversée d'éclairs de feu, retombant en boucles soyeuses à la hauteur des reins, mais retenue autour du front par une couronne de lauriers d'or, d'émeraudes et de perles. Le contraste avec les longs yeux noirs légèrement étirés vers les tempes et qui le regardaient en souriant était frappant.

1. Le palais porte toujours le nom de son constructeur mort en exil en 1445, bien que celui-ci n'ait réalisé que le rez-de-chaussée. Le grand-duc Cosme l'avait achevé en lui adjoignant les jardins Boboli. Une légende tenace disait d'ailleurs que Luca Pitti était enterré dans les fondations et que le palais portait malheur.

Trop ému pour parler, il avait mis genou en terre :

— Etes-vous réelle ou serais-je en train de rêver ?

— Nous ne rêvons ni l'un ni l'autre, dit-elle gaiement. Je vous prenais bien pour un ange !

Le grand-duc avait annoncé leurs fiançailles le soir même tandis que les pluies d'étoiles d'un feu d'artifice embrasaient le ciel... Le mariage – pourquoi attendre puisqu'il s'annonçait sous d'aussi heureux auspices ? – devait avoir lieu un mois après... Mais la veille, les soldats du Bargello[1] découvraient, peu avant l'aube, le corps sans vie de Vittorio, un poignard planté dans le cœur...

La grande-duchesse Christine s'était chargée de prévenir Lorenza. Elle l'avait trouvée plongée avec Bibiena, qui avait été sa nourrice, dans la plus agréable des occupations : elle surveillait le rangement de son trousseau dans les coffres en bois de santal avant le transport au palais Davanzati où le jeune couple devait vivre. Après que le mariage eut été décidé, des équipes d'ouvriers s'étaient relayées afin de rafraîchir cette belle demeure inoccupée depuis tant d'années sauf par la tante Honoria, laquelle s'était hâtée de se transporter à Fiesole non sans emplir l'air de ses protestations indignées – et d'autant plus malvenues qu'on ne devait pas toucher à son appartement.

Couturières, brodeuses, lingères, chausseurs et bijoutiers s'activant au même rythme que les artisans du palais, la chambre de Lorenza ressemblait à une caverne des *Mille et Une Nuits*. La jeune fille

1. Le fonctionnaire chargé de la police.

elle-même, en train de respirer le bouquet de fleurs que son fiancé lui envoyait chaque jour, était l'image de la joie de vivre. Un rai de soleil faisait scintiller la grande émeraude carrée que Vittorio avait glissée à son doigt et le cœur de Christine se serra en pensant qu'elle s'apprêtait à éteindre d'un seul coup cette gaieté et faire pleurer les beaux yeux de la jeune fille...

Blonde, avec un visage plein, la grande-duchesse ressemblait indéniablement à sa redoutable grand-mère dont elle avait hérité les mains et les jambes admirables mais elle possédait aussi une grâce, une vivacité et un cœur compatissant qui n'avaient jamais été le fait de la reine Catherine. Alors que Lorenza s'inclinait pour baiser sa main, elle la releva pour la prendre dans ses bras et la faire asseoir auprès d'elle sur le lit couvert de brocart bleu :

— Tu aimes beaucoup ton fiancé, n'est-ce pas ?

— Comment pourrait-il en être autrement ? Il est tellement charmant ! s'écria-t-elle, rieuse.

— Sans doute, mais pourrais-tu envisager de vivre sans lui ?

Lorenza, soudain sérieuse, fronça les sourcils :

— Je ne sais pas puisque je n'ai jamais vécu avec lui. Mais... m'apporteriez-vous une nouvelle fâcheuse, Madonna ?

Christine se rendit compte qu'elle comprenait vite et que le mieux serait de ne pas tourner autour du pot. L'enfant était de qualité, elle le savait :

— Pire que cela, et il va te falloir du courage. Vittorio est mort cette nuit. Il a été assassiné.

Elle sentit la jeune fille se raidir contre elle mais sans un cri, sans une larme. Elle pleurerait sans doute plus tard. Lorenza se contenta de répéter :

— Assassiné ?... Mais pourquoi ? Mais comment ?

— Pourquoi ? Personne n'en sait rien encore. Comment ? Un coup de poignard au sortir du palais Ricci où l'on venait d'enterrer joyeusement sa vie de garçon. D'après le Bargello il n'a pas dû souffrir. Le meurtrier n'a porté qu'un seul coup dans le dos mais il a atteint le cœur.

— Dans le dos ? Alors c'est un lâche ! fit Lorenza avec dégoût. Vittorio ne méritait pas cela !

Elle s'était levée pour aller vers la fenêtre ouverte sur les beaux jardins où ils s'étaient rencontrés, passant devant Bibiena qui, elle, pleurait à gros sanglots, et entamait même le lamento accompagné de coups sur la poitrine comme des mea culpa, rituel chez les femmes du peuple. Lorenza lui mit dans les mains les fleurs qu'elle tenait toujours :

— Va les porter à la chapelle ! Moi je ne veux plus les voir !

Et elle resta là, immobile, devant l'admirable décor d'arbres, de plantes, d'eaux vives et d'œuvres d'art, incapable de faire un geste, incapable de pleurer. Ce qu'elle éprouvait était moins une douleur qu'une bizarre impression de vide. Elle ne souffrait pas mais c'était comme si le monde venait de perdre ses couleurs, ne laissant qu'une grisaille trouble. L'ange blond, ses rires, ses baisers, les chansons qu'il composait pour elle, avait emporté vers le ciel les rêves de celle qui lui avait donné sa main et promis d'être à lui ! Que dire de plus ?

En s'approchant de la jeune fille pour l'embrasser, Christine vit que des larmes silencieuses glissaient vers les coins de ses lèvres sur un visage totalement immobile. Alors elle lui caressa la joue et se retira...

Dans les jours qui suivirent, Lorenza ne quitta pas sa chambre, suivant en cela les conseils de la grande-duchesse qui souhaitait lui éviter les condoléances plus ou moins hypocrites de la Cour. En vérité, elle ne savait plus que faire de sa personne. Regagner le palais Davanzati sans Vittorio lui causait une répugnance. La vie aurait pu être si gaie, si insouciante avec ce charmant compagnon ! Comment surtout s'accommoder de la présence d'Honoria qui ne manquerait pas d'accourir afin de jouer avec jubilation un rôle de porte respect qui n'avait plus sa place chez les Médicis et Christine – qui la détestait ! – lui avait déclaré sans ambages qu'elle-même suffirait à la tâche. Elle aurait aimé se retirer à Fiesole à condition d'y être seule. Cela voulait dire convaincre la tante de déménager vers le *lungarno*[1] familial, ce qui relevait de l'utopie. Alors ? Retourner aux Murate ? Si cher que lui fût le couvent de son enfance, Lorenza n'avait nulle envie d'y faire profession ou seulement de s'y installer *ad libitum* dans un rôle de demi-veuve qu'elle refusait. A mesure que coulaient les heures, elle découvrait que si la perte de son fiancé lui causait une lourde

1. Quai de l'Arno.

peine elle ne la plongeait pas dans le désespoir générateur des renoncements héroïques. Le jour où l'on avait porté Vittorio en terre, elle avait rendu au père du jeune homme l'émeraude dont elle avait été si fière et qu'elle avait portée si peu de temps. En un mot, elle avait encore le désir de vivre mais où... mais comment ?

Elle en était à ce point de ses réflexions quand un chambellan vint l'informer que le grand-duc désirait lui parler. Elle le suivit sans poser de questions auxquelles il n'aurait certainement pas répondu. C'était un homme imbu de sa dignité qui ne déplaçait sa vaste personne qu'avec une lenteur solennelle à laquelle il lui fallut bien se plier pour traverser les somptueux appartements du palais – salles de l'Iliade, de Saturne, de Jupiter, de Mars, d'Apollon et de Vénus – et atteindre enfin la salle des Perroquets où, devant un portrait de la duchesse d'Urbino par le Titien, le grand-duc examinait un remarquable bronze de Giambologna que l'on venait de lui livrer.

A cinquante-neuf ans, Ferdinand de Médicis était un homme corpulent doué d'une incontestable majesté due peut-être aux années qu'il avait passées sous la pourpre cardinalice. En effet, second fils de Cosme Ier, il était monté sur le trône à la suite de la mort tragique de son frère François, empoisonné avec sa seconde épouse, Bianca Capello, celle que les Florentins avaient surnommée la Sorcière de Venise et à laquelle ils ne pardonnaient pas la mort de Jeanne d'Autriche, la première femme. Jusque-là, Ferdinand avait mené à Rome une existence fastueuse de mécène éclairé dans l'admirable villa Médicis qu'il avait fait construire. N'ayant jamais été ordonné prêtre, il avait pu envoyer aux orties la soutane rouge pour convoler avec Christine de Lorraine.

Sous ses cheveux gris coupés court, le visage massif du grand-duc, embelli par l'éclat des yeux magnifiques des Médicis, allongé par une courte barbe et des moustaches tombantes, se fit plus souriant pour relever la jeune fille qui avait plongé dans sa révérence et la faire asseoir avec autant de sollicitude que si elle eût été une fragile porcelaine :

— Comment va ton cœur, Lorenzina mia ? s'enquit-il avec bonté.

Elle leva sur lui un regard désolé :

— En vérité, je ne sais, Monseigneur. Je me sens désorientée... perdue même. C'est comme dans un rêve. J'étais dans un jardin de roses, plein de parfums et de musique, et en me réveillant je me suis retrouvée dans un lieu obscur, triste et froid. Je ne sais plus où j'en suis, ajouta-t-elle avec franchise.

— C'est trop naturel mais si j'ai parlé de ton cœur c'est pour savoir si la mort de ton fiancé l'a brisé ou s'il peut battre encore ?

— Cela non plus je ne le sais pas. J'étais heureuse auprès de lui mais j'ignore si ce que j'éprouvais était vraiment l'amour. Peut-être ne l'ai-je pas connu assez longtemps ?

— Je préfère cela. Nous redoutions, la grande-duchesse et moi, que tu ne viennes nous demander de te faire nonne... bien que ce puisse être une solution.

— Je ne comprends pas.

— Tu vas comprendre. Lorsque j'ai retrouvé le corps de Vittorio, l'arme qui l'a tué avait fixé ceci sur lui.

Dans un des tiroirs d'un cabinet d'ébène et d'ivoire, Ferdinand prit un petit rouleau de papier et un poignard dont la vue inspira un mouvement de recul à la jeune fille.

— Est-ce avec cette arme ?...

— Oui. Comme tu peux le constater, c'est une très belle dague – la garde s'ornait en effet d'une fleur de lys en rubis – et celui qui l'a ainsi abandonnée doit être un homme riche, puissant aussi – ou qui veut le faire croire ! – puisqu'il a osé signer son crime de l'emblème de notre cité. Lis maintenant son message !

Avec stupeur, la jeune fille déchiffra : « Quiconque osera prétendre à la main de Lorenza Davanzati recevra la mort de ma main. » Pas de signature sur cette espèce de déclaration de guerre qui eut sur Lorenza une action répulsive. Elle se hâta de la rendre :

— C'est un fou, je pense, fit-elle avec dégoût. Qu'importe ses menaces d'ailleurs puisque je ne me marierai jamais !

— Tu es bien jeune pour en juger. Ils sont nombreux ceux qui, ici même, enviaient ton promis ! Reste à savoir lequel est capable de ne pas reculer devant le crime pour t'avoir...

— Moi ou ma fortune ? Quoi qu'il en soit je ne veux pas les connaître. Après Vittorio, aucun ne saurait me plaire !

— Cela peut changer ! Tu es si jeune ! Jusqu'à ce jour on a respecté ton chagrin mais je peux te prédire que l'émulation va être rude parmi les jeunes hommes de la Cour… et les moins jeunes peut-être !

— Ceci pourrait être dissuasif ? répondit la jeune fille en désignant l'arme.

— Tous les Florentins ne sont pas des lâches. En outre, tu es trop belle pour ne pas susciter des passions suffisamment fortes pour braver cet assassin. Je ne te cache pas que cela me soucie ! On a le sang chaud chez nous : des troubles pourraient se produire.

— Pourquoi ne pas d'abord chercher l'assassin ?

— Le Bargello s'y emploie et il ne manque pas de finesse. Les Strozzi aussi d'ailleurs mais les investigations peuvent demander du temps et…

— Pardonnez-moi, Monseigneur, mais ne serait-il pas plus simple que Votre Altesse me fasse entendre clairement ce qu'elle attend de moi et que je crois deviner : que je me retire aux Murate… et n'en sorte plus ?

— Non !… Pas du tout ! Je souhaite au contraire que tu te maries ! Mais pas à Florence !

— Où donc alors ?

— En France ! Et tu apporterais à notre politique étrangère une aide précieuse.

— Moi ?

— Eh oui ! Laisse-moi t'expliquer. Filippo Giovanetti, notre ambassadeur auprès du roi Henri IV, est revenu quelques jours avant la mort de ton fiancé, envoyé par la reine Marie, notre nièce et ta marraine. En un mot, elle appelle au secours !

— Au secours ? La Reine ? Mais de quoi est-elle menacée ?

— De répudiation. Le roi Henri serait décidé à nous la renvoyer parce qu'il ne peut plus supporter son mauvais caractère !

— Après tout ce temps ? Ne lui a-t-elle pas donné d'enfants ?

— Quatre ! Le dernier est né au printemps. Il n'empêche qu'il ne veut plus d'elle parce qu'elle fait de sa vie un enfer !

— Il aura été long à s'en apercevoir !

Huit ans plus tôt, en effet, Henri IV, roi de France et de Navarre, avait épousé Marie de Médicis, nièce de Ferdinand, réalisant ainsi la meilleure affaire de sa vie. Après la mort d'Henri III, le dernier Valois qui l'avait courageusement désigné comme son successeur, il avait dû conquérir son royaume à la pointe de l'épée. D'autant plus durement qu'il était protestant et que les guerres de Religion faisaient encore rage. Il ne s'était converti que devant Paris[1] mais sur le plan financier la banque Médicis ne lui avait jamais fait défaut. Depuis Laurent le Magnifique et Louis XI, l'amitié liant Florence à la France avait perduré, cimentée par le mariage d'Henri II avec Catherine de Médicis et celui de Ferdinand avec Christine. En outre, la dot de Marie avait de quoi faire rêver un monarque impécunieux : 600 000 écus alors qu'il en devait

1. « Paris vaut bien une messe ! »

déjà les deux tiers au grand-duc de Toscane ! Mais tout s'était arrangé au mieux et, en 1600, Marie partit pour Paris, escortée d'une suite imposante, avec un véritable trésor. Même la galère qui la portait était incrustée de pierres précieuses ! On devine l'effet sur les Marseillais et la traînée de poudre qui précéda la nouvelle reine au long de son chemin ! On annonçait une nouvelle de reine de Saba. Elle fut follement acclamée.

Tout cela Lorenza le savait comme le reste du pays, les murs d'un couvent étant plus perméables que l'on ne pourrait le supposer. Elle avait d'ailleurs assisté au mariage par procuration au Duomo[1]. Elle n'était à cette époque âgée que de neuf ans mais le faste déployé l'avait impressionnée. Sa marraine devenait une grande reine et voilà que maintenant on voulait la renvoyer comme une servante qui a cessé de plaire ? C'était intolérable et elle le dit, ajoutant que cela n'arriverait pas parce que le pape ne le permettrait pas ! Ferdinand sourit :

— Je ne crois pas que ses foudres pourraient arrêter Henri. Il s'est fait catholique du bout des lèvres et il n'y a pas si longtemps qu'un roi d'Angleterre, Henri VIII, a plongé son royaume dans le schisme afin de se débarrasser de son épouse, Catherine d'Aragon, pour convoler avec une jolie fille de sa cour, Anne Boleyn, qui lui avait mis le feu au sang !

— Et le roi de France a le feu au sang ?

1. Santa Maria dei Fiori, la cathédrale de Florence.

— C'est chez lui un état permanent. On ne compte plus ses maîtresses et il leur permet trop souvent d'exercer sur lui une influence déplaisante. Avant d'épouser Marie, il était passionnément épris d'une très belle jeune fille, Gabrielle d'Estrées, qui lui a donné trois enfants, reconnus, et dont il aurait légalisé la situation si elle n'était morte fort opportunément la veille de la célébration du mariage.

— Par le poignard ?

— Non, un accouchement difficile et le poison... Henri l'a beaucoup pleurée... jusqu'à ce qu'il en rencontre une autre : Henriette d'Entragues dont il a fait une marquise de Verneuil, moins belle peut-être mais plus séduisante parce que bourrée d'esprit et sachant le manier avec une habileté diabolique. Il lui avait même signé une promesse de mariage – alors que les pourparlers d'union avec ma nièce étaient déjà engagés ! – si elle lui donnait un fils dans l'année. Par bonheur, l'enfant n'a pas vécu et Henri a épousé Marie. Depuis, il ne cesse d'aller de l'une à l'autre et les deux femmes se haïssent ouvertement. Marie accable Henri de scènes épouvantables oubliant un peu trop souvent qu'il est le Roi et le ministre Sully passe son temps à jouer les bons offices et à les réconcilier mais, cette fois, Marie a dépassé les bornes et Henri veut s'en débarrasser. On vient de me faire savoir qu'il a écrit au pape en ce sens. Voilà où nous en sommes !

Le grand-duc ayant terminé l'exposé de la situation, un silence s'ensuivit que Lorenza employa à assimiler ce qu'elle venait entendre. Enfin, elle se risqua :

— Monseigneur, je suis flattée de la confiance que Votre Altesse me témoigne en me racontant ces faits mais je ne vois pas en quoi je pourrais le servir ? A moins que...

Elle ne put réprimer une grimace qui en disait plus long qu'un discours et Ferdinand éclata de rire :

— Si tu t'imagines que je veux t'envoyer séduire le roi de France, tu te trompes, Lorenza mia. Je respecte le sang qui nous est commun !...

A ce moment, les portes s'ouvrirent à deux battants pour livrer passage à la grande-duchesse visiblement préoccupée. Ferdinand fronça le sourcil mais n'en alla pas moins à sa rencontre, lui offrit la main et la mena à son fauteuil. Christine l'en remercia d'un léger sourire :

— Pardonnez-moi cette intrusion, mon seigneur époux, mais j'apprends que vous avez fait mander Lorenza. Vous savez qu'elle m'est chère et...

— ... et j'aurais dû vous inviter à l'accompagner ! Soyez sans crainte, je ne lui ai encore rien dit de très important sinon les raisons pour lesquelles nous pouvons craindre une rupture de nos bonnes relations avec la France.

— Et le retour de cette chère Marie, reprit Christine qui ne devait pas apprécier particulièrement la reine de France si l'on en jugeait l'expression peu enthousiaste qu'elle ne parvenait pas à dissimuler. Ce sera notre tour de vivre l'enfer et peut-être faudrait-il songer à une résidence... un peu éloignée ?

Le grand-duc se mit à rire :

— Je n'ai pas plus envie que vous de la voir revenir mais nous pensons avoir trouvé un moyen, Giovanetti et moi... si toutefois Lorenza veut bien s'y prêter ? ajouta-t-il en se tournant vers la jeune fille.

— S'il ne s'agit pas d'essayer de séduire le Roi, fit celle-ci, toujours méfiante.

— Dans un sens, si, mais pas comme tu l'entends. En deux mots, je voudrais te marier au fils du marquis Hector de Sarrance qui est peut-être son plus ancien compagnon de guerre, un fidèle ami et son conseiller le plus écouté avec son ministre Sully. Or, jusqu'à présent, la reine Marie et Sarrance sont à couteaux tirés : toujours ce fichu caractère ! Et c'est dommage parce que le gentilhomme déteste la marquise de Verneuil...

— Et vous estimez qu'en unissant Lorenza à son fils...

— En mariant la filleule de Marie à son fils ! rectifia Ferdinand. Oui, je suis persuadé – et Giovanetti aussi – que Sarrance ne pourrait faire autrement que plaider la cause de la souveraine auprès de son époux... Et cela avec d'autant plus d'allégresse que l'argent compte énormément pour lui !

— Il est pauvre ? demanda Christine.

— Pas tout à fait, bien que le Roi ne soit guère généreux envers ses amis. Mais avare, oui ! Ta fortune, Lorenza, a de quoi faire rêver !

— Et vous voulez que j'épouse le fils d'un tel homme ? protesta la jeune fille. S'il ressemble à son père...

— Non. Absolument pas ! Je le crois digne de toi, Lorenza : jeune, beau, vaillant, fier et d'une compagnie des plus agréables d'après notre ambassadeur... Je pense sincèrement que tu pourrais être heureuse tout en sauvant de la honte ta marraine et notre alliance ! Enfin... ce pourrait être salutaire d'oublier ce détail, précisa-t-il en reprenant la dague au lys rutilant. Cet assassin veut que Lorenza et sa fortune restent à Florence. La comtesse de Sarrance devenue française mais dont notre banque continuera à gérer la majeure part des biens, l'intéressera moins !

— Vous êtes gracieux, vous ! répliqua la grande-duchesse. Elle est assez belle pour inciter n'importe quel homme à la folie !

— Sans nul doute mais les passions s'éteignent avec le temps. Pas celle de l'or. Voilà, Lorenza, tu as en main les données du problème. Si tu ne souhaites pas un autre destin, veux-tu te dévouer au service de Florence... et, je te le répète, avoir une chance d'être heureuse ?

Heureuse ? La jeune fille ne pensait pas que ce fût encore possible mais la perspective d'horizons différents et d'une vie nouvelle éveillait sa curiosité et l'éventualité de ne pas finir ses jours entre les quatre murs d'un couvent la tentait. Après tout, c'était une réponse valable aux questions qu'elle ne cessait de se poser. Elle accepta :

— A une condition, cependant, si Votre Altesse veut bien me le permettre...

Ferdinand releva un sourcil. Il n'aimait pas beaucoup les conditions :

— Laquelle ?

— Je voudrais emporter cet objet, fit-elle en désignant la dague aux rubis. Il me semble que là où je vais, je pourrais en avoir besoin...

— La cour de France n'est pas un coupe-gorge ! s'exclama Christine, peinée...

— Loin de moi cette idée, Madonna ! Il y a des armes dans chacune de nos demeures mais si je réclame celle-ci, qui me faisait horreur avant mon consentement, c'est parce que j'ai le sentiment que le sang de Vittorio me protégera.

— Elle est à toi, conclut le grand-duc en la lui tendant.

Quelques jours plus tard, Lorenza quittait Florence en compagnie de l'ambassadeur... Ce dernier était pourtant venu par voie de terre et le plus vite possible mais le grand-duc souhaitait donner au voyage de sa nièce un certain apparat tout en protégeant autant que faire se pourrait les coffres de sa dot.

Malheureusement, il avait fallu embarquer aussi la tante Honoria. Celle-ci l'avait exigé, revendiquant hautement son droit de chaperonner sa nièce comme le voulaient les convenances au lieu de laisser celle-ci courir les mers « dans les bagages » de Giovanetti. En outre, elle désirait revoir la reine Marie qu'elle avait connue enfant et prétendait « aimer beaucoup », ce qui faciliterait les premiers contacts. Devant le manque d'enthousiasme de Lorenza, elle avait menacé de la précéder, par les chemins de terre ferme, pour annoncer elle-même sa venue.

— Dieu sait ce qu'elle pourrait raconter ! avait expliqué la grande-duchesse à la jeune fille révoltée. J'aurais aimé t'accompagner moi-même et revoir ma famille mais c'est impossible. Quant à Honoria, à moins de l'enfermer – et sous quel prétexte ? – on ne peut l'empêcher d'aller à Paris. Souhaitons seulement qu'elle ne provoque pas de catastrophe avant que ton futur époux refuse de s'en encombrer et nous la renvoie. Ce qui serait préférable pour toi.

Il avait bien fallu en passer par là et Lorenza avait alors redouté la longue cohabitation du voyage mais, grâce à Dieu, le mal de mer, en clouant la dame dans son lit, l'avait débarrassée de sa présence. Elle allait la saluer matin et soir et pour le reste, Bibiena, dont rien ne pouvait entamer la bonne humeur, s'en chargeait avec l'aide du médecin car, bien entendu, Nona, la vieille camériste d'Honoria, était aussi malade que sa maîtresse.

Les galères allaient aborder l'entrée du port gardé de chaque côté par une tour quand Lorenza entendit derrière elle la voix de Giovanetti :

— Alors, Madonna, que vous semble la terre de France ?

Surprise, elle se retourna :

— Vous êtes guéri ?

— Comme vous voyez ! Quand on le traite avec la considération due à son savoir réel, Valeriano Campo est un excellent médecin. Votre tante s'en serait aperçue si elle s'était prêtée à ses soins autrement qu'en le couvrant d'injures.

— Il la faisait dormir, ce n'était déjà pas si mal !

— C'était uniquement pour que nous puissions en faire autant. Sinon il l'aurait peut-être laissée vomir ses tripes jusqu'au bout de ses forces. Il est un peu vindicatif, vous savez ?

— Et le fameux serment d'Hippocrate ?

— Il estime qu'il a des limites. Par exemple, quand il s'agit d'une de ces créatures qu'il considère comme une plaie pour le genre humain. Il faut admettre que donna Honoria en est une représentation fort réussie...

— La campagne ressemble à celle de Toscane et la ville paraît belle. Mais nous n'y resterons pas ?

— Non, hélas ! Paris possède aussi son charme et le Roi s'efforce de l'embellir mais le climat n'est pas le même. Il faut seulement espérer que nous y arriverons par beau temps. D'ailleurs, nous nous arrêterons avant parce que la Cour n'y sera pas.

— Où sera-t-elle ?

— A Fontainebleau, à la chasse, je pense. Je vous signale que le palais est plein de charme.

— C'est là que je vais rencontrer...

— Celui qu'on vous destine ? Sans doute. Un récent courrier m'a appris que son père avait accueilli favorablement les ouvertures de Son Altesse le grand-duc et qu'il s'employait à faire en sorte que le Roi soit en de meilleures dispositions envers son épouse.

— Si j'ai bien compris, cet homme est prêt à servir la Reine qu'il n'aime pas en échange des biens que j'apporte ?

— Ce n'est pas exactement cela. S'il a l'oreille du Roi, le marquis de Sarrance n'aime pas particulièrement la Reine qu'il trouve sotte et désagréable – ce qui est un peu vrai ! En revanche, il déteste franchement la favorite, la marquise de Verneuil, qu'il juge dangereuse, mais comme il tient beaucoup à l'amitié du Roi il s'est gardé jusqu'ici de prendre parti. Si vous voulez, il suffit qu'on le pousse un peu pour découvrir à Marie de Médicis toutes les vertus et tous les charmes qu'elle n'a pas et desservir sa rivale de tout son pouvoir. L'idée qu'elle pourrait devenir reine de France le rend malade. D'un autre côté, s'il se brouillait avec le Roi, il prendrait le risque d'être renvoyé dans son château béarnais qui crie misère par toutes ses fissures. Alors la perspective d'une bru telle que vous, pour ainsi dire dorée sur tranche, lui donne toutes les audaces. Il a juste besoin d'encouragement...

— Et je suis cet encouragement. Son fils lui ressemble-t-il ?

— Absolument pas ! Au point que certaines mauvaises langues insinuent que la défunte marquise Elisabeth lui avait donné, pendant quelque temps, un... coadjuteur infiniment plus séduisant ! Si le père est de taille moyenne, grisonnant, revêche, le fils a l'air sorti d'un roman de la Table Ronde. Seul point commun : la bravoure. Ils sont tous deux d'une vaillance exceptionnelle et l'ont démontré en maintes occasions aussi bien en duel qu'à la guerre. Quand j'ai quitté Paris, il était question de donner un régiment au père afin que, plus tard, il devienne maréchal de France.

— Quel âge a...

— Antoine de Sarrance ? Vingt-sept ou vingt-huit ans, je pense.

— S'il est tellement séduisant pourquoi n'est-il pas encore marié ?

Giovanetti hésita mais ce ne fut qu'un instant :

— Autant que vous le sachiez tout de suite, dit-il en haussant les épaules. C'est uniquement de son fait. Les candidates ne manquent pas mais il estime qu'il a le temps.

— Il a une maîtresse j'imagine ?

— Le contraire m'étonnerait... Il est de ceux qui mordent la vie à belles dents – les siennes sont magnifiques ! – sans jamais se lasser. Et c'est un joyeux compagnon. En toute honnêteté, Madonna, je crois que vous formerez un beau couple et que vous avez une chance d'être heureuse !

— J'en suis moins sûre que vous, ser Filippo ! Enfin, nous verrons et tant que nous ne sommes pas au pied de l'autel...

— Vous me faites trembler, Madonna ! Il serait plus sage, si vous avez des objections à formuler, de ne pas attendre d'en arriver là.

— Ai-je droit à des objections ?

Giovanetti renifla délicatement cependant que ses lourdes paupières, qui retombaient habituellement sur des yeux bruns singulièrement vifs, se levaient d'un seul coup trahissant une inquiétude que la jeune fille avait appris à repérer durant les interminables parties d'échecs dont tous deux avaient agrémenté le voyage. Or, elle ne voulait pas l'inquiéter davantage parce qu'il avait su attirer sa sympathie, ne fût-ce qu'au cours de ses passes d'armes avec une Honoria que son statut d'ambassadeur n'empêchait pas de traiter du haut de sa grandeur bien qu'elle soit nettement plus petite que lui.

— On dirait un héron endormi ! avait-elle déclaré lorsqu'ils avaient fait connaissance.

Ce n'était pas tout à fait faux. Filippo Giovanetti était en effet un homme longiligne, tout en nez et en jambes que les approches de la cinquantaine courbaient légèrement, ce qui l'obligeait, par temps humide, à recourir à une canne, mais il avait des traits réguliers, des yeux intelligents et son sourire ne manquait pas de charme. A l'instant présent, il lui fallait répondre à la question de Lorenza. Il s'y résolut après quelques secondes de réflexion :

— En principe, oui...

— Mais en principe seulement ?

— C'est un plaisir de parler avec vous, Madonna, car vous saisissez très vite les nuances et c'est important à la Cour où vous évoluerez. Certes, vous gardez votre liberté de dire non mais je vous prierai instamment de prendre en compte l'importance de ce mariage sur le plan diplomatique. Si vous refusez, vous risquez de rentrer à Florence dans la suite d'une reine répudiée qui ne vous le pardonnera pas. Votre sort, alors, ne serait pas enviable car vous n'imaginez pas à quel point Sa Majesté peut se montrer désagréable dans certaines circonstances !

— Comme par exemple, dans ses relations avec le Roi ?

— Exactement. Je reconnais volontiers qu'il est difficile pour une femme – surtout aussi orgueilleuse qu'elle ! – d'endurer les sarcasmes, les tracasseries d'une maîtresse qui la nargue sans pudeur mais elle est reine de France, que diable ! Et ce n'est pas en accablant son époux de reproches et d'injures – sinon pire ! – qu'elle obtiendra d'être couronnée dans la cathédrale de Reims ainsi qu'elle ne cesse de le réclamer. Un mépris glacé serait beaucoup plus digne et plus efficace, à mon avis. Malheureusement, il faut bien admettre que Marie est loin d'être intelligente ! Enfin vous verrez bien !

— Pourrais-je au moins compter sur vos conseils et votre assistance ? J'ai l'impression que ce me sera nécessaire !

Il lui prit la main :

— Voilà une question que je ne pensais pas entendre, reprocha-t-il gentiment. Sauf si le roi Henri me chasse ou que le grand-duc me rappelle, je resterai auprès de vous aussi longtemps que vous le souhaiterez, Madonna. Mais peut-être serait-il temps que nous nous préparions à débarquer ?

Précédant ses escorteuses, la *Maria Santissima* vint s'embosser au pied de la puissante abbaye fortifiée Saint-Victor dont un Médicis avait été l'abbé avant de devenir le pape Clément VII et d'y revenir bénir le mariage de sa nièce Catherine avec le deuxième fils de François Ier. Depuis un moment déjà, une foule se massait sur le quai prête à fêter les nouveaux venus. Marseille connaissait de longue date les couleurs et les armes de Florence car, outre le fait que la cité du Lys rouge y possédait des entrepôts, elle n'avait pas oublié l'arrivée sensationnelle de la fantastique galère incrustée de pierreries qui, huit ans plus tôt, amenait une seconde reine à la France. Bien que l'embarcation fût plus modeste, le viguier[1] n'en vint pas moins accueillir en personne ceux qu'elle portait en compagnie d'Angelo Rossi, le représentant des Médicis, chez qui les voyageurs résideraient seulement vingt-quatre heures avant de partir pour Paris : Giovanetti était pressé.

Présentés à Lorenza tandis que celle-ci remerciait le capitaine du navire de les avoir conduits à bon port, les deux notables entamèrent une sorte de duo tout méridional, vantant à tour de rôle la perfection de son teint d'ivoire rosé, la splendeur de sa chevelure étroitement tressée cependant sous une coiffure de dentelle à trois pointes, les diamants noirs de ses yeux, le rose tendre de ses lèvres, tant et si bien que l'ambassadeur leur fit remarquer un peu sèchement qu'ils s'adressaient à une demoiselle de noble maison dont il convenait de ménager la modestie. A cet instant d'ailleurs, donna Honoria fit une apparition chancelante soutenue par Bibiena et Nona et ce fut la fin du concert. Même le plus imaginatif des thuriféraires aurait perdu ses moyens devant ce lourd visage au teint encore jauni par les récentes nausées que le voisinage de la fraise blanche n'arrangeait pas, les petits yeux durs en pépins de pomme et l'ample silhouette carrée emballée de soie noire dont les baleines du corset ne parvenaient pas à dessiner la taille. Ayant retrouvé quel-

1. Le maire, en quelque sorte.

que aplomb depuis que la galère avait cessé de s'agiter, elle répondit à leur salut consterné par une vague inclinaison de la tête agrémentée d'un coup d'œil furibond et d'une réplique désagréable.

— Cela m'étonnerait que je me plaise dans ce pays sauvage. Il faut avoir perdu l'esprit pour quitter Florence au bénéfice d'une de ces contrées du nord dont on a rien d'autre à attendre que des rhumatismes ! Maintenant je voudrais un vrai lit... si toutefois vous savez ce que c'est !

Tandis qu'Angelo Rossi lui assurait qu'elle aurait satisfaction sous peu, Lorenza, gênée de son impolitesse, se risquait à offrir des excuses arguant d'une traversée pénible. Mal lui en prit :

— De quoi te mêles-tu ? Une dame de ma condition n'a que faire des avis d'une fille comme toi ! Tu devrais me remercier à genoux de m'être imposée ces souffrances insupportables afin que tu n'arrives pas ici comme un simple bagage dans la suite de ser Filippo !

La jeune fille rougit de colère. Le boulet qu'elle allait traîner promettait d'être encore plus lourd qu'elle ne le craignait :

— Vous me rendrez cette justice, tante Honoria, que je n'ai jamais réclamé votre présence pour...

— ... pour pouvoir te comporter avec tous ces hommes comme le fit jadis ta mère et...

Cette fois c'en était trop ! Les yeux sombres lancèrent des éclairs :

— Comment osez-vous ? Ma mère était une Médicis !

— Bâtarde ! Tu ferais mieux d'éviter d'en parler !

Mais l'ambassadeur estimait qu'il était temps d'intervenir :

— Je crains, dit-il sévèrement, que ce genre de propos ne soit guère apprécié à la cour de France. Aussi dois-je vous prier, dès à présent, Madonna Honoria, de vous engager à ne plus vous y livrer. Sinon...

— Sinon ? clama-t-elle.

— J'aurais le regret d'engager vos femmes à vous reconduire dans votre cabine pour y attendre que la galère reprenne la mer. Je remettrais une lettre pour le grand-duc Ferdinand au capitaine Rossi !

— Vous auriez l'audace ?

— Sans hésiter. Son Altesse désire que sa nièce ne reçoive en France que des marques de respect et d'amitié. Dans ces conditions, mon devoir exige que je me montre ferme... et aussi très clair ! Me suis-je bien fait comprendre ?

Il n'eut pas besoin de réponse : la défaite s'inscrivait nettement sur le visage renfrogné de la virago. Elle haussa les épaules.

— Que de bruit pour un mot ! Ça va ! Que l'on me fasse descendre de ce cercueil ! Et *pronto !*

Comme à Livourne, il fallut un brancard et deux paires de bras solides pour que donna Honoria pût quitter le navire en toute sécurité, tandis que Giovanetti, après l'avoir saluée, offrait sa main à Lorenza pour lui éviter d'avoir l'air d'être à la suite de la mégère. Une litière attendait sur le quai. Force fut à la jeune fille d'y monter à ses côtés mais le trajet n'était pas long entre le port du Lacydon et la rue Droite, la plus importante de la cité phocéenne où Angelo Rossi habitait une belle maison auprès de ses entrepôts.

Quand on y parvint, Lorenza, laissant deux valets porter sa tante à l'étage où elle partagerait une chambre avec Nona, retint l'ambassadeur au bas de l'escalier :

— Comment avez-vous prévu le voyage jusqu'à Paris ? demanda-t-elle.

— En carrosse naturellement. Nous avons deux cents lieues devant nous...

— Et qui y prendra place ?

— Vous-même, les deux caméristes et donna Honoria, bien entendu !

— Et vous ?

— Avec votre permission, je ferai la route à cheval.

— Vous avez ma permission mais à une condition : m'en trouver un ! Vous n'imaginez que je vais parcourir tout ce chemin en compagnie de ma tante ? Je ne suis pas sûre que nous y arriverions vivantes toutes les deux.

— Vous montez, Madonna ?

— Très bien même. A califourchon ou en amazone[1]. Ce n'est qu'une question de vêtements.

Il leva un sourcil surpris mais sourit :

— On en apprend des choses au couvent des Murate !

— Au couvent non mais dans notre villa de Fiesole, oui. Nous y avons un vieux palefrenier qui m'a transmis son savoir. Vous pourriez être surpris.

1. C'est Catherine de Médicis qui avait inventé la selle d'amazone afin de pouvoir montrer ses jambes.

— Je le suis déjà !... Et ravi puisque nous voyagerons de conserve ! Mais je vais dès maintenant demander à Rossi de se procurer une selle d'amazone. J'ose à peine penser à ce que dirait donna Honoria en vous voyant habillée en homme. Elle pourrait trépasser d'un coup de sang !

— Vous croyez ? Si seulement j'en étais sûre je crois que je tenterais l'aventure.

L'ambassadeur se mit à rire mais le jeune visage restant sérieux, il se contenta de poursuivre :

— Je vais faire mon possible ! Cela va être une vraie joie, pour moi, d'être votre compagnon de route pendant tous ces jours. Surtout si le temps se maintient au beau. La pluie vous ferait peut-être changer d'avis ?

— Même un ouragan n'y parviendrait pas ! N'importe quoi plutôt qu'être enfermée avec elle à longueur de journée ! A l'écouter gémir, pester ou me chercher querelle pour un oui ou pour un non ! Ses récriminations, quand elle me verra renoncer à sa présence, suffiront. On l'entendra jusqu'au port !

— Vous allez cependant devoir vivre sous le même toit, quand vous serez à Paris ! A moins que la Reine ne vous garde au palais ? En quels termes êtes-vous avec Sa Majesté ? Je suppose qu'elle vous aime.

— J'avoue l'ignorer. J'avais huit ans lors de son départ pour la France. Jusque-là, elle ne m'a jamais accablée de démonstrations d'affection. Elle se contentait de me tapoter la joue quand elle me rencontrait et de m'offrir deux florins d'or pour la Noël et l'an nouveau. Elle avait alors vingt-sept ans, je crois, et je n'étais qu'une gamine. Toute son attention elle la réservait à cette compagne qu'on lui avait donnée, cette Leonora Dori ou Dosi sortie de rien et que l'on avait fait adopter par un vieux gentilhomme sans descendance pour lui permettre de figurer convenablement dans les entours d'une princesse. Elle est toujours auprès d'elle je présume ?

— La Galigaï qui est devenue la signora Concini ? Je pense bien !

— Elle est mariée ? Elle n'est pourtant pas belle : sèche, noiraude...

— Elle a pourtant épousé celui qui est sans doute le plus beau parmi les Florentins que la Reine a amenés avec elle... Le plus pervers aussi et il faudra vous en méfier car leur influence sur leur maîtresse est absolue. Même le roi Henri les redoute, lui qui n'a peur de personne ! Il a tenté à plusieurs reprises de s'en débarrasser mais on lui a opposé de telles fureurs qu'il y a renoncé. Maintenant que vous m'y faites penser, le couple devrait vous voir arriver d'un bon œil : si leur protectrice était répudiée, ils seraient bien obligés de la suivre.

— Autrement dit vous aurez travaillé pour eux comme pour la reine Marie ?

— Cela, je ne veux pas le savoir, dit Giovanetti avec une nuance de sévérité. Je suis aux ordres de Son Altesse le grand-duc Ferdinand et de nul autre !

— Pardonnez-moi ! Je ne voulais pas vous offenser !

Il la rassura d'un sourire et l'escorta jusqu'à sa chambre où Bibiena s'occupait déjà à lui préparer un bain dans lequel elle venait de plonger un sachet d'herbes odorantes :

— Voilà qui va vous changer des pestilences du bateau... et moi aussi par la même occasion ! La cabine de donna Honoria puait comme charogne ! Enfin, pour moi, la pénitence est terminée, conclut-elle avec satisfaction.

— Pas tout à fait ! émit Lorenza un peu honteuse. Je viens de demander à ser Giovanetti de me procurer un cheval, je préfère risquer de faire le chemin par mauvais temps plutôt que partager le carrosse où elle prendra place... et toi aussi bien sûr !... Eh bien, mais où vas-tu ?

Le visage rond de l'ancienne nourrice, auquel un double menton et une implantation de cheveux en pointe sur le front donnaient l'apparence d'un cœur, se ferma d'un seul coup. Elle s'essuya les mains, redescendit les manches de sa robe qu'elle avait roulées et se dirigea vers la porte :

— Implorer Son Excellence de me dénicher une mule costaude. J'aime mieux arriver à Paris les fesses tannées comme un vieux cuir qu'épuisée d'avoir lutté toute la journée contre l'envie de l'étrangler ! Ce qui pourrait arriver, auquel cas il ne vous resterait plus qu'à faire dire des messes pour mon âme après que l'on m'aura pendue haut et court !

Et sur ce, Bibiena claqua la porte.

Le lendemain, vêtue de petit drap gris clair avec fraise et manchettes au point de Venise, une toque de velours assortie ornée d'une insolente plume de héron solidement amarrée sur ses tresses brillantes, Lorenza, le défi au fond des yeux, faisait joyeusement volter son cheval sous le regard amusé de l'ambassadeur avant de se diriger avec lui vers la sortie de Marseille. Derrière elle, Bibiena suivait à califourchon sur une mule digne de porter un évêque. Enfin, venait le lourd carrosse où s'étaient installées donna Honoria et sa fidèle Nona. Celle-ci avait choisi de se réfugier dans la prière, ce qui était un moyen astucieux d'avoir la paix tout en sachant bien qu'à la première occasion se déchaînerait la tempête qui couvait sous le silence menaçant de la dame. Celle-ci n'avait pas pipé tout à l'heure en découvrant que sa nièce allait lui échapper tout au long de ce voyage dont elle espérait tirer un certain plaisir, mais point n'était besoin de la connaître beaucoup pour deviner que l'orage éclaterait à un moment ou à un autre...

2

Messieurs de Sarrance père et fils

Tandis que Lorenza caracolait sur les routes de France par un temps d'une douceur exquise et sous un soleil qui s'efforçait de masquer les traces laissées par les récentes guerres de Religion, deux hommes faisaient, à pas lents mais en causant avec animation, le tour du grand parterre du château de Fontainebleau. Bien que l'un eût une tête de plus que l'autre et un certain nombre d'années en moins, ils se ressemblaient assez pour que nul ne doutât qu'Antoine de Sarrance fût bien le fils de son père. Cela tenait à la forme du visage, au front haut, au nez imposant, à la forme des yeux quoiqu'ils fussent de couleur différente : verts chez le plus jeune et du même gris que les cheveux pour le plus âgé. Autre différence, celui-ci portait courte barbe et moustache comme le Roi, son modèle depuis l'adolescence, alors que le beau visage arrogant du garçon était strictement rasé. Il n'en avait pas toujours été ainsi mais, depuis qu'un coup d'épée reçu en duel lui avait balafré la joue gauche, Antoine, constatant qu'autour de la cicatrice, les poils s'étaient mis à pousser de façon anarchique, avait renoncé définitivement à cet ornement auquel, d'ailleurs, il n'avait jamais été fort attaché. Le bel officier des chevau-légers avait aussi à cœur de protéger la peau délicate de ses maîtresses. Il avait, vu le nombre de celles-ci, dû mettre, en de multiples occasions, flamberge au vent, ce qui avait le don d'exaspérer son colonel, le comte de Sainte-Foy :

— Si vous avez tellement envie de vous faire occire, Sarrance, lui disait-il, allez rejoindre un régiment de frontières, votre mort servira peut-être à quelque chose ! Quand on a l'honneur de veiller sur la personne du Roi, on évite autant que possible de décimer ses sujets sous le prétexte fumeux que l'on a les mêmes goûts en matière de gent féminine !

En cet instant, l'une d'elles motivait la discussion plutôt vive entre le père et le fils : car leurs caractères se ressemblaient aussi.

— Ne vous faites pas plus bête que vous n'êtes, mon fils ! Si je ne vous ai pas expliqué dix fois l'importance de ce mariage, je ne l'ai pas fait une fois ! Vous êtes bouché, ma parole !

— Et moi je vous ai répondu que j'aime Mlle de La Motte-Feuilly, qu'elle m'aime aussi et que nous ne souhaitons rien de mieux que vous donner ensemble tous les petits-enfants que vous voudrez !

— Baste, vous les ferez avec une autre ! Votre La Motte-Feuilly n'est pas vilaine mais elle n'a pas trois sous vaillants, et moi je veux reconstruire Sarrance ! La Florentine nous en donnera les moyens et, si vous tenez tellement à une vaste marmaille, au moins le toit qui les abritera ne fuira pas !

— En vérité, je ne vous reconnais plus, Monsieur ! Les ancêtres d'Elodie ont combattu à Mansourah avec le saint roi Louis ! Voulez-vous me dire où étaient ceux de cette fille ? En train de chercher pâture dans les ruisseaux de Florence ?...

Le teint du marquis Hector vira au rouge vif :

— D'où tenez-vous cette ânerie ? C'est une Médicis ! La propre nièce du grand-duc Ferdinand et de la petite-fille de notre défunt roi Henri II. J'ajoute que les Médicis possèdent sans doute la plus grosse fortune d'Europe...

— Nièce oui, mais de la main gauche ! Vous voulez me faire épouser une bâtarde ?

— Reconnue ! Ce qui change tout ! Vous savez très bien que de nos jours la barre senestre n'a plus guère d'importance. Notre Reine est sa marraine !

— Notre Reine ? s'écria Antoine en riant. Comme vous voilà devenu respectueux tout à coup ! Je croyais que vous la détestiez ?

— Je ne suis pas le seul mais nos sentiments n'ont rien à voir là-dedans si l'on considère ce que cela va coûter au royaume au cas où son époux la répudie. En outre, le pape est un parent : il vous siérait que le Roi soit excommunié et le royaume frappé d'interdit ? Elle est exaspérante, je vous l'accorde, mais elle est la mère de ses enfants...

— Pas tous ! Il y a les petits Vendôme, le petit Verneuil, tout ce monde babillard que l'on élève avec le Dauphin au château de Saint-Germain. On dirait que le Roi s'est donné à tâche d'entretenir la mauvaise humeur de sa femme !

— En viendriez-vous à partager mon point de vue ?

— Récent alors ? Il n'y a pas si longtemps vous disiez...

— Je sais ce que je disais ! A présent, répondez à une simple question !

— Laquelle ?

— Avez-vous vraiment envie de voir cette peste de Verneuil prendre sa place sur le trône ? Le bel effet que cela ferait sur le peuple... et, plus grave, sur les autres cours européennes !

— Ne généralisez pas ! La reine Elizabeth d'Angleterre n'est-elle pas la fille d'Henri VIII et d'une jolie gourgandine pour laquelle il a tourné le dos au pape et créé un schisme ?

— N'ergotez pas et restons en France, sacrebleu ! D'ailleurs, je ne vois pas pourquoi je discute avec vous. J'ai déjà plaidé la cause de la Reine auprès de son époux et je pense avoir réussi. A vous maintenant d'exécuter votre part du contrat ! La Florentine ne va plus tarder et vous l'épouserez parce que je vous en donne l'ordre ! Ne faites pas la fine bouche : il paraît qu'elle est belle !

— Sûrement pas autant qu'Elodie ! Et c'est elle que j'aime.

— Maudite tête de pioche !

Et levant sa canne, Hector de Sarrance en assena une grêle de coups sur la tête et les épaules de son rejeton qui, naturellement, prit du champ avant de revenir faire face :

— Ne me forcez pas dans mes derniers retranchements, monsieur mon père ! gronda-t-il. Je suis capable de vous les rendre...

— Il ne manquerait plus que ça ! Je suis encore de taille à me faire respecter, mon petit monsieur !

La canne allait entrer à nouveau en danse quand un éclat de rire figea le mouvement :

— A qui feras-tu croire, Sarrance, que ton fils est encore en âge de recevoir une correction ?

Magnifique à son habitude, M. de Bellegarde – Roger de Saint-Lary, duc de Bellegarde et de Terme, Grand Ecuyer de France ! – sortit de derrière un buisson pour envahir de sa présence la scène du drame. Même quand il n'y mettait pas du sien c'était un homme qui ne passait jamais inaperçu. A quarante-six ans, il demeurait l'un des plus beaux de la Cour et toujours splendidement accommodé – velours brun brodé d'argent et dentelles de Venise, panache brun et blanc pour ce jour. M. le Grand[1] répandait le même parfum d'ambre qu'il avait adopté dans l'entourage du défunt roi Henri III qui était, comme chacun le savait, le souverain le plus raffiné du monde. Ce dernier aimait beaucoup Bellegarde, au point de l'avoir confié à son successeur avec des larmes dans la voix ! Le plus étonnant étant que celui-ci – le moins raffiné du monde, odeur *sui generis* et relents d'ail ! – en avait fait l'un de ses fidèles compagnons. En raison de son immense bravoure et de son heureux caractère, Bellegarde ne l'avait-il pas

1. On appelait ainsi le Grand Ecuyer.

laissé lui subtiliser sa fiancée – l'éblouissante Gabrielle d'Estrées ! – le plus galamment qui soit ? Ce sont des choses qui attachent.

Une vieille amitié liant Bellegarde à Hector de Sarrance, le père outragé reposa sa canne et fit une grimace qui pouvait passer pour un sourire :

— Je pourrais te dire de te mêler de ce qui te regarde, Monsieur le Grand, mais ce garçon m'insupporte. Il ne sait qu'inventer pour me contrarier !

— En quoi ? Bonjour, Antoine !

— Il ne veut pas épouser celle que je lui destine sous prétexte qu'il en aime une autre !

— Ah ? Et qui donc ?

— La petite La Motte-Feuilly ! Je te fais juge : elle n'a que la peau sur les os et pas un liard !

— Mon père est injuste, Monsieur le Grand ! protesta le jeune homme. Elle n'a que seize ans et les années la feront moins fragile. Elle est tout bonnement ravissante et...

— ... et tu l'aimes ! Vieille chanson que celle-là ! Mais vous devriez en référer au Roi... qui m'envoie te chercher, marquis ! Il rentre de la chasse et il est d'excellente humeur !

Une soudaine rougeur envahit les joues tannées de Sarrance :

— Le Roi ? Mais il n'est pas au courant...

— ... de ton petit marché avec la Reine ? Pauvre innocent ! Comment ne sais-tu pas encore, à ton âge, que cette cour est truffée d'espions de tout poil et que le congé qu'a réclamé Giovanetti dure plus longtemps que prévu ? Au lieu de ratiociner, va le voir, te dis-je ! Tu sais très bien qu'il n'aime pas attendre !

— Où est-il ?

— Dans son cabinet des armes ! Pendant ce temps, je vais faire un tour avec ton fils. Il me parlera de ses amours et je lui parlerai... de Florence tiens !

Bellegarde connaissait parfaitement la cité du Lys rouge. C'est lui qui, en 1600, y était allé présider au mariage par procuration de Marie de Médicis avec son maître et avait ramené la nouvelle reine jusqu'à Lyon où avait eu lieu la rencontre des deux époux.

Le Roi était bien dans ledit cabinet mais, au lieu de s'occuper des armes, il était en train d'écrire ou plutôt de griffonner fébrilement sur la table couverte de velours qui en occupait le centre. A l'entrée de son vieux compagnon, il ne s'interrompit pas, se contentant de lancer de sa voix chaleureuse qui conservait de solides traces d'accent gascon :

— Assieds-toi, assieds-toi ! Je suis à toi dans l'instant !

Hector obéit sans mot dire mais sans retenir non plus un sourire narquois. A voir l'ardeur qu'il y mettait et la coloration écarlate de ses pommettes, il n'était pas difficile de deviner qu'Henri écrivait à la Verneuil, sa favorite, l'un de ces billets enflammés dont il était coutumier.

A cinquante-cinq ans, les cheveux du Vert Galant grisonnaient à peine même si sa courte barbe en collier était presque blanche. Pas grand mais mince et solidement bâti, il avait la peau recuite par des décennies de chevauchées par tous les temps et creusée de rides profondes mais, sous les sourcils en broussaille, l'œil bleu foncé était vif et flamboyait souvent. Son sourire était celui d'un faune et ses dents intactes comme l'énergie dont il semblait toujours sur le point de déborder. Surtout quand un accès de goutte le clouait au fond d'un fauteuil, écumant de rage !

Finalement il jeta sa plume, sabla son message, le secoua, le cacheta, le posa devant lui sans ajouter de suscription puis se tourna vers son visiteur :

— Çà, causons ! Elle n'est toujours pas arrivée la Florentine cousue d'or que ma femme veut marier à ton fils ?

Le marquis s'attendait à tout sauf à ce discours et, de surprise, faillit s'étrangler avec sa salive :

— Mais, Sire..., bêla-t-il. Je ne pensais pas...

Henri éclata de son grand rire sonore :

— Eh bien, quoi ? Tu n'imaginais pas que j'ignorerais toujours la raison pour laquelle tu t'es mis à me chanter les louanges d'une épouse que tu ne semblais pas apprécier jusqu'à ces temps derniers ? Ni pourquoi Giovanetti avait disparu sans dire au revoir. Curieuse attitude quand on est ambassadeur. Quant à toi, quitte donc cette mine effarée. Je te rassure tout de suite, je ne t'en veux pas. C'est toi qui avais raison.

— Je suis bien heureux de l'entendre, Sire !

— Oui. Il aurait fallu rendre la dot et Sully en aurait fait une maladie. En outre, il y a les enfants. Le mieux serait peut-être que je lui en fasse encore un. Neuf mois de tranquillité, c'est appréciable !...

Mais il faut avouer que, cette fois, elle avait fait ce qu'il fallait pour me mettre hors de moi. J'ai pris l'habitude de ses hurlements et de ses criailleries mais qu'elle ait osé me gifler ! C'est difficile à avaler.

Sarrance prit un air patelin qui ne lui allait pas du tout :

— Je reconnais que le cas était grave. J'ignorais que la Reine fût allée jusque-là !

— Menteur ! Bien sûr que tu le savais ! Comme les autres d'ailleurs mais toi tu as eu… le courage – si, si le courage ! et il en fallait pour plaider sa cause quand je brûlais de la jeter dans la Seine !… Giovanetti a dû te promettre monts et merveilles ?

Hector piqua du nez :

— La plus grosse fortune de Florence après celle des Médicis ! Cela compte quand on est aussi peu argenté que je le suis !

— N'exagère pas. Je t'ai tout de même offert ton hôtel près d'ici et tu as ton traitement militaire…

— … mais mon château tombe en ruine !

— Tu vas pouvoir le reconstruire en or, vieux filou ! Et si la fille n'est pas trop repoussante…

— Il paraît même qu'elle est belle mais il y a un obstacle fâcheusement imprévu.

— Lequel ?

— Antoine, mon fils, ne veut pas l'épouser. Son cœur serait pris ailleurs !

— Par qui ?

— La petite La Motte-Feuilly qui est à la Reine !

— Je ne l'ai jamais remarquée. A quoi ressemble-t-elle ?

— Petite, blonde, un joli visage mais timide comme une souris et sans dot si Sa Majesté ne s'en charge pas !

— Et sa générosité n'est pas proverbiale pour les dames. Je verrai ton fils et lui parlerai !

— Il résistera. Il dit qu'il a donné sa foi !

— Sans ton approbation ni la mienne ? Il n'a pas le droit ! Qu'il épouse celle qu'on lui destine et il n'aura qu'à garder l'autre comme maîtresse !

— Vous n'y pensez pas, Sire ! C'est une pure jeune fille qui ne se donnera qu'en mariage !

— Elles disent toutes ça... au début ! Si elle aime ton fils, elle le laissera se marier selon ses intérêts puis le consolera. Surtout s'il épouse un laideron ! Grosse fortune et grande beauté ne vont guère ensemble ! Allons ! Cesse de te tourmenter et voyons d'abord ce que Giovanetti nous ramène ! Mais j'y pense : pourquoi ne l'épouserais-tu pas toi-même, la filleule de la Reine ?

— Moi ? Le Roi veut rire ! Je me trouve fort aise d'être veuf et n'ai aucune envie de subir à longueur de journée les caprices d'une gamine sous prétexte qu'elle est riche !

Henri IV se mit à rire, se leva et vint prendre son vieux compagnon par le bras :

— Tu feras ce que tu veux. De toute façon – et je peux bien te le confesser maintenant ! –, quand tu es venu plaider pour Marie, il y a au moins une décision que j'avais prise : que je la renvoie ou non, j'en avais fini avec Mme de Verneuil. Il n'était donc plus question que je l'épouse !

— Oh ! émit Sarrance, abasourdi. Tout de bon cette fois ? Parce que si ma mémoire est bonne il me semble avoir déjà entendu à plusieurs reprises...

— Tout de bon ! Que je t'explique, mon compère : je ne l'aime plus !

— J'ai peine à le croire. Que s'est-il passé, si je puis me permettre ?

— Rien... ou pas grand-chose ! Un matin, au réveil, je me suis aperçu de ce que je n'avais plus envie d'elle... ni même d'aller la voir ! Elle m'en a trop fait, aussi ! Et je lui ai trop pardonné ! Jusqu'à cet infâme complot contre ma vie ourdi par ses frères pour me supprimer et mettre le petit Verneuil, son fils et le mien, sur le trône à la place du Dauphin ! J'étais fou, je crois !...

— Et vous n'en avez rien dit ? se plaignit Sarrance avec une nuance de tristesse. Autrefois vous me faisiez l'honneur de me prendre pour confident ?

— Il n'y a rien de changé, rassure-toi ! Mais il fallait que je sois sûr de moi !

— Et à M. de Sully, vous ne vous êtes pas confié ? C'est pourtant lui qui vous sert de truchement dans vos démêlés avec la Reine.

— Justement pour cela ! Il aurait couru la rassurer et je tenais à ce qu'elle reste encore un moment dans l'expectative. Et puis, je ne voulais pas non plus te faire perdre une fortune ! Voilà, tu sais tout ! Allons souper maintenant !

Sarrance désigna la lettre abandonnée sur la table :

— Est-ce que vous n'oubliez rien, Sire ?

— Ce poulet ? Un retour de flamme pour une autre... mais cela peut attendre. Vois-tu, le pire est que je me sens le cœur affreusement vide et je déteste cela... Alors, en écrivant des fadaises, je me donne l'illusion.

Pendant ce temps, Bellegarde chapitrait Antoine :

— Crois-moi ! Les filles de Florence sont souvent jolies...

— Pas toutes ! Regardez plutôt la Reine ! Cette taille épaisse, ces yeux globuleux... mais je ne vais pas me lancer dans des détails qui seraient inconvenants.

— Disons que c'est un mauvais exemple. Les Médicis sont beaux en général mais il y a chez elle ce sang Habsbourg qui gâte tout et sa mère, Jeanne d'Autriche, en était une. Ce qui n'est pas le cas de celle qu'on te destine. Et puis, fais-moi confiance, une belle fortune aide à négliger bien des inconvénients !

— Sans doute, mais je ne peux pas l'aimer puisque j'en aime une autre !

— Personne ne te demande d'aimer mais d'épouser afin que ton père puisse reconstruire son château bien-aimé.

— Si le Roi le fait maréchal de France comme je l'espère, il aura les moyens d'assurer le train de vie approprié !

— N'en sois pas trop sûr ! Notre Sire est généreux avec les petites gens, ses maîtresses et aussi la Reine, par force, bien qu'elle soit plus riche que lui, mais pour le reste il est plutôt pingre. Exception faite pour son armée !

— Justement ! Maréchal de France...

— C'est un couronnement, pas un grade ! Mais revenons à tes amours. Tu as eu quantité de maîtresses, il me semble, avant de t'enticher de cette petite ?

— En effet mais je n'ai jamais désiré les épouser alors que je ne souhaite rien de mieux que d'en faire ma femme !

— Une femme dont tu seras peut-être lassé dans un an ou deux ! Surtout si elle te donne des marmots ! Le premier embellit la mère mais les suivants sont plus ravageurs habituellement ! Et si, de surcroît, vous êtes dans la gêne... Je te laisse conclure !

— Pardonnez-moi, Monsieur le Grand, mais j'ai bien peur que vous ne sachiez pas ce que c'est que d'aimer ! déclara Antoine avec le bel aplomb de la jeunesse mais en omettant sagement d'ajouter une allusion aux nombreux succès féminins du Grand Ecuyer.

Cette naïveté aurait dû faire rire ce dernier mais il n'en fut rien. Au contraire, ce fut avec une soudaine gravité qu'il dévisagea son compagnon :

— Si ! Quoi que tu en penses, j'ai aimé... la plus éclatante jeune fille qui soit et qui je crois m'aimait.

— Que s'est-il passé ? Les parents vous l'ont refusée ?

— Non. Elle était même ma fiancée mais... le Roi s'est pris pour elle d'une furieuse passion et il m'a supplié – tu entends bien ? – supplié de me retirer. Elle s'appelait Gabrielle d'Estrées !

— Oh !... Alors, elle ne vous aimait plus ?

— Si... du moins le disait-elle, mais elle a vite compris qu'elle pouvait tout obtenir de lui. Jusqu'à devenir reine de France. Ce qu'elle a bien failli être...

— Et vous avez continué de servir le Roi sans arrière-pensée ?

— Eh oui ! Vois-tu, lui aussi je l'aime. Autrement, évidemment ! J'ai trop d'admiration pour son courage, son... panache, cette incroyable ardeur à vivre et ce génie grâce auquel il a su conquérir un royaume d'abord hostile, se faire aimer quand le peuple a compris qu'il voulait lui donner une vie meilleure et lui rendre la prospérité après tant de ruines ! Et surtout la paix !

Changeant brusquement de ton, il ajouta :

— Au fait, j'y pense ! Il pourrait bien t'advenir la même aventure au cas où ta Florentine serait réellement belle ? Son cœur est libre.

— Je n'aurais guère de mérite à la lui céder... à condition qu'il lui en fasse épouser un autre !

La promenade faite à pas lents s'achevait. On était revenu aux abords du château. Bellegarde s'arrêta pour considérer la haute silhouette de son jeune ami :

— Ton père a raison ! Tu as vraiment une tête de mule béarnaise. Ce sont les plus têtues qui soient ! J'aurais dû le laisser s'acharner à t'administrer des coups de canne !

— Je ne pense pas que cela aurait changé quelque chose !

Mais Bellegarde s'éloignait déjà. L'heure du souper était proche et il devait y tenir sa place qui consistait, parmi d'autres intimes, à deviser, plaisanter si possible avec Leurs Majestés pendant qu'elles prenaient leur repas seules à une table abondamment fournie en vaisselle d'argent. La Reine, pour sa part, ne participait pas à ces conversations parfois grivoises qui l'agaçaient. Elle préférait écouter les quinze musiciens qui faisaient de leur mieux pour dominer la voix sonore et les éclats de rire du Roi. Heureusement le public – moins nombreux qu'à Paris ! – admis à contempler les agapes de ses souverains était tenu à garder le silence sinon l'antichambre royale où l'on soupait aurait ressemblé à une foire aux bestiaux...

Le seul intérêt d'Antoine dans ce rituel eût été de pouvoir contempler sa bien-aimée, debout au milieu du petit escadron des filles d'honneur mais c'était, selon lui, un plaisir incomplet et il préféra aller rêver d'elle dans le cadre infiniment plus poétique des jardins en espérant que, tout à l'heure peut-être, la blonde Elodie pourrait s'y aventurer...

L'opulente hostellerie de la Ronce Couronnée était, sans discussion possible, la mieux achalandée de la petite ville royale. Cela tenait sans doute à la réputation de sa cuisine surveillée par Pierre Bonhommet, maître queux et propriétaire, et les soins que donnait à ses chambres sa plantureuse épouse, Julienne. Peut-être aussi à son voisinage avec la demeure où logeaient les ambassadeurs lorsqu'ils étaient admis à suivre le Roi dans son palais campagnard. Maître Bonhommet était alors invité à fournir la table du diplomate et de son entourage, les quelques serviteurs français que l'Etat y entretenait à demeure s'arrangeant de leur subsistance comme ils l'entendaient.

Ce soir-là, le logis était vide depuis plusieurs jours, le dernier occupant – l'ambassadeur espagnol, don Pedro de Tolède, dont on pouvait se demander ce qu'il était venu faire en France – ayant préféré regagner Paris après l'une de ces escarmouches à fleurets non mouchetés qui l'opposaient quasi quotidiennement au Roi sous couleur d'agencer des mariages entre les enfants de France et les infants d'Espagne dont Henri IV ne voulait pas. S'il ménageait un peu la chèvre et le chou, celui-ci ne prenait d'ailleurs pas la peine de celer l'aversion que lui inspirait cet hidalgo bourré de morgue. Il n'y avait donc rien à voir dans le logis de Fontainebleau, pas même le plus infime lumignon, tandis que le coup de feu battait son plein à la Ronce Couronnée.

Pourtant – et Dieu seul savait pourquoi ! –, un jeune homme attablé près d'une des fenêtres de l'auberge ne parvenait pas à en détacher ses yeux tandis qu'il faisait disparaître une énorme omelette aux croûtons bientôt suivie d'un poulet qu'il récura jusqu'aux petits os, le tout arrosé d'une pinte de clairet et sans que la trajectoire de son regard bleu sombre déviât d'une ligne. Pourquoi ?

Que Thomas de Courcy soit curieux ne faisait de doute pour personne, encore que ce léger travers n'allât pas jusqu'à l'obsession mais, surtout, il était sujet aux pressentiments et, ce soir, une voix intérieure lui soufflait qu'il allait se passer quelque chose à l'hôtel des ambassadeurs.

Et il n'avait pas tort ! Alors qu'il faisait un sort à son fromage de Brie, des cavaliers escortant un carrosse de voyage et suivi d'un chariot à bagages s'arrêtèrent devant le portail. L'un d'eux sauta de sa monture et actionna la chaîne pendue à un pilier, ce qui fit accourir un valet armé d'une torche et suscita un sourire de satisfaction sur le visage du curieux. Enfin, le Florentin était de retour et il y avait gros à parier que le carrosse renfermât l'héritière qu'il était allé chercher au-delà des Alpes.

Cependant, le valet au flambeau, gêné par les flammes que le vent rabattait sur son visage, ne parvenait pas à ouvrir le lourd portail. Il réclama le secours du cocher mais celui-ci, engourdi sans doute par un trop long parcours, dormait à moitié et ne l'entendit pas. L'un des cavaliers mettait déjà pied à terre pour l'aider quand les mantelets de cuir du carrosse se relevèrent sur une figure féminine furibonde qui se mit à déverser un chapelet d'imprécations avec un fort accent italien. Son apparition arracha un hoquet d'horreur à Thomas tant elle lui parut laide… et un second quand il entendit l'ambassadeur exhorter « Madonna Davanzati » à la patience.

Ce n'était pas possible ! Cette gorgone sans âge – plus de trente ans assurément – ne pouvait pas être la future épouse d'Antoine ? Elle ne pouvait pas non plus être sa mère ou une parente quelconque puisque la demoiselle n'avait pas de famille. Il en était là de ses réflexions quand un joyeux éclat de rire détourna son attention sur un cavalier qui se tenait au côté de Giovanetti mais, entre le manteau de cheval et le chapeau noir orné d'une plume rouge, Thomas ne distingua pas grand-chose sauf l'éclair des dents très blanches. Les lourds vantaux ayant fini par s'ouvrir, le petit cortège s'engouffra dans la cour. Tout disparut et la nuit reprit ses droits.

Ce qui lui restait d'appétit coupé, Thomas vida son pichet, régla sa dépense et reprit le chemin du château. A cette heure, son ami, qui avait cependant prévu de souper avec lui, ne viendrait plus. D'ailleurs, Courcy ne l'avait guère attendu, sachant qu'Antoine ne perdait jamais une occasion de se rapprocher de la demoiselle de ses pensées qui devait assister au souper des souverains à son rang de fille d'honneur. Peut-être même, si le repas royal était achevé, aurait-il réussi à l'entraîner dans le parc pour une de ces romantiques – mais courtes ! – promenades où il pourrait lui murmurer des mots tendres qu'elle écouterait les yeux baissés en émettant des gloussements nerveux et quelques paroles dont l'indiscret n'avait jamais réussi à saisir le sens. Parce que, bien entendu, Thomas ne s'était jamais gêné pour observer le couple et cela, pour la meilleure des raisons : il n'aimait pas beaucoup la jeune Elodie, ses mines confites, ses prudes effarouchements dans une cour où la verdeur du langage était monnaie courante, ses paupières papillotantes et cette façon qu'elle avait de vous regarder par en dessous avec une timidité trop tenace pour n'être pas feinte. Jolie sans doute avec ses boucles blondes, ses yeux bleus, sa petite bouche rouge et son visage en forme de cœur mais Thomas ne réussissait pas à comprendre par quelle alchimie Antoine, qui avait tenu dans ses bras certaines des plus séduisantes femmes de la Cour, avait pu s'éprendre – on pourrait dire jusqu'au gâtisme – de cette petite chose fragile dont on ignorait si elle était réelle ou si elle cherchait seulement à en donner l'impression :

— C'est un ange ! répondait régulièrement Sarrance chaque fois qu'il s'était aventuré sur le sujet. Elle ne ressemble à aucune des autres filles, coquettes, effrontées, qui cherchent seulement le plaisir... Elle possède toutes les vertus nécessaires à une épouse...

— Sauf la surface adéquate ! Tu as déjà couché avec elle ?

— Thomas ! Comment oses-tu ?...

— Je n'ose pas, je me renseigne ! Quel âge a-t-elle ?

— Un peu plus de quinze ans, je crois.

— Alors, le cas n'est pas désespéré : elle peut grandir encore.

— Grandir ? Ça te paraît important ?

— Plutôt, oui ! Vous vous êtes regardés ensemble dans un miroir ? Si tu l'épouses, tu pourras vraiment dire qu'elle est ta moitié. Avant la nuit de noces, tu devras lui faire donner les derniers sacrements parce que, quand tu te coucheras sur elle, tu l'aplatiras comme une crêpe ! Et si elle survit à ton étreinte destructrice, il faut espérer pour elle qu'elle ne mette que des filles au monde : si des garçons se développent dans ce ventre miniature, et à moins d'être nains, le premier ne manquera pas de le faire éclater !

Antoine ne put s'empêcher de rire :

— Il faut toujours que tu exagères ! De nous deux c'est pourtant moi le méridional ! Alors que tu es un homme du Nord !

Les châteaux qui les avaient vu naître se situaient en effet aux deux bouts du pays : le Béarn, comme le Roi, pour Antoine, et dans le val d'Oise pour Thomas, tous deux orphelins de mère, ils s'étaient rencontrés dix ans plus tôt à la porterie du Louvre où ils devaient retrouver leurs pères respectifs avant d'entrer chez les pages d'où on les avait versés aux chevau-légers une fois l'âge atteint. Bâtis sur le même gabarit – six pieds environ, longues jambes et épaules de corsaires ! –, ils trouvaient le moyen d'être totalement différents car si le large visage couronné de cheveux roux de Thomas évoquait le lion, celui d'Antoine tenait à la fois de l'aigle et du loup. De ces contrastes, ils avaient forgé une solide amitié, de celles qui permettent de tout se dire... Ce à quoi Thomas ne manquait pas :

— L'origine ne fait rien à la chose, répondit-il, je suis seulement logique. Aime-la si tu veux mais épouses-en une à ta taille !

On peut comprendre que, dans ces conditions, l'affaire du mariage florentin eût enchanté Thomas. D'autant que cela mettrait fin à la gêne financière dans laquelle le vieux Sarrance laissait végéter son fils alors que Thomas jouissait de revenus confortables. D'où l'impatience avec laquelle Courcy s'était attaché à guetter le retour de l'ambassadeur florentin.

Maintenant, tandis qu'il rejoignait dans les dépendances du château le logis attribué aux chevau-légers de service et où il partageait une chambre avec son ami, il ne savait trop que penser. Pour ce qu'il en savait il n'existait qu'une seule Davanzati puisque la candidate au titre de comtesse de Sarrance était seule au monde. D'autre part, et à moins d'avoir perdu l'esprit, comment imaginer que la mégère entrevue tout à l'heure puisse être la jeune fille annoncée ? Si c'était le cas, Antoine lui éclaterait de rire au nez et s'accrocherait plus que jamais à son Elodie ?

Malgré tout – et justement à propos de rire –, il y avait celui qu'il avait entendu pendant les palabres, si jeune, si frais, en même temps que lui revenait à la mémoire l'élégante silhouette du jeune cavalier et l'éclat de deux yeux noirs dans la lumière incertaine des torches. Un proche de l'ambassadeur, sans doute, pour avoir osé s'amuser ouvertement de son dialogue avec la gorgone mais il se pouvait aussi que ce soit un... intime ami ? Giovanetti était vieux garçon, italien – en France on appelait ça le vice italien ! Et on ignorait ses goûts secrets.

Thomas en était là de ses cogitations quand Antoine rentra, si visiblement soucieux que son ami s'inquiéta :

— Que se passe-t-il ? Tu as l'air de porter Dieu en terre.

— Dieu non... mais mon plus beau rêve peut-être.

— Pourquoi, ton Elodie ne t'aime plus ?

— Oh si ! Pauvre ange ! Elle avait tout à l'heure des larmes dans les yeux en me disant que nous ne pourrions jamais être l'un à l'autre. La Reine a fait mander sa mère et, avec l'amabilité qu'on lui connaît, elle lui a ordonné que cessent les relations entre nous sous peine d'être chassée de la Cour. Et comme Mme de La Motte-Feuilly évoquait le lien profond qui nous unit et auquel ne manque que la bénédiction de l'Eglise, la « grosse banquière » a tranché net en ajoutant que le bien du royaume était en jeu ! Le bien du royaume , je te demande un peu ! En quoi notre amour, notre mariage même, pourraient nuire à la France ? Nous sommes si insignifiants !

— Il suffit d'un grain de sable pour enrayer une grande machine ! Et puis, ne fais pas l'innocent ! Tu sais parfaitement qu'à la veille d'être répudiée, la Reine s'est assurée le secours du plus intime confident du Roi – autrement dit ton père ! – en lui offrant pour toi la main de la plus riche héritière de Toscane, que celui-ci a consciencieusement rempli sa part du contrat et que... et que Giovanetti est rentré ce soir à Fontainebleau.

— Comment le sais-tu ?

— Je le sais parce que je l'ai vu. Tiens : il n'y a pas une demi-heure.

— Et il ramenait...

— Un carrosse qui transportait quelqu'un. Une dame, précisa-t-il prudemment.

— Tu surveillais donc le logis des ambassadeurs ?

— On peut dire ça ainsi ! Las de t'attendre à la Ronce Couronnée où, entre parenthèses, tu devais venir me rejoindre, je me suis mis à table et c'est de là que j'ai vu un petit cortège flanqué de nombreux bagages, un carrosse couvert de poussière et Giovanetti en personne franchir le seuil du portail de la maison.

Antoine parut se décomposer à vue d'œil et, débouclant son épée, se laissa tomber sur son lit :

— Déjà !... C'est affreux !... Qu'est-ce que je vais bien pouvoir faire ? J'espérais tant qu'elle ne viendrait pas !

— A part la fuite qui pourrait faire de toi un déserteur ou la rébellion ouverte qui te vaudrait sans doute l'échafaud, je ne vois pas d'autre issue que le mariage. Après tout, ce n'est jamais qu'un mauvais moment à passer !

— On voit que tu n'es pas à ma place, ricana Antoine. Et ma douce amie ? Que va-t-elle devenir après... une telle trahison ?

— Si elle se montre raisonnable, il est probable qu'on la mariera... avec un barbon mieux pourvu d'écus que de puissance génitale. Ensuite, vous pourrez vous aimer autant qu'il vous plaira... et tout le monde sera content. Même la Reine. A ce propos, qu'est-ce qui te prend de l'appeler la grosse banquière ? Tu es devenu un thuriféraire de Mme de Verneuil ?

Antoine rougit, ce qui lui arrivait rarement.

— J'avoue lui avoir rendu visite... pour lui demander d'user de son influence sur le Roi...

— Pour plaider ta cause ? Ah, bravo ! Ça c'est un coup de maître ! Ton Elodie te rend idiot, ma parole !

— Mesure tes paroles, s'il te plaît ! La belle Henriette est une femme charmante dont chacun sait qu'elle tient le Roi captif de ses charmes...

— Qu'elle tenait ! Ta pendule retarde, mon bon ! Le Roi a cessé de l'aimer. Elle lui en a trop fait voir ! Toujours est-il qu'il ne la voit plus et même qu'il ne lui écrit plus. C'est la belle Moret qui l'occupe !

Antoine haussa les épaules et se dirigea vers le meuble où l'on rangeait les bouteilles et se servit un verre de vin.

— Ce n'est pas la première fois ! Leurs brouilles ne se comptent plus mais il revient toujours à elle, plus amoureux que jamais !

— Eh bien, cette fois, cela m'étonnerait qu'il revienne.

— Pas moi... ni elle d'ailleurs ! Elle m'a reçu avec une grâce infinie, m'a même invité à revenir en me disant qu'elle serait toujours enchantée de me recevoir.

— Dans son lit, par exemple ? fit Thomas, goguenard. Je gagerais tout ce que tu voudras que tu lui plais...

Outré, Antoine se leva et reprit son chapeau :

— Que cela te convienne ou non, je retournerai la voir ! Mais, en attendant, je vais essayer de me tirer d'affaire tout seul.

— Où vas-tu ?

— Chez Giovanetti ! Il faut que je parle à cette fille avant que l'on nous mette face à face chez le Roi où je serai pieds et poings liés !

— As-tu une idée de l'heure qu'il est ?

— Aucune importance ! Un ambassadeur doit se tenir prêt à recevoir des messagers à n'importe quelle heure du jour ou de la nuit.

Il allait claquer la porte en sortant mais Thomas se précipita :

— Je t'accompagne ! Ne fût-ce que pour t'empêcher de faire de trop grosses bêtises !

Un quart d'heure plus tard, Antoine agitait la cloche du logis et, à la voix ensommeillée qui lui répondit, les annonça comme des officiers du Roi désirant s'entretenir en urgence avec Son Excellence !

Le portail s'ouvrit devant leurs chevaux. Guidés par un valet muni d'un flambeau, ils se retrouvèrent bientôt dans un cabinet convenablement meublé mais dans un style assez impersonnel pour convenir aux occupants successifs de l'hôtel... Filippo Giovanetti les y rejoignit peu après. Il était encore en tenue de voyage et visiblement peu satisfait de cette visite intempestive :

— Monsieur de Sarrance ? Monsieur de Courcy ? Puis-je demander ce qui vous amène à une heure aussi tardive ? J'arrive de voyage...

— Je sais, dit Thomas, je soupais à la Ronce Couronnée et je l'ai remarqué. D'abord, veuillez nous pardonner cette incursion bien peu protocolaire mais mon ami ici présent a quelque chose d'important à vous dire avant que vous ne voyiez le Roi.

— Serait-il devenu subitement muet pour vous confier le soin de parler pour lui ? fit l'ambassadeur avec une nuance de mépris qui n'échappa pas à Antoine, lequel répondit :

— Nullement, Excellence ! Mais c'est Courcy qui a été témoin de votre entrée ici escortant un carrosse et c'est au sujet de la personne qui se trouvait à l'intérieur que j'avais si grande hâte de vous rencontrer !

— Continuez ! l'encouragea Giovanetti dans l'œil duquel une étincelle de gaieté venait de s'allumer.

— Je sais qu'à la demande de Sa Majesté la Reine vous avez pris la peine de retourner à Florence afin d'en ramener une demoiselle que... qui me serait destinée en mariage. Or, avant que l'on nous présente l'un à l'autre, devant le Roi, la Reine ou les deux ensemble, j'ai tenu à venir au plus tôt vous apprendre que l'on prétend me contraindre à une union qui ne peut que me déplaire pour la raison que je suis épris d'une autre demoiselle et qu'elle a bien voulu se promettre à moi ! Mon père ne veut rien entendre... Le Roi non plus d'ailleurs et, voulant éviter à tout prix de blesser publiquement une personne venue de si loin, je pense que le mieux pour tout le monde serait que le refus émane d'elle. Nous ne nous sommes jamais vus et il n'y a aucune raison pour que je lui plaise...

N'ayant pas l'habitude des longs discours, il s'arrêta pour reprendre son souffle. Le diplomate se détourna pour cacher son envie de rire et toussota deux ou trois fois :

— Qu'est-ce qui vous fait penser qu'il y avait une demoiselle dans la voiture ?

— Courcy l'a aperçue. Elle semblait fort mécontente et...

— Il vous l'a décrite ?

— Non, Monsieur, pas du tout !

— Pourquoi n'en avoir rien fait, monsieur de Courcy ?

— Pardonnez-moi mais je pensais que... ce n'était pas la peine, du moment que Sarrance refusait d'épouser. Pourquoi offenser inutilement ? ajouta-t-il sur un ton vague. Cette personne était seule dans le carrosse et vous l'avez appelée « Madonna Davanzati »...

— Evidemment ! Eh bien, Messieurs, vous avez fort bien fait de vous confier à moi. Je vais rapporter votre visite... et vos sentiments à donna Lorenza et nous verrons ensemble quelle conduite adopter pour ne pas déplaire à Leurs Majestés ! Je vous donne le bonsoir !

— Je ne saurai jamais assez vous remercier, Excellence ! dit Antoine, soulagé. Vous me rendez la vie !

— J'essaierai, Monsieur, j'essaierai !

En allant reprendre son cheval, Antoine se sentait rasséréné. Son père serait sans doute furieux mais lui, au moins, aurait droit à la douce existence dont il rêvait auprès de sa tendre amie ! Et cette démarche avait été si facile ! Ce Florentin était vraiment un brave homme...

— Au fait ! dit-il soudain à Thomas. Pourquoi t'a-t-il demandé si tu m'avais décrit la voyageuse ? Elle est si belle que cela ?

— Tout le contraire ! C'est une virago qui doit être aussi large que haute. Elle est laide comme le péché et certainement plus mûre qu'on ne le prétend. Ce qui devrait expliquer pourquoi la plus grosse fortune florentine après celle des Médicis n'ait pas encore trouvé preneur ! Si Giovanetti avait refusé de t'entendre, je t'aurais prévenu...

— C'est quand même bizarre ! Si elle est la filleule de la Reine, elle ne devrait pas avoir plus de... voyons ! Marie de Médicis a dans les trente-six ans...

— On peut être marraine au berceau ! Cela se fait chez les princes...

Courcy renifla et prit un air inspiré :

— Qu'est-ce que la beauté au fond sinon une vue de l'esprit ? On peut être séduisante pour quelqu'un et déplaire profondément à quelqu'un d'autre. Comme dit le proverbe : « Des goûts et des couleurs on ne peut discuter ! »

— Je ne peux que te donner raison bien qu'il y ait une limite.

— Très juste ! Et, à ce propos, tu ne devrais pas te réjouir trop vite.

— Pourquoi ?

— Rien ne dit qu'elle acceptera de rentrer benoîtement chez elle avec son magot ? Tu pourrais lui plaire, toi ? Tu es loin d'être vilain, mon bon !

— N'exagérons rien. Je ne suis pas Apollon et, comme tu viens de le dire : « Des goûts et des couleurs... » Ne t'inquiète pas, je ferai en sorte d'être aussi malgracieux que possible !

Ils cheminèrent encore un moment en silence puis Thomas lâcha un soupir et déclara en guise de conclusion :

— On verra ! Pour l'instant, allons dormir. Toi, je ne sais pas mais, moi, je meurs de sommeil !

Cependant, à l'hôtel des ambassadeurs, on avait observé leur départ et, quand Giovanetti remonta l'escalier, il découvrit Lorenza debout près d'une fenêtre donnant sur la cour. Les bras croisés sur la poitrine, retenant les plis d'une sorte de dalmatique de soie blanche dans une attitude qui lui était familière, la masse soyeuse de ses cheveux répandus sur ses épaules, elle le regarda gravir les dernières marches.

— Lequel était-ce ? demanda-t-elle. Le lion ou le loup ?

Filippo se mit à rire. Elle était bien une fille d'Eve, mère de la curiosité, et il ne chercha pas à finasser. Restait à savoir si elle avait écouté la conversation.

— Le loup ! Vous devriez le savoir si vous nous avez entendus ?

Elle eut un sourire de dédain :

— J'ai ouï les noms quand vous les avez rejoints mais je n'ai pas coutume d'espionner... et je comptais sur vous pour m'enseigner. Que voulaient-ils ?

— Avant que je ne vous réponde, j'aimerais vous poser une question : comment le trouvez-vous ? Beau, j'imagine ?

— Pas vraiment, mais il est mieux que ça ! Il y a en lui un je-ne-sais-quoi d'inquiétant qui n'est pas sans charme. Cette balafre au visage peut-être ?... Et sa voix est si belle ! Ce doit être amusant d'asservir ce genre de fauve..., continua-t-elle, soudain rêveuse.

Qu'elle fût séduite ne fit aucun doute pour l'ambassadeur mais il en éprouva une irritation qui le surprit :

— Je ne sais pas si l'occasion vous en sera donnée, Madonna. Il ne veut pas vous épouser, lâcha-t-il brutalement.

— C'est de cela dont il voulait vous entretenir ?

— Non seulement cela mais d'une autre chose encore : il souhaite que le refus vienne de vous !

— De moi ? Il a perdu l'esprit ?

— On pourrait en effet l'expliquer ainsi mais, en fait, il est amoureux d'une autre jeune fille et veut en faire son épouse. Un projet auquel son père et le Roi s'opposent bien entendu.

— En ce cas, ne devrait-il pas se soumettre ?

— Assurément et d'autant plus qu'il est officier mais c'est un obstiné doué d'un aussi mauvais caractère que le marquis Hector, son père. C'est devenu proverbial. Leurs disputes sont célèbres ! Il faut souligner qu'Antoine réussit l'exploit de faire entendre ses quatre vérités à son géniteur sans jamais manquer au respect !

— Je vois ! Et... l'autre ? Le lion ?

— Thomas de Courcy, son ami depuis qu'ils étaient chez les pages, son alter ego. Ils servent tous les deux aux chevau-légers et sont quasiment inséparables.

— Oreste et Pylade ?

— Si vous voulez ! A ce propos, il faut tout de même que je vous fasse part d'un détail que j'ai trouvé extrêmement amusant. Thomas le rouquin n'est pas étranger au refus de son ami.

— Mais je vous en prie ! J'ai très envie d'être amusée.

— Voilà : quand nous sommes arrivés ici ce soir, Thomas soupait à l'auberge voisine. Il a pu nous observer et l'esclandre de donna Honoria ne lui a pas échappé et pas davantage qu'elle occupait seule le carrosse puisque vous aviez choisi de vous habiller en garçon après que votre selle de dame se fut brisée.

— Et alors ?

— Et alors il l'a prise pour vous !

— Il l'a... Vous voulez dire... qu'il croit que c'est elle que son ami doit épouser ?

— Tout juste !... Avouez que c'est drôle ?

Les éclairs de colère qui traversaient les yeux noirs de Lorenza se changèrent en pétillement de gaieté et elle éclata d'un rire si joyeux qu'elle ne dit plus rien. Elle riait encore en regagnant sa chambre. Les jours à venir pourraient être divertissants.

3

Un seul regard...

La reine Marie aimait beaucoup le palais de Fontainebleau qui lui rappelait un peu son Italie natale. Elle savait que le Primatice, qui l'avait construit pour le roi François Ier, était un compatriote et puis, avec ses magnifiques jardins, ses miroirs d'eau, ses volières, sa forêt et la Seine proche, le séjour en était infiniment agréable... Bien plus que celui du Louvre, encore féodal en dépit des grands travaux réalisés par les Valois, singulièrement par Catherine de Médicis, et poursuivis par Henri IV lui-même.

Elle n'était pas près d'oublier l'horreur qui s'était saisie d'elle quand, débarquant à Paris après son mariage à Lyon où l'avait laissée son époux, elle avait visité le vieux palais – où d'ailleurs nul ne l'attendait ! – lugubre à souhait avec ses meubles branlants, ses peintures sales, ses tentures effilochées, le tout sous un éclairage sinistre. Croyant à une mauvaise farce, elle en avait pleuré d'indignation et s'était réfugiée chez les Gondi, ancienne famille de banquiers florentins arrivés en France dans le sillage de la reine Catherine. Là, elle avait pour ainsi dire retroussé ses manches et ordonné les travaux nécessaires. Elle était riche, savait ce qu'elle voulait et, quand le Roi la rejoignit enfin, la transformation lui avait sauté aux yeux : cette demeure fastueuse était enfin digne d'abriter la royauté !

Après tant d'années de guerre, Henri IV ramenait avec lui la paix. Une paix durable et dont le peuple qu'il avait dû conquérir à la pointe de l'épée lui était reconnaissant. Enfin la prospérité allait renaître ! Il en avait profité pour doter le Louvre d'une longue galerie destinée à le relier aux Tuileries. En même temps, il édifiait de nouveaux bâtiments à Fontainebleau, son château de prédilection où il pouvait s'adonner autant qu'il le voulait à sa passion pour la chasse. Aussi, le couple passait-il chaque année les mois de septembre et d'octobre dans ce joli palais. Il arrivait que Marie y vienne seule au printemps...

Ce matin-là, il faisait un temps radieux. Vêtue de soie légère, coiffée d'un grand chapeau de paille d'Italie orné de taffetas, elle était occupée à discuter avec son jardinier en chef quand l'une de ses femmes vint l'informer que l'ambassadeur de Toscane la priait de bien vouloir lui accorder un moment. C'était une bonne nouvelle et elle donna l'ordre qu'on le conduise à la volière où elle le rejoindrait.

— Alors, ser Filippo ? s'écria-t-elle employant avec joie sa langue natale et le tutoiement florentin. Nous apportes-tu de bonnes nouvelles ? Ma filleule est-elle avec toi ?

— Elle est là, en effet, Madame, toute soumise au bon vouloir de Votre Majesté ! Mais nous l'avons, si j'ose dire, échappé belle !

— Comment cela ?

— Si j'étais arrivé à Florence quinze jours plus tard, elle était mariée !

— Déjà ? Quelle âge a-t-elle ?

— Elle vient d'avoir dix-sept ans. Et elle est ravissante...

— Mariée à qui ? Je la croyais encore au couvent ?

— Au jeune Vittorio Strozzi. Leurs Altesses avaient ménagé leur rencontre au cours d'une fête au palais et ils sont tombés amoureux dès qu'ils se sont vus. Les noces devaient avoir lieu une semaine après mon arrivée mais, la veille, le fiancé a été assassiné... Alors qu'il quittait sa dernière fête de garçon, quelqu'un lui a planté une dague dans le cœur en laissant un billet affirmant que quiconque prétendrait épouser donna Lorenza subirait le même sort !

Les yeux bleus globuleux de la Reine – héritage Habsbourg oblige ! –, s'arrondirent encore :

— A-t-on retrouvé le coupable ?

— Non, Madame... Aussi le grand-duc Ferdinand a-t-il accueilli très favorablement l'idée d'envoyer la jeune fille en France afin de la mettre non seulement à la disposition de Votre Majesté mais aussi à l'abri !

— Sainte Mère de Dieu ! Cela veut dire qu'elle pleure à longueur de journée ?

— Non pas, Madame. Donna Lorenza est une personne sensée... En outre, je crois que, tout ayant été très rapide, trop rapide peut-être, elle n'a pas eu le temps de s'attacher profondément à ce beau jeune homme. Et comme elle ne souhaitait nullement réintégrer les Murate...

— Voilà qui est bien ! De toute façon, elle ne perd pas au change. Je ne connaissais pas le jeune Strozzi mais celui qu'on lui destine est... des plus séduisants ! Tout est donc pour le mieux !

Giovanetti ouvrit la bouche pour émettre des doutes sur le mieux en question mais, à la réflexion, préféra se taire. Il connaissait bien la Reine, la savait peu intelligente – sinon bornée ! –, orgueilleuse, violente, obstinée, acariâtre, rancunière mais facile à gouverner pour qui savait s'y prendre. Aussi une voix intérieure lui soufflait-elle de ne rien rapporter des propos qui s'étaient échangés la veille chez lui. Toutefois, il risqua :

— L'idée est-elle venue à Votre Majesté que le jeune Sarrance pourrait aimer ailleurs ? Il rencontre beaucoup de succès auprès des dames !

De sa petite main grasse, elle balaya la suggestion d'un geste désinvolte :

— Justement ! Une de plus ne devrait pas lui faire peur. En prime, il disposera d'une belle fortune. Que demander de plus ? Tu dis qu'elle est jolie ?

Giovanetti savait qu'il ne fallait pas trop vanter devant Marie les charmes d'une autre femme et regrettant un peu le « ravissante » de tout à l'heure venu spontanément à ses lèvres, il décida de ne pas en rajouter :

— Elle l'est, Votre Majesté, assura-t-il sobrement. La Reine devrait en être satisfaite...

— Et... le Roi ?

Devinant ce qu'elle avait derrière la tête, il opta pour une sorte de naïveté :

— Le... le Roi de même, je pense ? émit-il comme s'il ignorait les appétits du Béarnais.

En fait, il s'était déjà posé la question sans trop oser y répondre. A chaque jour suffisait sa peine. Si Henri gratifiait la jeune Florentine d'un œil lubrique, ce serait à Sarrance de s'en arranger. Lui-même estimait avoir rempli de son mieux sa mission. Le reste ne le regardait pas...

Il reprit le ton officiel :

— Puis-je demander à Votre Majesté quel moment elle a choisi pour la présentation de donna Lorenza ?... et de sa tante ? ajouta-t-il précipitamment.

— Sa tante ? Qui est-elle celle-là ?

— Donna Honoria Davanzati, la sœur de son père. Elle n'est ni belle, ni même agréable, mais étant la seule parente de la jeune fille, elle a tenu à l'accompagner afin d'assurer le respect des convenances. Je n'ai pu faire autrement que de l'emmener. Elle ne cesse de clamer d'ailleurs son désir de revoir, portant la couronne de France, la jeune princesse qu'elle admirait tant et de l'assurer de son dévouement !

— Donna Honoria ?... Je ne vois pas... Oh si ! Je me souviens ! Elle était laide comme le péché ?

— Elle l'est plus encore si j'ose dire et son caractère ne s'est pas amélioré. A mon grand regret, c'est un vrai dragon ! Elle est pire, je crois, qu'une duègne espagnole !

— Et elle proclame nous être dévouée ? fit Marie avec un petit sourire.

— C'est ce qu'elle m'a répété au moins cent fois !

— Tu as bien fait de la faire venir. Qu'elle veille sur ma filleule ne peut être qu'une bonne chose. En outre, l'époux en fera ce qu'il voudra... Quant à la présentation, tu sais que nous donnons audience en fin de journée entre la promenade et notre souper. Venez à ce moment-là ! A présent, je voudrais rester seule... mais je suis contente de toi, ser Filippo !

Il ne restait plus qu'à saluer et se retirer.

Proche de l'appartement de la Reine, le Salon ovale, de par sa forme et son décor de superbes tapisseries – Marie de Médicis en raffolait et en faisait accrocher partout ! –, était l'un des plus agréables. Les souverains s'y tenaient chaque soir, sauf quand il y avait bal, pour y recevoir de façon moins formelle que dans la salle du Trône. On y revenait aussi après le souper pour s'y livrer à toutes sortes de jeux. L'or y coulait alors à flots.

Le cœur de Lorenza lui battait un peu vite quand, sa main sur celle de l'ambassadeur, elle en franchit les portes peintes de couleurs vives et d'or. Plus chatoyante encore était la société qui s'y trouvait. De petits groupes d'où s'échappaient parfois des rires ou des éclats de voix bavardaient mais l'ensemble se brouillait en une sorte de kaléidoscope étincelant où son étrange émotion l'empêchait de rien distinguer, sauf la Reine qu'elle trouva différente du souvenir que ses yeux d'enfant avaient jadis enregistré... Plus petite qu'à l'époque – mais elle avait elle-même beaucoup grandi – elle lui parut plus majestueuse dans sa robe de brocart bleue toute cousue de perles mais en aucune façon séduisante. Sous ses cheveux blonds frisés et relevés au-dessus du front, le visage à la peau très blanche était lourd, les yeux à fleur de tête et sans éclat, la bouche serrée, têtue. Elle était singulièrement dépourvue de grâce. Il ne devait pas être facile de s'y attacher ! L'idée que son sort allait en dépendre la fit frissonner tandis qu'après l'annonce aboyée par un huissier de la chambre, elle s'avançait lentement entre deux rangées de courtisans que la curiosité avait muselés. Giovanetti s'en aperçut :

— Vous tremblez ? chuchota-t-il du coin de la bouche. Vous avez peur ?

— Oui... non ! Je ne sais pas...

— Je vous tiens bien. C'est le moment !

Il lui avait en effet expliqué comment on devait se présenter. Elle plongea dans une profonde révérence et bénit en son for intérieur la main qui la soutenait. Il fallait maintenant aller quasiment se prosterner devant Sa Majesté afin de baiser le bas de sa robe. Un exercice qui l'effrayait dans le silence à peine troublé par un imperceptible murmure où elle se mouvait comme dans un cauchemar. Et soudain, alors que, lâchée par Filippo, elle posait ses lèvres sur le lourd tissu emperlé, une voix joyeuse dotée d'un redoutable accent tonitrua :

— Ventre-saint-gris ! La belle cousine que nous avons-là grâce à vous, ma mie ! Vous permettez que je l'embrasse ? En vérité, j'en connais qui ont de la chance !

Sitôt relevée par une poigne vigoureuse, elle se retrouva en contact avec un visage barbu dont le propriétaire dégageait une forte odeur d'ail. Le Roi !

Quand il l'écarta de lui pour la tenir à bout de bras et mieux la voir, il débordait si visiblement d'enthousiasme que la petite bouche de sa femme se pinça tandis qu'autour d'elle les dames chuchotaient derrière les éventails dont elles n'avaient nul besoin par une soirée aussi douce sinon pour écarter des odeurs déplaisantes. Toutes se demandaient visiblement si l'entrée en scène de cette éblouissante jeune fille ne sonnait pas le glas de la marquise de Verneuil. La Reine dut le penser également car, après quelques paroles d'une bienvenue sans chaleur accompagnées d'un demi-sourire qui ne montait pas jusqu'aux yeux, elle déclara :

— Comme vous venez de le faire remarquer, Sire, ma jeune cousine est venue ici pour se marier. La voyage a été long et elle doit avoir hâte de rencontrer celui qu'on lui destine.

— Sans doute, ma mie, sans doute ! Vous avez raison comme toujours. Holà, Antoine de Sarrance ! Viens çà contempler de plus près le beau présent que le Seigneur Dieu t'envoie !

— Sire, gronda Marie déjà en colère. Songez à respecter les usages ! Nous ne sommes pas ici dans la maison d'un croquant !

— Et vous, ne soyez pas si gourmée et ne malmenez pas les croquants. Ils sont enfants de Dieu comme vous et moi ! Holà, Sarrance !

Antoine qui se tenait à quelques pas avec Thomas secoua l'espèce d'hypnose qui l'avait pétrifié quand la jeune Florentine était entrée. Il était alors occupé à admirer son Elodie, qui se tenait modestement les yeux baissés au milieu des filles d'honneur de la Reine. Un énergique coup de coude de Thomas qui venait de lâcher un juron enthousiaste l'avait ramené sur terre mais ce fut pour recevoir un choc tel qu'il n'aurait jamais cru l'éprouver. Elle ne pouvait appartenir qu'au monde du rêve, l'éblouissante jeune fille que l'ambassadeur conduisait vers la Reine. Aucun bijou, aucun ornement superflu sur l'ample robe de brocart abricot et de satin blanc à la mode florentine – c'est-à-dire dépourvue du disgracieux vertugadin à l'espagnole tout juste bon à épaissir la taille la plus fine... Rien au cou, rien aux poignets mais sur son front pur une grosse perle en poire retenue par un fil d'or qui se perdait dans la masse somptueuse de la chevelure brillante massée en lourdes tresses sur l'arrière de la tête. On ne voyait rien des yeux sinon la douce courbe des longs cils noirs qui ombraient les joues d'ivoire à peine rosi.

L'appel du Roi et un nouveau coup de coude de Thomas qui marmonnait des choses indistinctes concernant l'injustice du sort le réveillèrent. Il prit son élan :

— Me voici, Sire !

La jeune fille se tourna vers lui et il vit sourire les plus longs et les plus beaux yeux qu'il eût jamais vus... mais quelqu'un l'avait précédé : son père qui, plus proche du Roi, lui barra le passage et mit genou en terre :

— Sire, fit-il d'une voix forte, j'implore votre clémence pour mon fils !

— Ma clémence ? Pourquoi, diantre, en aurait-il besoin ?

— Mademoiselle est d'une grande beauté mais son cœur est pris ailleurs et ce serait malhonnête à lui d'accepter cette jolie main venue de si loin. Pardonnez-lui !... et vous aussi, Mademoiselle, ajouta-t-il pour Lorenza qu'une bouffée de colère embrasait.

Le Roi, lui, semblait fort mécontent :

— Vous m'en avez déjà touché mot, marquis, mais cela ne tirait pas à conséquences et je suis mal satisfait !

— En revanche, reprit Sarrance qui s'était remis debout, et afin d'effacer l'offense faite à donna Lorenza... ainsi qu'à Sa Majesté la Reine, je demande sa main pour moi-même !

— Père ! protesta Antoine qui n'osa pourtant pas aller plus loin.

Elodie se tenait à quelques pas derrière Marie de Médicis. Elodie qu'il contemplait amoureusement un instant plus tôt... dans une vie antérieure !

Hector cependant reprenait, décidé à tout pour cette fille qui venait de lui enflammer le sang :

— Je suis veuf comme le savent Vos Majestés et encore gaillard et en âge – le même que le vôtre, Sire, sauf votre respect ! – de satisfaire une jeune fille inexpérimentée et d'en obtenir des fruits vigoureux ! Ainsi mon fils pourra épouser celle qu'il aime et... tout le monde sera heureux !

— Pas moi ! Je refuse !

Lorenza venait de s'exprimer à haute et fort intelligible voix, soulevant les réactions diverses de la Cour mais elle s'en moquait. Un scandale ne la ferait pas reculer. Après ce que lui avait confié Giovanetti, elle s'était fait un plaisir, presque un devoir envers elle-même de séduire l'homme qu'on lui avait tant vanté mais il n'avait jamais été question d'entrer dans le lit d'un barbon. L'instant suivant, elle pliait le genou devant le couple royal médusé :

— Avec la permission de Leurs Majestés, je prends congé... et retourne à Florence ! Messer Giovanetti ! appela-t-elle en se relevant, si vous voulez bien me ramener.

Ne sachant trop quelle contenance prendre, celui-ci s'avança mais la Reine intervint avec sa brutalité coutumière :

— Je vous l'interdis, ser Filippo ! C'est sur mon désir que cette union a été arrangée avec la famille de Sarrance et je suis décidée à y garder la main. Que ma filleule épouse le père au lieu du fils est sans importance : le mariage aura lieu dès notre retour à Paris. En attendant, ma chère filleule demeurera ici avec les dames et demoiselles de ma maison. J'espère, Sire, que nous sommes d'accord ? assena-t-elle à son époux avec l'un de ces coups d'œil qui d'habitude l'agaçaient prodigieusement mais cette fois, il se contenta d'opiner avec un large sourire dont il gratifia Lorenza. Il avait déjà oublié le refus de la jeune fille occupé qu'il était à la détailler, et il n'était pas difficile de deviner ce qu'il pensait. Mariée à Antoine, cette belle enfant eût été hors de portée mais unie à ce vieil Hector, son compère et son contemporain, elle serait beaucoup plus accessible et redonnerait vie à son cœur déplorablement vide depuis qu'il s'écartait de Mme de Verneuil.

Cependant, si elle ne brillait pas des feux d'une vaste intelligence, Marie de Médicis n'était pas complètement idiote et sa jalousie toujours en éveil flaira le danger. Elle s'adressa à l'ambassadeur :

— Ser Filippo, ronronna-t-elle, ne m'avez-vous pas dit, ce matin, que donna Honoria Davanzati accompagnait sa nièce ?

— En effet, Majesté, mais j'avais cru comprendre que la Reine...

— Rien du tout ! Si sa présence ne s'imposait pas pour cette première entrevue, elle devient indispensable dès l'instant où ma filleule demeure au palais. Faites-la chercher sur l'heure ! Leurs bagages suivront demain ! Vous pouvez vous retirer, ma filleule ! Madame de Guercheville, continua-t-elle en se tournant vers sa dame d'honneur, veuillez conduire donna Lorenza dans nos appartements et veiller à lui trouver un endroit où dormir. Nous sommes un peu à l'étroit ici mais... qu'y a-t-il encore ?

La question s'adressait à la jeune fille qui, mettant son orgueil de côté, venait de s'agenouiller devant elle :

— Je demande pardon à Votre Majesté mais je la supplie de me laisser rentrer à Florence ! J'avais accepté ce mariage offert par Leurs Altesses grand-ducales bien que je vinsse de perdre un fiancé que j'aimais en espérant justement y trouver l'apaisement mais, puisqu'il s'agit désormais de quelqu'un d'autre, je requiers l'autorisation de partir ! Là-bas, je retournerai aux Murate !

— Vous m'ennuyez, ma chère et je n'aime pas à me répéter. Vous resterez et vous épouserez le marquis. Sinon ce n'est pas dans un couvent que nous vous enverrons mais à la Bastille comme la rebelle que vous seriez alors ! Emmenez-la, Guercheville ! Cela a assez duré !

Avec douceur, la dame prit la main de Lorenza pour l'aider à se relever :

— Venez ! dit-elle. Il ne faut pas contrarier la Reine.

Elle n'en dit pas davantage mais la jeune fille lut dans les yeux clairs de cette femme d'un certain âge au visage aimable une totale compréhension et se laissa emmener puisqu'il n'y avait rien d'autre à faire pour ce soir...

Tandis que Lorenza vaincue mais non résignée quittait le Salon ovale, Hector de Sarrance recevait les félicitations de ses pairs avec une satisfaction qui en indisposa plus d'un.

— Regardez-le donc ! fit Joinville, frère du duc de Guise, à Bellegarde. On dirait un paon qui fait la roue !

— Paré de plumes un rien défraîchies ! Il faut avouer qu'il a de quoi être content : une fille éblouissante et une grosse fortune ! Je me demande ce qu'en pense son fils ? Visiblement, il ne semble pas enchanté ! Pourtant, il devrait l'être. Il m'a dit ce tantôt être amoureux de la petite La Motte-Feuilly et vouloir l'épouser.

— C'était avant d'avoir vu la belle Lorenza ! La jouvencelle en question est gentille mais ne supporte pas la comparaison et le malheureux pourrait bien se trouver victime du plus imprévu des coups de foudre ! Cela arrive...

— Moi, si j'étais le marquis Hector je ne me rengorgerais pas comme il le fait en oubliant que la Roche Tarpéienne est toujours près du Capitole. Je ne lui donne pas... disons deux mois avant d'être cocu !

— Par son fils ?

— Oh non ! Si j'en crois la mine d'Antoine, il serait plutôt tenté par le parricide ! Par le Roi, mon cher ! Notre Vert Galant regardait la petite comme un matou une jatte de crème. Tout juste s'il ne se léchait pas les babines !

Le prince de Joinville n'était pas le seul à avoir observé la physionomie d'Henri IV. Si Antoine, lui, pris à son propre piège, n'avait rien vu, Courcy n'en avait pas perdu une miette. Tandis qu'Hector proclamait ses intentions matrimoniales, il s'était hâté, profitant de la stupeur générale, de tirer son ami en arrière afin de lui éviter, soit un geste soit des paroles inconsidérées.

Au moment où la jeune fille était apparue, Thomas avait pressenti une catastrophe. Il connaissait trop bien Antoine et ses nombreuses aventures pour l'imaginer de glace et l'œil terne devant tant de rayonnement juvénile ! Qu'il soit tombé amoureux de La Motte-Feuilly au point de vouloir l'épouser l'avait laissé perplexe. La petite était charmante, c'était une chose entendue, mais dans le genre fragile – selon Thomas, il ne devait pas y avoir beaucoup de rembourrage entre la peau quasi translucide et les os ! – et jusqu'à présent les goûts d'Antoine l'avaient attiré vers les belles plantes. Il le voyait mal passer sa vie à contempler un bibelot que les années dessécheraient rapidement. Mais tout venait de changer avec l'apparition de cette Lorenza et Thomas sentait poindre à l'horizon une longue suite de problèmes, peut-être douloureux.

Tandis qu'il l'écartait du devant de la scène, Antoine avait eu pour son ami un regard éperdu :

— Dis-moi que je suis en train de rêver... que je vais me réveiller de ce cauchemar avant de devenir fou !

— Je crains fort que non ! Il va falloir que tu te fasses à l'idée que cette ravissante créature va devenir ta belle-mère !

L'œil du jeune homme flamba :

— Ne sois pas bêtement cruel ! Ce qui m'arrive est épouvantable.

— Si tu crois que je n'ai pas compris ! Elle te plaît, n'est-ce pas ?

— Me plaire ? Quel mot ridicule quand on vient d'être frappé par la foudre ! Comment aurais-je pu penser qu'elle était si belle... surtout après ton rapport grotesque ! Mais où avais-tu les yeux, bon Dieu, quand tu observais le retour de Giovanetti ?

Une demoiselle mûre, laide comme les sept péchés capitaux de surcroît ! Et moi qui t'ai cru comme un imbécile ! Tu avais trop bu ?

Même s'il en avait toujours une petite réserve au service de son ami, la patience n'était pas la vertu cardinale de Courcy. Son poing se referma comme un étau sur le poignet d'Antoine :

— On se calme ! Je t'ai seulement rapporté ce que j'ai vu dans le carrosse. En revanche... pendant que cette mégère vitupérait, j'ai entendu rire un jeune cavalier qui se tenait près de l'ambassadeur et qui m'est apparu si beau que je me suis demandé si ser Filippo n'avait pas un faible pour les jolis garçons. Quel idiot j'ai été. Ce devait être elle déguisée en garçon ! Mais c'est trop bête, tu as raison...

Antoine n'eut pas le temps de répondre. Son père les abordait et lui tapait sur l'épaule :

— Eh bien, monsieur mon fils, vous voilà heureux, j'espère ? Je vous ai évité un mariage qui vous déplaisait et nous sommes riches ! Vous allez pouvoir épouser votre Elodie même si elle ne nous apporte pas un liard !... et vous serez accompagnés de ma bénédiction en plus ! Je vais même demander sa main sans plus tarder afin qu'on nous marie le même jour ! Ce sera charmant !

Thomas vit Antoine blêmir et retint sa respiration mais celui-ci s'était repris assez pour répliquer :

— Rien ne presse, Monsieur ! Il ne faut jamais trop se hâter... et je crains que vous ne vous soyez laissé emporter par votre... désir de m'aider mais cette jeune fille a trente ans de moins que vous et...

Le marquis éclata d'un rire sauvage. Simultanément, ses pupilles se rétrécirent et Thomas comprit, avec effroi, qu'il avait parfaitement compris l'émoi de son fils et qu'il le savourait même avec un plaisir démoniaque :

— Et après ? Allez donc demander au Roi si un tendron lui ferait peur ? Pas à moi, en tout cas, et je le prouverai en agrandissant notre famille ! Ce jeune corps devrait produire de beaux fruits !

Thomas se lança dans la bataille pour secourir son ami. Il se mit à son tour à rire en feignant la joie :

— Je vous fais confiance ! Mais prenez garde, Monsieur, que le Roi ne souhaite partager le festin. Il est évident que la beauté de votre future épouse l'a ému. Il la regardait de façon fort douce... et l'on dit qu'en ce moment son cœur est libre...

Non seulement Hector ne fit pas chorus mais ses lèvres se serrèrent jusqu'à ne plus former qu'une mince ligne :

— Je ne le lui conseille pas ! Soyez sûr, mon garçon, que je saurai garder ce qui est à moi !

— Pas encore ! lâcha Antoine, exaspéré. Vous oubliez qu'elle vous a refusé et réclamé son retour à Florence !

— Elle changera d'avis, voilà tout ! La Reine y veillera ! Quant à vous, mon fils, ne songez qu'à vous réjouir ! Je vais travailler à votre bonheur !

Et sur ces mots où planait une vague menace, il tourna les talons en sifflotant un air de chasse. Les deux jeunes gens le regardèrent s'éloigner en silence. Ils découvraient l'un et l'autre qu'en revendiquant la main de Lorenza le vieil homme n'avait pas obéi au simple désir de renflouer ses finances précaires et de s'assurer la dot royale qui risquait de lui échapper, mais à une impulsion tout aussi humaine mais infiniment plus primitive parce que animale : le rut du vieux mâle devant la plus jolie femelle du troupeau. Riche ou pas, il voulait Lorenza dans son lit et entendait l'y retenir envers et contre tous. La beauté chaleureuse de la jeune fille avait éveillé en lui une de ces passions sans amour que l'âge peut rendre redoutable.

— Que vas-tu faire ? s'inquiéta Thomas.

— Me resterait-il quelque chose à faire ?... A part peut-être me passer l'épée au travers du corps pour m'éviter d'embrocher mon père !

— Allons ! Tu n'en penses pas un mot !

— Si ! Je te jure que si... Mais j'ai l'impression d'être en train de devenir fou !... Pardonne-moi, il faut que j'aille prendre l'air ! J'étouffe !

L'instant d'après, il avait disparu, fendant la masse des courtisans sans leur accorder un regard ni se soucier d'en bousculer deux ou trois. De quoi s'attirer quelques duels mais les personnes en question n'étaient sans doute pas d'humeur belliqueuse. Il est vrai aussi que la carrure du jeune officier et sa réputation de bretteur pouvaient dissuader quiconque de la provoquer.

Sachant qu'il était au-delà de tout raisonnement, Thomas se contenta de le suivre du regard bien qu'il eût souhaité volontiers aller respirer l'air frais des jardins plutôt que celui, saturé, d'un salon où les parfums se contrariaient le plus souvent mais présentaient au moins l'avantage de masquer tant bien que mal des effluves moins suaves. S'y mêlaient, en effet, des odeurs de cuisine : le souper royal devait avoir commencé. Or, non seulement il n'avait pas faim – chose rare parce que son appétit était réglé sur une horloge – mais cet amalgame lui donna mal au cœur, ce qui le décida à faire un tour lui aussi. Entre le jardin de Diane, celui des Eaux, les parterres et le parc, il y avait suffisamment d'espace pour qu'Antoine ne l'accuse pas de le poursuivre.

Il se dirigeait vers l'escalier quand une voix féminine l'appela :

— Monsieur de Courcy ! Monsieur de Courcy !... Un mot, s'il vous plaît !

Retenant à deux mains ses jupes élargies par le disgracieux vertugadin hérité de la mode espagnole, la jeune Elodie accourait à sa rencontre. Plus rose encore que sa robe et visiblement au comble de l'excitation, elle serait peut-être allée droit dans un mur s'il n'avait été là pour la retenir :

— Où... où... où est Antoine ? Je veux dire... M. de Sarrance ?

— Je n'en sais rien, Mademoiselle, répondit-il, sincère. Mais vous voilà bien émue ?

— Il... il y a de quoi ! Je suis tellement... tellement heureuse !

— A ce point ?... Allons, remettez-vous !

— Je n'ai pas le temps ! Il faut que je le voie... que je lui apprenne...

— Et quoi, mon Dieu ?

— Le marquis son père vient de... demander ma main à ma mère ! Nous allons nous marier ! Et sans se soucier de l'avenir puisque lui-même épouse la riche Florentine !... C'est... merveilleux !

Ses jolis yeux pervenche brillaient d'une joie qui, lorsqu'elle avait commencé à parler, avait inspiré de la pitié à Thomas qui pensait que son bonheur était en miettes avant d'éclore au soleil, mais la fin du discours tempéra cette émotion : se soucie-t-on d'argent quand on réalise un rêve que l'on croyait impossible ?

— Tous mes vœux de bonheur, Mademoiselle ! Quant à Sarrance, je peux seulement vous dire que... Monsieur le Grand est venu le prendre par le bras pour lui confier une chose d'importance, mentit-il dans le but de la faire tenir tranquille au moins pour ce soir, Antoine ayant vraiment besoin de calme pour essayer de savoir où il en était. Il lui a certainement annoncé la nouvelle et...

— Mais cela a eu lieu il n'y a pas dix minutes !

— Comme si vous ne saviez pas que le Grand Ecuyer est toujours au fait des tout derniers bruits. Avant même les intéressés, je crois bien ! En outre, il s'agissait d'une affaire sérieuse !

— Notre mariage n'est-il pas une affaire sérieuse ?

La voilà vexée, pensa Thomas. Comment l'amour a-t-il pu aveugler cet imbécile d'Antoine au point de ne rien deviner de sa nature profonde égoïste et vaine ?

— Bien entendu ! fit-il, conciliant. Mais vous savez que nous partageons la même chambre, lui et moi. Je vais attendre et, à son retour, j'aurai le plaisir de lui dire que vous le cherchiez... Nul doute qu'il n'accoure vers vous dès le lever du jour ! Pour ce soir, il vaut mieux que vous rentriez chez la Reine. Elle sera sûrement heureuse de vous féliciter !

— Vous croyez ?

— J'en suis sûr ! la persuada-t-il avec un large sourire. Vous ne pouvez pas errer toute la nuit dans le château et la ville. Ce ne serait pas convenable ! Et que dirait Sa Majesté ?

En vérité, Marie de Médicis confondait le plus souvent ses filles d'honneur avec des éléments d'ameublement mais toutes savaient aussi que s'il lui passait par la tête d'en appeler une, il était préférable pour elle d'être à sa disposition.

— Vous avez sans doute raison. Je vais aller reprendre ma place. Merci à vous, Monsieur de Courcy !

— Mes vœux vous accompagnent.

On échangea salut et révérence puis chacun alla de son côté : elle, vers la grande antichambre où se déroulait le souper, lui, vers l'escalier au bas desquels il interrogea les gardes suisses. Il lui fallait absolument retrouver Antoine avant qu'il n'apprît son « bonheur » d'un quidam bien informé et ne fasse une sottise. Heureusement, il avait choisi le jardin de Diane sur lequel donnaient les fenêtres de la Reine et il n'était pas loin.

Assis sur un banc de pierre auprès d'une statue de nymphe, les coudes aux genoux et le visage levé vers l'appartement éclairé de lumières douces, il guettait une ombre, une silhouette mais aucune ne ressemblait à celle qui venait, de façon si soudaine, d'arracher son cœur aux jolies mains d'Elodie. Il y avait eu surtout ce regard ! Le seul qu'ils aient pu échanger mais qui contenait tant de promesses éblouissantes ! Une joie espiègle de la part de Lorenza, vite changée en un univers de scintillante félicité. Un instant sublime où ils s'étaient donnés l'un à l'autre aussi formellement que si elle s'était jetée dans ses bras... Et puis, à peine tissé, le fil s'était brisé, le rêve avait fait place à une réalité absurde à la limite du grotesque : elle allait devenir sa belle-mère ! En vérité, si ce n'avait été si tragique c'eût été à mourir de rire !

Antoine s'aperçut qu'il pleurait quand un mouchoir essuya ses larmes :

— Tu te fais du mal, murmura Thomas. Et j'ai peur d'en être responsable ! Si je ne t'avais pas rapporté l'arrivée du carrosse trimballant la tante je ne sais plus qui, tu aurais réagi différemment !

— Que nenni ! J'étais tellement certain de ne vouloir rien au monde que la main d'Elodie ! Tu n'as rien à te reprocher. Je n'ai à m'en prendre qu'à moi seul !

— Je te remercie mais ça n'arrange rien ! Afin que tu saches bien où tu en es, je suis venu t'informer que ton père a demandé pour toi la main de la dénommée Elodie et que la demoiselle et sa mère sont dans la joie !

— La mère aussi ? Elle a changé d'avis ?

— Cela t'étonne ? Te voilà baigné dans la lumière que dispense l'auréole dorée de ton père.

De candidat famélique, tu es devenu un gendre des plus souhaitables !

— Mais moi, je ne le souhaite plus ! Le double mariage qui réjouit tant mon cher père me répugne ! Il ne me reste donc qu'une seule voie de salut : m'en aller le plus loin possible !

— Tu veux déserter ? Tu es un soldat...

— Seulement changer d'affectation. N'importe quel poste frontière fera l'affaire... mais le plus loin possible !

— Le Roi a ramené la paix. On ne se bat plus nulle part ! Tu périras d'ennui !

— De ça ou d'autre chose... De toute façon, la guerre reviendra un jour...

Sans quitter les attirantes fenêtres des yeux, il se leva :

— J'ai stupidement détruit ma plus belle chance de bonheur. A moi d'en payer le prix ! Demain je solliciterai une audience du Roi !...

Quand Sarrance employait un certain ton, Courcy savait que tenter de discuter serait du temps perdu. D'ailleurs, finalement, ce n'était pas une si mauvaise solution. A deux ou trois cents lieues, il serait à l'abri des mauvaises rencontres et du moins, de lui-même !

— C'est à toi de voir et tu n'as peut-être pas tort ! Nous sommes dans l'urgence et il faut parer au plus pressé... En attendant, tu devrais aller dormir. Tu as eu ton compte d'émotions pour la journée... et il convient d'éviter des explications... inopportunes !

— Tu crois vraiment que je pourrai dormir ?

— Si l'on veut rêver je ne connais pas d'autre moyen !

— Et toi ? Tu ne rentres pas ?

— Pas maintenant !... Il y a... un détail que je voudrais vérifier ! Je t'en parlerai plus tard...

Il aurait été bien en peine d'en dire davantage car ce qu'il avait en tête tenait en peu de mots : voir le roi pour éviter à son ami une réaction qui pourrait être fâcheuse. Si bienveillant qu'il soit en général, Henri IV pouvait trouver agaçants les états d'âme à transformation des deux Sarrance. Tandis qu'Antoine regagnait docilement leurs quartiers après un ultime regard aux fenêtres de la Reine, Thomas se mit à la recherche du souverain...

Et le trouva aisément. La soirée était consacrée aux jeux qu'Henri IV adorait même s'il perdait le plus souvent, et parfois des sommes importantes qui mettaient en fureur son ministre Sully. Thomas le trouva en train de jouer et, par miracle, il gagnait, ce qui le mettait d'excellente humeur. Thomas regarda le plafond doré pour en remercier le Ciel et se prépara à une longue attente. Or, il n'en fut rien... La partie en cours s'achevant, Henri se leva et ramassa ses gains :

— Continuez sans moi, Messieurs ! J'ai à faire...

Tandis que les autres restaient à leur place, il se dirigea vers la porte sans hâte excessive, distribuant un mot ici ou là avec sa bonne grâce habituelle. Thomas saisit l'occasion et se précipita afin de la franchir avant lui, ce qui lui permit de l'attendre dans l'antichambre :

— Sire ! Puis-je solliciter un instant d'entretien ? Sinon maintenant du moins avant demain matin ?

Une surprise amusée souleva l'un des épais sourcils royaux :

— Courcy ? A cette heure ?... Accompagnez-moi et confiez-moi ce qui vous tourmente ! Mais faites vite et sans fioritures !

— Merci, Sire ! Demain matin, mon ami Antoine de Sarrance...

— Les Sarrance ? Encore eux ? Est-ce que ce n'est pas beaucoup pour la même soirée ?

— Sans doute et j'en demande bien pardon au Roi mais il est des circonstances si imprévues !... Voilà : demain Antoine viendra demander à Votre Majesté de l'envoyer dans un régiment des frontières... Le plus loin possible de Paris !

— Serait-il en train de perdre l'esprit ? Alors que son père a fait en sorte qu'il puisse épouser sa douce amie ?

— C'est peut-être difficile à croire, Sire, pourtant c'est de ce mariage qu'il ne veut plus. Lorsque ce tantôt il a vu venir la filleule de la Reine, il a...

— N'en dites pas davantage : j'ai compris ! Mlle de La Motte-Feuilly ne supporte pas la comparaison.

— Ni lui l'idée que donna Lorenza va devenir sa belle-mère ! Alors il voudrait servir le Roi... ailleurs ! J'ajoute que le marquis vient de demander la main de Mlle Elodie !

— Le vieux paillard n'a pas perdu de temps ! Il est vrai que mettre dans son lit ce miracle de grâces nantie d'une fortune par-dessus le marché, il faudrait être de marbre pour y résister ! Malheureusement, je ne peux plus empêcher cette union. Ce serait un affront qu'Hector de Sarrance ne mérite pas ! J'aurais agi comme lui !

— Alors, Sire, faites en sorte que son fils soit à des lieues quand cela arrivera !

Il y avait une angoisse dans la voix du jeune homme et les paillettes de gaieté qui brillaient dans le regard d'Henri s'éteignirent :

— Pauvre garçon ! Si l'on songe que son autre belle-mère pourrait être Mme de La Motte-Feuilly !... Je vais y réfléchir !

— Puis-je demander encore que le Roi ne fasse pas état de mon intervention ?

Cette fois, celui-ci se mit à rire :

— J'ai bien envie de vous attacher à mon service particulier, mon petit ! C'est précieux, un ami de votre qualité !

Et il passa son chemin laissant Thomas, soulagé d'un grand poids, rentrer chez lui un peu rassuré.

Ce qu'Antoine ignorait quand il contemplait avec une telle ferveur les fenêtres de Marie de Médicis c'est que derrière elles, n'évoluaient que les dames et les servantes de la Reine et que Lorenza n'avait fait que traverser l'appartement. Et cela pour une bonne raison : il était impossible de lui trouver un coin pour dormir. Ce dont d'ailleurs Mme de Guercheville ne doutait pas mais quand la Reine donnait un ordre, il ne fallait jamais discuter. On se contentait d'obéir... ou de faire semblant.

C'est qu'au palais de Fontainebleau, l'ameublement était trop succinct pour le confort de la maîtresse. Aussi, à chaque séjour, faisait-elle entasser sur les barges qui remontaient la Seine, les nombreux coffres contenant sa garde-robe et les multiples objets « indispensables », ses sièges, le contenu de son oratoire, ses tapisseries préférées, ses tapis et les matelas pour ses femmes de chambre ou de service plus une foule de choses dont elle refusait de se passer. Si cette pléthore tenait aisément dans les immensités du vieux Louvre, il n'en allait pas de même « à la campagne » où l'entourage campait le plus souvent. D'ailleurs, quand elle invitait des amies comme la duchesse de Guise, la princesse de Conti ou Mme de Montpensier, celles-ci étaient priées d'apporter leurs meubles.

Le résultat était que, même en cherchant soigneusement, il était impossible d'ajouter la moindre couche sans obstruer un passage. Et cet état de fait, Mme de Guercheville le connaissait mais se gardait de discuter un ordre de Marie, c'eût été imprudent. Par acquit de conscience, la dame d'honneur alla conférer avec Catherine Forzoni, la femme de chambre favorite. Puis, lui laissant la jeune fille en garde, elle revint vers le Salon ovale.

Quand elle y entra, Filippo Giovanetti en sortait et elle le pria de retarder son départ : il y avait gros à parier que la jeune fille regagne la ville avec lui. De fait, quelques instants plus tard, elle lui ramenait Lorenza soulagée au moins de ce poids-là.

— Sa Majesté vous rend sa filleule, Monsieur l'ambassadeur. Il ne lui était pas venu à l'esprit que nous rentrons à Paris dans deux jours et que la retenir ici causerait trop de dérangement. On ne peut tout de même pas la faire coucher sur le palier ou dans un escalier, n'est-ce pas ? Vous nous la ramènerez... la semaine prochaine ? conclut-elle avec un bon sourire à l'adresse de la jeune fille.

— Vous m'en voyez ravi, Madame. Cette décision, un peu brusque peut-être, me tourmentait. Je craignais que le dépaysement ne soit trop rapide surtout après un long voyage. Donna Lorenza a besoin de se remettre...

— ... et pas seulement d'un changement de logis ! soupira la dame d'honneur en baissant le ton. Pauvre petite ! ajouta-t-elle en caressant la joue de la jeune fille qui, aussi raide qu'une statue et apparemment absente, n'avait pas soufflé mot depuis son éclat au cours de la présentation. Elle était quand même en droit de s'attendre à un autre sort !

— Je partage votre opinion, comtesse ! Aussi ai-je l'intention dès demain de demander audience au Roi...

— N'ayez pas trop d'espoir ! Sarrance est son vieux frère d'armes et son confident, outre le fait qu'il est béarnais comme lui. Il ne lui infligera pas ce camouflet !... Croyez que je suis désolée ! Elle et le jeune Antoine auraient formé un si beau couple !

Ce n'est qu'une fois installée dans la voiture que Lorenza retrouva la parole :

— Je suis heureuse de pouvoir rentrer avec vous, ser Filippo, mais je le serai plus encore lorsque je repartirai pour Florence !... et le plus tôt sera le mieux !

La voix était sèche, dure, déterminée et Giovanetti s'inquiéta :

— Madonna !... Je crains que...

— Rien du tout ! Je n'ai pas changé d'avis et je refuse d'épouser ce vieil homme ! Qu'il prenne ma dot puisque aussi bien c'est ce qu'il désirait mais qu'on me laisse rentrer chez moi !

— Comme si vous ne saviez pas que c'est impossible ! Dès l'instant où Leurs Majestés ont approuvé vous ne pouvez pas revenir en arrière. Ce serait aller à l'encontre de la politique du grand-duc Ferdinand !

— En quoi, mon Dieu, puis-je intéresser cette politique ? Le but recherché est atteint puisque le Roi garde son épouse. Que M. de Sarrance souhaite la récompense de ses bons offices, j'en suis d'accord mais puisqu'il voulait de l'argent, exauçons-le ! Et, j'y pense, pourquoi donc n'épouserait-il pas ma tante Honoria ? Leurs âges concordent...

En dépit de ses soucis, Giovanetti ne put s'empêcher de rire :

— Qu'ai-je dit de si drôle ? demanda Lorenza, acerbe.

— Vous êtes une enfant, Madonna ! Et vous ne vous rendez pas compte de ce que vous proposez ! L'âge conviendrait, certes, et aussi la dot mais qu'on les fasse se rencontrer et je peux vous prédire ce qui se passera : le marquis refusera tout aussi hautement que vous l'avez fait !

Giovanetti reprit son sérieux : J'ai observé attentivement ce qui s'est passé dans le Salon ovale ! Quoi qu'il en ait dit hier, le jeune Sarrance a tout oublié de ses projets matrimoniaux quand il vous a vue et il allait s'approcher pour vous recevoir des mains de la Reine quand son père l'a devancé.

— Vous croyez ?

— J'en suis plus que certain ! J'ai vu comment il vous a regardée ! Malheureusement, le marquis aussi vous a regardée...

— Et alors ?

— Faut-il vraiment vous mettre les points sur les *i* ? A cet instant, c'est votre personne qu'il a voulue... plus encore que votre dot !

— C'est ridicule !

— Non ! C'est hélas humain ! Vous êtes plus que belle, mon enfant ! Trop, je le redoute, pour votre marraine. Son œil n'avait rien d'affectueux lorsque je vous ai menée à elle. En revanche, la requête du marquis l'a enchantée.

— Je ne vois pas pourquoi !

— Mais parce qu'il voudra vous garder pour lui seul et ne vous exposera guère aux lumières d'une cour dont les mœurs sont... libres, pour ne pas dire plus !

Lorenza se donna le temps de peser ses paroles. Et soudain une idée lui vint :

— Le marquis sait-il qu'il court un grand danger ? Et vous-même, ser Filippo, savez-vous comment est mort mon cher fiancé ?

Giovanetti ne répondit pas tout de suite :

— Par le poignard, j'ai appris ?

— Dont la lame fixait un message menaçant d'un sort semblable qui oserait m'épouser !

— Je l'ignorais, fit l'ambassadeur brièvement en détournant les yeux. Cela peut être la raison pour laquelle Leurs Altesses vous ont laissées partir si aisément, vous et votre fortune. Elles doivent penser que la menace s'éteindra en dehors de Florence.

— Ou alors que cet homme aura le même sort et qu'il ne restera plus qu'à me rapatrier avec ou sans ma fortune ? Vous devriez en aviser M. de Sarrance, ironisa-t-elle avec un petit rire sec.

— Pensez-vous réellement qu'un poignard puisse faire reculer un homme de sa trempe ? Le père comme d'ailleurs le fils sont cités en exemple pour leur vaillance. Elle leur est chevillée au corps... et pas uniquement pour fournir une rime aux poètes !... Je pense, au contraire, qu'affronter son fils pourrait l'amuser en donnant un piment sinistre à votre possession.

— Vous plaisantez ?

— Absolument pas ! Il n'y a pas là matière à plaisanterie.

Elle eut un mouvement de colère, se rejeta au fond du carrosse et ne parla plus jusqu'à l'arrivée à l'hôtel des ambassadeurs où elle se contenta de souhaiter une bonne nuit à son compagnon, refusant le souper qu'il proposait de faire venir de la Ronce Couronnée. Elle regagna sa chambre et se coucha sans répondre aux questions de sa Bibiena dévorée de curiosité.

Elle avait besoin de réfléchir.

Le surlendemain, on partait pour Paris où – elle l'espérait de toutes ses forces – les opportunités d'échapper à un mariage qui lui faisait horreur seraient peut-être plus nombreuses.

En demandant à être reçu par le Roi à la sortie du Conseil, le lendemain matin, Antoine n'en menait pas large. Il redoutait de passer pour un imbécile velléitaire aux yeux d'un souverain qu'il aimait et admirait de tout son cœur. Tellement même qu'à l'approche des appartements royaux, il s'enquit auprès de M. de Surienne, Maître ordinaire de l'hôtel du Roi, de l'humeur de Sa Majesté. Il fallait vraiment qu'il se sentît mal à l'aise pour s'adresser à un personnage jugé par lui jusque-là insipide et vaniteux.

— Comment est le Roi, ce matin ?

— Vous voulez dire quand il est sorti de la chambre de la Reine ?

— Par exemple... oui !

— Comme à son accoutumée !

— Mais encore ?

— Ni gai ni triste.

Justement, un comportement aussi terne n'avait rien d'habituel chez Henri dont le visage pouvait refléter les impressions les plus diverses en un rien de temps. En général, il aimait aborder les promesses d'un nouveau jour. Même quand sa femme lui avait cherché querelle dans la nuit parce que c'était alors une espèce d'évasion... Remerciant Surienne d'un signe de tête, Antoine s'en alla patienter devant la porte du Conseil. Henri apparut peu après, causant avec animation avec le ministre Villeroy, principal conseiller, après Sully, depuis des années. Et le cœur d'Antoine tressauta : le Béarnais semblait de très mauvaise humeur et Antoine pensa qu'il valait peut-être mieux se retirer. Mais, soudain, Henri l'aperçut et, chose inouïe, il se détendit instantanément tandis qu'une étincelle d'amusement s'allumait dans son regard.

— Ah, jeune Sarrance ! Suivez-moi !... Nous réglerons les termes de la lettre au pape ce soir avant le souper ! ajouta-t-il à l'adresse de Villeroy puis il partit à pas rapides – si rapides que les longues jambes d'Antoine peinaient à le suivre ! – en direction de son cabinet d'armes, saluant au passage d'un « Serviteur untel !... Serviteur ! » ceux de ses courtisans qu'il reconnaissait.

Après être entré dans la pièce, il alla s'asseoir sur une haute chaise et prit sur la table voisine un pistolet damasquiné qu'il se mit à examiner. Enfin il se tourna vers son visiteur :

— Vous n'avez guère bonne mine, mon garçon ! J'espérais que vous veniez me faire part de votre bonheur...

— Mon bonheur ? répéta le jeune homme visiblement au supplice et à cent lieues d'imaginer que le Roi avait décidé de s'amuser un peu.

— Eh bien oui ! Puisque votre père va épouser celle dont vous ne vouliez pas, vous allez mener à l'autel Mlle de La Motte-Feuilly dont vous êtes éperdument épris. C'est bien cela ?

A mesure qu'il parlait, Antoine se sentait pâlir. Il cherchait avec effort des mots qui se dérobaient...

— Alors ? fit Henri en dardant sur lui un regard étincelant.

En désespoir de cause, le malheureux plia le genou mais ne baissa pas la tête :

— Non, Sire... et j'en demande bien pardon au Roi... Je suis venu lui demander de m'envoyer dans un régiment des frontières qui lui conviendra mais le plus loin possible de Paris et de préférence dans l'un des lieux les plus exposés si la guerre reprenait...

— Autrement dit là où vous aurez le plus de chances d'être tué ? Vous êtes le seul fils de votre père : il faut songer à continuer le nom...

— Depuis hier, M. le marquis n'a plus besoin de moi. Il compte même donner naissance à une nombreuse descendance et...

Il courba la tête pour cacher les larmes de colère qui lui venaient mais ne put s'empêcher de renifler.

— Relevez-vous !

Il obéit machinalement avec une lassitude qui toucha Henri, trop coutumier des coups de passion imprévus pour ne pas comprendre ce que ce garçon endurait :

— Seulement, reprit-il d'un ton plus familier, tu n'imaginais pas le mauvais tour que te préparait le destin ! Hier encore, tu ne voyais rien de mieux dans la vie qu'épouser une petite fille assez jolie sans doute mais en rien comparable à celle dont tu ne voulais pas ? Vénus en personne t'a frappé de sa flèche et les portes du Paradis s'entrouvraient devant toi quand le beau... dévouement de ton père à votre lignée t'a anéanti. D'où ce grand... et si pressant besoin de voir du pays ? Tu es trop honnête, n'est-ce pas, pour provoquer en duel le premier quidam venu et te faire embrocher sur son épée ?

— Sire ! balbutia Antoine qui se sentait revivre. Comment le Roi a-t-il pu deviner...

— Sonder les reins et les cœurs est indispensable quand on veut régner et je ne te permettrai pas de chercher une fin obscure et inutile dans quelque coin perdu du royaume. Demain M. de Beauvoir repart pour l'Angleterre où il nous représente auprès du roi Jacques[1]. Tu veilleras à sa protection en quelque sorte. Résider à Londres n'est pas toujours de tout repos...

— Oh, Sire ! Vous me rendez la vie et...

— Un instant ! (Et le ton du roi devint tout à coup sévère.) Il est bien entendu qu'auparavant tu feras tes adieux à Mlle de La Motte-Feuilly et qu'il ne saurait être question de partir en catimini !

Tout en admettant que c'eût été une attitude indigne, Antoine aurait pourtant préféré éviter de revoir Elodie. Son hésitation dut être perceptible car Henri reprit sèchement :

— C'est bien entendu ?

— Oui, Sire ! Je la verrai.

— Ce n'est pas toujours devant l'ennemi qu'il faut le plus de courage, ajouta-t-il avec l'ombre d'un sourire. Si cela peut t'aider, je t'autorise à dire que le Roi s'oppose à ce mariage.

Soumis ainsi au régime de la douche écossaise, Antoine ne savait plus trop où il en était. Perturbé, il osa avancer :

— Ne va-t-elle en demander la raison ?

1. Jacques Ier, fils de Marie Stuart, dont Elizabeth Ire fit son successeur à condition qu'il abjure le catholicisme.

— Depuis quand un souverain est-il tenu de donner ses raisons ? Prépare-toi à lui faire tes adieux ainsi qu'à ton père ! conclut Henri en lui tendant une main qu'Antoine baisa à demi étouffé par l'émotion, avant de sortir à reculons. Sur le seuil, il s'arrêta pour reprendre un souffle qui lui manquait comme s'il venait de parcourir une longue route. Il n'osait encore croire à la chance qu'on lui donnait si généreusement et, pour un peu, il en aurait pleuré de bonheur. Ce fut le regard amusé d'un des Suisses de garde qui lui évita le ridicule. Il recoiffa son chapeau en se redressant et, la main appuyée sur le pommeau de son épée, quitta l'appartement du Roi pour se diriger vers celui de la Reine. Là, on lui apprit que Sa Majesté faisait avec ses dames une promenade au jardin afin d'en profiter le plus possible avant le retour à Paris où l'espace lui était beaucoup plus mesuré.

Ces dames se trouvaient au grand parterre. Marie de Médicis, parée comme une châsse, à son habitude, marchait au bras de sa meilleure amie, la duchesse de Montpensier, dont elle appréciait la douceur et le caractère serein. Née Catherine de Joyeuse, elle n'avait qu'un défaut : l'inquiétude perpétuelle que lui inspirait sa santé. Le moindre éternuement et elle se voyait à l'agonie. On ne sait trop comment elle avait survécu aux douleurs de l'enfantement. Aussi n'avait-elle qu'une fille que Marie de Médicis chérissait et dont elle avait d'ailleurs décidé de faire l'épouse de son second fils. C'était tout simple : l'enfant était la plus riche héritière de France !

On allait à petits pas précédés d'Albert et Marguerite, le couple de nains que la Reine emmenait partout avec elle. Derrière, venaient quelques dames et trois filles d'honneur – Mlles d'Urfé, de Sagonne et de La Motte-Feuilly – fermaient la marche en chuchotant derrière leurs mains des propos qui semblaient les amuser beaucoup. En les voyant, Antoine faillit battre en retraite. Pour ce qu'il avait à dire, un public moqueur était bien la dernière chose qui lui convînt mais il craignait que le Roi ne considérât sévèrement cette petite lâcheté. Il déboucha à vive allure d'un bosquet taillé, agita son chapeau à bout de bras pour attirer l'attention de la jeune fille. Elle le repéra enfin et, après deux mots à ses compagnes, le rejoignit derrière les lilas :

— Enfin, vous voici Monsieur ! En vérité, je ne savais que penser puisque, au lieu de venir vous réjouir avec moi de la bonne nouvelle, vous avez disparu. M. de Courcy ne vous a-t-il pas fait savoir que je vous cherchais ?...

— Je ne l'ai pas vu, mentit Antoine, il ne pouvait donc rien m'apprendre.

— Et où étiez-vous ?

Le ton, singulièrement sec, fut désagréable aux oreilles du jeune homme. Jusqu'à présent, Elodie ne s'était adressée à lui qu'avec une infinie douceur, une telle retenue pleine de timidité qu'il redoutait vraiment de lui briser le cœur. Or, ce matin, elle était transformée : sûre d'elle, un rien autoritaire même, elle savourait visiblement un triomphe qu'elle n'espérait pas si rapide puisque, la veille encore, celui qu'elle aimait était destiné à une riche inconnue. Or cette Florentine allait devenir sa belle-mère !

— Ailleurs ! M. de Bellegarde voulait me parler...

— Vous n'avez pas causé toute la nuit, je suppose ? Et votre ami Courcy ne vous a rien dit ? C'est incroyable ! Toute la Cour est au courant et pas vous ? Oh, Antoine, j'espérais tant que nous pourrions, dès cette nuit, échanger notre premier baiser de fiançailles !

Il crut déceler dans ces propos une note de douleur et retrouva son malaise :

— C'eût peut-être été... prématuré.

— Prématuré ?

— Je vous en supplie, Elodie, ne me regardez pas comme cela ! Mon père a peut-être fait preuve d'une trop grande hâte. Je vous cherchais pour vous saluer avant mon départ. J'accompagne en Angleterre M. de Beauvoir qui rejoint son ambassade auprès du roi Jacques Ier. Croyez-moi sincèrement désolé mais ce sont les ordres du Roi.

— Qu'allez-vous faire là-bas ?

La déception qui se lisait sur ce joli visage qu'hier encore il adorait, navra le jeune homme. Il détestait ce rôle qu'il avait pourtant bien cherché.

— Je n'en sais rien. Ce sont des ordres et je suis un soldat !

— Pardonnez-moi si je me montre indiscrète mais dites-moi au moins quand vous reviendrez ? La date du mariage n'ayant pas été fixée attendra votre retour.

— Je l'ignore. On ne m'a pas indiqué la durée de ce séjour...

Dieu que cela devenait difficile ! Il répugnait pourtant à s'abriter derrière la volonté royale comme on l'y avait pourtant autorisé car il craignait de la blesser réellement. D'ailleurs, les larmes coulaient à présent :

— En vérité, cela ne semble pas vous soucier beaucoup, fit-elle d'une voix où la colère perçait sous le chagrin. Que vous est-il arrivé Antoine ? Vous n'êtes plus le même !

Ce n'était que trop vrai. Mais comment lui dire qu'un seul regard avait changé son cœur sans la blesser trop cruellement ? Au moins dans son orgueil. Il ne restait plus que les échappatoires, le mensonge et puis laisser faire la vie. Avant tout, gagner du temps. A une jolie fille, les amoureux ne manquaient pas et il le savait.

— Non, Elodie, je n'ai pas changé. Et le mariage de mon père me met dans une situation difficile parce qu'il me déplaît de vivre sur la fortune de sa nouvelle épouse !

— Cette fortune sera à votre père. Il n'y a là rien que de très naturel puisque vous êtes son seul héritier.

— A cela près qu'il souhaite s'en donner d'autres ! Non, Elodie, avant de songer à me marier, je dois d'abord me faire une place, un nom autre que celui de fils du marquis de Sarrance !...

Le chagrin qu'il redoutait tant fit place à un petit rire un rien déplaisant :

— Me faudra-t-il donc attendre que vous deveniez maréchal de France ou ambassadeur ou Dieu sait quoi ?

— C'est ridicule ! Demandez donc à votre mère ce qu'elle en pense ?

— Ma mère ? Que vient-elle faire ici ?

— Sans y être tout à fait hostile, notre mariage ne lui convenait guère, il me semble ?

— Quelle mère ne souhaite pour sa fille l'établissement le plus favorable ? D'ailleurs, avant que le marquis ne se dévoue, elle ne vous considérait plus comme un prétendant valable puisque c'était vous qui deviez épouser cette fille de... de... de commerçants.

— Nièce d'un grand-duc et filleule d'une reine de France ! Vous avez le dédain facile ! Quant à moi, n'ai-je pas assez clamé que je ne voulais pas renoncer à vous ?

— C'est bien pourquoi je suis surprise ! Plus rien ne vous y oblige à présent. Votre père a demandé ma main, nous pouvons nous marier demain et vous partez pour l'Angleterre ! En vérité, Monsieur, vous vous moquez ! Je ne suis pas de celles dont on peut se jouer !

Elle n'avait que trop raison et Antoine en était conscient. Il était normal qu'elle se sente offensée...

— Loin de moi cette pensée ! soupira-t-il avec lassitude. Je vous ai...

Prenant soudain conscience de ce qu'il était sur le point de formuler – je vous ai trop aimée ! –, il corrigea à temps :

— ... toujours trop respectée pour l'ignorer. Et je ne vous ai dit que la vérité : le Roi m'envoie à Londres !

— Sans explication ? Et vous ne vous êtes pas rebellé ?

Poussé dans ses derniers retranchements, il lâcha :

— Puisque vous voulez le savoir, le Roi s'oppose à notre mariage !

La surprise la laissa sans voix un moment qui parut un siècle à Antoine jusqu'à ce qu'elle articule :

— La raison ?

— Allez la lui demander ! Il m'a répondu que les rois n'avaient pas à expliquer leurs décisions...

Le silence qui s'ensuivit pesa très lourd. Ils restaient là, face à face, séparés par un fossé qui allait s'agrandissant sans ébaucher le moindre mouvement l'un vers l'autre et, brusquement, tout vola en éclats :

— Je vous hais, Antoine de Sarrance ! Je vous hais et vous haïrai ma vie entière ! hurla-t-elle avant de s'enfuir en courant...

4

Les Florentins à Paris

La journée était froide et grise. Le temps, hier encore clément, avait changé pendant la nuit. Au vent violent qui s'était soudain levé avait succédé une pluie fine et pénétrante qui détrempa tout autant et mieux qu'un gros orage parce qu'elle s'installa. Gris et bas, le ciel avait l'air de pleurer et Lorenza n'était pas loin d'en faire autant lorsque l'on atteignit la capitale du royaume de France.

Enfermée dans sa noire ceinture de murailles médiévales qui portaient encore les traces du dernier siège – celui que son maître actuel avait dû lui imposer pour la conquérir –, Paris ressemblait à une grosse femme étouffant dans son corset trop serré et sur le point d'exploser : des fumées lui sortaient par les naseaux et aussi une rumeur faite de tant de bruits divers qu'il était difficile d'un distinguer un seul… Tout autour, des collines étaient piquées de moulins, de bois, de vignes, de villages et, à leur pied, les faubourgs étaient comme un trop-plein débordant.

Passé le barrage militaire de la porte Saint-Jacques, gardée avec nonchalance par des soldats qui regardaient défiler d'un œil blasé le flot habituel de ceux qui entraient ou sortaient, on débouchait dans une rue pavée, bordée de bâtiments sévères – des collèges, deux ou trois églises –, et de laquelle débouchaient d'étroites venelles obscures répandant une boue noirâtre faite de poussière et de détritus qui se reformait dès qu'il pleuvait et répandait une odeur pénible. Pourtant, au bas de cette artère en pente apparaissaient les tours d'une grande église, la cathédrale Notre-Dame, imposante et belle certes, mais qui ne pouvait rivaliser avec l'image venue aussitôt à l'esprit de Lorenza : Florence telle qu'elle en gardait le souvenir, vue depuis le jardin de sa maison de Fiesole avec ses toits que le soleil dorait ou rosissait selon l'heure, la coupole du Duomo, ses campaniles, ses jardins... Evidemment, la voirie n'y était pas plus active qu'ici mais la poussière restait poussière le plus souvent et il y avait tout le reste... ce dont se compose l'atmosphère d'une ville ! Et des larmes vinrent aux yeux de la jeune fille. Faudrait-il vivre dans cette grisaille nauséabonde ?...

A ce moment, la tête d'Honoria surgit du carrosse :

— Quelle horreur !... C'est ça, Paris ? Avons-nous fait tout ce chemin pour habiter ce bourbier ?

Cette voix glapissante, criarde !... C'en était trop pour Lorenza qui se retourna sur sa selle :

— Si vous êtes ici, c'est que vous l'avez voulu, tante ! Personne ne vous oblige à y rester et vous, au moins, vous pouvez repartir quand vous voulez ! J'aimerais pouvoir en dire autant !

— Allons, mesdames ! intervint Giovanetti sur un ton apaisant. Ne jugez pas à première vue ! Surtout par ce temps ! Quand nous atteindrons la Seine, vous verrez que Paris est une ville plus belle que vous ne le pensez et que le Roi y applique tous ses soins.

En effet, à mesure que l'on avançait on découvrait des chantiers, des échafaudages chargés d'ouvriers dont beaucoup, insoucieux de la pluie, sifflaient ou chantaient. On construisait, on rénovait, on décorait et, quand la petite troupe atteignit le fleuve, une éclaircie se produisit comme par miracle découvrant la majesté de Notre-Dame, du vieux palais de la Cité, des tours du Louvre encore médiévales mais allégées par le long bâtiment neuf qui les joignait au palais inachevé des Tuileries. Et aussi un pont magnifique dépourvu – grande nouveauté ! – de maisons et offrant l'élégance de ses balcons arrondis de part et d'autre d'une chaussée grouillante de vie.

— Le Pont-Neuf ! commenta l'ambassadeur. Le Roi l'a inauguré il y a deux ans et la Grande Galerie du Louvre l'a été ce printemps. Sa Majesté aime sa ville conquise au prix de tant de peines et lui consacre toutes ses attentions afin d'en faire la plus belle capitale d'Europe. J'avoue que je m'y plais assez... quant il fait beau du moins !

— Eh bien, vous n'êtes pas difficile ! grogna donna Honoria. Et où nous conduisez-vous présentement ? Au palais, j'imagine ?

— Pas en l'absence de la Reine, voyons.

Enchantée de trouver une nouvelle raison à sa mauvaise humeur, la dame n'y manqua pas :

— Mais elle est partie de Fontainebleau hier. Elle rentre à pied ?

— Non, Madonna : en bateau ! fit l'ambassadeur qui ne put s'empêcher de rire. Outre que le parcours est fort plaisant, la Seine, au contraire des chemins, n'a ni pierrailles ni ornières et la barge royale est des plus confortables... Seulement elle va plus lentement qu'un cheval !

— Alors où allons-nous ? Encore dans une auberge ?

— Non pas ! Depuis le mariage de Sa Majesté, le grand-duché a établi son ambassade dans une belle demeure de la rue Mauconseil, pas très loin du Louvre. J'ose espérer que vous vous y trouverez bien !

— Rue Mauconseil ? Drôle de nom pour une ambassade !

— S'il fallait s'arrêter à ce genre de détail ! Ce qui compte c'est que l'endroit est plaisant, les bâtiments voisins ont moins de cent ans à l'exception d'une vieille tour. Rentrez à présent, Madonna, si vous ne voulez pas être importunée ! Nous allons emprunter le Pont-Neuf ! Toute la ville s'y donne rendez-vous !

Une véritable foule l'encombrait. Lorenza fut amusée par ses couleurs et sa diversité. Il y avait là des badauds attirés par la nouveauté de l'endroit, des religieux venus quêter, des gentilshommes empanachés entourés de leurs gens, des marchands d'oiseaux, des vendeurs d'orviétan, des tondeurs de chiens, des arracheurs de dents, des tireurs d'horoscopes mais aussi des tire-laine, coupeurs de bourses et autres truands, des filles de joie cherchant à aguicher les bourgeois un rien solennels dont les yeux luisaient alors même qu'ils les repoussaient d'un air dégoûté, enfin des étudiants braillant des chansons à boire sans compter les chevaux et les voitures qui ne pouvaient avancer qu'au pas. Horrifiée, donna Honoria avait fait baisser les mantelets de cuir mais avec ses vêtements masculins Lorenza imita Filippo Giovanetti, joua le jeu, répondant aux œillades des filles et aux plaisanteries des jeunes hommes avec bonne humeur, salua quand son compagnon saluait et attrapa au vol la belle pomme que lui lançait avec une plaisanterie qu'elle ne comprit pas une grosse marchande aux joues aussi rouges que ses fruits.

— On dirait que vous avez du succès ? remarqua Filippo. C'est un présage, j'espère.

— Dois-je donner une pièce de monnaie ?

— Surtout pas ! Vous vexeriez cette brave femme qui n'a d'ailleurs rien d'une miséreuse. C'est un hommage spontané à votre beauté !

Elle envoya alors un baiser et mordit à belles dents dans la chair juteuse. Sa mauvaise impression de tout à l'heure avait disparu et s'il n'y avait eu la perspective de ce mariage odieux, elle eût adopté sans hésiter l'idée de vivre au cœur de ce peuple bon enfant qui l'accueillait sans la connaître.

On mit un moment à franchir le pont qui formait un goulet d'étranglement mais ensuite, on fut assez vite à destination. La rue Mauconseil était en effet très convenable. Moins d'un siècle plus tôt, le roi François Ier avait fait diviser en lots le vaste terrain occupé jadis par l'hôtel des ducs de Bourgogne dont il ne subsistait plus qu'une haute et étroite tour quadrangulaire au sommet de laquelle le duc de l'époque, Jean sans Peur, avait installé sa chambre afin de s'y protéger du poignard des assassins que le meurtre brutal de son cousin et rival, le duc d'Orléans, avait dressés contre lui. A quelque vingt mètres au-dessus du sol, il pensait être mieux à l'abri[1]. Telle qu'elle était, cette tour, noircie par le temps, avait quelque chose de sinistre comparée aux constructions récentes qui l'entouraient. Parmi elles, une salle de spectacle, leur contemporaine, accueillait la troupe des Enfants sans Soucis qui mettait dans le quartier une animation certaine[2].

L'hôtel de l'ambassade n'était pas très grand mais bien décoré de tentures, de meubles et d'objets que l'on devinait choisis par un homme de goût désireux de recréer autour de lui une ambiance florentine encore que résolument masculine à laquelle Lorenza fut sensible : elle n'avait jamais aimé les fanfreluches. Sa chambre était suffisamment vaste pour qu'elle s'y sente à l'aise avec Bibiena pour laquelle on dressa un lit de camp. En revanche, Honoria ronchonna qu'elle n'avait pas l'habitude de coucher dans un corps de garde, ce qui était très

1. En fait c'est au ras du sol, sur le pont de Montereau, qu'il se fit occire. La tour existe toujours.

2. Quelques années plus tard, en 1628, elle deviendra le théâtre de l'hôtel de Bourgogne, l'un des deux ancêtres de la Comédie-Française, où l'on jouera Racine pour la première fois.

exagéré comme le lui fit observer sa nièce. Elle n'en alla pas moins se plaindre à Giovanetti. Celui-ci lui répondit qu'elle ferait aussi bien de s'y habituer : l'hôtel de Sarrance n'abritait que des hommes à l'exception des servantes. Apparemment, elle n'avait pas encore examiné la question mais cette perspective lui parut tout à coup si affreuse qu'elle jugea utile de s'évanouir sur-le-champ. Sa manière à elle était assez particulière par rapport à ce qu'on pouvait observer chez les autres femmes : elle commençait par rouler les yeux afin de ne présenter que le blanc, puis écartant les bras en un curieux mouvement de flottement, elle se laissait tomber d'un seul coup sachant bien que la masse de ses jupes amortirait le choc sur le plancher. Elle ne pâlissait pas le moins du monde.

Ser Filippo considéra un instant le phénomène puis tira un cordon de sonnette pour que l'on aille quérir le médecin à l'étage au-dessus. Occupé à reprendre possession de son petit logis, celui-ci s'exécuta mais sans retenir un énorme soupir : les vacances étaient terminées...

Durant tout le temps du voyage qu'il s'était imposé de faire à cheval en dépit de rhumatismes naissants, il avait réussi à se tenir à distance de son cauchemar. Aussi, durant le séjour à Fontainebleau, il partait tous les matins herboriser dans la forêt ramassant plus de champignons que de simples et ne rentrant qu'à la nuit.

Parvenu dans le cabinet de l'ambassadeur, il considéra la « malade », leva les yeux au plafond, et, avant de faire quoi que ce soit, demanda, sûr d'être entendu :

— Ces dames vont rester ici longtemps ?

— Jusqu'au mariage... à moins qu'on ne les loge au Louvre évidemment, ce qui serait normal. Mais l'autre soir, je n'ai pas eu l'impression que la Reine souhaitait beaucoup la présence de donna Lorenza dans son entourage. Elle est stupide mais pas au point de ne pas remarquer de quel œil son époux a considéré la nouvelle venue. Cela dit, tu ne vas pas me la laisser dans les jambes ? ajouta-t-il en désignant la grasse forme inerte étalée sur son tapis.

Pour seule réponse, Valeriano Campo appela deux valets solides, fit transporter Honoria sur son lit. Là, sans même prendre la peine de la dégrafer, il lui administra deux claques puis lui mit un flacon de sels sous le nez. Ce fut magique. La malade s'assit comme une trappe se soulève et, de toute sa force, assena une gifle sur la joue du médecin :

— Où avez-vous appris, malotru, à soigner une noble dame ? Vous n'êtes qu'un âne !

— J'ai pourtant le sentiment d'opérer des cures miraculeuses, fit-il avec son sourire en coin, mais puisque vous voilà à nouveau vaillante, souffrez que je me retire !

— Il n'en est pas question ! J'ai besoin de soins !

— Rien que votre camériste ne puisse vous prodiguer ! Si ce malaise vous reprenait, je crois que vous n'apprécieriez pas le traitement suivant.

— Et qu'est-ce ?

— Une jatte d'eau froide... dans la figure ! Mais je ne saurais trop vous recommander une tisane de tilleul au coucher !

Sur le seuil, il croisa Bona qui s'efforçait d'entrer en passant inaperçue et l'arrêta pour lui glisser une petite boîte dans la main :

— Dans la tisane, mettez deux grains de cet ellébore ! Elle dormira bien... et vous aussi d'ailleurs... ainsi que le reste de la maison !

Cet incident vaguement grotesque n'avait pas échappé à Lorenza mais elle s'était bien gardée de s'en mêler. Les lubies de sa tante ne l'amusaient plus en admettant que cela eût déjà été le cas. Tandis que Bibiena sortait des coffres de quoi s'habiller pour le souper, elle regardait derrière la fenêtre le petit jardin qu'éclairait un quartier de lune, gagnée par un accès de mélancolie. Il perdait ses feuilles comme elle-même ses illusions. L'avenir qui, un instant, lui était apparu si séduisant quand son regard avait croisé celui d'Antoine et qu'il avait voulu s'élancer vers elle, s'était changé en farce sinistre. Tant qu'elle serait à l'abri dans cette maison où elle foulait encore le sol natal tout irait bien, mais pour combien de temps ? Au lieu du superbe garçon qui avait si vite effacé l'image du charmant Vittorio, on allait la livrer, dépouillée de ses biens car, de surcroît, elle payait pour ce mauvais marché, à ce vieil homme qui l'avait couvée d'un regard lubrique... Et que durerait cette attente ? Deux jours ? Trois jours ? Un peu plus peut-être puisqu'on était bien obligé de laisser à la Reine le temps de se réinstaller, mais sans doute cela n'excéderait pas une semaine. Il était visible que le vieux bouc brûlait d'impatience de toucher le prix de ses bons offices en se gorgeant de l'or des Davanzati et en la mettant, elle, dans son lit.

— Jamais ! grinça-t-elle entre ses dents serrées. Jamais je ne lui permettrai de me toucher ! J'aimerais mieux...

Quoi ? Mourir ? Sa jeunesse, son envie de vivre se cabraient contre cette idée. Le tuer lui vaudrait l'échafaud et reviendrait au même... en plus désagréable.

Au souper qu'elle prit seule avec son hôte – Honoria avait exigé d'être servie chez elle avant de prendre la tisane prescrite ! –, Lorenza toucha à peine aux plats que, en raison de leur arrivée tardive, Giovanetti avait fait venir d'un cabaret voisin, et garda un silence dont l'ambassadeur n'eut aucun mal à deviner la source. Quand on eut apporté le dessert composé de compote de prunes et de craquelins, il renvoya d'un geste le valet, considéra un instant son jeune vis-à-vis, eut un soupir et finalement étendit le bras à travers la table pour saisir la main abandonnée sur la nappe :

— Vous me navrez, mon enfant ! fit-il avec une infinie douceur. N'y a-t-il rien qui puisse chasser ces lourds nuages sur votre front ?

Elle eut pour lui un bref regard :

— Pourquoi poser une question dont vous connaissez parfaitement la réponse ? Eloignez de moi ce mariage immonde et il n'y aura plus de nuages.

— Si seulement je savais comment m'y prendre mais comme vous je me suis trouvé pris au piège...

— A cette différence près que ce n'est pas vous qui allez payer le prix. Je croyais qu'un diplomate pouvait répondre à toutes les questions ?

— Ce serait trop beau. Nous ne sommes que des hommes, Madonna, avec tout ce que cet état comporte de limites.

— Ne pouvez-vous au moins gagner du temps ? Celui d'en référer au grand-duc Ferdinand ? Le mariage que j'avais accepté n'est pas celui qui est aujourd'hui prévu. Vous le savez et il le sait ! Envoyez-lui un courrier, que diable ! lança-t-elle, exaspérée.

— S'il y avait là l'ombre d'une chance, ce serait déjà fait, mais nous approchons de l'hiver et vous connaissez la distance qui nous sépare de Florence...

— Ce qui veut dire que je serai mariée avant même qu'il n'y parvienne ?

— Exactement !

— Alors aidez-moi à fuir ! Mieux encore, faites de moi ce messager !

— Vous ne savez pas ce que vous demandez. C'est un métier que celui de courrier et un métier rude ! Vous n'arriveriez pas vivante !

— Je suis prête à tenir le pari ! De toute façon, s'il m'arrivait malheur ce ne serait pas pire que ce qui m'attend ! Je vous en supplie, laissez-moi partir... ou plutôt m'enfuir si vous préférez, ce qui aurait l'avantage non négligeable de ne pas engager votre responsabilité.

— S'il n'y avait que cela, je n'hésiterais pas un instant. On n'envoie pas un ambassadeur au bourreau. Tout ce qu'il peut risquer c'est un traquenard au coin d'une rue nocturne, le coup de poignard assené par une main invisible mais je ne peux accepter l'idée de vous laisser vous perdre dans une ville inconnue, dangereuse même pour ses habitants, dans un pays dont vous ignorez tout. Croyez-moi, vous n'iriez pas loin et la pensée de votre mort obscure, misérable voire cruelle m'est insupportable ! Ne me demandez pas cela !

— Et moi c'est la pensée de me retrouver dans le lit de ce barbon qui m'insupporte. Et vous le savez bien d'ailleurs ! Alors qu'avez-vous à me proposer, vous qui vous prétendez mon ami ?

Tout en parlant elle avait retiré la main qu'il couvrait toujours. Visiblement peiné, il n'essaya pas de la reprendre, réfléchit un moment puis soupira :

— J'espérais ne plus avoir à vous le prouver. Cependant, je vais faire une nouvelle tentative auprès du Roi. Sans grand espoir, je ne vous le cache pas, pour la raison que vous lui plaisez et qu'il refusera sûrement de vous voir partir, mais c'est un homme de bonne race, un cœur généreux... et il prendra peut-être en pitié vos angoisses.

Les yeux sombres flambèrent de colère :

— Pitié ! Angoisses ! Quand il ne s'agit que d'une vulgaire transaction mercantile ! Une affaire de gros sous ! J'estime qu'en abandonnant ma dot en échange de ma liberté, je fais preuve de générosité moi aussi. Si cet homme en veut davantage, qu'il épouse Honoria !

— De grâce, ne revenez pas là-dessus ! Je vous ai déjà tout dit à ce sujet ! C'est de l'enfantillage !

— Pardonnez-moi ! Il n'y a pas tellement longtemps que je suis sortie de l'enfance !

Elle pressa ses deux mains sur son visage pour ne pas éclater en sanglots devant lui, repoussa son siège et regagna sa chambre en courant. Il ne chercha pas à la suivre ni même à la retenir sachant bien que cela ne servirait à rien mais, pleinement conscient du degré d'affolement qu'elle atteignait – celui-là même d'un oiseau englué ! –, il envoya chercher son médecin. Fatigué, celui-ci s'apprêtait à se coucher après avoir avalé une soupe et la moitié d'un poulet mais il n'en arriva pas moins sur-le-champ en achevant de boutonner son pourpoint :

— Encore besoin de moi, ser Filippo ? Il me semble pourtant que la maison est tranquille et que Madonna Honoria...

— Il ne s'agit pas d'elle mais de donna Lorenza. L'état de ses nerfs est tel que l'on peut redouter le pire...

— Il y a de quoi, non ? Un drame lui a fait perdre celui qu'elle allait épouser et qu'elle aimait. Là-dessus on la convainc d'accepter une nouvelle alliance avec un jeune homme possédant suffisamment de charme pour lui faire oublier le premier et, au bout du voyage, c'est à un barbon qui pourrait être son grand-père qu'on va la donner !

— Je le sais, répondit Giovanetti, agacé. Aussi vais-je, dès demain, faire une nouvelle tentative auprès du Roi...

— Tu vas perdre ton temps ! Le vieux Sarrance est son ami d'enfance, son compagnon de toujours, il n'acceptera jamais de lui arracher un si friand morceau au moment même où il est sur le point de mordre dedans.

— Tu as de ces mots ! Ça aussi je le sais et si je t'appelle c'est pour te demander de veiller sur elle.

— Je ne vois pas ce que je pourrais faire. C'est à Bibiena qu'il faut le dire. Elle au moins couche dans sa chambre. Ce qui n'est pas mon cas... hélas !

L'ambassadeur considéra un instant l'étroit visage du médecin, sa barbiche, ses yeux vifs et son sourire moqueur. Les deux hommes se connaissaient de longue date, et une ancienne amitié les liait, même si le médecin avait vingt ans de plus que le diplomate :

— Tu ne vas pas t'y mettre, toi aussi ?

— Hé, hé ! Elle a de quoi faire rêver même un aveugle et je ne suis pas de bois ! Assez plaisanté maintenant ! Que veux-tu au juste ?

— D'abord que, par le truchement de sa nourrice, tu arrives à l'apaiser sans qu'elle en ait vraiment conscience. Cela ne devrait pas être difficile pour toi sans aller jusqu'au remède que tu appliques à sa tante. Ensuite, si le mariage est inévitable – ce dont je suis certain – il faudrait songer à faire en sorte de... comment dirai-je ?... de calmer les ardeurs du mari !

— Tu veux que je l'empoisonne ? Je ne vois pas comment cela pourrait se faire !

— Au banquet nuptial, par exemple... mais sans aller jusque-là ! C'est elle que l'on accuserait sans hésiter et le remède serait pis que le mal... N'y aurait-il pas un moyen de... de...

— De lui couper les siens ? acheva Valeriano, impavide. Pour employer une autre formule : de lui nouer l'aiguillette comme on dit dans ce pays ? C'est possible : il boira sans doute beaucoup cette nuit-là et les beuveries génèrent le désordre mais veux-tu me dire en quoi cela rendrait service à la jeune épouse ? A moins de ne lui en faire avaler jour après jour, il s'en occupera la nuit suivante ou celle d'après. Ce serait, si j'ose dire, reculer pour mieux sauter. Sans compter le risque de la faire accuser de sorcellerie avec tous les désagréments que cela comporterait. C'est dangereux un homme frustré, tu sais ?

— Et celui-là le serait peut-être davantage en raison de son âge. Que faire, mon Dieu ?

— Tu l'as dit toi-même : une nouvelle tentative auprès du Roi. Il est le seul capable de faire lâcher prise à Sarrance. Moyennant finance évidemment... Et sur un autre ton que jusqu'à présent. Mais veux-tu me permettre une question indiscrète ?

— Tu es mon ami. Pas d'indiscrétion entre nous ! Parle !

— Tu t'intéresses beaucoup à donna Lorenza, n'est-ce pas ?... Un peu plus même qu'il ne conviendrait à un diplomate ?

Giovanetti détourna son regard mais cette réaction spontanée renseigna Campo au-delà de ses espérances.

— Je vois. Alors il est grand temps de te donner un bon conseil... qui pourrait tout arranger.

— Lequel ? Dis vite !

— Celui qui te serait venu à l'esprit naturellement si tu ne te laissais sombrer dans les abysses de la désolation. Tu voudrais la sauver mais tu ne le peux pas ? Tout simplement parce que tu oublies qui tu es… et surtout ce que tu représentes. Tu as des armes, sacrebleu ! Sers-t'en !

— Que veux-tu dire ?

— Que tu représentes ici Ferdinand de Médicis, une puissance plus riche que bien des rois et qui possède en Méditerranée une flotte puissante tandis que la marine royale française n'est forte que d'une seule galère. Alors, essaie de réfléchir : comment le grand-duc et encore plus la grande-duchesse vont-ils apprécier la façon dont les choses tournent ici ? Tu as rempli l'essentiel de ta mission puisque Henri ne répudie plus sa mégère. Aussi nos princes pourraient-ils s'indigner du sort que l'on veut réserver à une jeune fille qu'ils affectionnent et, qu'après la mort de son fiancé, on prétende lui imposer un mariage qui n'a rien à voir avec ce qu'on lui avait promis ? N'oublie pas que la France a une dette avec Florence et que son envoyé pourrait montrer quelque sévérité au lieu de faire le gros dos sans piper !

— Tu crois ?

— Je rêve ou est-ce toi qui dors debout ? As-tu oublié que donna Lorenza a hautement et devant toute la cour refusé le mariage auquel on prétend la soumettre ! Dès cet instant, tu aurais dû te ranger à son côté au lieu de laisser courir ! Et maintenant, te voilà en train de chercher je ne sais quel moyen fumeux de la soustraire aux griffes du vieux

Sarrance, alors que tu devrais faire entendre la voix de ton maître. Ou elle épouse le jeune Antoine ou tu la ramènes chez elle... en laissant bien sûr un joli dédommagement au vieux grigou pour le consoler !

— Tu l'as dis toi-même : Henri n'a rien à lui refuser !

— Sauf ce qui ne lui appartient pas ! Un peu de nerf, que diantre ! Tu as une mission. Arrange-toi pour qu'on ne te la sabote pas !

Giovanetti garda le silence un moment. Il avait l'air d'un homme qui sort d'un mauvais rêve :

— Mais c'est que tu as raison ! Pourquoi ne pas me l'avoir dit plus tôt ?

— Je pensais que cela te viendrait tout seul. C'est toi l'ambassadeur. J'admets que tu pouvais être décontenancé, débordé par la rapidité des événements mais, à présent, il faut te reprendre !

— Et, par le sang du Christ, c'est ce que je vais faire. Cependant...

— Cependant, quoi ?

— Imagine que le Roi revienne à son projet initial ?

— Renvoyer la grosse Marie ? Allons donc ! Ils viennent de faire la paix ! Il est trop tard. En outre, c'est avec un vif plaisir qu'il a vu arriver la filleule de sa femme...

— Si tu penses me rassurer ! Il ne demande qu'à la partager avec son vieux camarade...

— Cela, tu n'es pas censé le savoir. Tu t'en tiens au marché conclu un point c'est tout !... Je peux retourner me coucher maintenant ?

— Va ! Mais passe d'abord chez elle pour qu'elle puisse au moins passer une bonne nuit… en attendant la suite.

— J'y vais !… Et essaie de dormir toi aussi ! On se bat mieux quand on a l'esprit clair. Je peux t'y aider si tu veux ?

— Merci non ! Tu as raison : j'ai besoin de voir clair… et j'ai presque envie d'aller voir le Roi dès ce soir. Il est déjà rentré, lui, il n'est pas homme à se prélasser sur une barge au fil de l'eau…

— Va dormir, te dis-je ! Tu en as besoin et tu peux être sûr que notre Vert Galant profite de cette nuit où son épouse navigue en musique pour investir le lit de quelque jolie fille.

Avec un soupir accablé, Giovanetti montra la porte à son trop sagace médecin :

— Dehors ! Tu ne peux pas savoir à quel point quelqu'un qui a toujours raison peut être fatigant !

En fait, Filippo Giovanetti ne ferma pas l'œil de la nuit. Il la passa tout entière à chercher par quel biais avoir cette conversation avec un souverain qu'il n'avait jamais considéré comme bien redoutable étant donné l'excellence des relations établies avec la Toscane depuis plusieurs années. Il n'en était que plus conscient du fait qu'il allait devoir le contrarier.

Il s'en persuada davantage encore lorsque en haut de l'escalier du Roi qui desservait les appartements du souverain, il vit en sortir son confrère espagnol, don Pedro de Tolède, tout ébouriffé de colère. Il traînait derrière lui son habituelle escorte de conseillers lugubres, entièrement vêtus de noir à l'exception des gigantesques fraises « en roue de moulin » qui leur enserraient le cou, rendant impossible toute communication entre les membres et la tête et obligeant ainsi ces majestueux seigneurs à se rendre mutuellement de menus services comme de se moucher ou de se gratter le crâne. Spectacle qui d'habitude divertissait beaucoup l'envoyé florentin mais qui, cette fois, ne lui arracha même pas un sourire. Après un entretien avec ces gens-là, Henri devait souffler la fureur par les naseaux ! Aussi fut-il immensément soulagé quand, alors qu'il pénétrait dans le cabinet du Roi, il l'entendit rire à gorge déployée :

— Venez, venez, messer Giovanetti ! s'écria-t-il en lui rendant son salut. Un visage aimable est tout juste ce qu'il me fallait pour me remettre les humeurs en place après ces longues figures ibériques !

— Je ne les ai pourtant point trouvées particulièrement drôles, avança-t-il prudemment.

— C'est parce que vous ne voyez pas les choses comme moi. Le dialogue que j'entretiens depuis plusieurs mois avec don Pedro est d'une accablante monotonie. Il réclame toujours la même chose : le mariage du Dauphin avec l'Infante et celui de ma fille Elisabeth avec le prince des Asturies. Je lui réponds toujours non mais il ne se décourage jamais. Cette fois, il devait être de plus mauvais poil que d'habitude parce qu'il m'a menacé d'une guerre entre nos deux pays.

— Rien que cela ! Et... puis-je demander ce que Votre Majesté lui a répondu ?

— Que si son maître s'y avisait j'aurais plus tôt le cul sur la selle que lui le pied à l'étrier ! Mais voyons ce qui vous amène.

L'ambassadeur maudit intérieurement l'hidalgo qui l'avait précédé. Sa mission était déjà assez difficile sans que l'Espagnol se mêlât de venir la lui compliquer car il n'y avait pas à se tromper sur la bruyante gaieté du Béarnais. Il le connaissait suffisamment pour détecter l'agacement sous le rire. Il respira profondément et prit son courage à deux mains :

— Sire, commença-t-il avec toute la suavité dont il était capable, je crains fort d'être presque aussi importun que le seigneur de Tolède !

— Vous ? Allons donc ! Vous êtes l'un de ceux que j'ai le plus de plaisir à entendre. Qu'est-ce qui vous tourmente ?

— Un autre mariage, Sire ! J'ai grand peur de devoir prier Votre Majesté de me laisser ramener donna Lorenza Davanzati à Florence !

La flamme rieuse dans l'œil d'Henri s'éteignit comme une chandelle que l'on souffle :

— Je croyais que nous étions bien d'accord ! Qu'est-ce qui vous a fait changer d'avis ?

— Deux choses. D'abord un courrier reçu ce matin en provenance du palais Pitti, mentit-il avec suffisamment d'aplomb pour être crédible. Le grand-duc – comme la grande-duchesse d'ailleurs – y exprime l'espoir qu'en envoyant ici leur jeune parente, elle y aura retrouvé la joie de vivre dont l'a privée la mort brutale de son fiancé. Son Altesse souhaite vivement que cette jeune fille n'ait pas fait l'objet d'un marché de dupes et que, en échange de sa beauté comme de la fortune qu'elle apporte, elle soit aussi heureuse que possible de devenir sujette de Votre Majesté...

— Avez-vous cette lettre ?

— Non, Sire. Votre Majesté doit comprendre qu'il s'agit d'un courrier interne où mon maître traite de diverses autres affaires...

Il se sentit rougir mais, par bonheur, Henri ne le regardait pas. Il lui tournait même le dos, s'étant dirigé vers une fenêtre donnant sur les Tuileries... Après un instant de silence, Giovanetti entendit :

— Votre maître fait-il allusion à son... déplaisir au cas où cette jeune fille serait mal satisfaite ?

— Pas formellement mais il n'en insiste pas moins sur le prix que la grande-duchesse et lui-même attachent au bonheur de donna Lorenza.

— Et vous venez de me demander de la laisser regagner Florence. Ce qui signifie qu'elle n'est pas heureuse ?

— Comment le serait-elle ? Le Roi a-t-il oublié que, dès le premier instant, elle a protesté en disant qu'elle refusait ?

— Et elle refuse toujours ?

— Plus que jamais. Elle me supplie de la renvoyer chez nous. Sans sa dot bien entendu. Consciente du désappointement qu'elle cause à son prétendant, elle estime normal de lui laisser ce dédommagement. Après tout, c'est une fortune que recherchaient surtout Messieurs de Sarrance !

— A l'origine, sans nul doute. Il n'en est plus de même à présent. L'éclat de ce tendron ne saurait laisser indifférent. Le marquis Hector en a été victime et comme son fils dédaignait…

— Dédaignait ? Ce n'est pas l'impression qu'il m'a donnée lorsque donna Lorenza est apparue. Je sais que, auparavant, il était épris d'une autre mais depuis…

— … il a repris sa parole et s'est autant dire enfui avec mon ambassadeur à Londres… où il tombera peut-être amoureux de nouveau de quelque jeune lady. Que voulez-vous, il aime les femmes et je reconnais que jusqu'ici il n'en a guère rencontré de cruelles. Hector de Sarrance connaît bien son fils et votre protégée…

— Une Médicis par sa mère, Sire ! Elle m'a été confiée mais ne saurait être ma protégée.

— Soit ! Mais donna Lorenza devrait être reconnaissante au marquis de lui avoir évité l'humiliation d'être refusée publiquement…

— Le Roi sait pertinemment qu'il n'en a rien été. Le visage du garçon s'est illuminé lorsqu'il l'a vue et a eu un mouvement vers elle. Malheureusement, son père, plus proche sans doute, a été plus rapide. Et voilà un bonheur détruit dès sa naissance !

Henri IV se retourna tout d'une pièce dardant sur le diplomate un œil soudain flamboyant :

— Vous autres Florentins aimez un peu trop les mots ronflants et le théâtre. Qu'est-ce que cette jeune personne reproche donc au marquis ? D'être trop vieux ?

Filippo se sentit pâlir. La question était un piège cachant un défi puisque l'âge que le Roi jetait sur le tapis était le sien. Il s'accorda quelques brèves secondes avant de répondre :

— Non, Sire. En aucune façon. D'ailleurs elle ne lui reproche rien... sinon de n'être pas celui qu'on lui avait promis, qu'elle avait eu l'occasion de voir et qui lui plaisait. Il faut comprendre, Sire ! Lorenza Davanzati est florentine jusqu'au bout des ongles. Or la richesse et la puissance de notre cité sont nées des tractations commerciales d'un homme de génie, Cosme l'Ancien...

— Vous paraît-il bien judicieux de le rappeler, Monsieur l'ambassadeur ? fit le Roi avec un petit rire.

Mais Giovanetti était lancé :

— ... elle fut propulsée au pinacle de la splendeur par un successeur lui aussi génial, Laurent le Magnifique, dont un roi de France s'honorait d'être l'ami au point de lui avoir offert, pour ses armes, une fleur de lys. Mais tout cela ne s'est fait que par le respect de la parole donnée !

Cette fois, le Roi partit d'un grand éclat de rire :

— Depuis ces temps héroïques, Florence a fichtrement changé. On y a joué de l'épée et du poignard plus souvent que de la plume d'oie ! On s'y est même étripé joyeusement durant plusieurs périodes troublées entre cousins ou autres parents !

— Comme partout ailleurs sans doute, Sire, mais donna Lorenza n'a que dix-sept ans. Elle a été élevée dans un couvent et se fie aux vertus de la parole donnée !

A cet instant, la porte du cabinet royal s'ouvrit à deux battants pour livrer passage à la Reine avant même que l'huissier puisse l'annoncer. Elle s'avançait même à une telle allure que le déluge de perles tombant de son cou et de son corsage cliquetait à chaque pas et elle arborait une mine à ce point triomphante que Giovanetti ressentit une vague inquiétude qui se précisa quand il comprit qu'elle savait de quoi il retournait :

— Elle a raison et ne doit pas se sentir déçue : on lui a promis qu'elle épouserait un Sarrance et elle va en épouser un ! Et le plus important. Et le plus tôt sera le mieux ! Par exemple... dans trois jours ?

Mal revenu de sa surprise, Henri ne trouva rien à répondre mais Filippo protesta :

— Que la Reine me permette de lui faire remarquer que c'est aller un peu vite. Je venais justement dire au Roi...

— Je sais ce que vous êtes venu dire au Roi, ser ambassadeur. Je l'avais prévu d'ailleurs, aussi ai-je pris mes précautions : Mlle du Tillet vient de se rendre chez vous avec un carrosse et un chariot de bagages pour en ramener Lorenza. Elle est désormais dans nos appartements où nous allons faire le nécessaire pour la cérémonie...

— Vous auriez pu m'en parler avant... ma mie ! remarqua Henri que cette hâte n'avait pas l'air d'enchanter.

— Pour quoi faire ? N'étions-nous pas tous d'accord avant de quitter Fontainebleau où je vous rappelle que je n'ai pas pu la garder chez moi faute de place ? Maintenant tout est rentré dans l'ordre ! conclut-elle avec satisfaction.

— Et... Mlle du Tillet n'a rencontré aucune résistance ? s'enquit le Florentin.

Marie de Médicis le toisa du haut de sa superbe :

— Il ne manquerait plus que cela ! Et pour quelle raison, je vous prie ?

Apitoyé peut-être, le Roi vola au secours du diplomate :

— Pour la raison que ce cher Hector ne plaît pas à votre filleule et qu'elle souhaite rentrer à Florence... en abandonnant toutefois sa dot à titre de compensation !

— Le beau prétexte que voilà ! Est-ce que vous me plaisiez quand nous nous sommes mariés ? Je ne m'en suis pas moins comportée comme une bonne épouse ! Quant à cette fille, elle me doit obéissance comme elle la devrait à sa mère ! Dans trois jours, elle sera mariée ici où la nuit de noces aura lieu également. Le marquis doit être à cette heure en train de préparer son hôtel parisien à la recevoir...

Sans rien ajouter, l'imposante Majesté tourna les talons pour repartir comme elle était venue mais Giovanetti, d'autant plus furieux qu'il venait de mesurer son impuissance, ne put se retenir :

— J'espère que Mlle du Tillet a pris la peine d'emmener aussi donna Honoria ! Pour ma part, je me refuse à la garder plus longtemps. Je rappelle respectueusement à Votre Majesté qu'elle est censée représenter la famille...

— Oh ! Cette femme ! Que voulez-vous que j'en fasse ?

— Lui donner la place qui lui revient, émit alors le Roi pas mécontent de contrarier son épouse. Il faudra vous en satisfaire, ma mie. Et Sarrance tout pareil : elle fait partie du lot ! Arrangez-vous comme vous le pourrez !

Filippo Giovanetti rentra rue Mauconseil hors de lui mais arrivé à destination, son humeur ne s'améliora pas. Ses serviteurs s'affairaient à remettre de l'ordre après le passage des gens de la Reine, trop expéditifs pour n'avoir pas été quelque peu dévastateurs. Cette Mlle du Tillet devait être fort pressée : on avait raflé sans discernement ce qui était censé appartenir à Lorenza et à sa tante. Celle-ci, n'étant d'ailleurs pas prévue à l'origine, avait ajouté au désordre en exigeant de faire partie du voyage et il avait fallu l'emmener sans plus de préparatifs, en camisole et bonnet de nuit sous un grand manteau à capuchon.

Laissant ses gens à leur ouvrage, ser Filippo Giovanetti chercha refuge dans son cabinet de travail où il trouva son médecin occupé à ranimer le feu, assis au coin de la cheminée :

— Rassure-toi, personne n'est entré ici. J'y ai veillé, dit-il sans le regarder.

— Il n'aurait plus manqué que cela. Cette femme se croit vraiment tout permis depuis qu'elle est reine. Elle pouvait envoyer chercher Lorenza en y mettant plus de formes...

— On devait craindre ton retour inopiné ! Si je comprends bien, ta démarche de ce matin n'a servi à rien ?

— J'aurais peut-être réussi si la grosse Marie n'était arrivée sans s'annoncer pour se vanter de son coup d'éclat. Le mariage aura lieu dans trois jours au Louvre, comme la nuit de noces, après quoi Sarrance pourra mettre sous clef dans son hôtel parisien une épouse trop belle pour que l'on souhaite la voir évoluer à la Cour ! Pauvre enfant ! Dans quel piège l'ai-je entraînée ! Si j'avais su !

— Tu ne te serais jamais donné tant de mal ! A propos, dans leur hâte de faire place nette, les ravisseurs – on peut difficilement les appeler autrement ! – ont oublié ou plutôt n'ont pas trouvé ceci qui était sous les oreillers du lit !

A plat sur sa main, Valeriano présentait la dague ornée d'une fleur de lys en rubis, instrument du meurtre de Vittorio Strozzi. S'il fut surpris, Giovanetti ne le montra pas sauf qu'un sourcil se releva légèrement :

— C'est donc elle qui l'avait ? Elle a dû se la faire donner par le grand-duc. Je ne vois pas d'autre explication… mais dans quel but ?

— En souvenir d'un fiancé qu'elle aimait… ou pour s'assurer un moyen de se défendre ? Ou bien d'échapper… à un sort déplaisant ?

L'étroit visage du diplomate pâlit brusquement :

— Contre elle-même ?… Non ! Ce n'est pas possible ! Elle n'était pas éprise du jeune Strozzi à ce point ! Et elle craint Dieu !

— Elle le croyait peut-être quand elle a pris l'arme. Depuis, les choses ont beaucoup changé puisqu'elle envisageait avec un certain plaisir d'épouser Antoine de Sarrance.

— Mais il ne s'agit plus d'Antoine et Dieu sait ce qu'elle avait dans la tête en gardant cette arme si près d'elle ! Qu'en penses-tu ?

— Qu'il pourrait y avoir un signe du destin dans le fait qu'elle n'a pas eu le temps de l'emporter ? Après tout, celui qui a abattu Vittorio menaçait quiconque oserait épouser donna Lorenza...

— La menace visait les candidats florentins. Ainsi du moins en a jugé Ferdinand.

— Conforté dans cette idée par le meurtrier, dit Valeriano. Il aurait été trop bête de laisser l'héritière des Davanzati se marier chez elle au moment où la femme d'Henri IV avait tant besoin de sa dot. Allons, ne me regarde pas ainsi ! Tu sais très bien que mon amitié pour toi est de celles qui ne faillissent jamais. J'ai toujours su que c'était ton œuvre et je ne peux que t'approuver ! Je ne t'en aurais jamais parlé d'ailleurs si je n'avais retrouvé la dague mais les circonstances sont telles que je me demande si elle ne pourrait pas servir à nouveau... Il me semble qu'il y aurait là une manière de justice à rendre à donna Lorenza. L'arme l'a empêchée d'être heureuse ; pourquoi donc ne l'empêcherait-elle pas d'être malheureuse ?

Giovanetti se pencha sur le feu afin de réchauffer ses mains soudain glacées. Son regard ne quittait pas celui du médecin comme s'il y cherchait une vérité qu'il connaissait déjà. Jamais il ne lui viendrait à l'idée de douter de cette amitié maintes fois éprouvée par le passé.

— Hélas, nous ne sommes plus à Florence où l'on connaît tout le monde et où, avec de l'or, on sait à qui s'adresser sans crainte de se tromper. Ici, c'est différent... et d'autant plus que nous pourrions bien être surveillés...

— Je ne vois pas pourquoi. Ta mission est accomplie et la jeune fille chez la Reine. N'importe comment, si l'on surveille quelqu'un ce sera toi. Qui donc se soucierait d'un modeste médecin ?

Voyant qu'il reprenait la dague pour la glisser dans sa ceinture, Filippo s'inquiéta :

— Que veux-tu en faire ? Dois-je te rappeler...

— Quoi ? Le serment d'Hippocrate ? Un médecin n'a pas le droit de donner la mort ? J'en suis entièrement d'accord mais je n'ai pas l'intention de me salir les mains plus que tu ne l'as fait. Je suis plus âgé que toi, ser Filippo, je connais Paris bien mieux que toi et si tu peux disposer de quelques ressources sonnantes et trébuchantes, je crois savoir où m'adresser.

L'ambassadeur alla jusqu'à une cachette qu'il avait fait pratiquer dans un mur lorsqu'il avait acheté l'hôtel au nom du grand-duché de Toscane. Il y prit dans un coffre une poignée de pièces d'or qu'il glissa dans une bourse dont il tira les lacets puis tendit le tout à Valeriano :

— Tu penses que cela suffira ?

— Cela devrait. La vie est rude chez les truands ! Il te reste à me faire connaître le texte exact que l'on a abandonné sur le corps du jeune Strozzi ! Il importe qu'il soit identique.

Sans répondre, l'ambassadeur s'assit à son bureau, rédigea ledit message en contrefaisant son écriture et le tendit à Campo :

— Sois prudent surtout ! Lorenza m'est chère, je n'ai aucune raison de te le cacher...

— ... d'autant que je le savais depuis que nous avons embarqué à Livourne.

— Mais je tiens à toi aussi !

— Tu peux me faire confiance. J'ai le plus grand respect pour ma peau même si elle n'est plus de toute première fraîcheur ! Quand dis-tu que le mariage doit avoir lieu ?

— Dans trois jours. Trois nuits pour être plus précis puisque selon la tradition c'est à minuit qu'à Saint-Germain-l'Auxerrois ce couple aberrant doit recevoir la bénédiction.

— Donc, si Sarrance offre à ses amis le rituel enterrement de son célibat ce sera après-demain. Reste à savoir où...

— ... et s'il sacrifiera au rite. Il est aussi avare qu'un prêteur sur gages juif !...

— Avec la pluie d'or qu'il va recevoir ? Tu veux rire, ser Filippo ! S'il s'en dispensait, il perdrait la face ! D'autant qu'il devra même inviter le Roi. Ce serait normal car celui-ci adore ce genre de frairie. Reste à savoir où les agapes auront lieu...

— Comme ce ne sera pas un secret d'Etat, je crois pouvoir te renseigner. Mais encore une fois sois très prudent. L'homme frappera au nom de Florence et c'est vers nous que la justice se tournera automatiquement. Il ne s'agit pas d'y laisser la vie...

5

La femme au voile noir

Lorenza sut, d'emblée, qu'elle détesterait toujours Mlle du Tillet. L'autoritarisme dont elle avait fait preuve envers elle, cette manière de se comporter comme en pays conquis dans l'ambassade florentine, le peu de soin que l'on avait pris de ses affaires jusqu'à l'humiliation subie par Honoria qui n'avait même pas eu le temps de s'habiller, sans compter cette façon de l'appeler « ma fille » comme si elle n'était qu'une servante, tout cela l'avait indisposée au plus haut point. Même si la dame, petite, brune, sèche et déjà âgée, était élégante, elle ne lui reconnaissait pas le droit de la traiter comme elle venait de le faire. Aussi, à peine assise auprès d'elle dans le carrosse qui les emmenait au Louvre, ne lui cacha-t-elle pas ce qu'elle en pensait :

— J'ai peine à croire que la Reine, ma cousine et ma marraine, vous ait ordonné de vous emparer de mes biens comme de ma personne avec la brutalité dont vous venez de faire preuve.

— Brutalité ? Où avez-vous pris cela, petite sotte ? Quand la Reine ordonne elle entend être promptement obéie ! Si j'avais laissé faire vos servantes nous en aurions eu jusqu'au soir !

— Est-ce une raison pour traiter donna Honoria de la sorte ? Son âge, sa qualité...

— N'ayant pas reçu d'ordres la concernant, elle peut s'estimer heureuse que je l'ai emmenée...

— ... avec la domesticité et les bagages ? C'est tout simplement indigne !

— Je ne le pense pas. Il se peut d'ailleurs qu'on la renvoie au cas où elle ne plairait pas à Sa Majesté. Ce qui ne m'étonnerait guère ! Quelle vieille chipie ! Pourquoi, diantre, vous en êtes-vous encombrée ?

C'était une question que Lorenza s'était posée plus d'une fois mais pour rien au monde elle n'aurait voulu abonder dans le sens de cette femme. L'honneur et son amour-propre la poussaient au contraire à rompre les lances avec elle :

— Donna Honoria Davanzati, sœur de mon défunt père, est le seul membre de ma famille qui me reste du côté paternel.

— Il n'y a pas de quoi vous en vanter ! Elle ne vous ressemble guère et c'est tant mieux pour vous. A présent, cessez de récriminer ! Vous m'empêchez de penser donc vous m'ennuyez ! Si vous avez des plaintes à formuler, adressez-vous à la Reine... si vous en avez le courage et sur un autre registre ! Elle ne vous aime déjà guère !...

La jeune fille faillit riposter que la réciproque était vraie mais c'était peut-être tout ce que la du Tillet souhaitait entendre et comme elle n'aurait rien de plus pressé que de le répéter à qui de droit, Lorenza allait droit vers l'enfer.

Comme elle ne répondait rien, sa compagne se pencha pour la regarder sous le nez :

— On dirait que cela ne vous surprend pas ? Une bonne marraine ne devrait-elle pas déborder d'affection pour l'enfant qu'elle a tenue sur les fonts baptismaux ?

Lorenza haussa les épaules :

— Entre mon baptême et son mariage auquel j'ai eu l'honneur d'assister bien que fort jeune, nous ne nous sommes guère rencontrées. Difficile d'aimer dans ces conditions !

— Eh bien, soyez sûre, ma petite...

— Je ne suis ni votre petite ni une chambrière ! Mes ancêtres portent les armes depuis des siècles !

Elle s'attendait à quelque sarcasme. A sa surprise, Mlle du Tillet éclata d'un rire joyeux qui s'acheva en sourire... et ce sourire était charmant :

— Bravo ! Vous ne manquez pas de caractère mais évitez de le montrer. Si je vous ai dit que la Reine ne vous aimait pas c'est seulement pour vous avertir. Vous êtes beaucoup trop belle pour lui plaire et une fois mariée, cela m'étonnerait que l'on vous vît souvent à la Cour.

— Je n'ai aucune envie de m'y montrer. Je veux retourner chez moi à Florence !

— Vous êtes sincère ? Pourtant, si vous savez vous y prendre, vous pourriez vous faire un bel avenir. Il est on ne peut plus flagrant que vous plaisez au Roi !

— Mais il ne me plaît pas plus que M. de Sarrance ! s'écria Lorenza, exaspérée. J'ai dix-sept ans,

Madame ! Qui, à mon âge, peut souhaiter être donnée à un vieillard ?

— Plus bas, voulez-vous ? Et perdez cette manie de proclamer vos sentiments à tout bout de champ ! Cela peut être dangereux !

— Si vous saviez à quel point cela m'est égal !

— Mais pas à moi qui suis tout ouïe ! La Cour est un lieu redoutable où les paroles que l'on profère sans discernement risquent d'être aussi meurtrières pour la bouche qui les émet que pour les oreilles qui les écoutent ! Si vous voulez vivre – simplement vivre vous m'entendez ? – apprenez à vous taire... ou du moins à savoir à qui vous vous adressez !

Toute sa superbe éteinte, elle semblait inquiète tout à coup. Lorenza haussa les épaules :

— Vous avez peur ? Qui pourrait bien vous accuser ? Les laquais ?

— Allez-vous enfin cesser d'émettre des sottises ? Je ne vous veux aucun mal et j'avoue m'être trompée sur votre compte. A présent, je m'interroge...

— Je ne vois pas pourquoi...

— N'essayez pas de comprendre ! Suivez plutôt mon conseil : quand vous serez devant votre marraine, montrez-lui respect et soumission. Elle est la Reine après tout ! Et ravalez vos récriminations ! Elles ne serviraient qu'à resserrer la surveillance autour de vous jusqu'à ce que vous soyez remise à votre époux. Après, elle se souciera de vous comme d'une guigne parce qu'elle espère bien ne plus vous voir grâce au vieil Hector qui vous gardera sous clef. C'est une chose entendue entre eux. Vous n'aurez donc pas à soutenir un effort interminable, conclut-elle avec une satisfaction qui effaça chez la jeune fille le semblant de sympathie que lui avait inspiré le sourire de tout à l'heure.

— Je ferai de mon mieux ! siffla-t-elle entre ses dents, après quoi le silence régna jusqu'à ce que l'on fût dans la cour du Louvre.

Normalement, seules les princesses étaient autorisées à y pénétrer avec leurs équipages mais la voiture appartenant à Marie de Médicis, le corps de garde la laissa passer et s'arrêter à l'entrée de l'escalier particulier de la Reine où veillaient des gardes en bleu et blanc.

Si le vieux Louvre était imposant de loin, il perdait les trois quarts de sa magnificence quand on y entrait à cause de ses murs d'un gris terne et sale. Mais la nouvelle venue eut à peine le temps de se demander comment une femme aussi amie du faste que Marie de Médicis pouvait s'en accommoder : le temps de franchir une porte et l'antique demeure dégradée – bien qu'il y eût tout de même, dans un coin de la cour, des échafaudages annonçant des travaux ! – se changeait comme par magie en demeure de conte de fées. Tout le luxe florentin associé à un certain goût français s'y révélait : escalier de marbre, tapis, tentures murales, miroirs, statues d'albâtre ou de bronze, meubles dorés, riches livrées. Plus encore qu'à Fontainebleau, il s'étalait ici avec profusion. Sur l'ensemble flottait une odeur de cuisine plutôt incongrue :

— Leurs Majestés sont à table, annonça Mlle du Tillet. Je vais vous conduire à votre logis. Provisoire puisque c'est l'une des amies de la Reine qui vous hébergera en attendant votre mariage. Sans le savoir d'ailleurs...

Les appartements de la Reine s'étendaient tout le long de la Seine et à l'étage supérieur se trouvaient les pièces dont pouvaient disposer les personnes qu'elle honorait de son amitié comme la princesse de Guise et sa fille, la princesse de Conti, ou encore Mme de Montpensier. Un autre était à la disposition des dames de service par quartiers quand elles n'habitaient pas dans le proche environnement du Louvre. Un autre encore était attribué à sa sœur de lait.

— Vous disposez d'un appartement, je suppose ? demanda Lorenza pensant qu'elle allait demeurer sous la tutelle de la dame.

— Non. Je réside tout près d'ici mais, jusqu'au mariage, vous logerez dans deux pièces appartenant à Mme de Montpensier qui est la meilleure personne du monde et qui est absente de Paris en ce moment. Vous y serez bien. Veillez seulement à ne pas faire de bruit.

— Je n'ai nulle raison d'en faire. Pourquoi ?

— Vous allez être la voisine de la favorite de Sa Majesté.

— Vous voulez dire de la maîtresse du Roi ? fit Lorenza, abasourdie.

— Mais non, pauvre sotte ! Qu'allez-vous chercher là ? Celle de la Reine. Le terme est peut-être un peu fort mais on peut l'appeler ainsi ! expliqua Mlle du Tillet avec un ricanement déplaisant. En outre, c'est une femme de chez vous : une nabote, sèche, noiraude, laide comme le péché, qui porte presque toujours un voile noir assez lugubre.

— Elle est si hideuse que cela ? demanda Lorenza qui savait parfaitement de qui il était question mais souhaitait apprendre ce qu'en pensait cette femme.

— Le voile n'est pas destiné à la cacher mais à la préserver du mauvais œil. Elle est consciente qu'on la déteste et aussi qu'on la redoute : le voile lui permet de fuir les regards. Elle vit le plus souvent dans son appartement – dont on dit qu'il est fastueux ! – et n'en sort que le soir quand la vie de cour prend fin. Elle descend alors rejoindre la Reine par un escalier intérieur et ce sont de longs conciliabules en tête à tête dont rien ne transpire sauf lorsqu'au matin la Reine a changé d'avis sur une affaire quelconque, mais nul ne s'en étonne. Tout le monde ici sait que la Galigaï tient la Reine entre ses mains !

— Comment est-ce possible ? Ma cousine n'a-t-elle pas un confesseur pour la conseiller ?

— L'un n'empêche pas l'autre. C'est quand celui-ci s'est retiré que l'égérie fait son entrée. Souvent tard dans la nuit... C'est d'autant plus étonnant qu'elle est dame d'atour.

— Pardonnez-moi, mais je ne comprends pas ! Le Roi ne passe-t-il pas la nuit avec son épouse ?

— Si... en principe, mais il accorde peu de temps au sommeil. Il joue, va chez la maîtresse de l'heure ou s'enferme avec un ministre. De toute façon, il se couche toujours tard et sa femme compense en se levant tard...

— Comment s'appelle la femme au voile ?

— C'est la dame Concini. Elle a réussi à épouser le plus beau garçon parmi les Florentins que l'on nous a amenés mais c'est la plus ancienne amie de notre souveraine...

Les deux femmes passaient alors devant la porte d'un appartement qui s'ouvrit au même instant pour livrer passage à un jeune homme vêtu avec la dernière élégance de velours grenat brodé d'argent. Brun, la moustache conquérante et l'œil de feu, il arborait un large sourire à belles dents blanches. A la vue de ces femmes, il salua avec une grâce de danseur :

— Mademoiselle du Tillet ! Quel plaisir extrême !... Et en aussi charmante compagnie ! Cette demoiselle doit être celle dont tout le monde parle et que le vieux Sarrance va avoir la chance incroyable d'épouser ? En vérité, c'est grand dommage de donner tant de beauté à un barbon et...

— Faites attention à ce que vous dites, signor Concini ! Ce barbon pourrait vous couper les oreilles s'il vous entendait...

— Mais il ne m'entend pas ! Au surplus, il se pourrait que ce soit moi qui les lui coupe un jour ! Faire une veuve d'une telle beauté ! Quelle tentation !

— Belle idée ! Vous devriez en parler à votre épouse... Venez, ma chère, nous n'avons perdu que trop de temps !... Quel rustre, en vérité ! s'écria-t-elle quand il eut disparu au bout de la galerie. Je ne comprendrai jamais ce que la Reine peut trouver d'amusant en ce bellâtre. Le Roi, lui, déteste le couple et il a tenté à plusieurs reprises de s'en débarrasser, mais son épouse pousse les hauts cris dès qu'il met le sujet sur le tapis ! Il a dû en passer par toutes les exigences que la femme souffle à la Reine : non seulement il a autorisé le mariage mais il leur a donné de l'argent et il a accepté que la conjointe occupe l'une des charges les plus importantes de la maison de Sa Majesté. Que ne ferait-on pas pour avoir la paix dans son ménage !

— Il me semblait pourtant que, voici peu, il voulait répudier ma bonne marraine, ce qui l'eût débarrassé de tout le monde ! Et je comprends d'autant moins ce que je fais ici !

Debout au milieu de la chambre où elle venait de l'introduire, Mlle du Tillet prit un temps pour regarder la jeune fille d'une façon bizarre. Un peu comme si elle la découvrait :

— Décidément vous êtes plus intelligente que je ne croyais ! lâcha-t-elle au bout d'un instant...

— Vous me faites beaucoup d'honneur ! Dois-je vous remercier ?

— Si vous voulez, mais faites en sorte que l'on ne s'en aperçoive pas ! Surtout la Reine ! Auprès d'elle, mieux vaut passer pour une bécasse que pour une lumière !

— Vous avez déjà dit qu'elle ne m'aimait pas ! Qu'est-ce que cela changerait ?

— Peut-être que... mais il est vrai qu'elle n'aura pas longtemps à vous supporter ! Bon ! Vous voici chez vous jusqu'au mariage. Installez-vous ! Des valets vont apporter vos coffres et ensuite on vous servira à dîner car vous ne devez pas bouger d'ici. La Reine viendra vous voir ce tantôt !

Et, sans plus d'explications, elle disparut dans un grand froissement de taffetas. La porte ne s'était pas même refermée qu'Honoria, entrée sur les talons de la comtesse, entamait la litanie de ses récriminations :

— Est-ce là l'hospitalité d'une souveraine ? Deux chambres, deux lits et presque pas de meubles ? Il est vrai qu'une fois les coffres arrivés on ne pourra plus bouger ! On se marchera sur les orteils.

Pour une fois, elle avait raison mais Lorenza, plus lasse que si elle venait de faire le tour de Paris en courant, n'avait pas envie de discuter :

— Je ne demande pas mieux que de rentrer à l'ambassade et vous laisser la place ! Malheureusement...

— Ne comptez pas me voir regagner ce trou à rats si c'est ce à quoi vous pensez ! Je me réserve seulement de me faire entendre de la Reine ! Cette Madame de je ne sais quoi...

— Du Tillet !

— Si vous voulez ! Cette du Tillet a dû interpréter ses ordres n'importe comment !

Elle disserta sur ce thème jusqu'à ce que vienne le repas... qui ne lui plut pas et qu'elle jugea insuffisant... Ce qui était vrai d'ailleurs : on n'avait prévu que pour une personne mais comme Lorenza n'avait pas faim, sa tante put reprendre suffisamment de forces en vue de l'auguste visite de l'après-midi. Aussi, quand la porte s'ouvrit sur l'ample silhouette de Marie de Médicis, ne perdit-elle pas une seconde pour se jeter à ses pieds :

— Ah, Madame !... Ah, Votre Majesté ! Que la Reine est donc bonne de venir à nous ! Elle va pouvoir constater par elle-même du peu de cas que l'on fait de nous et comment l'on interprète les ordres de la Reine ! Oser nous entasser dans ces deux chambres ridicules...

Les gros yeux bleus se posèrent sur elle avec un franc dégoût :

— Retournez d'où vous venez ! Vous n'avez pas été invitée !

— Mais je...

— Sortez ! On y verra plus clair ! Où es-tu, Lorenza ?

— Ici, Madame ! fit la jeune fille en sortant de derrière les rideaux du lit.

— Je veux que l'on vide tes coffres devant moi afin de m'assurer que tu as ce qu'il faut pour figurer convenablement à tes épousailles !

— Votre Majesté ne devrait pas s'inquiéter. La grande-duchesse Christine y a veillé elle-même et je crois ne manquer de rien !

— C'est ce que nous allons voir ! Allons ! Que l'on se hâte ! Ouvrez tous ces coffres !

Ce qui suivit tint du cauchemar. On fit sortir Honoria, Bibiena et Bona. Puis deux des caméristes de la Reine vidèrent le contenu des lourdes malles de voyage mais Lorenza comprit vite qu'il ne s'agissait pas de vérifier s'il ne lui manquait rien mais bien d'inventorier toutes les richesses venues de Florence. Chaque robe était dépliée, présentée à Marie qui ne cessait de s'extasier sur l'habileté des couturières florentines, regrettant visiblement qu'aucune de ces choses ravissantes ne soit à sa taille. Enfin on passa aux cassettes à bijoux qui n'étaient pas à dédaigner. Outre les joyaux qu'elle tenait de sa mère et de ses aïeules, Lorenza avait reçu du couple grand-ducal de magnifiques présents en vue de son mariage avec Vittorio, présents qu'on ne lui avait pas repris. Seuls l'émeraude des fiançailles et les autres dons des Strozzi avaient été rendus.

L'inventaire dura un moment... L'œil émerillonné, la narine frémissante, Marie de Médicis prenait les pièces l'une après l'autre, les comparait, les posait sur son poignet, sa gorge ou ses doigts. Quand ce fut fini, elle avait mis de côté une parure de perles roses et de petits diamants, deux bracelets assortis de saphirs, d'émeraudes et de perles et une agrafe de manteau composant un bouquet de fleurs multicolores réalisé en pierres précieuses.

— Je t'emprunte ces bijoux ! décida-t-elle. Ils sont tellement jolis que je veux les faire copier afin d'avoir les mêmes. J'espère que tu n'y vois pas d'inconvénient ? Tu es assez bien fournie pour pouvoir t'en passer pendant quelque temps !

Et, sans attendre une réponse que Lorenza, suffoquée d'une telle audace – si elle revoyait ces joyaux ce serait certainement en rêve ! –, n'arrivait pas à formuler, elle mit son butin dans l'une des cassettes qu'elle confia à Mlle du Tillet puis quitta la chambre qu'elle laissait dans un incroyable désordre, rien de ce qui avait été sorti n'ayant été rangé. Sur le seuil cependant, elle se retourna :

— Tu seras mariée après-demain soir. Jusque-là tu ne bouges pas d'ici ! On t'apportera tout ce dont tu pourrais avoir besoin.

Puis elle disparut avec ses femmes caquetantes, chacune donnant son avis comme si elles venaient d'assister à une présentation de mode. Lorenza resta seule avec une Bibiena d'autant plus indignée qu'elle avait été obligée de se taire tant que Marie de Médicis avait occupé les lieux. Elle grommelait entre ses dents tout en repliant et rangeant les robes, manteaux, lingeries et autres accessoires de toilette féminine empilés sur le lit. Lorenza essaya de l'aider tout en réfrénant sa colère contre cette grosse femme dont on avait fait une reine de France alors qu'elle n'était même pas capable de respecter les lois de l'hospitalité chères à tous les cœurs florentins de bonne souche. Elle, une Médicis !

— Il va falloir nous arranger pour cette nuit puisque nous n'avons que deux lits, dit-elle enfin quand le dernier coffre fut refermé. Tu dormiras avec moi dans celui-ci et donna Honoria avec... mais, au fait, où est-elle passée ? Dieu sait que je ne l'aime guère mais la façon dont elle a été traitée est indigne !

— Je crois qu'elle est restée dehors. Je l'ai entendue pleurer...

— J'y vais !

Honoria était bien là, en effet. Assise sur une des bancelles qui composaient, avec quelques torchères en bois doré, l'ameublement de la longue galerie desservant les appartements, repliée sur elle-même au point de ne plus former qu'une masse indistincte, ses mains cachant son visage, elle pleurait à gros sanglots mais elle n'était pas seule : penchée sur elle, une femme entièrement recouverte d'un voile noir lui parlait tout bas. La forme voilée se redressa à l'approche de la jeune fille et celle-ci put voir qu'elle tenait un gobelet à la main.

— Je voudrais lui faire boire un peu de ce cordial mais elle n'a même pas l'air de m'entendre.

— C'est dommage, fit Lorenza trop surprise pour n'être pas sincère. Vous avez une bien belle voix !

Chaude, profonde et d'une extrême douceur, c'était un timbre presque envoûtant. Cela expliquait peut-être l'influence que cette femme exerçait sur Marie de Médicis dont elle était l'indispensable compagne depuis la prime jeunesse.

— Vous êtes Leonora Galigaï, n'est-ce pas ? poursuivit-elle.

— Je l'étais. A présent, je suis Leonora Concini ! répliqua l'autre avec orgueil. Et il m'est apparu naturel de porter secours à une dame de chez nous !

Le dialogue des deux femmes avait percé le bruyant désespoir d'Honoria. Elle cessa de pleurer, les regarda tour à tour, renifla puis tendit la main vers le gobelet – d'or ! – que Galigaï lui offrait.

— C'est bien réconfortant de rencontrer enfin dans ce pays quelqu'un qui sache reconnaître une dame de la noblesse... alors que la Reine... une fille de Toscane pourtant !... Elle me fait autant dire... enlever de chez messer Giovanetti sans me laisser le temps de m'habiller et une fois dans ce lieu-ci me renvoie comme... comme une souillon ! Moi ! Une Davanzati !... Que vais-je devenir ? Que vais-je devenir, mon Dieu ?

Et elle se remit à pleurer de plus belle, quoique faisant montre d'un talent moins convaincant, et à se lamenter sur son sort.

— Calmez-vous, tante Honoria ! Nous allons nous arranger puisqu'il s'agit seulement de deux jours, ajouta-t-elle avec amertume. Vous prendrez l'un des deux lits avec Bona...

— Il est hors de question que je dorme avec ma servante !

— Alors ce sera avec moi ! concéda Lorenza, résignée...

— Jamais de la vie. Moi je veux un lit rien que pour moi...

— Voulez-vous me permettre de jeter un coup d'œil ? demanda la Concini.

Elle pénétra dans la chambre et en ressortit aussitôt. Elle releva sa mousseline funèbre révélant un visage aux traits vulgaires, au nez trop long, au menton têtu, aux petits yeux noirs sans cesse en mouvement sous des cheveux frisottés au fer et d'un blond artificiel destiné sans doute à masquer des mèches grisonnantes. Une grande bouche et une peau jaunâtre, ce qui était le fait d'une mauvaise santé, complétaient le portrait. Sa laideur expliquait peut-être sa longue faveur auprès de Marie.

— Quelle idée a eu Sa Majesté de vous loger là-dedans ? dit-elle. C'est à peine suffisant pour une seule personne et si vous voulez bien accepter mon hospitalité, donna Honoria, je serais heureuse de vous offrir une chambre plus digne de vous que ce débarras...

— Vraiment ? Oh, que ce serait aimable à vous ! Mais que dira la Reine ?

— Ne vous en souciez pas ! Je me charge de tout arranger avec elle. Soyez sûre que, dès demain, elle reconnaîtra son erreur ! Si vous voulez bien envoyer la servante, donna Lorenza, on lui trouvera un lit...

Un peu suffoquée tout de même, la jeune fille les regarda s'éloigner en bavardant comme si elles se connaissaient depuis toujours alors que, jusqu'à présent, et notamment au cours du voyage quand Giovanetti avait évoqué la favorite de la Reine, Honoria n'avait manifesté que du dédain, sinon du mépris pour cette femme de rien, ou de bien peu...

En effet, née Leonora Dori, fille d'un fabricant de cercueils et d'une blanchisseuse qui avait eu l'honneur d'allaiter la jeune Marie, elle avait été placée auprès de celle-ci qui relevait de maladie, pour la distraire d'une mélancolie tenace. Vive, enjouée autant que la malade était amorphe et languissante, la jeune Leonora s'était vite rendue indispensable. Au point de songer à la pourvoir d'une origine plus reluisante lorsque le mariage avec le roi de France s'était profilé à l'horizon. Cette origine, Leonora l'avait d'ailleurs trouvée toute seule. Les libéralités de Marie lui ayant déjà constitué une fortune, elle avait déniché un vieux gentilhomme, très noble mais quasiment réduit à la misère, Guido Galigaï, dont un ancêtre avait été fait chevalier par

Charlemagne et qui avait été ravi de l'adopter moyennant un sac d'or. Devenue Leonora Galigaï, pourvue d'un blason et d'une pléthore d'ancêtres, la fille du menuisier et de la blanchisseuse, pouvait suivre la tête haute une future reine de France.

Depuis, souvent invisible mais toujours présente, elle régentait la vie de Marie sans oublier pour autant d'amasser une fortune. Tombée follement amoureuse du beau Concini, elle avait su l'amener au mariage peut-être parce que ce ruffian avait compris qu'elle pouvait obtenir de sa maîtresse tout ce qu'elle voulait et serait son meilleur instrument, à lui, pour atteindre des sommets jugés inaccessibles lorsqu'il avait débarqué à Paris au milieu des quelque deux mille Italiens aux dents longues qui composaient la suite de la nouvelle reine. Comme, de son côté, il avait entrepris de séduire cette dernière, le couple se sentit bientôt de taille à braver tout fût-ce la colère d'un roi qui les détestait, et brûlait d'envie de les renvoyer au-delà des Alpes mais n'y arrivait pas parce que ses amours extra-conjugales le mettaient continuellement dans une situation d'infériorité et déchaînaient des fureurs que seule, Leonora savait calmer.

Lorsque sa passion pour l'intrigante Henriette d'Entragues, marquise de Verneuil, s'était enfin essoufflée, il y avait bien eu cette soudaine poussée d'autorité qui avait placé Marie à deux doigts de la répudiation mais Leonora y avait paré en conseillant d'acheter le plus vieux compagnon d'Henri au moyen d'une union avec une belle jeune fille cousue d'or. Et le ministre Sully, vieil ami aussi en charge des finances du royaume dont le Roi réclamait toujours les bons offices pour raccommoder son ménage, avait compris qu'il ne serait jamais débarrassé de la « grosse banquière », ni des Concini dont il avait conclu à la longue que le Roi, brave entre tous les braves, en avait peur.

Lorenza, pour sa part, put mesurer l'influence de la femme au voile noir dès le lendemain de son entrée au Louvre. Alors qu'elle se morfondait dans son logis sans que quiconque parût s'occuper d'elle sauf pour lui porter ses repas, elle vit accourir, dans l'après-midi, une Honoria transformée : des profondeurs de son bruyant désespoir, elle était remontée jusqu'à une sorte de rayonnement d'orgueil satisfait :

— C'est le Ciel, en vérité, qui nous a conduites dans le voisinage de donna Leonora ! Ce matin, elle m'a menée chez la Reine qui m'a fait le meilleur accueil et même s'est excusée de m'avoir traitée comme elle l'a fait. Elle se sentait souffrante...

— Souffrante ? Il n'y paraissait pas quand elle faisait mettre mes coffres au pillage et prélevait une part de mes bijoux.

— Quel mauvais esprit vous anime, ma chère ? Ne vous a-t-elle pas dit qu'elle souhaitait les faire copier ? Et puis même si elle désire les garder ce serait, me semble-t-il, une compensation bien dérisoire en regard des soucis que vous lui causez...

— Moi ? Des soucis ? Quelle ineptie ! Je croyais y avoir mis fin puisque le Roi a renoncé à...

— La répudier ? Une fable ! Il n'en a jamais été question. C'est elle au contraire qui a pris en pitié l'état de pauvreté dans lequel son époux laissait croupir la famille de son plus vieux compagnon en proposant un mariage avec vous...

— J'aimerais vous entendre répéter cette sornette devant messer Giovanetti !

— Lui ? C'est un idiot qui n'a rien compris !

— Ce n'est pas l'impression qu'il m'a donnée. Il agissait en pleine conformité avec ce que m'avaient dit Leurs Altesses grand-ducales !

— Taratata ! Il s'est arrangé pour se réserver le beau rôle ! Dites-moi donc pourquoi, s'il souhaite tellement ce mariage, il s'est rendu hier matin chez le Roi pour lui demander de vous laisser rentrer à Florence ?

— ... en abandonnant ma dot à titre de dédommagement pour que le vieil homme n'ait pas tout perdu !

— Le vieil homme ? Ce n'est pas parce qu'il n'a rien d'un freluquet comme son fils qu'on doit le traiter ainsi. Il est... dans la force de l'âge !

— S'il vous plaît tant, épousez-le vous-même ! Je vous fais cadeau de ma dot !

— Cessez donc de proférer des âneries ! M. de Sarrance vous veut pour femme, c'est son droit. Quant au Roi, il aurait mieux valu qu'il ne vienne pas faire cette proposition... indécente à la Reine. C'est pour cela qu'elle se sentait indisposée et on peut la comprendre !

— Indécente ? Pour quelle raison ?

— Mais parce qu'il veut vous mettre dans son propre lit ! Sa Majesté ne s'y est pas trompée, elle ! Aussi, attendrez-vous ici que l'on vienne vous habiller pour la cérémonie. Ensuite vous serez en puissance d'époux et ce sera à lui de veiller sur son bien ! A lui... et à moi !

— Comment cela à vous ?

— Je vais, comme il se doit, habiter l'hôtel de Sarrance. La Reine attache énormément de prix à ce que je reste auprès de vous. Ainsi elle sera assurée que son mari ne viendra pas rôder autour de vos jupons !

La vague de colère et de dégoût qui souleva Lorenza la sauva de l'envie de s'écrouler en larmes comme si les caissons rouge et or du plafond venaient de s'abattre sur elle. Elle était honteuse aussi que cette mégère abdiquât son rang, son orgueil pour se faire l'agent d'une fille de bas étage en échange d'un peu de vin dans un gobelet d'or et d'une chambre. Rien, en vérité, ne rappelait chez Honoria qu'elle était la sœur de ce parfait gentilhomme qu'avait été Francesco Davanzati, le père de Lorenza dont Florence gardait le souvenir comme ceux de ses plus nobles enfants. Elle n'avait jamais aimé Honoria – elle eût bien été la seule dans ce cas d'ailleurs ! – mais maintenant, alors qu'elle osait s'annoncer comme sa geôlière, elle lui aurait volontiers craché au visage :

— Quel changement ! fit-elle avec un sourire méprisant. De quels termes usiez-vous donc au sujet de la Galigaï lorsque nous avons quitté Florence ? Les plus tendres étaient, si ma mémoire est bonne, maquerelle, rebut de l'humanité, excrément du diable ? Et vous voilà devenue... quoi au juste ?

Son obligée, sa plus chère amie, sa fervente admiratrice, son esclave, vous, une Davanzati ?

En dépit de la joie mauvaise qu'elle affichait, Honoria devint écarlate sous ce regard noir qui la clouait à un invisible pilori. Elle haussa les épaules avec ce qu'elle espérait être de la désinvolture :

— Il faut prendre les gens pour ce qu'ils peuvent vous apporter. J'avoue avoir écouté avec trop de complaisance les méchants bruits qui courent les ruisseaux de notre ville. Cette Leonora n'est pas mauvaise après tout ! Et c'est d'un esprit vil que se faire l'écho de tous les ragots traînant par les rues. Le cas qu'en fait la Reine est significatif et je ne saurais trop vous conseiller de la traiter en conséquence. C'est grâce à elle si notre pauvre souveraine subit si chrétiennement les injures dont l'abreuve son mari, cet hérétique, ce...

— Si elle est reine c'est grâce à cet hérétique puisqu'il est le Roi. Alors, à mon tour de vous donner un conseil : un peu de respect s'il vous plaît !

— Il ne me plaît pas. On respecte ceux qui le méritent et...

Elle n'eut pas le loisir d'en dire davantage. Lorenza, incapable de la supporter plus longtemps, l'avait empoignée par le bras et mise à la porte en dépit de ses protestations et sans oublier de tirer l'élégant verrou de bronze doré. Après quoi, laissant ses nerfs l'emporter, elle se jeta sur son lit et pleura jusqu'à ce que Bibiena vînt s'asseoir auprès d'elle et la prenne dans ses bras pour la bercer sans rien dire mais en lui caressant les cheveux comme elle le faisait autrefois lorsqu'elle était une petite fille.

Blottie dans ce vaste giron rassurant, la jeune fille se calma peu à peu tandis que son cœur affolé reprenait son rythme normal. Finalement, elle se redressa, accepta le carré de batiste que Bibiena lui offrait, se moucha puis, regardant sa nourrice d'un air désolé :

— Tu as entendu, je suppose ?

— Elle crie assez fort pour cela.

— Cette fichue garce se range résolument du côté de mes ennemis. Parce qu'il ne faut plus conserver la moindre illusion : je n'ai rien à attendre des gens d'ici que de mauvais procédés ! La Reine me déteste sans même me connaître...

— Elle est sotte, vaine et méchante. Et tu es si belle ! En plus, tu as osé t'opposer à sa volonté en refusant d'épouser le vieil homme.

— J'aurais été plus sage de me taire. Demain soir, je serai sa propriété et il m'enfermera dans sa maison sous la garde d'Honoria... et ma vie va devenir un enfer ! Oh, si seulement je pouvais m'enfuir... mais personne ne veut m'aider. J'ai supplié messer Giovanetti de me donner les moyens de rentrer chez nous mais il a refusé...

— Et pourtant, il t'aime celui-là !

— Où as-tu pris cette idée ?

— Je ne parle pas beaucoup mais j'ai de bons yeux et je sais m'en servir. Je te dis qu'il t'aime !

— Alors il le montre bien mal ! Je suppose qu'il a peur de perdre son poste. N'oublie pas que c'est cette affreuse femme qui l'a envoyé me chercher !

— Je suis sûre qu'il voudrait t'aider. Sinon on ne t'aurait pas enlevée de chez lui comme on l'a fait ! Et justement pendant qu'il allait parler au Roi. En outre, si j'ai bien compris, celui-là a essayé de convaincre le vieux de renoncer à toi ?

— Il est le Roi, sacrebleu ! Il pouvait ordonner ! Mais non ! Je ne peux compter que sur moi-même ! Aussi demain...

— Que vas-tu faire ? Tu m'effraies !

— Il ne faut pas. Je vais me servir de la seule arme qu'on me laisse. A ce propos, sais-tu où est la dague au lys rouge que je cachais sous mes oreillers ? Quand cette matrone est venue nous chercher, elle a mis un tel désordre que je crains de l'avoir oubliée...

— Qu'as-tu besoin de ce poignard qui a déjà fait tant de mal ?

— Pour éviter que l'on ne m'en fasse encore ! C'est une sécurité, comprends-tu ?

— Contre les autres ou contre toi-même ? C'est une arme d'homme et elle m'a toujours fait peur !

— Ne sois pas sotte ! J'ai l'impression que dans cette cour, il faut se préserver de tout comme de tous... Mais pour en revenir à la dague, elle a dû rester chez messer Filippo. Demain, tu iras la réclamer !

— A condition de pouvoir sortir. As-tu seulement remarqué les gardes postés aux deux bouts de la galerie ? Ils doivent bien être là pour quelque chose !

— Alors tentons l'expérience : donne-moi un manteau, des gants, habille-toi et sortons !

— Je suis sûre qu'on ne nous laissera pas passer !

Elle n'avait que trop raison. En les voyant approcher, les deux gardes croisèrent leurs pertuisanes pour leur interdire le passage et, comme la jeune fille protestait en disant qu'elle voulait se rendre à l'église, l'homme lui sourit :

— Désolé, Madame, mais les ordres sont formels : vous ne devez quitter le palais sous aucun prétexte !

— Mais enfin, je veux aller prier !

— Pourquoi pas chez vous ? Dieu est partout, ajouta-t-il vertueusement mais avec une expression admirative qui rendait hommage à sa beauté.

— Et ma servante ? Je voudrais qu'elle fasse quelques achats...

— Elle les fera demain ou plus tard ! Encore une fois j'ai des consignes, Mademoiselle, et je serais chassé si je les transgressais ! On vous en dirait tout autant là-bas au bout !

— Mais enfin, je ne suis pas seule à habiter cette partie du palais ?

— Pour le moment, si. Madame la duchesse de Montpensier n'est pas à Paris et la signora Concini possède un escalier privé qui la mène directement chez la Reine. Mais pourquoi ne pas vous adresser à elle ? conseilla-t-il en la voyant s'assombrir. Elle fait la pluie et le beau temps ici, déplora-t-il en baissant la voix de plusieurs tons.

— C'est justement pour cette raison que je ne lui demanderai rien ! Merci, Monsieur... ?

L'interrogation appelait une réponse. Le jeune homme rougit sous son casque mais ses yeux se mirent à briller tandis qu'il répondait :

— ... d'Ouchy ! Matthieu d'Ouchy pour vous servir de mon mieux mais en d'autres circonstances, Mademoiselle ! J'aimerais tellement vous faire plaisir !

C'était l'évidence même mais Lorenza n'en rentra pas moins dans son logis provisoire où, aidée de Bibiena, elle entreprit de tout ranger dans l'espoir de retrouver la dague. On vida de nouveau les coffres mais en vain : l'arme n'y était pas. Lorenza avait caressé un instant l'idée d'aller, une fois son service achevé, prier Matthieu d'Ouchy de venir la voir mais elle renonça vite : il n'était pas seul en faction à ce bout de la galerie et le visage de son compagnon était demeuré de glace tout le temps qu'avait duré le court entretien. Il eût donc été stupide de lui créer un problème dont les suites pourraient être dangereuses.

La journée s'écoula sans que personne, en dehors des valets du service de la bouche, ne franchisse le seuil de sa chambre, et il fut impossible de tirer de ceux-ci le moindre renseignement... La femme au voile noir et sa reine semblaient avoir ourdi autour d'elle une conspiration du silence !

La nuit qui suivit et le lendemain matin se ressemblèrent sur ce point. Ce fut seulement dans l'après-midi que Mlle du Tillet reparut à la tête d'une véritable escouade de valets et de filles de chambre.

— C'est ce soir que vous vous mariez, lança-t-elle dès qu'elle eut franchi le seuil sans plus s'encombrer de vaines formules de politesse. Il est temps de vous y préparer ! Dans quel coffre se trouve la robe nuptiale ?... Bien ! Tous les coffres seront portés demain à l'hôtel de Sarrance où vous serez conduite sitôt la cérémonie célébrée...

— Je croyais que la première nuit se passait ici ?

— En effet, mais les dispositions ont changé de par la volonté de votre futur qui, souhaitant préserver votre intimité de couple, en a décidé ainsi. On y vaque en ce moment aux préparatifs du festin... Ainsi vous pourrez prolonger votre nuit de noces aussi longtemps que vous le désirerez ! Plusieurs jours même ! Ce qui est possible si j'en crois l'ardeur...

— Où est cette maison ?

— Vous connaissez Paris ?

— Pas du tout, mais...

— Dans ce cas, je ne vois pas ce que cela peut vous faire mais je consens à vous répondre : rue de Bethisy. C'est proche de l'église où vous serez mariée. Donc vous irez sous bonne garde et cela évitera à ce pauvre Sarrance une autre mésaventure...

— Quelle mésaventure ? De grâce, Madame, expliquez-vous plus clairement. Il faut vous arracher les paroles ! s'impatienta la jeune fille.

Charlotte du Tillet ne s'en formalisa pas et même se mit à rire :

— Peu de chose en vérité : vous avez failli être veuve avant d'être mariée...

— Quoi ?

— … Hier soir, un malandrin que l'on n'a pu retrouver a voulu tuer votre promis tandis qu'il rentrait chez lui à pied avec pour seule escorte un valet. En lui plantant un poignard dans le dos ! A ce propos, il paraît que vous êtes dangereuse, ma chère ? Avec le poignard il y avait un mot rédigé en toscan disant que tous ceux qui oseraient prétendre à votre main devaient mourir… Allons ! Remettez-vous !… Vous voilà toute pâle !

En effet, les jambes fauchées, Lorenza venait de s'asseoir sur son lit pour essayer de retrouver son souffle. La du Tillet lui tapota les joues :

— On dit qu'à Florence, déjà, on a tué de cette manière le jeune homme que vous deviez épouser ? Heureusement, Sarrance avait ouï cette histoire et prenait ses précautions, ne tenant nullement à faire le second…

— Il… il est vivant ?

— Plus que cela ! Tout frétillant ! Il faut dire que votre ambassadeur lui avait conté l'histoire et qu'il s'est prémuni en portant sous son pourpoint une cotte de mailles qui le couvrait entièrement des cuisses au col ! Venez maintenant. On va vous donner un bain et tous les soins nécessaires pour que la douceur de votre peau et les parfums de votre jeunesse lui fassent oublier cette vilaine aventure. On finira bien par retrouver l'assassin et il paiera son forfait sur l'échafaud. Peut-être même en un moment où le vieux bouc sera en train de vous chevaucher !

Dans les brefs instants passés à la cour, Lorenza avait pu s'apercevoir que l'on y usait d'un langage beaucoup plus vert qu'au palais Pitti mais, cette fois, l'image évoquée fut si précise qu'elle en eut un haut-le-cœur et se hâta de cacher son visage dans ses mains pour se remettre. Ainsi, le mystérieux assassin qui l'avait à jamais séparée de Vittorio l'avait suivie en France afin d'y poursuivre son dessein meurtrier ? Malheureusement, il avait manqué son coup ! Malheureusement, oui ! Elle ne craignait pas de s'avouer qu'elle eût été cette fois aussi heureuse qu'elle avait été attristée du meurtre de Vittorio ! Elle eût été libérée de cet odieux mariage et c'était tout ce qui comptait même si le mystérieux assassin risquait de faire peser une menace sur le reste de sa vie...

Une chose la réconfortait : l'homme – un compatriote sans aucun doute ! – n'avait pas été capturé. Il était toujours libre, ce qui laissait un espoir !... Bien ténu assurément car il savait à présent que Sarrance se protégeait contre ses coups. En outre, il n'y avait aucune chance de réussite avant qu'elle ne lui soit livrée puisque toute la Cour allait entourer le couple jusqu'au seuil de la chambre nuptiale...

Ce qui suivit fut comme l'un de ces mauvais rêves dont on essaie vainement de se libérer sans que le retour à la réalité apporte un apaisement. On la baigna, on la massa, on la parfuma, on l'habilla et enfin on la coiffa avant de la conduire chez la Reine où son entrée fit sensation. Dans la robe de satin blanc brodée d'or qu'elle aurait dû revêtir pour rejoindre Vittorio Strozzi au Duomo afin de lui jurer à jamais amour et fidélité, elle était belle à couper le souffle en dépit de sa pâleur. Suivant la mode de Florence, l'ample jupe se terminait par une courte traîne dépouillée des disgracieux vertugadins, et la grande collerette en éventail – de délicate dentelle parfilée d'or – encadrait avec grâce un cou de cygne le long duquel des grappes de perles tremblaient jusqu'aux douces rotondités de jeunes seins qu'aucune baleine n'aplatissait. Des peignes et des épingles ornés de perles remontaient la masse somptueuse des cheveux tressés en nattes soyeuses sous une résille d'or et de perles d'où partait un voile court de la même dentelle qui composait la collerette. A l'exception des pendants d'oreilles, aucun autre bijou n'altérait la ligne pure de la gorge. Pas davantage aux poignets, aux doigts, à la ceinture ou sur le devant d'une robe dont la magnificence n'avait nul besoin de cette surcharge.

Enfermée dans son désespoir, Lorenza ne vit aucun de ceux à qui on la présentait, même les souverains auxquels elle rendit comme une somnambule l'hommage mécanique des révérences. Le seul visage qu'elle cherchât, celui de Giovanetti, ne parut pas et quand le cortège se mit en marche pour gagner l'église voisine de Saint-Germain-l'Auxerrois, elle prit place machinalement entre les deux femmes qui allaient la mener à l'autel : sa tante Honoria, raide d'orgueil sous des moires quasi épiscopales cousues d'améthystes et de petites perles, et Mme de Guercheville représentant la Reine. Avant de sortir cependant, une main inconnue disposa un manteau sur ses épaules, ce qui la réchauffa car elle se sentait glacée.

Dehors, il faisait froid et humide mais le trajet était court jusqu'aux portes de l'église où, dans le chœur brasillant de cierges allumés, attendait l'époux auprès duquel ses deux compagnes la conduisirent. C'est à cet instant que se déchira l'espèce de cocon brumeux qui l'enveloppait depuis des heures. Allait-on vraiment la donner à cet homme grisonnant qui la regardait avec une concupiscence qu'il ne cherchait même pas à dissimuler ?

Il s'était fait beau pour la circonstance : pas beaucoup plus soucieux de son apparence que le Roi lui-même en temps habituel, le marquis Hector arborait ce soir-là pourpoint et chausses de velours feuille-morte soutachées ton sur ton sous une fraise de dentelle raide d'empois donnant l'impression que sa tête était posée sur un plateau. Une tête aux cheveux taillés courts, à la barbe soignée et dont le large sourire, tandis qu'il regardait venir celle qu'on lui offrait, prouvait qu'il avait dû se laver les dents. Il répandait une puissante odeur d'ambre qui acheva de ramener Lorenza sur terre en la faisant éternuer à plusieurs reprises, ce qui suscita quelques rires étouffés dans l'assemblée. Mais le prêtre en chasuble rouge s'avançait à présent vers les « fiancés » escorté d'un premier enfant de chœur balançant un encensoir et d'un second portant les anneaux sur un petit plateau... L'orgue se tut alors afin que tous puissent entendre les paroles sacramentelles.

Hector affirma d'une voix forte et triomphale sa volonté d'épouser la demoiselle Davanzati mais quand vint le tour de Lorenza et qu'il se tourna vers elle, il n'obtint que le silence. Un silence d'autant plus profond que tous, à cet instant, retenaient leur souffle pour n'en rien perdre.

L'officiant fronça le sourcil, se racla la gorge afin d'attirer l'attention de cette mariée qui regardait obstinément la croix dominant l'autel.

— Veuillez me faire face et répondre, demoiselle ! fit-il avec sévérité. Acceptez-vous de prendre pour époux Hector-Louis-Joseph, marquis de Sarrance ici présent ? Jurez-vous de lui être...

A ce moment, Lorenza se tourna vers lui et exhala un « non » faible encore que très net mais qui ne satisfit pas le célébrant :

— Je n'ai pas entendu ! Veuillez répéter, ma fille !

Lorenza redressa le front pour le regarder dans les yeux et allait lâcher, cette fois, un refus formel quand une main s'abattit brutalement sur sa nuque l'obligeant à courber la tête – signe d'assentiment ! – tandis que la surprise lui arrachait un léger cri qu'avec beaucoup de bonne volonté on pouvait prendre pour un oui déformé... et dont le prêtre voulut bien se contenter. Quelques secondes plus tard, elle était unie à Hector de Sarrance. Après le coup, évidemment, elle avait tenté de voir de qui il provenait mais ne vit qu'une foule chamarrée dont les yeux étaient fixés sur les grands cierges de l'autel. Elle était bel et bien prise à un piège impitoyable où sa volonté, sa personnalité même n'existaient plus. Ces étrangers l'avaient dépouillée de tout. De sa fortune comme de son nom et tout à l'heure elle allait entrer dans la maison de cet homme qui n'avait pas lâché sa main depuis qu'il y avait passé l'anneau quelque tentative qu'elle eût faite pour la lui retirer et qui, la cérémonie – assez brève d'ailleurs ! – achevée, la posa sur son bras et l'y maintint fermement pour sortir de l'église.

En dépit de l'heure tardive, il y avait dehors une petite foule pour acclamer la mariée mais aussi le Roi et ses gentilshommes – la Reine rentrait au Louvre ! – et l'on fit largesse aux pauvres. Tous ces inconnus semblaient incroyablement heureux et nul ne s'aperçut que sous le voile rabattu sur le visage de cette trop belle mariée, les larmes coulaient en silence.

Au son d'une musique allègre, on gagna l'hôtel de Sarrance illuminé mais dont Lorenza ne vit rien parce que, le portail à peine franchi, elle s'écroula sur le chemin de fleurs qu'on y avait jeté...

La sensation de délivrance ressentie en perdant connaissance – comme c'était la première fois elle s'était crue en train de mourir ! – ne dura pas. La réalité s'imposa quand, rouvrant les yeux, elle vit plusieurs visages féminins penchés sur elle, inconnus pour la plupart et qui parlaient tous à la fois. L'odeur des sels d'alcali lui piquait le nez cependant qu'une main anonyme lui appliquait des claques sur les joues. Pour couronner le tout, la voix sèche d'Honoria se fit entendre :

— Veuillez vous reculer, Mesdames, vous allez l'étouffer.

Les visages disparurent. Leur succéda celui de Bibiena qui lui bassina les tempes avec de l'eau de senteur en marmonnant des réflexions guère flatteuses. Enfin, on lui fit boire quelque chose de fort et de sucré qui lui brûla la gorge mais acheva de la ramena à la réalité.

Peu souriante, la réalité ! On l'avait étendue sur une sorte de chaise longue devant le feu flambant d'une chambre lambrissée de bois sombre sous un plafond à caissons rouge, noir et or, assortis aux couleurs d'un vaste lit à colonnes ouvert dont les draps étaient parsemés de petites fleurs. Entre ce monument et elle, des dames allaient et venaient en bavardant comme dans un salon et examinaient au passage un meuble ou un objet. Il flottait une odeur de peinture fraîche. Des profondeurs de la maison, parvenaient les échos d'une bacchanale : cris, jurons et chansons mêlés sur un fond musical qui s'efforçait courageusement de prendre le dessus.

En se redressant avec l'aide de Bibiena, Lorenza vit, en face d'elle, Mlle du Tillet, les bras croisés sur la poitrine qui l'observait. Aussitôt elle appela :

— Elle est revenue à elle, Mesdames ! Je crois que nous allons pouvoir procéder au coucher. L'époux ne devrait plus tarder ! M. de Termes doit veiller à ce qu'il ne boive pas plus que de raison !

En dépit des protestations vigoureuses de Bibiena et de la faible défense de la jeune fille, les dames s'emparèrent d'elle pour la dévêtir, l'une ôtant la collerette, l'autre la robe, d'autres encore les jupons, les souliers et les bas de soie retenus par des jarretières brodées de perles jusqu'à ce que la jeune fille ne soit plus couverte que de sa chevelure dont la nourrice avait réussi à s'assurer l'exclusivité non sans quelque vigueur afin que ces mains impatientes ne lui tirent trop les cheveux. Puis on la mit debout pour lui passer une longue et fine chemise de mousseline et de dentelles qui ne cachait pas grand-chose de son corps. Au supplice, la malheureuse dut supporter les commentaires admiratifs ou graveleux de ces femmes qui se comportaient comme si elle n'était qu'une poupée et non un être de chair et de sang. L'idée générale tournait autour du plaisir que le vieux Sarrance aurait à disposer à sa guise d'une aussi fraîche beauté. Lorenza cacha son visage dans ses mains pour que ces harpies ne la voient pas pleurer. Enfin, une voix courtoise mais autoritaire la délivra :

— Il suffit, Mesdames ! Respectez au moins l'innocence et retirez-vous ! D'ailleurs, nous repartons sur l'heure, même donna Honoria et la femme de chambre ! Ainsi le veut le marquis !

Quand elle la prit par la main pour la conduire vers le lit, Lorenza reconnut Mme de Guercheville qui lui sourit avec gentillesse en lui offrant un mouchoir :

— Elles sont plus sottes que méchantes, dit-elle. Ce qui ne veut pas dire qu'elles ne le soient pas aussi ! Je dirais : surtout envieuses.

La jeune fille s'efforça de lui rendre son sourire :

— Envieuses ? Je céderais ma place sans hésiter à celle qui le voudrait... avec bonheur même !

— Je n'ai aucune peine à vous croire ! Si cela peut vous consoler, dites-vous que, dans cette cour comme dans tous les entourages royaux, les mariages d'amour se comptent sur les doigts d'une seule main...

— Et pourtant... cela aurait pu être !

— Je sais. Essayez de n'y plus penser... et glissez-vous vite dans les draps. Le Roi et ses gentilshommes sont déjà dans l'escalier pour escorter votre époux.

Comprenant ce qu'elle sous-entendait, Lorenza ne se le fit pas répéter. La dame d'honneur se pencha alors sur elle pour déposer un baiser sur son front :

— Courage ! Pensez que cela aurait pu être pis ! Sarrance n'est pas un mauvais homme... au fond !

L'écho des chansons accompagnées au luth se rapprochait. La porte s'ouvrit. D'un geste instinctif, Lorenza remonta le drap jusque sous son menton et s'y cramponna en s'efforçant de maîtriser un soudain tremblement.

Le Roi entra donnant le bras au marié qui avait échangé son velours feuille-morte pour une robe de chambre à grands ramages noir et rouge. Contrairement à ce que l'on aurait pu attendre, ils étaient sobres l'un et l'autre mais alors que le premier était très souriant, le second semblait mal à son aise.

— Belle dame, voilà votre époux que je vous amène ! clama Henri de son bel accent gascon. Soyez-lui douce et accueillante ! Je crois, ventre-saint-gris !, qu'il a un peu peur de vous, lui qui n'a jamais craint qui que ce soit au monde ! Madame de Guercheville, je suis bien votre serviteur ! Voulez-vous accepter mon bras pour que je vous ramène chez la Reine ?

— Un tel honneur ! Avec joie, Sire !

— Allons-y donc et laissons le marquis et la marquise à un tête-à-tête que nous espérons fort doux ! Et point de révérences, s'il vous plaît ! Nous sommes déjà partis !

L'instant suivant, la porte se refermait sur une clameur faite de rires et de vœux de bonheur qui alla en diminuant avant d'envahir la rue et de disparaître finalement dans le lointain. Lorenza était seul avec l'homme à qui l'on venait de la vendre. Ses doigts glacés à force de se crisper serrèrent plus fort le drap...

6

Une nuit d'horreur

Un long moment, appuyé à l'une des colonnes du lit, Hector regarda Lorenza dont il ne voyait plus, à présent, que les yeux démesurément agrandis au-dessus de la toile blanche du drap sous lequel elle tremblait. Il avait bu sans doute mais pas assez pour perdre le contrôle de soi-même et jouissait visiblement de la peur qu'il inspirait... Il s'en pourléchait même, sa langue ne cessant d'humecter ses lèvres sèches. On aurait dit un loup retranché derrière un arbre savourant d'avance un agneau terrifié et ses yeux luisaient sous l'aplomb broussailleux des sourcils, pleins d'une méchanceté inattendue qui n'avait plus rien à voir avec le désir.

Soudain il se pencha, empoigna le drap si brutalement qu'il le déchira sur toute sa longueur mais il n'eut pas le temps de s'abattre sur sa proie. Avec un cri de terreur, Lorenza avait sauté du lit et cherché refuge derrière l'un des rideaux de velours rouge tirés sur les fenêtres mais de même qu'il était plus fort qu'elle ne l'avait cru, il était aussi plus agile et d'un saut il fut sur elle, l'arracha d'une main à son refuge précaire tandis que, de l'autre, il la dépouillait de sa chemise avant de l'envoyer sur le carrelage devant la cheminée :

— Garce ! cracha-t-il alors, tu as imaginé te débarrasser de moi en me faisant assassiner, hein ? Mais tu vas me le payer, ma belle ! C'est bien à toi ça ?

Et elle eut sous les yeux la dague au lys rouge dont la pointe était brisée. Pensant qu'il allait l'en frapper, elle voulut reculer mais elle était à terre et trop près du feu dont la brûlure la repoussa d'instinct. Alors, Hector la traîna par les cheveux jusqu'aux deux marches surélevant le lit. Leurs angles meurtrirent sa nuque et son dos, la rendirent plus consciente. Il tira avec force sa chevelure, se pencha sur elle en lui soufflant à la figure son haleine avinée, et reprit :

— Tu vas répondre, bougresse ? C'est bien à toi ?

Elle gémit tandis que la douleur lui arrachait des larmes :

— Le grand-duc Ferdinand... me l'a donnée. Elle avait tué Vittorio Strozzi mon cher fiancé... mais je l'ai perdue... et ce n'est pas moi qui vous ai frappé...

— Alors c'est un homme à toi ? Ton amant sans doute ? Tu en as eu combien, sale petite putain ?

— Jamais !... Aucun !... Et je me demande, si c'est ce que vous croyez, pourquoi vous avez voulu m'épouser ?

— C'est bien facile à vérifier !

Il la repoussa pour se débarrasser de sa robe de chambre. Son corps était sec, abondamment poilu, portant la trace d'anciennes blessures ; il exhibait entre ses cuisses, avec un sourire vaniteux, un appendice violacé aussi répugnant qu'un serpent mais dont il n'eut pas le temps de se servir. Affolée, Lorenza roula sur elle-même, se releva, s'empara de la dague qu'il avait laissée tomber et voulut fuir sans se soucier de sa nudité. Mais la porte était fermée et le mari en avait glissé la clef dans la poche de sa robe de chambre. Il revint vers elle avec un mauvais sourire :

— Si tu t'imagines que tu vas pouvoir m'échapper, tu te trompes la belle !

Elle plaça le tranchant de la lame épointée contre son cou :

— Avancez seulement d'un pas et je me tue !

Non seulement il n'avança pas mais il recula et elle éprouva une impression de triomphe parce que, cette fois, il ne rit pas devinant sans doute sa détermination. Mais cela ne dura qu'un instant : une douleur brûlante enveloppa son corps et lui fit lâcher la dague : derrière l'homme se trouvait un coffre et sur ce coffre un fouet, une longue lanière de cuir qu'il avait empoignée et qui venait de s'abattre sur elle. Elle hurla. Un second coup semblable à un ruban de feu, puis un troisième... D'un geste instinctif, elle leva les mains pour protéger son visage tout en courbant le dos afin de préserver sa poitrine... Il se mit à rire à grands éclats, frappant encore et encore, l'écume à la bouche, crachant des insultes, saisi d'une véritable folie meurtrière. Déchirée, ensanglantée, Lorenza voulut rechercher l'abri dérisoire des rideaux quand sa main rencontra un objet en bronze posé sur un coffre bas, s'en saisit et, avec tout ce qui lui restait de force, le jeta à la tête de son bourreau alors qu'il levait le bras pour la cingler encore... et crut rêver en le voyant s'écrouler : la statuette l'avait atteint à la tempe. Et ce fut le silence.

Elle resta là, incrédule, à le regarder, claquant des dents et frissonnant de tous ses membres à la torture. Le sang ruisselait qu'elle épongea machinalement avec un lambeau de drap. Elle comprit alors qu'il lui fallait se sauver, fuir à tout prix cette maison qui lui faisait horreur presque autant que ce corps inerte, mort peut-être, mais elle n'essaya même pas de le savoir. Ce qu'il lui fallait, c'était un vêtement, n'importe lequel. Or, à part la robe de chambre à ramages elle n'en voyait pas : les folles de tout à l'heure avaient tout emporté à l'exception de ses souliers de satin. Il y avait aussi la chemise de noces, déchirée mais encore portable et elle se hâta de l'enfiler, endossant par-dessus la robe de chambre dans la poche de laquelle était la clef. La ceinture de même tissu lui permit de resserrer suffisamment le vêtement trop large après quoi elle se rechaussa puis, sur la pointe des pieds, alla entrouvrir la porte pour écouter les bruits de la maison.

A l'exception de quelques ronflements émis par des ivrognes en train de cuver, elle n'entendit rien. Pas même le plus petit tintement de vaisselle ou d'argenterie. Les domestiques étaient sans doute allés se coucher, remettant les rangements au lendemain.

Le cœur battant à tout rompre et le corps au supplice, elle gagna l'escalier et le descendit sans rencontrer âme qui vive. Les invités de la noce étaient partis après qu'ils eurent accompagné l'époux à la chambre nuptiale. Restaient seulement, parmi les reliefs du festin, ou sous la grande table, ceux trop profondément endormis pour que l'on eût pris la peine de les emporter... Dans les chandeliers, les bougies affaissées étaient près de s'éteindre.

La cour était déserte. Attelages et chevaux avaient disparu et le portail était bien fermé mais personne n'avait songé à tirer les verrous de la porte piétonne. Avec une immense impression de délivrance, Lorenza l'ouvrit, la franchit, et la referma. Elle dut s'adosser une minute contre le mur afin d'apaiser les battements de son cœur affolé.

Quand elle ne l'entendit plus résonner jusque dans ses oreilles, elle partit en courant, droit devant elle. Comme elle ne connaissait pas la ville, elle ignorait comment rejoindre la rue Mauconseil, le seul asile possible pour elle qui venait peut-être de tuer son mari. Sa confiance en Giovanetti était absolue. C'était l'unique ami qu'elle se connût et, peut-être, devant l'urgence, réussirait-il au moins à la cacher jusqu'à ce qu'il pût lui faire quitter Paris. Mais de quel côté se diriger ?

Après ce qu'elle venait d'endurer, ses idées étaient brumeuses. Une seule dominait : fuir le plus loin serait le mieux... Elle prit une rue puis une autre, espérant rencontrer quelqu'un pour lui demander son chemin mais la nuit était trop avancée. La demie de trois heures venait de sonner dans le voisinage et il n'y avait personne dans les parages.

Soudain, elle aperçut une silhouette qui sortait d'une maison et venait dans sa direction. Elle voulut l'arrêter :

— S'il vous plaît, Madame ! Je voudrais aller rue Mauconseil, où est-ce ?

La femme sursauta, émit un cri de frayeur et tendit deux doigts en forme de corne pour conjurer une apparition qu'elle avait dû juger maléfique :

— Passe ton chemin, démon ! lâcha-t-elle en se signant précipitamment à plusieurs reprises. Je suis bonne chrétienne...

— Moi aussi et par pitié dites-moi comment aller rue Mauconseil ?

— C'est par là ! cria la femme en désignant la direction qu'elle ne prenait pas elle-même.

Et elle s'éloigna en courant.

Terrifiée parce qu'elle devinait vaguement qu'accoutrée comme elle l'était – avec sa figure maculée sans doute de taches de sang et ses cheveux répandus sur ses épaules – elle devait offrir une image peu engageante, Lorenza ne chercha plus qu'un coin où se cacher. Tout son corps la torturait, sa gorge était sèche et elle tremblait de se sentir ainsi perdue dans la nuit mais elle reprit sa fuite en avant, enfilant une rue après l'autre, tournant en rond peut-être jusqu'à ce que l'interminable et obscur dédale de pierre s'ouvre devant elle et découvre l'immensité du ciel au-dessus du large ruban de la Seine. Un peu d'espoir lui revint : elle allait réussir à se repérer. Il lui semblait reconnaître les tours de Notre-Dame mais, derrière elle, éclatèrent de gros rires, des clameurs avinées, des bribes de chansons à boire et ce brouhaha se rapprochait... Et soudain, elle entendit :

— J'te dis que j'la voie ! On va l'avoir ! En avant !...

Elle buta contre une pierre, tomba, se releva, endurant un surcroît de souffrance. Les cris de ses poursuivants lui parurent tout proches. Alors, dans un effort désespéré, elle piqua droit vers le fleuve et n'écoutant plus que sa terreur, enjamba le parapet, fit un signe de croix et se laissa tomber...

L'eau était glacée, et, après sa course éperdue elle la trouva bonne, mais elle était épuisée, à bout de forces et elle ne savait pas nager. L'idée la traversa que la mort serait encore la meilleure solution. Alors elle s'abandonna. La Seine se referma sur elle...

— Vous êtes sûr que c'est elle ?

— Oh, il n'y a aucun doute, Madame. Ce visage, cette chevelure.

— Et vous dites qu'on l'a mariée cette nuit ?

— A Saint-Germain-l'Auxerrois. Après quoi, il y a eu festin à l'hôtel de Sarrance !

— C'est à peine croyable ! Elle devrait être dans son lit en train de satisfaire les caprices libidineux de ce vieux bouc... Et regardez dans quel état elle est ! On dirait qu'elle a été rouée à coups de fouet.

— Maintenant le plus pressant est de la réchauffer... Elle va prendre la mort si ce n'est déjà fait !

— Et vous aussi ! Vous êtes trempé...

— Mais heureux d'être arrivé à temps après l'avoir vue sauter dans le fleuve…

Jamais Lorenza n'avait eu si froid. Parcourue de frissons incoercibles, ce qui lui fit comprendre qu'elle était encore en vie, elle sentit qu'on la débarrassait de lambeaux de linge mouillés puis qu'on la recouvrait d'un tissu un peu rêche mais chaud. Elle ouvrit les yeux sur deux visages penchés sur elle : celui d'une jolie dame dont les cheveux scintillaient de joyaux dans la lumière dansante d'une torche et d'un jeune homme encore dégouttant d'eau qui devait être son sauveur. Et ce visage-là, elle croyait bien l'avoir déjà vu. Mais il avait entrepris de la frictionner ce qui raviva les brûlures de son corps et lui arracha un cri et de nouvelles larmes.

— Doucement ! protesta la dame. Vous n'êtes pas en train de bouchonner un cheval !

— Je sais mais il faut la réchauffer sinon…

— Le mieux serait encore de la ramener près d'un feu mais où ? Pas chez elle en tout cas. Si c'est là le résultat de sa nuit de noces…

— Pourquoi pas chez l'ambassadeur florentin ? Il est son ami et on dit qu'il a auprès de lui un excellent médecin…

— Comme nous ignorons ce qui s'est passé exactement, ce serait peut-être le mettre dans un mauvais cas…

— Pourquoi pas chez la Reine alors ? C'est sa marraine.

— La grosse banquière ? Vous rêvez, mon ami, ou vous ne la connaissez pas du tout. Il n'y a pas en elle une once de compassion. Elle refuserait de la recevoir. Non, je pense que ce qu'il y a de préférable pour cette pauvre fille c'est de l'emmener chez moi. Elle y recevra tous les soins nécessaires, ma mère s'y entend mieux que bien des médicastres mais je vous demanderai le secret, Monsieur de Courcy. Personne jusqu'à nouvel ordre ne doit savoir où elle se trouve !

— Vous avez ma parole, Madame. Je pense d'ailleurs que c'est la sagesse. Tout au moins tant que nous ne saurons pas ce qu'il s'est passé à l'hôtel de Sarrance...

— Dès que vous serez informé, soyez assez aimable de venir me l'apprendre. Vous n'imaginez pas quel plaisir j'aurai à lui faire tâter de la colère du Roi si, comme nous le supposons, c'est lui qui a mis sa jeune épouse dans cet état. Le bruit m'est venu qu'en lui faisant épouser cette Florentine dorée sur tranche, il avait dans l'idée d'y goûter un peu, lui aussi. Tenir une proie si convoitée en ma maison va m'amuser énormément !

— Je me disais aussi ! pensa Thomas tout en achevant d'emballer la rescapée dans la couverture pour la déposer dans le carrosse.

La marquise de Verneuil – Henriette de Balzac d'Entragues ! – n'était pas citée parmi les grandes âmes charitables de la Cour, surtout quand il s'agissait d'une jolie fille. Maîtresse tyrannique d'un roi qu'elle menait par le bout du nez depuis la mort de Gabrielle d'Estrées, c'était une puissance avec laquelle il fallait compter même si le bruit commençait à courir qu'Henri se lassait d'elle. Ce qu'elle se refusait à admettre, ayant obtenu de lui toutes les faiblesses, toutes les concessions, tous les pardons même après deux conspirations où d'autres avaient laissé leur tête et dont le but était de supprimer le Roi et le Dauphin pour installer sur le trône le petit Gaston de Verneuil, le fils qu'elle avait donné à Henri et dont elle avait tant espéré que sa naissance ferait d'elle une reine de France. Une ambition qui ne lui paraissait pas excessive puisque Gabrielle l'eût été si la mort ne l'avait fauchée presque à la veille des épousailles et en dépit de la haine que le peuple lui portait. Henriette avait bien failli coiffer la couronne. D'ailleurs, l'amoureux Henri lui avait signé une promesse de mariage si elle lui donnait un fils dans l'année. Hélas, la foudre tombant dans la chambre de la future mère avait provoqué un accouchement prématuré et la venue au jour d'un enfant mort-né. Henri, qui regrettait son imprudence, s'était hâté de convoler avec Marie de Médicis mais Henriette avait conservé l'imprudent papier...

On pouvait dire qu'elle avait inspiré au Roi une folle passion bien qu'elle soit, physiquement, l'antithèse de Gabrielle et de Marie. Aussi brune qu'elles étaient blondes, piquante et vive, toujours prête à rire et experte aux jeux de l'amour, elle avait la dent dure, le cœur sec et l'ironie à fleur de peau. Tout cela, Thomas le savait comme tout le monde et considérait que c'était déjà un exploit d'avoir obtenu son assistance alors qu'il transportait Lorenza sur une berge où il n'y avait pas âme qui vive sinon les valets de Mme de Verneuil qui revenait d'une nuit de fête chez celle que la France entière appelait la reine Margot[1]...

Après avoir refusé l'hospitalité momentanée que lui offrait Mme de Verneuil, Thomas regarda les lumières du petit cortège disparaître dans la nuit puis renonça à rejoindre les camarades qu'il avait laissés derrière lui quand, sortant d'un cabaret, il avait aperçu cette silhouette de femme qui courait vers la Seine. Une silhouette qui, sans qu'il sache pourquoi, lui avait fait battre le cœur un peu plus vite. Et maintenant encore, il n'arrivait pas à croire que la chance lui eût été donnée de sauver l'éblouissante jeune fille qui avait causé tant de ravages dans le cœur de son ami Antoine.

Son sang n'avait fait qu'un tour tout à l'heure en découvrant, avec Mme de Verneuil, l'état dans lequel Sarrance avait mis la jeune fille car ce ne pouvait être que lui. Quel autre avait eu le privilège de dénuder ce corps tellement émouvant dans sa grâce et sa perfection ? Thomas n'avait même pas besoin de fermer les yeux pour revoir les longues traces à vif laissées par le fouet sur cette peau si tendre. L'incroyable bonheur qui lui était échu avait dû rendre ce vieil homme à moitié fou si ce n'est complètement et, eût-il été moins trempé, Courcy se fût précipité rue de Bethisy pour voir ce qu'il en était mais c'était un garçon réfléchi qui cédait rarement à ses premières impulsions, au

1. Marguerite de Valois, première épouse d'Henri IV dont le mariage avait été cassé par le pape, était revenue habiter Paris en 1605.

contraire d'Antoine. Il lui fallait en premier lieu revêtir des vêtements secs. Ensuite seulement, il s'y rendrait. Très certainement, il y trouverait la brute endormie, cuvant son vin et sa cruauté au milieu d'une chambre dévastée. Suivant le cas, on verrait alors quelle conduite s'imposait. La plus honorable étant sans doute d'en découdre avec lui l'épée à la main... encore qu'au plus profond de lui-même, Thomas caressât amoureusement la pensée de lui infliger la sévère correction que méritait sa sauvagerie. Oh, la joie d'aplatir à coups de poing ce nez arrogant, de pocher cet œil lubrique dont il avait osé lorgner Lorenza le soir de Fontainebleau ! Et pourquoi pas de l'étrangler ? Qu'il fût le père de son ami ne le gênait pas. Il partait de ce principe que lorsqu'on rencontre une bête puante, le devoir de tout homme de bien était de l'écraser. Après quoi, il s'en expliquerait avec Antoine mais au moins la pauvre petite Florentine serait sauve et hors de danger...

Pour rentrer chez lui, Courcy n'avait pas un long trajet à parcourir. Il habitait, près du couvent des Grands Augustins, un agréable logement que lui louait, pour un prix des plus raisonnables, un ancien procureur au Châtelet, M. Regnaud de Villepinte, avec lequel il entretenait des relations fort courtoises. Cet homme d'âge mûr, veuf et sans enfants, y menait à l'étage noble une existence partagée entre les soins d'une bibliothèque qu'il ne cessait d'enrichir en concurrence avec son ami Pierre de l'Estoile et une cave où il puisait l'amour de la vie et la vivacité d'un esprit dont il était à juste titre fier.

Jusqu'au départ d'Antoine, Thomas partageait avec lui l'appartement commode et bien aéré – il donnait sur un jardinet – composé de deux belles chambres, d'une pièce commune aux dimensions modestes et d'une mansarde assez grande pour deux valets mais qu'occupait seul Gratien, le serviteur de Thomas, qui se partageait entre les deux garçons, la ladrerie d'Hector n'ayant jamais permis à son fils de disposer d'un serviteur. Depuis le départ précipité pour l'Angleterre, Thomas en restait l'unique occupant. Ce qui ne l'enchantait pas. Son ami lui manquait mais il se consolait en pensant qu'Antoine ne resterait pas outre-Manche toute sa vie.

Cependant, cette nuit et tandis qu'avec l'aide de Gratien il se changeait de pied en cap, l'idée lui venait que ce retour tant espéré se ferait attendre suffisamment pour laisser au drame, dont venait de se jouer le premier acte, le temps de perdre de sa puissance vénéneuse. Sauf, évidemment, s'il en arrivait à laisser sur le carreau le cadavre de Sarrance le vieux proprement embroché, auquel cas l'honneur commanderait d'en rendre raison à Sarrance le jeune, ce qui sonnerait le glas d'une amitié qui lui était précieuse.

Picard comme le maître dont il avait été le frère de lait, Gratien, entre autres qualités, savait garder le silence, même et surtout dans les occasions où il était dévoré de curiosité. Il usait alors de phrases sobres et en apparence innocentes pour se renseigner. Ainsi, en aidant Thomas à se sécher se garda-t-il de poser la moindre question qui eût été mal venue eu égard à la mine sombre du jeune homme. Mais quand, une fois l'opération terminée et ledit maître dûment rhabillé, il donna un coup de brosse à son chapeau avant de le lui rendre, il murmura, mine de rien :

— Monsieur le baron est de service ce matin ?

— Non, fit Thomas, l'esprit ailleurs.

— En ce cas, Monsieur le baron n'a pas besoin de son chapeau et je suis stupide de le lui préparer...

— Hein ?

— Le chapeau ? Je le range...

— Non. Tu me le donnes.

— Que Monsieur le baron m'excuse. S'il ressort, il est évident qu'il a besoin de son chapeau...

— Je ressors en effet. Quelle heure est-il ?

— L'église Saint-André n'a pas encore sonné 5 heures...

— Evidemment !...

Sur ce mot énigmatique, Thomas prit son feutre, ne s'en coiffa pas, alla à la fenêtre pour regarder le ciel, revint, tourna deux ou trois fois dans sa chambre et finalement, se couvrit et sortit en marmonnant :

— Il faut que j'aille voir ! Je ne serai pas tranquille tant que je ne saurai pas...

Et sur cette phrase sibylline, il disparut en claquant la porte.

Ce comportement était tellement inhabituel que Gratien, après s'être accordé un bref instant de réflexion, prit son bonnet, son pelisson et son bâton et, après avoir soigneusement refermé l'appartement, se lança sur la trace de son maître dont la carrure et la haute taille se distinguaient facilement dans la grisaille du petit matin.

L'un derrière l'autre, ils traversèrent ainsi le Pont-Neuf d'où l'approche du jour chassait les truands toujours à l'affût d'un mauvais coup et où d'ailleurs deux de leurs confrères, les Chevaliers de la Courte Epée et les Frères de la Samaritaine, commençaient à prendre leurs habitudes qui consistaient à se taper dessus quand il n'y avait aucun gibier à se disputer. Ne resteraient que les tire-laine toujours prêts à explorer les poches de la nombreuse population qui s'y presserait jusqu'à la nuit close. Au moment présent l'endroit le plus fréquenté était la pompe de la Samaritaine où venaient s'approvisionner les porteurs d'eau qui allaient entamer leurs tournées.

Le pont franchi, maître et valet – celui-ci obligé de courir pour compenser les longues enjambées de celui-là – piquèrent droit sur la rue de Bethisy où il fut vite évident qu'il se passait quelque chose : deux cavaliers et quatre archers à pied du guet royal maintenaient un petit attroupement à distance de l'hôtel de Sarrance dont le portail ouvert laissait voir qu'il y avait de la lumière et du monde à l'intérieur. Thomas s'avança vers l'entrée mais une pertuisane lui en barra aussitôt le passage :

— Faites excuses, mon gentilhomme, mais on n'entre pas. M. d'Aumont, prévôt de Paris, vient d'arriver et il ne veut pas être dérangé.

— Je n'ai pas l'intention de le déranger mais comme il se trouve que je le connais – c'est un ami de mon père – allez lui dire que je souhaite le voir !

— Qui êtes-vous ?

— Baron de Courcy, des chevau-légers de Sa Majesté ! Il sait que je suis un proche de MM. de Sarrance...

— Un instant !

L'archer partit en courant et revint à la même allure :

— Entrez, lieutenant ! Monsieur le Prévôt vous attend...

Non seulement il l'attendait mais il vint au-devant de lui avec un empressement qui traduisait un gros souci :

— En vérité, c'est le Ciel qui vous envoie, Courcy ! Vous avez, je suppose, assisté cette nuit aux noces de M. de Sarrance ?

— Non, j'étais de garde, mentit Thomas qui, en réalité, s'était refusé à cautionner par sa présence un événement qu'il jugeait scandaleux. Que s'est-il passé ?

— Moi qui espérais que vous alliez pouvoir me renseigner. Venez voir !

Il conduisit Thomas jusqu'à l'escalier en travers duquel gisait le corps nu et couvert de sang d'Hector de Sarrance, une énorme bosse au front et la gorge tranchée presque d'une oreille à l'autre. Si endurci que soit Courcy comme tout soldat ayant connu l'horreur d'un champ de bataille, il ne put retenir un hoquet de dégoût. Moins à cause de l'affreuse blessure que de l'expression du mort dont les yeux restaient grands ouverts. Les traits étaient littéralement tordus par la haine.

— C'est affreux, n'est-ce pas ? murmura d'Aumont. Qui a pu faire cela à cet homme et la nuit même de ses noces. Et il y a encore autre chose…

— Quoi ? demanda Thomas qui, d'instinct, referma d'une main compatissante les paupières fripées, ce qui atténua un peu l'insoutenable expression.

— Sa jeune épouse a disparu. Ce qui fait d'elle la première suspecte.

— Une jouvencelle de dix-sept ans ? Il était l'un des hommes de guerre les plus résistants qui soient. C'est impossible voyons ! Elle n'en aurait pas eu la force, répondit Thomas qui savait mieux que quiconque à quoi s'en tenir. Je suppose que le meurtrier a dû l'enlever. Avez-vous trouvé l'arme du crime ?

— Non, elle a disparu. Venez avec moi voir la chambre où s'est déroulée cette incroyable nuit de noces !… Mais auparavant il faut que je fasse emporter le cadavre au Châtelet !

Des brancardiers arrivaient à cet instant. La dépouille d'Hector fut placée sur une civière et recouverte d'une forte toile pour être déposée provisoirement à la morgue du Grand Châtelet. Le passage vers l'étage supérieur était désormais libre et les deux hommes gravirent deux ou trois marches à la fois afin d'éviter les flaques visqueuses.

Il était clair que la chambre nuptiale avait été le théâtre d'un drame. Les draps pendant du lit, déchirés et sales, les meubles bousculés, les taches de sang sur les rideaux, les tapis et enfin, revenu sur son coffre, le fouet à la lanière gluante de sang à peine sec, parlaient d'eux-mêmes. Pourtant Thomas en fit un tour minutieux. Sa curiosité naturelle jointe à un certain don d'observation le poussaient à ne négliger aucun détail. Il n'avait guère de peine à imaginer Lorenza cherchant à se protéger des coups qui pleuvaient sur elle et une vague de dégoût lui souleva le cœur... Sous son air bonhomme, le vieil Hector avait été une brute peu ordinaire et Courcy retrouvait au fond de sa mémoire l'un de ces potins de cour auquel il n'avait pas, à l'époque, prêté attention par amitié pour Antoine : un bruit, vite étouffé par la crainte des réactions de Sarrance, avait laissé entendre que la marquise Elisabeth, mère d'Antoine, était morte dans des conditions suspectes...

Grâce à Dieu, la nouvelle épouse était vivante mais après avoir subi quel martyre ? Et comment avait-elle réussi à s'échapper ? Le regard de Thomas tomba alors sur la statuette de bronze abandonnée à terre. Il la redressa pour l'examiner mais elle ne portait aucune trace de sang. En se rappelant la bosse que le mort présentait près de la tempe, il pensa qu'elle avait pu être causée par cet objet suffisamment lourd pour étourdir un homme, même dans la main d'une jeune fille. C'était peut-être cela qui lui avait permis de s'échapper. En revanche, l'horrible blessure n'avait pas été infligée dans la chambre mais bien dans l'escalier où tout le sang s'était répandu. Sarrance, à moitié assommé seulement, avait-il essayé de poursuivre Lorenza ? Son poids joint à sa rage lui auraient procuré l'avantage sans difficulté. Thomas voyait pourtant mal la jeune femme, déjà blessée et terrifiée, se retournant pour ouvrir la gorge de son bourreau. Et avec quoi ? Où diable aurait-elle pu trouver une arme capable de causer une telle blessure ? Celle-ci devait être l'œuvre d'une tierce personne mais qui ?

— Qu'en pensez-vous ? demanda le Prévôt qui l'avait observé sans mot dire.

Comme il le faisait souvent quand une question l'embarrassait, Thomas répondit par une autre :

— Comment avez-vous été prévenu à cette heure matinale ?

— Par le guet lui-même alerté par les cris des femmes de ménage qui, sachant qu'elles auraient beaucoup d'ouvrage au lendemain d'un festin, s'étaient levées plus tôt. Les valets, eux, avaient disparu en emportant sans doute quelques objets...

— Il faudrait peut-être les rechercher ? Le meurtrier pourrait être parmi eux ?

Tout en parlant, ils redescendirent au rez-de-chaussée. Thomas, profitant du trouble évident de M. d'Aumont, avait discrètement subtilisé le fouet. Le Prévôt s'en aperçut d'autant moins qu'en arrivant dans le vestibule, ils virent s'encadrer dans la porte ouvrant sur l'enfilade des salles de compagnie un personnage élégamment vêtu encore que débraillé, à l'équilibre instable, sale à faire peur, son pourpoint gris étant couvert de vin, et qui, le regard brumeux, brandissait un bouteille vide. Il brama :

— Holà, vous autres !... A boire !... Y a plus une... hic... goutte de vin... par là !

L'effort fourni dut avoir raison de ses forces car, glissant le long du chambranle, il se retrouva assis mais sans lâcher pour autant sa bouteille. Une minute plus tard, il se rendormait le nez sur son pourpoint dégrafé.

— Qui est-ce ? interrogea le prévôt.

— Aucune idée ! Mais il a peut-être des compères qui...

Enjambant l'ivrogne, ils pénétrèrent dans la salle du banquet où le jour, levé à présent, éclairait une table en U sur laquelle régnait un indescriptible désordre. Sur les nappes décorées de taches variées se mêlaient les reliefs du repas, les fleurs fanées, des bouteilles vides et des verres cassés. Sans oublier deux hommes qui se faisaient face à chaque bout et ronflaient en chœur la tête sur leurs bras ainsi que trois autres sous la table.

— Que s'est-il passé ici cette nuit ? fit d'Aumont avec une grimace de dégoût. J'ai déjà vu des ripailles de noces mais ceci ne ressemble à rien... Et s'il y avait des dames...

— Vous croyez que ce qui a eu lieu là-haut et dans l'escalier ressemble à quelque chose ? Il faudrait savoir qui assistait à ces noces insensées et les interroger. On en apprendrait peut-être un peu plus...

— Je vais me rendre de ce pas chez le Roi, dit le Prévôt. Sarrance était pour lui un vieux compagnon et je suppose qu'il est resté un moment ici à boire à sa santé avant de rentrer au palais. Il ne va pas être content !

— C'est le contraire qui serait étonnant. Je ne vous envie pas, Monsieur le Prévôt... Avez-vous encore besoin de moi ?

— Non pas, je vous remercie mais il se peut que je vous appelle à témoigner au sujet de ce que nous avons découvert ensemble.

— Je suis, bien entendu, à votre entière disposition.

Tandis que les gens du guet entreprenaient de dessaouler les derniers fêtards afin de les lâcher dans les rues avant de fermer la maison et de la garder, Thomas, le fouet dissimulé sous son manteau, reprit plus calmement le chemin de son domicile. L'assassinat d'Hector de Sarrance changeait les données du problème et il lui fallait y réfléchir.

Pas un instant, bien sûr, il ne crut à la culpabilité de Lorenza. Dans les conditions où il avait repêché la malheureuse, il la voyait difficilement tranchant la gorge de son bourreau après s'être plus ou moins battue avec lui dans l'escalier. Donc il devait orienter ses recherches ailleurs. Mais où ?

La première démarche à faire était de retourner chez Mme de Verneuil. D'abord pour prendre des nouvelles de la rescapée, ensuite pour s'entendre avec la marquise sur la conduite à tenir puisque celle-ci, en décidant d'emmener Lorenza chez elle, avait spécifié qu'elle entendait qu'on ne le sût pas. Que la dame fût moins bien en cour et que sa réputation ne fût pas des meilleures ne devait pas être pris en considération : elle s'était montrée charitable et généreuse en accueillant la blessée, il ne fallait pas le lui faire regretter. L'avertir que la situation était encore pire qu'on ne le craignait semblait à Thomas la moindre des choses...

En rentrant chez lui, il trouva Gratien un peu essoufflé mais trop d'idées se bousculaient dans sa tête pour qu'il s'y arrêtât. Il réclama à manger tout en apportant quelques modifications à sa toilette, puis envoya son valet seller son cheval et sortit de la maison sans donner plus d'explications...

Quand elle ne résidait pas dans son château et marquisat de Verneuil situé près de Senlis, l'ensorcelante Henriette résidait dans l'hôtel familial d'Entragues, rue de la Couture-Sainte-Catherine, au Marais, belle demeure que l'on quitterait plus tard pour l'un des magnifiques pavillons neufs de la place Royale. Elle y vivait seule pour le moment en compagnie de sa mère. Son père, le comte d'Entragues, se tenait à l'écart du Louvre où sa présence n'était plus souhaitée. Depuis la dernière conjuration familiale, il ne quittait plus son château de Malesherbes. Encore devait-il s'estimer heureux que les larmes et les caresses de sa fille – impliquée elle aussi cependant ! – eussent sauvé sa tête.

La mère, née Marie Touchet, était à elle seule une puissance. Issue de la bourgeoisie orléanaise, cette ravissante blonde avait su prendre dans ses filets le roi Charles IX, sorte de fauve aux fureurs dangereuses qu'elle seule savait apaiser au point de tirer de son nom ce tendre anagramme : « Je calme tout. » Le fils qu'il lui avait fait, Charles, comte d'Auvergne, n'en était pas moins aussi inquiétant que lui. Sombre personnage hanté de folie meurtrière, il avait par deux fois tenté de tuer Henri IV et toutes les grâces de sa sœur n'avaient pu convaincre le Roi de le relâcher dans la nature. Il occupait alors une chambre à la Bastille d'où il n'était pas près de sortir. Enfin, dernier membre de la famille, une sœur, Marie, aussi blonde qu'Henriette était brune, avait entamé avec le jeune et séduisant Bassompierre, favori du Roi, une histoire passionnée dont le fruit était l'enfant qui arrondissait le ventre de la belle et qui allait empoisonner des années durant l'existence de son imprudent géniteur. Mais elle logeait ailleurs.

La demeure, entre cour et jardin, était fort agréable, les dames d'Entragues étant toutes femmes de goût. Thomas fut introduit par un valet dans une pièce dont les tentures de velours vert encadraient de hautes fenêtres d'où l'on découvrait une fontaine muette à cette heure, et un carré d'herbe roussie presque entièrement recouvert par les feuilles dorées tombant silencieusement d'un orme.

Il n'attendit pas longtemps. La marquise parut presque aussitôt, lui offrit sa main avec un charmant sourire et de l'autre lui désigna un siège :

— Vous venez m'apporter des nouvelles ? J'espère qu'elles sont bonnes !

— Malheureusement non. La situation est pire encore que nous ne l'imaginions mais puis-je, Madame, vous en demander de... votre protégée ?

— Je crains qu'elles ne soient pas meilleures. La fièvre s'est emparée de cette pauvre fille et notre médecin qui se trouve en ce moment auprès d'elle s'interroge visiblement. Mais voyons ce que vous avez à m'apprendre !

— En vous quittant, je suis rentré me changer puis je me suis rendu à l'hôtel de Sarrance que j'ai trouvé gardé par le guet. Le prévôt de Paris, M. d'Aumont, que mon père connaît bien, était dans l'hôtel et m'a permis d'entrer...

— Que s'était-il passé pour qu'il soit là ?

— M. de Sarrance a été tué. Il était étalé sur l'escalier sans autre vêtement que le sang qui avait coulé de sa gorge tranchée.

Les beaux yeux outremer de la marquise s'agrandirent d'effroi :

— La gorge... mais qui a fait cela ? Pensez-vous que ce soit... elle ? ajouta-t-elle en regardant le plafond.

— Etant donné l'état où elle se trouvait, elle n'en aurait pas eu la force. Ne vous a-t-elle rien confié ?

— Si. Quand elle a été réchauffée, elle a pu me raconter que ce monstre l'avait accusée d'avoir voulu le faire assassiner et qu'il était resté en vie grâce au port d'une cotte de mailles ; qu'il a voulu ensuite la violer et, comme elle tentait de lui échapper, il s'est emparé d'un fouet et l'a mise dans l'état que vous savez. Par chance, en tentant de se protéger, elle a pu prendre sur un coffre un objet en bronze qu'elle lui a jeté à la tête. Il s'est écroulé et c'est alors qu'elle a pu s'enfuir... Mais si je comprends bien, en fait de statuette, c'est d'un poignard dont elle aurait usé ?

— Non. J'ai oublié de vous dire que le cadavre a été frappé au front par quelque chose de très dur qui a laissé des traces. Donc elle a dit vrai mais quelqu'un d'autre a dû se charger de finir le travail. Si l'on en croit donna Lorenza c'est dans sa chambre que Sarrance est tombé ?

— En effet, mais...

— Et c'est dans l'escalier qui en est assez éloigné qu'on l'a découvert. Quant à moi j'ai récupéré dans la chambre le fouet gluant de sang dont cette brute s'est servie. Pourrais-je la voir ?

— Plus tard. On lui a donné un opiacé afin qu'elle dorme un peu. Nous ne parvenions pas à la calmer... Mais quelle terrible histoire !

— C'est pourquoi j'ai pensé venir vous en rendre compte aussi vite que possible puisque, cette nuit, vous ne souhaitiez pas que le bruit de sa présence chez vous se répande...

— Et je le souhaite encore moins qu'hier ! s'écria Mme de Verneuil dont la nervosité grandit d'un seul coup. Ne nous y trompons pas, mon cher, il n'y aura qu'une seule voix au Louvre pour l'accuser du crime ! Si on la sait chez moi, je serai celle qui abrite une meurtrière ! De là à ce qu'on m'envoie rejoindre mon frère à la Bastille !... Je me suis mise dans une situation insensée ! Quelle idée ai-je eue, mon Dieu, de m'en inquiéter !

Un petit rire se fit entendre à l'entrée de la salle :

— Vous n'allez tout de même pas prier M. de Courcy de l'emporter sur son dos pour aller la remettre à l'eau ? Voyons, ma fille, reprenez-vous ! Je vous ai connue plus combative.

Une dame d'une soixantaine d'années s'avançait, claudiquant légèrement, la main sur une canne à pommeau d'or. Le velours noir dont elle était vêtue, éclairé d'un col et de manchettes en dentelle blanche, rendait pleine justice à un joli visage resté frais en dépit de quelques rides fines.

L'ancienne favorite de Charles IX eut un sourire pour le jeune homme et vint s'asseoir dans un fauteuil tendu de tapisserie au point de Hongrie. Henriette haussa les épaules :

— Je crois l'être toujours autant, ma mère, mais je n'ai guère de raisons de rompre des lances pour cette fille qui ne m'est rien et que j'aurais même de bonnes raisons de détester. N'est-elle pas le prix payé par Florence pour empêcher le Roi de répudier cette grosse harpie ?

— Elle n'y est pour rien, la malheureuse. Elle n'imaginait certainement pas qu'on la menait à sa propre perte. Quant à vous, je m'étonne que votre finesse naturelle ne vous fasse pas saisir l'occasion qui se présente à vous de faire preuve d'une vraie grandeur d'âme.

— J'avoue avoir quelque peine à vous suivre !

— Je vais vous éclairer... Depuis combien de temps le Roi vous laisse-t-il sans nouvelles ?

— Je n'en sais rien ! lança Henriette avec un coup d'œil vers Thomas qui commençait à sentir un peu de gêne. C'est d'ailleurs sans importance !

— Tant mieux si vous le voyez ainsi, mais si vous m'en croyez vous allez prendre votre plus belle plume pour le prier de venir vous voir...

— Moi ! Que je le prie de... vous rêvez, ma mère !

— ... Avec le plus de discrétion possible, pour vous entretenir avec lui d'une affaire grave, poursuivit Mme d'Entragues sans se laisser démonter.

— Et que voulez-vous que je lui dise ?

— Décidément, il faut tout vous expliquer ! N'est-ce pas d'une grande âme d'avoir recueilli celle dont la fortune vous a enlevé votre dernière chance de devenir reine et, dont, en outre, on chuchote que ce cher Henri ne l'avait donnée à Sarrance qu'avec l'arrière-pensée de la mettre dans son lit... à votre place ? Lui apparaître sous ce jour nouveau pourrait changer bien des choses... surtout si vous lui donnez l'occasion de vous revoir sans blesser son amour-propre. Il faut avouer, ma fille, que vous lui en avez fait voir de toutes les couleurs ! Mais je jurerais qu'en vous revoyant, il ne résistera pas.

— Vous croyez ? fit Henriette ébranlée. Il demandera à voir cette fille qui lui plaît tant.

— Dans l'état où elle est, vous ne risquez pas grand-chose ! M. de Courcy, ajouta-t-elle en se tournant vers Thomas avec un sourire charmant, vous êtes aux chevau-légers et, ami, me semble-t-il, d'Antoine de Sarrance ?

— En effet, Madame, un frère ne serait pas plus proche...

— De plus, si j'ai bien entendu, vous avez en votre possession le fouet dont s'est servi cet étrange époux ?

— Vous avez bien entendu.

— Le Roi vous voit d'un bon œil, je pense ?

— Sa Majesté m'a toujours honoré d'un accueil favorable chaque fois qu'il m'a été donné de la rencontrer.

— Parfait. Vous chargeriez-vous de lui porter la lettre dont je viens de parler ? Sans cacher votre rôle dans le drame de cette nuit, bien sûr. Peut-être choisirait-on de vous accompagner ici sur l'heure auquel cas vous accepteriez peut-être de vous munir du fameux fouet ?

— Je n'y vois aucun inconvénient, Madame... bien au contraire puisque, au lieu de chercher quelle solution adopter pour donna Lorenza, nous n'aurons plus qu'à suivre les ordres de Sa Majesté.

Le sourire de la vieille dame s'élargit tandis que ses yeux bleus – les mêmes que ceux d'Henriette ! – brillaient d'un éclat plus vif :

— Vous avez tout compris ! Vous aussi, ma fille ?

— Je vais dans l'instant écrire cette lettre. Si vous voulez bien patienter un moment, baron, je vais vous faire servir du vin d'Espagne pour agrémenter votre attente.

Une demi-heure plus tard, la lettre en poche, Thomas s'apprêtait à reprendre son cheval quand il vit arriver le prince de Joinville qu'il savait des familiers de la maison.

Comme tout un chacun d'ailleurs, le plus jeune des princes lorrains était de ces heureuses natures ennemies jurées de toute dissimulation, qui entendent vivre au grand jour sans se soucier du qu'en-dira-t-on. Peut-être parce qu'il n'était pas follement intelligent !... C'était une âme simple, ennemie de l'intrigue[1], un épicurien sans le savoir, volontiers batailleur et prenant un plaisir extrême à en découdre avec ses contemporains que ce soit en duel ou à la guerre mais sans être le moins du monde sanguinaire. Il aimait par-dessus tout le Roi, auquel il vouait une fidélité indéfectible – une rareté chez les princes lorrains ! –, ainsi que les femmes, associant curieusement l'un et les autres dans son cœur car il prenait plaisir à devenir l'amant de celles qu'Henri avait honorées de ses faveurs et c'est ainsi que Mme de Verneuil avait accepté de lui quelques consolations quand le Béarnais boudait. Sans trop se faire prier d'ailleurs : jeune, de haute taille, bien bâti, blond avec des traits fins et des yeux bleus un peu globuleux, le futur duc de Chevreuse plaisait presque autant aux dames que son ami Bassompierre, autre séducteur, autre Lorrain aussi avec lequel Claude de Joinville avait fait son entrée à la cour de France.

La rencontre fut cordiale. Appartenant à la même génération, les deux hommes se connaissaient et s'appréciaient comme il arrive souvent entre soldats.

— Tiens, Courcy ! s'exclama jovialement Joinville. C'est bien la première fois que je vous vois ici.

— Sans doute parce que c'est la première fois que j'y viens. Un ami m'avait chargé d'une commission pour Mme de Verneuil...

— Un ami ? Ce n'est pas Antoine de Sarrance tout de même. Il ne peut pas être déjà au courant ?

1. Et pourtant, devenu duc de Chevreuse il épousait, quelque vingt ans plus tard, celle qui en était l'incarnation. Voir du même auteur *Marie des intrigues*.

— Au courant de quoi ?

— Mais du drame, mon bon !

— Quel drame ?

— Mais la mort du vieux Sarrance ! Sa jeune et belle épouse l'a proprement égorgé la nuit même de ses noces. Le bruit court dans tout Paris à une vitesse de courant d'air. Elle doit en faire autant, entre nous, parce que personne ne sait ce qu'elle est devenue... Cela va beaucoup intéresser la marquise et j'adore intéresser les jolies femmes...

— Le Roi le sait ?

— Ça, je l'ignore. C'est Bois-Tracy qui m'a raconté l'affaire. Il venait de passer rue de Bethisy en allant à la salle d'armes de Gaucher où je l'ai rencontré. Le bruit est énorme dans le quartier et je ne veux pas que cette chère Henriette l'apprenne par n'importe qui.

— Elle n'est pas de sa famille, que je sache ?

— Non, mais les dames adorent être mises au fait des événements avant leurs amies. En outre, cette nouvelle-là devrait lui faire... plutôt plaisir. Alors, je cours...

Il s'engouffra dans l'hôtel d'Entragues après un petit signe de la main et Thomas reprit sa monture, très contrarié par ce qu'il venait d'apprendre. Si la nouvelle était aussi répandue, il devenait encore plus urgent que le Roi sache la vérité. La vie de Lorenza pouvait en dépendre.

La chance était avec lui ce matin-là : sauf aux abords du Louvre, les rues étaient moins encombrées que d'habitude... Après avoir confié son cheval à un palefrenier, il s'enquit du Roi, qui devait être normalement au Conseil, apprit qu'il en était ressorti à la demande urgente de son épouse et s'était rendu à son invitation... avec un soupir, pensant certainement qu'elle allait le régaler d'une scène de ménage.

Bravement, Thomas se hâta de prendre le même chemin mais à peine eut-il posé le pied dans l'antichambre que des éclats de voix lui apprirent que les craintes d'Henri n'étaient que trop fondées : sa « douce moitié » hurlait littéralement, empruntant au toscan les mots qui lui manquaient en français ce qui, joint aux aigus de ses cordes vocales, donnait une sorte de sabir assez peu compréhensible.

Il hésitait sur la conduite à tenir quand il vit Mme de Guercheville quitter l'appartement, visiblement très soucieuse. En effet, la porte refermée, elle s'y adossa pour respirer à deux ou trois reprises. Thomas n'hésita pas :

— Pardonnez-moi, Madame, mais il faut que je voie Sa Majesté dans l'instant ! C'est très urgent !

Elle leva vers lui un regard accablé :

— Vous voulez lui parler maintenant ? Vous ne l'entendez donc pas hurler ? Croyez-vous que le moment soit bien choisi ?

— Pardonnez-moi, je me suis mal exprimé. C'est au Roi que je veux dire un mot. On m'a dit chez lui qu'il était là !

— Bien sûr qu'il est là... le pauvre ! S'il n'était pas venu, nous n'aurions sûrement pas réussi à empêcher la Reine d'aller le chercher en plein Conseil ! Comme s'il y était pour quelque chose !

Il fallait vraiment que la dame d'honneur soit très émue pour se laisser ainsi aller, elle dont le maintien irréprochable était un exemple pour toutes les autres femmes.

— Pardonnez-moi si je me montre indiscret mais consentiriez-vous à m'apprendre... de quoi il s'agit ?

— Comment, Monsieur de Courcy, vous ignorez ce qu'il s'est passé cette nuit à l'hôtel de Sarrance, vous qui êtes l'intime ami d'Antoine ?

Thomas baissa le ton afin qu'elle seule pût l'entendre :

— Si, je sais... et c'est même pour cela que je dois le voir... tout de suite, si possible ! Et sans témoin, bien entendu !

— Autrement dit, vous voulez que je retourne... dans l'arène ? chuchota-t-elle avec l'ébauche d'un sourire.

— Si ce n'est pas trop vous demander...

— Non... Non. Tout compte fait, une diversion ne sera peut-être pas malvenue. Je ne prononcerai pas votre nom et me contenterai d'annoncer... un messager... d'où, mon Dieu ?

— ... du pape ? avança Thomas amusé.

— Doux Jésus ! Surtout pas ! C'est elle que vous verriez vous arriver dessus pour recevoir bonne première et à genoux la lettre pontificale. Je vais dire plutôt... l'Angleterre ! Elle considère les Anglais comme un ramassis puant d'hérétiques. Mais ne restez pas ici. Allez attendre dans la grande galerie. Et maintenant priez pour moi !

Mme de Guercheville rouvrit la porte précautionneusement, laissant passer une bouffée d'imprécations qui semblaient gagner en violence d'instant en instant. Puis il y eut un silence et Thomas tourna les talons afin de gagner la galerie en courant.

Il n'y était pas depuis deux minutes qu'Henri, la fraise de travers et les cheveux ébouriffés comme s'il venait d'essuyer une tempête, le rejoignait en s'efforçant de remettre un peu d'ordre dans sa toilette. Son œil s'assombrit en reconnaissant Thomas.

— On m'annonce un envoyé d'Angleterre et c'est vous que je vois là, Courcy ? Qu'est-ce que cela veut dire ?

— Que nous avons pris, Mme de Guercheville et moi, le premier prétexte venu pour que je puisse remettre au Roi ce message urgent, répondit-il en sortant la lettre de la marquise qu'il présenta en pliant le genou.

Les joues tannées d'Henri rougirent légèrement en reconnaissant l'écriture et il décacheta le message d'un doigt nerveux, le lut – il était assez court ! – et revint à Thomas :

— Vous savez pourquoi cette dame veut me voir ?

— Oui, Sire. Et, si je peux me le permettre, je crois que le Roi devrait se rendre à son invitation. Il s'agit d'une affaire très grave... celle-là même, je pense, qui a déchaîné la colère de la Reine.

— Et Mme de Verneuil sait à quoi s'en tenir ?

— Oui, Sire, sans aucun doute. Je suis certain que le Roi sera satisfait de ce qu'elle veut lui apprendre.

— Comment diable peut-elle en savoir plus que tout le monde ?

— Simplement parce qu'elle y a pris une part importante… par pure charité chrétienne d'ailleurs.

— Charité chrétienne ? La marquise ? Vous vous moquez, Courcy !

— Oh non, Sire ! Pas du tout !

Perplexe, Henri considéra le jeune officier pratiquement au garde-à-vous…

— Mais c'est qu'il a l'air d'y croire ! conclut-il. C'est bon ! Venez avec moi, je vous emmène !

DEUXIÈME PARTIE

DE CHARYBDE EN SCYLLA

7

Chassé-croisé

Le Roi avait demandé un carrosse fermé dans lequel il prit place avec le seul Thomas, ému de se voir ainsi promu au rôle de confident. Afin d'éviter les curiosités, la voiture avait été amenée à la petite porte du palais. C'était Courcy lui-même qui avait été la commander. Il en avait profité pour prendre, à l'arçon de sa selle, le manteau dans lequel il avait roulé le fouet.

Le parcours se fit en silence. Henri se méfiait de sa voix sonore et le cocher pouvait avoir de grandes oreilles. Quant à son jeune compagnon, il restait fidèle à sa promesse de laisser à Mme de Verneuil la primeur du récit, se contentant de signaler la présence du prince de Joinville au moment où lui-même s'en allait... Le Roi avait alors froncé le sourcil mais sans autre commentaire.

— Allez voir s'il est encore là !

Le jeune officier alla faire un tour à l'écurie mais le solide bai du prince lorrain n'y était plus. Rassuré – en vérité il ne craignait qu'un bavardage inconsidéré de ce fidèle ! –, Henri s'élança hors du véhicule, grimpa quatre à quatre les marches fonçant droit, en habitué, vers la chambre d'Henriette dans laquelle il entra sans frapper. Mais il laissa la porte ouverte, ce qui permit à Thomas, resté discrètement dans la galerie, de ne rien perdre de ce qui allait se passer.

Cette arrivée en boulet de canon ne prit pas la marquise au dépourvu. Elle s'y était préparée au grand désappointement de Joinville qui n'avait obtenu d'elle que quelques minutes. Le reste du temps, elle l'avait employé à choisir ce qu'elle allait mettre et s'était décidée pour une robe d'intérieur en velours bleu pâle où semblait s'attarder un reflet de ses yeux, sans vertugadin ni collerette contraignante. Des bouillonnés de fine dentelle débordaient aux manches et autour d'un décolleté vertigineux... Les cheveux coiffés en hauteur étaient réunis en une épaisse natte d'un brun mordoré glissant le long de son cou et aux creux des seins dont la profonde révérence révélait la ferme rondeur avec un rien d'hypocrisie. En fait, constata Thomas, l'astucieuse Henriette s'était tout bonnement déshabillée autant que le permettait la bienséance mais arborait une mine sérieuse à la limite de la gravité. Aussi, en se relevant, retint-elle un sourire satisfait : Sa Majesté, le souffle un peu court était rouge vif. Alors, elle lança :

— Entrez, Monsieur de Courcy. Vous devez apporter votre part dans ce que le Roi doit savoir...

— Madame, j'ai peu de temps ! fit la voix enrouée de celui-ci.

— Justement, il faut l'employer au mieux ! Veuillez prendre place, Sire, ajouta-t-elle en désignant un vaste fauteuil.

— M'y voici ! Qu'avez-vous à me dire ?

— Qu'hier au soir, ou plutôt cette nuit, en revenant de la fête donnée par la reine Marguerite, j'ai été arrêtée près du Pont-Neuf par le baron de Courcy... dégoulinant d'eau parce qu'il sortait tout juste de la Seine. Il portait dans ses bras le corps presque nu d'une jeune fille. Du seuil d'un cabaret il l'avait vue courir vers le fleuve dans lequel elle s'était jetée sans la moindre hésitation...

— Et cette jeune fille...

— Etait sans nul doute possible celle que l'on venait de marier à M. de Sarrance. En assez triste état, je dois dire. Aussi ai-je pensé qu'il était de mon devoir, puisqu'elle vivait encore, de lui porter secours et on l'a ramenée avec moi...

Oubliant le mécontentement distrait par les pensées badines qui l'occupaient, l'attention d'Henri était maintenant fixée.

— Madame de Sarrance ? Et vous dites qu'elle est ici ?

— Oui, Sire... et en proie à une forte fièvre qui lui ôte sa connaissance. Je souhaiterais d'ailleurs que le Roi veuille bien prendre la peine de monter la voir. Ma mère est auprès d'elle !

— Non seulement j'y consens mais je vous le demande !

A l'étage au-dessus, ils entrèrent dans une chambre où les rideaux à demi fermés entretenaient une douce pénombre. Mme d'Entragues se tenait assise près du lit, un mouchoir à la main, épongeant délicatement la sueur qui coulait du front de Lorenza. Toujours inconsciente, celle-ci roulait la tête sur l'oreiller en balbutiant des paroles sans suite. L'ancienne favorite de Charles IX se leva à l'entrée du Roi qu'elle salua en silence.

Cependant, sa fille allait tirer les rideaux puis, d'un mouvement aussi vif, revenait vers le lit dont elle empoigna les couvertures qu'elle rejeta au pied.

— Voilà, Sire ! Qu'en pensez-vous ?

A dessein, on avait préalablement ôté la chemise et les emplâtres de Lorenza afin de bien montrer les blessures. Elles ne saignaient plus mais certaines, plus profondes, étaient rouges et boursouflées :

— Ventre-saint-gris ! souffla le Roi, horrifié. Qui a fait ça ?

— Mais son délicieux mari, Sire ! Et avec cet objet, ajouta-t-elle en prenant le fouet que Thomas lui tendait machinalement, incapable qu'il était de détacher son regard du corps charmant dont les cruelles meurtrissures ne parvenaient pas à dissimuler la grâce juvénile. Le Roi accorda un vague coup d'œil à l'objet qu'on lui montrait mais ses yeux revinrent vite sur Lorenza que l'ex-Marie Touchet se hâtait de recouvrir. Mieux valait ne pas laisser Henri contempler trop longtemps un tableau qui, pour être affreux, n'en gardait pas moins un charme certain. Il poussa d'ailleurs un soupir qu'il ne fallait pas s'aventurer à traduire. A défaut, son attention revint sur la lanière qu'il considéra avec dégoût :

— Où avez-vous trouvé ça ?

— Dans la chambre nuptiale, où le mari a dû le laisser tomber quand le bronze l'a atteint à la tête et sans doute étourdi, ce qui a permis à sa victime de s'enfuir à peine vêtue de ce qui restait de sa chemise et d'une robe de chambre appartenant sans doute à son bourreau. Elle devait être affolée de souffrance et de terreur, alors, ne sachant où aller, elle a choisi la Seine.

— Pauvre enfant ! Et si j'ai bien compris, le cadavre du mari était dans l'escalier ?

— Ce qui signifie que le choc avec la statuette n'a pas été mortel, qu'il a pu vouloir rattraper la fugitive...

— Qu'il l'a rejointe dans l'escalier...

— Non, Sire, affirma Thomas. Bien que plus grande, elle n'était pas de taille contre lui. Et puis où aurait-elle pris le poignard sans compter la force nécessaire pour trancher une gorge ? En outre, elle eût été couverte de sang...

— Mauvaise explication ! L'eau du fleuve l'aurait nettoyée.

— Elle n'y est pas restée suffisamment longtemps. J'ai l'honneur de rappeler au Roi que j'ai plongé derrière elle... A la réflexion, je me demande si le marquis, étourdi par le choc, n'a pas été traîné ensuite jusqu'à l'escalier où il a été égorgé. Par le véritable assassin. Il y a, dans la galerie, des traces auxquelles je n'ai peut-être pas porté assez d'attention sur le moment...

Très assombri, le visage d'Henri s'éclaira d'une expression amusée :

— Tudieu, mon garçon, je me demande ce que vous faites dans mes chevau-légers ? Je devrais vous confier à M. d'Aumont en lui conseillant de créer pour vous un poste de chef de la police ! Vous avez du talent !

— Je ne suis pas sûr que cela me plairait, Sire ! Je préfère de beaucoup veiller aux seules personnes du Roi et de sa famille.

— Je ne peux pas vous donner tort. Pour en revenir à notre affaire, vous pensez donc qu'il y a quelque part un tueur ?

— Sans aucun doute, Sire, intervint Mme de Verneuil, mais tant qu'on ne l'aura pas capturé, cela pose la question de savoir ce que nous allons faire de Mme de Sarrance... que je ne demande pas mieux que garder chez moi d'ailleurs. Le scandale semble prendre déjà de telles proportions !... Songez que M. de Joinville m'est venu l'apprendre à l'aurore ou peu s'en faut !

— Vous avez raison, ma mie ! approuva le Roi avec un soudain enjouement. Allons en discuter chez vous et laissons reposer votre malade ! A ce propos, je sais, Madame, ajouta-t-il à l'attention de la mère de la marquise, que vous vous y entendez admirablement à soigner les maux du corps mais la pauvre enfant paraît bien mal en point. Peut-être souhaiteriez-vous l'assistance d'un médecin ?

— Certes, Sire, à condition qu'il soit efficace et discret... Ce qui n'est pas si fréquent.

— Messer Giovanetti en a un excellent. Qu'il ne prête pas volontiers mais dont j'ai eu l'occasion d'apprécier les qualités et je suis prêt à le faire appeler pour vous... en lui précisant clairement qu'il devra se taire jusqu'à nouvel ordre. Cela ne devrait pas poser de problème : l'ambassadeur aime beaucoup donna Lorenza. Il doit être mort d'inquiétude !

Marie ne retint pas un soupir de soulagement :

— J'en serais vraiment contente, Sire ! Je ne vous cache pas qu'elle me cause du souci. Cette fièvre qui ne cède pas... cette toux qui la déchire par moments...

— Soyez tranquille ! Vous le verrez avant ce soir !

Sur un dernier salut à l'adresse de Marie, il glissa son bras sous celui d'Henriette vers laquelle revenait son œil singulièrement brillant, et l'on rejoignit l'escalier pour descendre chez elle.

— Allez m'attendre dans la voiture, Courcy ! Votre patience ne sera pas mise à trop longue épreuve, dit-il en ouvrant lui-même la porte de l'appartement pour laisser passer sa compagne, après quoi il la referma du bras, sa main libre s'étant glissée autour de la taille de la marquise.

Que faire sinon obéir ? En dépit des belles résolutions qu'Henri prétendait avoir prises, il n'y avait pas d'illusions à garder. Le drame de cette nuit venait de ramener le Roi dans les griffes de celle qu'il était tellement certain de ne plus aimer et, en ce moment, il devait être en train de parler d'autre chose que de Lorenza. En admettant qu'ils parlent ! Ce dont Thomas doutait au point qu'il osa entrouvrir la porte de l'antichambre et, la trouvant déserte, marcha à pas de loup jusqu'à celle de la chambre – mal fermée d'ailleurs ! – pour entendre la voix roucoulante d'Henriette murmurer après un petit rire :

— Ne soyez pas si pressé, voyons ! Vous allez déchirer une de mes robes préférées...

— Et moi je préfère encore plus ce qu'elle cache ! Tu es plus belle que jamais et j'étais fou de me priver de toi, mon menon !

Suivirent des bruits divers. Thomas se retira sur la pointe des pieds pour aller s'installer dans la voiture avec quelque morosité parce qu'il avait faim. Il y avait bien, un peu plus loin dans la rue, une rôtisserie à laquelle il eût volontiers rendu visite mais ne s'y risqua pas de crainte qu'Henri ne revienne avant lui...

Or, ce ne fut qu'au bout de deux mortelles heures que Sa Majesté reparut, l'œil étincelant, le sourire aux lèvres et fleurant bon une senteur de jasmin de Damas dominant son habituelle senteur d'ail. Le triomphe de Mme de Verneuil était total : l'amant rétif venait de retomber sous son joug. Restait à savoir de quel prix il allait devoir payer l'éloignement où il l'avait tenue depuis plusieurs mois.

A peine assis, Henri se carra dans les coussins et, avec un soupir d'aise, ferma les yeux, revivant sans doute en pensée de savoureux moments. Ce que voyant, Thomas s'abstint de poser la question qui lui brûlait les lèvres : qu'avait-on décidé pour Lorenza ?

Pourtant si l'amant se délectait, le Roi ne dormait pas. Soudain, Thomas entendit :

— Je vous ramène au Louvre afin de vous donner les passeports dont vous aurez besoin : vous partez pour Londres ce soir même !

— Le Roi m'envoie en Angleterre ?

— Naturellement. Quel autre que vous pourrait annoncer avec doigté ce qui vient de se passer à

Antoine de Sarrance ? Vous le ramènerez avec vous ! Jusque dans mon cabinet ! Je n'ai pas envie qu'il entende n'importe quoi !

— Merci, Sire ! Pour lui et pour moi ! Puis-je en outre demander... ce qui a été décidé pour donna Lorenza ?

— Elle n'est guère transportable à cette heure ! De toute façon, nous pensons, Mme de Verneuil et moi, qu'elle sera mieux là où elle est que n'importe où ailleurs. Mme de Verneuil a même émis l'idée de l'emmener à Malesherbes ou à Verneuil quand elle sera un peu rétablie.

— A... avec sa tante ?

— Cette horrible femme ? Certes pas ! Dès qu'elle a su la nouvelle elle s'est mise à crier haro sur sa nièce en l'accusant de tous les péchés. Celle-là, je donnerais cher pour m'en débarrasser !

— Peut-être pourriez-vous charger l'ambassadeur Giovanetti de la reconduire à Florence ? C'est son rôle, il me semble ?

Toute félicité envolée, Henri eut un petit rire amer :

— Ce serait trop simple ! C'est une vieille rusée qui a su se faire une amie de la Conchine. Ces deux-là n'ont pas perdu une minute pour réclamer la protection de la Reine. Vous l'avez entendue dégoiser tout à l'heure ?

— A défaut de comprendre c'était difficile de ne pas entendre.

— Elle voulait que cette malheureuse fille dont les plus grands torts sont d'être sa filleule et d'être belle, soit envoyée toutes affaires cessantes à la Bastille ou au Châtelet en attendant d'être prestement jugée et au moins pendue !

— Au moins ?

— Elle ne serait pas contre quelque chose de plus divertissant, comme le bûcher par exemple ? Et, bien sûr, sa fortune devrait faire retour à sa pauvre tante, sa seule héritière !

— Comment cela, sa seule héritière ? Elle ne saurait l'être en tout cas du marquis Hector. J'ai quelques notions de la loi : Antoine de Sarrance est le seul héritier de son père avec bien sûr, la veuve !

— Voilà pourquoi celle-ci doit disparaître et au plus vite. Il ne resterait plus qu'Antoine mais, tel que je le connais, il refusera cet argent ensanglanté si peu fortuné qu'il soit !

— Tout cela est répugnant ! s'écria Thomas hors de lui. Il faudrait que quelqu'un d'assez puissant puisse se mettre en travers de ce plan…

— Que diriez-vous de moi ?

Emporté par son indignation, Courcy avait oublié l'endroit où il se trouvait :

— Vous ?

Henri se mit à rire :

— Oui, moi. Je suis le Roi, vous savez ?

Puis, allongeant une bourrade à un Thomas rouge de confusion :

— On va essayer d'arranger tout cela au mieux. Je vais envoyer chez Giovanetti tandis que vous galoperez vers Boulogne.

Un peu plus tard, en effet, muni d'une lettre royale, des papiers et de l'argent nécessaires pour lui assurer la priorité dans les relais de postes et le détroit du pas de Calais, Thomas de Courcy franchissait la vieille porte Saint-Denis presque sans ralentir le galop de son cheval, criant au passage « Service du Roi ! ». En dépit du mauvais temps qui menaçait et lui promettait une traversée houleuse de la Manche, il éprouvait un curieux sentiment de libération. Le poids qui pesait sur lui depuis qu'il avait sorti Lorenza de l'eau s'était singulièrement allégé. La jeune fille qu'Antoine aimait était en sécurité et allait recevoir les meilleurs soins tandis que lui-même préviendrait son ami de ce qui l'attendait à Paris.

La pluie se mit à tomber mais il n'en avait cure parce qu'il adorait chevaucher au galop à travers la campagne, emporté par les jambes rapides de son cheval, enivré par la merveilleuse impression de ne faire qu'un avec lui. En outre, il n'était jamais allé en Angleterre. Or, curieux comme une sœur tourière, Thomas n'aimait rien tant que faire des découvertes. Une belle journée en résumé et la suite promettait mieux encore...

Cependant, Lorenza, entre la vie et la mort, se débattait avec un interminable cauchemar. Dévorée par la fièvre, inconsciente, elle alternait les crises de souffrance où son corps ressentait les brûlures du fouet et l'angoisse du trou noir où une main invisible la précipitait. Absente de son enveloppe charnelle, son âme menait un épuisant combat contre les fantômes de la peur et du désespoir. Par instants, elle revivait l'abominable soir de ses noces et l'affreux mari, nu comme un démon, l'imprécation à la bouche et la frappant, encore et encore, de sa cruelle lanière qui la déchirait. Et puis sa fuite à travers des rues sans fin, poursuivie par une horde malfaisante et enfin la chute dans un abîme glacé dont elle ne ressortait que pour tomber dans une fournaise. Le tout coupé d'épuisantes quintes de toux.

Durant des jours, elle ne vit ni l'aube ni le crépuscule. Parfois, il lui semblait entendre des voix au fond d'un étroit passage obscur au bout duquel brillait une lueur. Alors, essayant d'atteindre cette clarté, elle se traînait au long du tunnel noir qui n'avait pas de fin parce que la lumière s'éloignait à mesure qu'elle s'en approchait...

Un soir, pourtant, son horizon s'éclaircit. La malade émergea enfin des ténèbres de l'inconscience. Les objets et les vagues silhouettes se fixèrent et ses yeux s'ouvrirent sur un décor qu'elle ne connaissait pas. Elle comprit qu'elle était couchée dans un lit aux courtines jaunes faisant face à une cheminée dans laquelle un feu flambait. A son chevet, une dame inconnue était assise. Elle avait des cheveux argentés, un doux visage rose, un regard bleu levé sur quelqu'un qui était debout de l'autre côté du lit et qui tenait le poignet de la rescapée :

— Alors ? demanda-t-elle.

— La fièvre a baissé incontestablement et, à mon avis, notre malade ne devrait plus tarder... Mais elle vient d'ouvrir les yeux !

L'autre personne dont Lorenza ne distinguait que la longue robe noire pencha alors sur elle un visage coiffé d'un bonnet carré et orné d'une courte barbe qu'elle reconnut aussitôt :

— Docteur... Campo ?

— *Dio mio !* Vous souvenez-vous de moi ?

— Bien sûr...

— Comment vous sentez-vous ?

Elle bougea avec précaution pour savoir si la souffrance allait revenir mais seul son dos se manifesta :

— Vivante ! murmura-t-elle. Je... Je me croyais morte...

Un sourire fit briller des dents blanches parmi les poils de la barbe :

— Grâce à Dieu... et à celles qui ont pris soin de vous, il n'en est rien ! Mais nous avons eu très peur !

— Où suis-je ?

La dame qui s'était éloignée un instant, revint avec un petit flambeau :

— Chez moi ! répondit-elle en souriant. Je suis la comtesse d'Entragues et c'est ma fille, la marquise de Verneuil, qui vous a recueillie après que M. de Courcy vous eut sauvée de la noyade.

— La noyade... Oh, mon Dieu ! C'était donc vrai ?...

Le tremblement la reprit. Ce que voyant, son hôtesse posa sur son épaule une main apaisante :

— Allons ! Tout est fini et il faut vous calmer ! Vous rendre des forces. Je vais vous faire porter un bouillon et quelques petites choses. Votre médecin saura mieux que moi vous raconter ce qui vous est arrivé.

Posant son bougeoir près du chevet, elle caressa la joue de Lorenza et se retira sur un dernier sourire, mais Lorenza tremblait toujours. Elle regarda Valeriano Campo avec un reste d'épouvante :

— Je suis... malade depuis combien de temps ?

— Quinze jours et quand on m'a fait venir ici, j'ai douté de pouvoir vous sauver. Vous aviez une fièvre cérébrale qui a bien failli vous emporter. C'était... je dirai normal après ce que vous avez subi mais c'est à votre jeunesse et à votre belle santé que vous devez tout.

— Que m'est-il arrivé au juste ?

Campo s'assit sur le bord du lit et prit la main de la jeune fille dans les siennes :

— Vous ne vous souvenez de rien ? On venait de vous unir au marquis de Sarrance et...

— Oh si, je me le rappelle !... C'était... c'était épouvantable !...

Une folle terreur envahit ses yeux noirs dilatés à l'extrême tandis que revenaient les images de cette nuit cauchemardesque...

— Peut-être serait-il préférable de remettre à plus tard ! Vous êtes encore si faible...

Il se leva mais elle le retint :

— Non... Il vaut mieux que je parle ! Il me semble que je serai soulagée... si je peux me vider de tout cela...

— Alors, attendez un instant ! Une goutte de vin de Chypre vous réchauffera.

Elle but lentement le liquide doré qui, en effet, répandit en elle une onde de chaleur, la fièvre, en l'abandonnant, lui ayant laissé une sensation de froid... Une légère couleur irisa ses joues pâles. Elle rendit le verre en se laissant aller sur ses oreillers avec un soupir. Elle ferma les yeux mais les rouvrit presque aussitôt. Les images qui se reformaient sur l'écran noir de ses paupières étaient insoutenables... Il fallait s'en délivrer à tout prix.

— Vous ne pouvez pas savoir ce qu'a été ce mariage. Après l'église où une main inconnue m'a obligée brutalement à courber la tête au moment des consentements alors que je voulais refuser, on est allés en cortège dans cette maison pour festoyer mais il y avait surtout des hommes. Quelques dames seulement mais pas celles que j'avais vues autour de la Reine qui n'est pas venue non plus. Seul, le Roi est entré. A ce moment-là, je me suis sentie mal et j'ai perdu connaissance. Je suis revenue à moi dans la chambre où l'on avait dû me porter. Ensuite les femmes m'ont déshabillée. Elles riaient et faisaient des commentaires sur ma personne et ce que cet homme...

Sa voix s'enroua avec une grimace de dégoût. Le médecin prit l'une de ses mains qu'il garda bien serrée dans les siennes pour lui insuffler un peu de sa force mais sans rien dire. Elle toussa une ou deux fois et reprit :

— On m'a mise au lit et puis il... il est venu avec le Roi et un groupe d'hommes ivres qui se sont vite retirés. Lui aussi avait bu. Ses yeux flambaient mais ce n'était pas d'ivresse, c'était de haine. Il m'a arrachée du lit, jetée à terre, insultée en m'accusant d'avoir voulu l'assassiner et il brandissait la dague... celle qui a tué Vittorio et que le grand-duc m'avait donnée. Sa pointe s'était brisée contre la cotte de mailles qu'il portait... Il a alors essayé de s'emparer de moi... il était... monstrueux mais j'ai pu lui échapper et j'ai ramassé la dague en le menaçant de me tuer. C'est alors qu'il a pris le fouet et qu'il a frappé... Encore et encore jusqu'à ce qu'en tombant ma main rencontre un objet que j'ai lancé dans sa direction et qui, par chance, l'a renversé. Ce répit m'a permis de me ressaisir. Je n'ai plus pensé qu'à fuir pour me réfugier chez messer Giovanetti mais je n'avais rien pour me couvrir. Ces femmes avaient emporté mes vêtements. Il n'y avait que sa robe de chambre à lui. Je l'ai mise et je suis partie dans les rues où je me suis perdue... et puis je souffrais tant !... La présence de l'eau du fleuve était une réponse... du destin... J'ai entendu des gens... derrière moi... j'ai cru qu'ils me poursuivaient et je me suis jetée à l'eau... je ne sais rien de plus.

— C'est déjà bien suffisant ! murmura Campo.

Il n'oubliait pas, de son côté, les reproches de l'ambassadeur quand il était allé lui avouer que son coup était manqué. Entré dans une violente colère, Giovanetti l'avait accusé de s'en être remis à un incapable et il avait bien fallu lui dire qu'ayant essuyé un fiasco dans sa recherche d'un homme digne de confiance, il s'était décidé à frapper lui-même mais que la dague s'étant émoussée il avait dû s'enfuir pour éviter d'être pris, en oubliant, hélas, de ramasser l'arme échappée de ses doigts... Jamais il n'avait vu l'ambassadeur dans une telle colère :

— Si on ne la retrouve pas, je t'étranglerai de mes mains, avait-il fulminé et Campo, devant cette réaction, avait compris que Filippo était amoureux de Lorenza. Il ne lui en avait pas gardé rancune d'ailleurs mais s'était fait tout petit jusqu'à cet instant béni où sa présence avait été requise, sous le sceau du secret, chez Mme d'Entragues.

De cela, bien sûr, il ne souffla mot à Lorenza. Encore moins son angoisse, sa consternation, quand il avait découvert l'état de la jeune fille. Il ne l'avait quittée ni le jour ni la nuit, acharné à la ramener au nombre des vivants avec pour seule consolation la pensée qu'un autre avait accompli ce qu'au jour du mariage il s'était juré de faire ! Sans imaginer une minute ce que serait la nuit de noces qu'il prévoyait peu réjouissante avec ce soudard dont il n'aurait jamais pourtant supposé la violence... En découvrant l'étendue du désastre, il ne pouvait que remercier mentalement celui qui avait administré à Sarrance la justice qu'il méritait. Aussi se promit-il de l'aider si l'on mettait la main sur lui...

A cet instant, Mme d'Entragues revenait, escortée d'une servante chargée d'un plateau d'où s'échappait un fumet odorant :

— On dirait que nous allons déjà mieux ? constatat-elle avec satisfaction. A présent, il faut reprendre des forces. Et vous, messer Campo, vous reposer ! Savez-vous, ma chère enfant, qu'il ne vous a pas quittée depuis son arrivée ici ?

— C'était tout naturel. Je suis avant tout médecin, Madame, et notre patiente, outre le fait que nous sommes compatriotes, est de celles qui attachent. J'espère de tout mon cœur que, lorsqu'elle sera rétablie, j'aurai l'immense joie de la ramener à Florence, auprès des siens ! C'est, je l'espère, ce que notre ambassadeur a l'intention de demander au Roi puisque M. de Sarrance n'est plus !

— Elle n'en demeure pas moins sa femme... ou plutôt sa veuve. Le mariage a été consacré.

— Mais on pourrait aisément l'annuler. Au moment des consentements, elle voulait répondre non quand quelqu'un derrière elle l'a obligée à courber la tête. C'est un cas de nullité !

— Nous ne sommes pas à même d'en débattre et Rome est loin ! Qu'elle le veuille ou non, elle est marquise de Sarrance avec tous les droits et prérogatives qui sont attachés à cette position et comme telle sujette du roi de France.

— S'il lui veut du bien comme je l'ai entendu dans cette maison, il ne lui refusera pas. Le défunt a un héritier. Ce mariage le fait riche. Il n'y a donc aucune raison pour ne pas laisser donna Lorenza rentrer chez elle.

— J'en serai si heureuse ! murmura la jeune fille à qui son hôtesse faisait boire, cuillère par cuillère, du bouillon. Je garderai toujours le souvenir de ceux qui m'ont sauvée et recueillie dans cette demeure mais c'est en Toscane seulement que je réussirai... peut-être à oublier ce... ce que j'ai vécu.

— Pour l'heure, il faut songer à guérir. Vous n'êtes plus que l'ombre de vous-même, ma petite, et incapable d'endurer les secousses d'un carrosse sur une aussi longue distance ! Je ne suis même pas certaine que vous puissiez aller jusqu'à Saint-Germain. Alors Florence !... Remettez-vous ! Après, nous aviserons !

— Vous êtes... infiniment bonne, Madame...

Le rire de Marie fusa de nouveau :

— Vous croyez ? Ne vous y fiez pas trop ! C'est un compliment que l'on me fait bien rarement ! Mais il se trouve que vous me plaisez !

— J'en suis heureuse... en ce cas, puis-je me permettre de vous poser une question ?... Sauriez-vous où est Bibiena... Qui a été ma nourrice ? Le jour de ce mariage, on ne lui a pas permis de rester à l'hôtel de Sarrance et elle ne devait revenir qu'au matin du lendemain.

— Ma foi, je l'ignore. C'est la première fois que j'en entends parler... Mais vous, docteur, vous devez la connaître ?

— Bien sûr. Cependant, voilà des jours que j'ai quitté la rue Mauconseil et... Pourrais-je dire quelques mots à Madame la comtesse ?

Elle approuva d'un signe de tête, vint le prendre par le bras et l'entraîna dans la pièce voisine qui était la lingerie :

— Que voulez-vous savoir ?

— Ce qui se passe actuellement à la Cour. Depuis que je suis ici uniquement attaché à lutter contre la mort je n'ai plus connaissance de rien.

Le sourire de la vieille dame s'éteignit :

— Les choses ne vont pas bien pour Lorenza. Elle semble devenue l'ennemie personnelle de la « grosse banquière ». Cette femme stupide ne cesse – à ce qu'il paraît ! – de vitupérer sa filleule qu'elle tient pour la meurtrière du vieux Sarrance sans discussion possible. Et, malheureusement, elle trouve de plus en plus d'oreilles complaisantes ! Trop belle, trop riche, la jeune Lorenza se fait chaque jour un peu plus d'ennemis et bientôt on réclamera sa tête sur les places publiques. La Médicis détient une arme redoutable dans la personne de la vieille tante qu'elle garde auprès d'elle et qui bave du venin à longueur de journée...

— La Reine, la Reine... j'entends bien, mais enfin il y a le Roi ? Et lui connaît la vérité. Pourquoi ne fait-il pas taire tous ces gens ? Je sais qu'il vient souvent ici et comme vous ne sortez guère, je suppose que vous tenez ces nouvelles de lui ?

— En effet, mais ses visites doivent rester secrètes. Si l'on avait vent de son renouveau de passion pour ma fille, on lui ferait une vie infernale et nous pourrions même être en danger si l'on divulguait la présence de Lorenza chez nous ! Or notre sire a de grands soucis politiques et, jusqu'à maintenant, nul – pas même vous ! – ne pouvait deviner si cette petite guérirait ou pas ! Alors il attend !

— De savoir si elle va mourir ou non ? Je crois sincèrement qu'elle va vivre...

— Naturellement, on l'en préviendra...

— Que fera-t-il alors qui ne révèle ses nouvelles amours ? Le mieux, selon moi, ne serait-il pas de nous rendre discrètement la pseudo-coupable pour que nous la rapatrions... avec encore plus de discrétion ? Sinon pourquoi ne pas dresser sur notre chemin une embuscade où, cette fois, elle disparaîtrait définitivement ?

— Quelle horreur ! Si vous croyez Henri capable de ce stratagème c'est que vous ne le connaissez pas ! Il attend, certes, le résultat de vos soins mais aussi le retour du baron de Courcy qu'il a envoyé à Londres chercher Antoine de Sarrance afin que celui-ci apprenne la vérité sur la mort de son père avant de revenir ici. C'est le jeune Courcy qui a sauvé Lorenza de la noyade : il est donc le témoin majeur. Dès que Lorenza sera lavée de l'accusation, on pourra lui trouver un autre refuge d'où elle pourrait reparaître sans danger pour quiconque et... sans braquer la lumière sur les amours de ma fille !

— Quand M. de Courcy est-il parti ?

— Le jour où vous êtes arrivé ici.

— Il me semble qu'il devrait être de retour... le temps n'est pas des meilleurs mais tout de même...

Au moment précis où Valeriano Campo prononçait ces paroles, un cavalier tellement couvert de boue qu'elle se distinguait à peine du gris de ses bottes et de ses vêtements, tombait de cheval plus qu'il n'en descendait au pied du grand degré dans la cour du Louvre... Il venait d'accomplir une longue course sous une pluie incessante comme en témoignaient les bords dégouttant d'eau de son chapeau et de son manteau. Il devait être recru de fatigue. Quand ses pieds reprirent contact avec le sol, il vacilla et, privé de l'appui de sa monture qu'un palefrenier accouru se hâtait d'emmener, il bouscula un personnage en train de descendre ledit escalier à vive allure et qui, bien sûr, protesta :

— Mordieu, Monsieur, vous êtes ivre ou quoi ?

Mais aussitôt il le reconnut :

— Sarrance ? Mais d'où sortez-vous pareillement accoutré ?

En dépit de sa lassitude, Antoine identifia le comte de Sainte-Foy, son colonel, et, le sachant intraitable sur la tenue de ses hommes, s'efforça de retrouver une allure plus martiale :

— De Boulogne, Monsieur, et je vous présente mes excuses... mais j'ai si grande hâte de voir le Roi...

— ... que vous avez décidé de ne rien voir d'autre ? Eh bien, mon garçon, vous avez largement le temps d'aller vous sécher et même d'aller vous coucher : le Roi n'est pas là !

— Mais il faut que je le voie !

Il avait presque crié. Sainte-Foy fronça les sourcils :

— Un ton plus bas, s'il vous plaît ! Que Sa Majesté ait cru bon de vous détacher auprès de son ambassadeur ne signifie pas que vous ayez cessé d'être de mes officiers. Cela dit, je vous engage à vous calmer : le Roi n'est pas à Paris... ni à Saint-Germain ni à Fontainebleau, ajouta-t-il en suivant les yeux du jeune homme qui se tournaient vers les écuries.

— Où est-il alors ?

— Même si je le savais, je ne vous le dirais pas ! Vous n'êtes pas dans votre état normal, Sarrance, et vous avez quelques excuses. C'est pourquoi, au lieu de vous donner un ordre, je me contenterai de vous conseiller de vous reposer... Demain il fera jour...

Il y avait dans la voix du colonel une nuance tout à fait inhabituelle. Froide, autoritaire voire cassante le plus souvent, elle laissait percer une compassion à laquelle Antoine fut sensible. Elle se reflétait d'ailleurs dans le regard gris bleuté du chef et dans sa main qui, un instant, se posa sur l'épaule du jeune homme.

— Merci, Monsieur, murmura-t-il tandis que la haute et mince silhouette s'écartait de lui avant de s'arrêter au bout de trois pas et de se retourner :

— Au fait, comment se fait-il que Courcy ne soit pas avec vous ?

— Courcy ?

— Oui, Courcy ! Vous arrivez bien d'Angleterre ?

— En effet... mais je ne l'ai pas vu.

— Sa Majesté l'a pourtant envoyé vous chercher dès le lendemain du drame...

— Je vous assure, Monsieur, que je ne l'ai pas rencontré.

— Sinon vous seriez sans doute revenus ensemble ! Encore un mystère qu'il va falloir élucider ! Et moi, je vais devoir demander au Roi qu'il embauche ses messagers ailleurs que chez mes chevau-légers ! Il a, pour ces besognes, des courriers et des ambassadeurs qui n'ont rien d'autre à faire !

Très mécontent, cette fois, le colonel rejoignit le cheval qu'on lui amenait, s'enleva en selle et quitta la cour du Louvre salué par les soldats qui s'y trouvaient.

Laissé à lui-même, Antoine se décidait à regagner son logis quand un écho de violons se fit entendre.

Levant les yeux, il vit les fenêtres de la Reine illuminées. Tout le monde savait qu'elle adorait la musique et, ce soir, il devait y avoir concert. D'ailleurs, elle détestait se coucher tôt. A défaut de son époux, elle pourrait le renseigner. Mieux que lui peut-être : cette Lorenza Davanzati n'était-elle pas sa filleule ? L'idée lui traversa l'esprit d'aller se changer avant de se présenter chez elle mais il était vraiment éreinté et la rue des Barres lui parut au bout du monde. Quittant le grand degré, il se dirigea vers l'escalier de la Reine qu'en dépit de sa fatigue il escalada presque en courant... Après tout, la lettre qui lui avait fait quitter Londres venait de sa maison !

Dans l'antichambre, il trouva le chevalier d'honneur, M. de Châteauvieux, aux prises avec deux filles d'honneur, Mlles de Sagonne et de Saint-Nom qu'il avait surprises alors qu'elles s'efforçaient de quitter en catimini l'appartement royal, arguant d'une foule d'excuses plus ou moins bancales qu'il se refusait à entendre. L'arrivée d'Antoine apporta une agréable diversion à cela près que ces demoiselles n'eurent plus aucune envie d'aller courir l'aventure. On l'accueillit avec toutes sortes d'exclamations apitoyées, de condoléances et d'assurances d'amitié suscitées par le fait qu'en dépit de son air exténué et de sa triste mine, il demeurait l'un des garçons les plus séduisants de la cour. M. de Châteauvieux réussit cependant à faire taire ces bécasses pour dire :

— Plus que ces jeunes folles, je partage votre douleur, mon ami. Vous souhaiteriez être reçu par Sa Majesté ?

— C'est cela même, Monsieur, et je vous remercie de l'avoir compris. Seulement je crains de tomber mal ! Il y a concert ce soir ?

— Comme vous pouvez l'entendre ! Néanmoins voilà plusieurs jours que Sa Majesté a donné ordre de vous conduire à elle dès votre retour...

— Et nous allons vous y mener sur l'heure..., commença Mlle de Sagonne.

— Parce qu'elle est dans une grande impatience de vous entretenir... Venez avec nous ! acheva sa compagne.

Elles prirent Antoine chacune par une main pour l'entraîner mais le chevalier d'honneur s'interposa :

— Mesdemoiselles, Mesdemoiselles ! Un peu de calme s'il vous plaît. C'est à moi qu'il incombe d'aller prévenir la Reine... mais je ne vous empêche pas de tenir compagnie à M. de Sarrance !

Elles ne se le firent pas répéter deux fois et sans lâcher les mains du voyageur, elles l'attirèrent vers une banquette où elles le firent asseoir entre elles deux :

— Quelle horrible histoire !

— Et comme nous vous plaignons ! Votre pauvre père si vilainement occis !

— Qui aurait pu s'attendre à pareille sauvagerie chez cette fille !

— De bonne souche cependant ! Elle semblait si convenable !...

— Convenable, convenable ! Il faut le dire vite. Souvenez-vous de Fontainebleau ! N'avait-elle pas osé refuser haut et clair de l'épouser...

La tête bourdonnante, Antoine n'écoutait pas. Heureusement, la rapide réapparition de Châteauvieux le délivra :

— Venez, Monsieur ! Sa Majesté se rend dans sa chambre où elle va vous recevoir... Sans vous ! ajouta-t-il à l'intention des deux donzelles qui, tenant toujours fermement Antoine, s'apprêtaient à leur emboîter le pas. Elles eurent le même soupir en délivrant leur proie. Puis se regardèrent :

— Que faisons-nous ? interrogea Louise de Sagonne. On rejoint les autres ?

— Peut-on faire autrement puisqu'elle va recevoir dans sa chambre ? Si on l'avait su plus tôt, on aurait pu se cacher dans le cabinet d'écriture. Tout ce qu'on peut faire c'est retourner au salon et rester le plus près possible de la porte...

— Avec la musique, nous n'entendrons rien !

— Qui sait ? Quand elle se met à crier, on l'entendrait même si on tirait le canon à côté d'elle...

Pendant ce temps, M. de Châteauvieux faisait le tour de l'appartement. Pour éviter le salon à la suite duquel était la chambre, il fallait traverser le logis du Roi dont la chambre communiquait avec celle de la Reine par le cabinet en question.

Quelques minutes après, Antoine était introduit dans ce qui était peut-être la plus belle pièce du palais. Somptueuse avec ses boiseries dorées à l'or fin et sculptées, ses lambris et ses plafonds peints de couleurs vives, son imposant lit à courtines bleu et or posé sur une estrade, ses tentures parfilées d'or et sa balustrade en argent isolant le lit, elle avait deux fenêtres donnant sur la cour intérieure et deux sur la Seine, celles-ci pourvues d'un balcon. Aux murs, des portraits des Médicis. Un peu partout, des coffres et des cassettes ouverts laissaient voir les bijoux dont Marie raffolait. Enfin, près d'une sorte de petit bureau en laque de Chine incrusté d'argent et rehaussé de nacre et de perles, offert quelques mois auparavant par les Jésuites, trônait Marie de Médicis en personne, assise sur une chaise d'argent garnie de coussins du même bleu lumineux que sa robe en soie épaisse entièrement recouverte de la même fine dentelle d'or dont se composait sa haute collerette. Diamants et saphirs étincelaient à ses mains, ses bras, sur sa gorge opulente, ses oreilles et sur le léger diadème posé sur ses cheveux. Tout cet apparat joint à une majesté naturelle lui donnait fort grand air...

Elle sourit quand Antoine la salua mais le retint au moment où il mettait genou en terre pour baiser le bas de sa robe :

— Relevez-vous, Monsieur de Sarrance, et prenez ce tabouret ! Vous êtes si visiblement las que nous oublierons un instant le protocole. Monsieur de Châteauvieux, veillez à ce que l'on ne nous dérange pas !

— Je remercie Votre Majesté, murmura Antoine en s'asseyant tandis que le gentilhomme rejoignait la porte du salon. Sa bonté me confond alors que j'ai l'outrecuidance de l'importuner...

— Ne vous excusez pas ! Voilà trois ou quatre jours que j'attendais votre retour. J'espérais, en effet, que vous viendriez en hâte dès que vous auriez reçu ma lettre...

— Elle émanait de Votre Majesté ? Mais...

— Sans signature, je vous l'accorde. J'ai jugé plus prudent de l'écrire ainsi. Le Roi n'aurait pas apprécié, je pense, que je prenne sur moi de vous rappeler... Il a dû le faire lui-même d'ailleurs. Vous n'avez rencontré aucun courrier ?

— Aucun, Madame, et j'ai encore peine à croire ce que j'ai lu !

— C'est bien compréhensible ! Une si horrible histoire. Qui aurait pu imaginer une chose pareille ? ajouta-t-elle avec un frisson tellement bien joué qu'il fit cliqueter ses joyaux.

— Ainsi ce que l'on m'a écrit est vrai ? La nuit de ses noces, mon père a été tué par sa jeune épouse ?

— Vous êtes visiblement fatigué, Sarrance ! Je viens de vous dire que j'ai dicté cette lettre ! Oseriez-vous douter de ma parole ? En vérité, vous allez me faire regretter...

De compatissante la voix devint sèche, la bouche se pinça. Sa florentine Majesté détestait par-dessus tout que l'on n'attachât pas à ce qu'elle avançait le poids d'une parole d'évangile.

— A Dieu ne plaise, Madame, s'empressa de dire Antoine. Et si Votre Majesté avait la bonté de m'apprendre comment cela s'est passé ?

— Oh, c'est fort simple : au matin on a retrouvé le corps de votre père dans l'escalier de son hôtel et couvert de sang : cette fille lui avait tranché la gorge avant de prendre la fuite.

— La fuite ? Mais où est-elle allée ?

— C'est ce que nous apprendrons peut-être si on arrive à la retrouver. Que vouliez-vous qu'elle fît d'autre que se sauver ? Elle n'allait pas rester tranquillement dans la maison en attendant qu'on vienne l'appréhender.

L'image que l'on évoquait devant lui était d'une telle brutalité qu'Antoine peinait à l'accepter. Cette merveilleuse jeune fille à laquelle il ne cessait de penser égorgeant sauvagement l'homme à qui l'on venait de la marier ? Cela le révoltait...

— Ce n'est peut-être pas elle ? hasarda-t-il. L'assassin a pu l'enlever pour se l'approprier... Une telle beauté !

C'était la dernière chose qu'il fallait dire. Marie enfourcha ses grands chevaux :

— Ma parole, vous la défendez ? Et alors qu'il s'agit de votre père ? Quelle honte ! Et si j'affirme, moi la Reine, qu'elle l'a tué, oserez-vous me démentir ? Faut-il vous rappeler que son précédent fiancé a été assassiné la veille de ses noces ?

— Pas par elle tout de même ?

— Et pourquoi pas par un ruffian à sa solde ? Ce n'est pas difficile à trouver à Florence... A Paris non plus d'ailleurs. Mais puisqu'il faut vous mettre les points sur les *i*, sa culpabilité est avérée. Il y a eu un témoin et ce témoin est ici !

Elle agita une sonnette et ordonna au valet qui se présentait d'aller chercher donna Honoria Davanzati qui devait se tenir chez Mme Concini.

— Sa tante ? réagit Antoine. Elle était là-bas ?

— Naturellement, puisque son père avait accepté bien volontiers de la recevoir chez lui afin de veiller à la conduite de la maison, ce dont cette jeune sotte était bien incapable... Elle a tout vu, vous dis-je !... D'ailleurs, la voici !

Soutenue par Leonora Galigaï, le visage découvert pour une fois, Honoria effectuait en effet une entrée légèrement chancelante. En grand deuil, bien sûr, et le visage plus jaune que jamais, elle battait des paupières tout en froissant de sa main libre un mouchoir qu'elle portait à ses lèvres tremblantes...

— Que l'on avance une chaise pour donna Honoria ! ordonna Marie. Venez çà, ma bonne ! ajouta-t-elle, soudain attendrie. Croyez-moi désolée de devoir vous imposer cette épreuve supplémentaire mais voici le marquis Antoine de Sarrance, fils de la victime. Il souhaiterait entendre de votre bouche ce que vous avez déjà confié à donna Leonora puis à moi-même...

— Oh ! c'était tellement affreux !... Je savais cette fille hautaine, dure et impitoyable mais de là à faire ce qu'elle a fait ! J'ai cru en mourir...

— Pourtant, vous ne connaissiez pas mon père ? dit Antoine qui ne pouvait s'empêcher de juger ce désespoir un rien spectaculaire ! Sa fin, même affreuse, ne devrait pas vous bouleverser à ce point !

Le « témoin » tourna vers lui un regard de noyée :

— Sans doute... mais songez que... sa meurtrière est la fille de feu mon bien-aimé frère et que ce m'est... une insoutenable douleur de l'avoir vue assassiner de façon... barbare celui à qui l'on venait de l'unir devant Dieu ! C'est une honte pour les siens... et pour la mémoire de nos ancêtres...

— Je suppose que vos ancêtres en ont vu d'autres, remarqua Antoine. Mais, pour avoir tout vu, il fallait que vous fussiez dans la chambre des époux ?

Coupée dans son lamento, elle lui jeta un regard noir :

— N'ayant rien à y faire, je m'étais retirée chez moi pour fuir l'orgie qui se tenait en bas où l'on menait grand bruit mais ce vacarme-là ne m'a pas empêchée d'entendre les cris qui me parvenaient de chez les époux. Alors je suis allée voir... et ce que j'ai vu m'a tellement épouvantée que j'en ai perdu le sens. Ils se battaient mais, quand j'ai recouvré mes esprits, le silence était revenu, le malheureux homme gisait à terre, la gorge tranchée et la diablesse avait disparu. Quelle abomination !...

— Et ce voyant, qu'avez-vous fait ? Vous avez appelé de l'aide ?

— Moi ?... Mais j'en étais incapable ! Tout ce sang m'avait tellement terrifiée que je me suis évanouie de nouveau... Je ne sais ce qu'a duré cette pâmoison mais, quand je suis revenue à moi, tout était silence. Les ivrognes de la salle du festin avaient dû s'en aller ou s'endormir. Aucun domestique n'a répondu à mon appel et j'étais seule... seule... seule avec ce cadavre horrible. Alors, je me suis enfuie aussi vite que j'ai pu.

— Pour essayer de retrouver la jeune femme ?

— Cette tueuse ? L'enfer l'a peut-être reprise mais je n'ai pas voulu le savoir et je suis revenue au Louvre en hâte me mettre sous la protection de notre si bonne reine. Je me soutenais à peine... J'étais presque morte quand donna Leonora m'a trouvée... autant dire à sa porte. C'est elle qui a ensuite prévenu la Reine... et celle-ci s'est montrée d'une telle bonté ! Elle a si bien compris ma détresse... ma honte !

— Allons, allons ! Remettez-vous ! ronronna Marie en lui tapotant la main. La honte ne peut être pour vous et je vous défends même de nourrir cette idée car – ne l'oubliez pas ! – si vous êtes sa tante, elle est ma filleule et aussi ma nièce...

— Votre Majesté ne peut pas être parente d'une fille de bâtarde, ce qui entache gravement sa naissance et si vous voulez m'en croire...

— Oserais-je demander si l'on s'est mis à sa recherche, intervint Antoine, agacé par ce qu'il considérait comme un papotage futile au milieu d'une telle tragédie.

— Naturellement ! rétorqua la Reine avec aigreur. Pensant qu'elle s'était réfugiée chez lui, j'ai convoqué l'ambassadeur Giovanetti mais il a juré ses grands dieux qu'il n'en était rien. Il a même fait preuve de bonne volonté en acceptant que les hommes du prévôt fouillent sa résidence. Comme il s'agit d'une maison neuve, cela a été facile...

— Le meurtrier pourrait l'avoir enlevée ?...

— On se tue à vous dire que c'est elle la meurtrière ! s'écria la Reine de plus en plus courroucée. Elle a dû préparer son coup, s'assurer un refuge quelconque.

— Elle est bien jeune pour cela et, en outre, elle ne connaît pas Paris...

— Mais elle pourrait avoir une adresse sûre ! Beaucoup de nos compatriotes sont venus dans mes bagages. Des gens de bien pour la plupart. D'autres aussi sans doute. Comment savoir ? Je dis, moi, qu'elle a tout prévu jusqu'à l'arme dont elle s'est servie ! Un étrange objet dans la cassette d'une vierge innocente, ne croyez-vous pas ?

— Et je peux certifier, moi, qu'elle avait emporté de chez nous une fort belle arme, une dague dont la garde s'ornait d'un lys rouge dessiné en petits rubis, renchérit Honoria. Ma fidèle Bona l'a vue dans ses coffres de voyage. Le grand-duc Ferdinand la lui a donnée après l'assassinat de son fiancé. Il y avait aussi un billet menaçant de mort celui qui oserait l'épouser. Cela explique tout il me semble...

Le jeune homme, cependant, ne parvenait pas à se laisser convaincre :

— Vous avez peut-être raison, Madonna, mais je ne peux me défendre d'un doute... Comme le Roi lui-même, mon père était un véritable guerrier, rompu à tous les combats et possédant une force peu commune. Son épouse était plus grande que lui certes mais mince, fine et, à l'évidence, d'une constitution infiniment plus fragile. Qu'elle ait pu le vaincre à la lutte me paraît insensé !

Un silence suivit que la Reine ne laissa pas s'installer :

— Vous êtes sourd, imbécile ou seulement entêté ? Donna Honoria vient de vous dire qu'elle les avait vus se battre ! Cela me suffit à moi et je ne vois pas pourquoi vous oseriez penser autrement !... De toute façon, cet entretien est clos ! Vous pouvez vous retirer !

Sous l'insulte, Antoine s'empourpra et recula vers la porte sans remarquer que celle du salon venait de s'ouvrir pour laisser passage à Concini, qui, apparemment, possédait le privilège d'entrer chez la Reine comme chez lui. Antoine avait toujours détesté ce bellâtre dont la faveur et la fortune semblaient grandir de jour en jour. Aussi fut-il médiocrement satisfait de l'entendre prendre son parti :

— Notre bien-aimée souveraine est cruelle pour M. le marquis de Sarrance ? Certes, donna Honoria certifie avoir vu les époux se battre mais elle affirme aussi qu'elle avait perdu connaissance et qu'en revenant à elle tout était fini, l'époux égorgé et l'épouse envolée. Pourquoi donc, pendant ce laps de temps, la belle Lorenza n'aurait-elle pas reçu l'aide de quelque amant rendu furieux par un mariage qui le privait à la fois d'une maîtresse et d'une fortune... Un amant qui se serait déjà manifesté à Florence en assassinant Vittorio Strozzi ? Cela me paraît beaucoup plus logique... Le vieux exécuté, l'assassin n'avait plus qu'à emmener sa belle vers une cachette très certainement préparée à l'avance.

Durant ce petit discours qu'Antoine avait écouté avec un mélange de dégoût, de colère et de vague soulagement – cette version semblait en effet plus crédible –, le visage de Marie de Médicis avait retrouvé une couleur plus normale. Elle offrit même un doux sourire au nouveau venu :

— J'ai toujours pensé que vous étiez l'homme le plus intelligent de Florence, mon cher Concino ! Et je crois volontiers que vous êtes dans le vrai ! Nous allons d'ailleurs en discuter... dès que M. de Sarrance se sera retiré...

Face à ce nouveau congé, pas plus nuancé que le premier, Antoine salua et s'apprêta à sortir mais, au moment où il allait franchir la porte, on le rappela :

— Un moment encore ! Nous allions oublier de vous dire combien la mort horrible de votre père nous a touchée...

— Oh, c'est sans grande importance... Votre Majesté !

En regagnant la cour du Louvre, Antoine se sentait glacé jusqu'aux os. Se retrouver l'obligé de ce gentillâtre qu'il avait dès le début méprisé d'instinct l'humiliait même s'il était obligé d'admettre que sa version pouvait fort bien être la bonne. Il regrettait d'être monté chez la Reine au lieu de rentrer directement chez lui et de s'y reposer en attendant d'obtenir du Roi l'audience qui lui remettrait certainement les idées en place.

Aussi prit-il sans plus tarder le chemin de la rue des Barres.

8

Une lueur d'espérance

L'impression de malaise ressentie par Antoine quand M. de Sainte-Foy lui avait appris l'absence prolongée – pour ne pas parler de disparition ! – de son ami Thomas s'accentua en arrivant chez lui. Sans être illuminée, la maison offrait chaque soir plusieurs fenêtres où se reflétaient des chandelles. L'appartement du propriétaire était toujours bien éclairé et, dans les pièces occupées par les deux garçons, la fenêtre de la petite salle commune – le mot salon était peut-être excessif ! – révélait habituellement au moins la flambée de la cheminée. Cette fois, rien !

Au bruit que fit le jeune homme, un palefrenier muni d'une torche qu'il planta dans son réceptacle accourut, affichant une évidente satisfaction :

— Monsieur de Sarrance ! Ah, ça fait tout de même plaisir ! (Puis enflant la voix :) Gratien ! Viens un peu par ici !

— Qu'est-ce que cela veut dire ? Il n'y a personne ?

— Hormis M. le baron, tout le monde est là. Seulement M. le procureur est au lit avec une grosse fièvre et comme sa chambre donne sur le jardin, on économise les bougies ! Est-ce qu'au moins nous allons avoir des nouvelles de M. de Courcy ? Je vois avec tristesse qu'il n'est pas avec Monsieur le... ?

— En effet ! Il serait parti me rejoindre à Londres ? Quand était-ce ?

— Le 15 de novembre, Monsieur Antoine, répondit Gratien qui surgissait de la cuisine. Le lendemain de ce crime affreux dont M. de Sarrance a été victime. Le Roi le dépêchait en Angleterre pour que la nouvelle ne vous arrive pas par un courrier...

— Sais-tu quelle route il a empruntée ?

— Ben... la plus courte je suppose... Celle qui passe par...

— Ecoute, on parlera après ! Y a-t-il du feu là-haut ? Je suis gelé !

— Non, mais je vais en allumer un tout de suite. Il est toujours prêt. Quand ces messieurs sont absents et qu'il ne fait pas chaud, je vis les trois quarts du temps à la cuisine... A ce propos, est-ce que Monsieur Antoine a soupé ?

— Je n'en ai pas eu le temps ! Essaie de me trouver quelque chose à me mettre sous la dent... Je n'ai pas le courage d'aller jusqu'à l'auberge !

— Cela ferait de la peine à Mme Pelou et à M. le procureur qui déplore que ses chers locataires ne recourent pas plus souvent à sa cuisinière...

Vingt minutes plus tard, Antoine, installé devant la cheminée, faisait un sort à la soupe aux choux, à la tourte au pigeon et au maroilles que Gratien lui avait montés avec une bouteille de vin de Sancerre.

Quand sa faim fut un peu apaisée, il rappela le valet qui était allé préparer sa chambre :

— Trouve-toi un gobelet, assieds-toi là et causons ! fit-il en lui désignant un tabouret.

— Oh, Monsieur Antoine !!!

— Ne fais pas l'imbécile et raconte ! Je suppose que ton maître a assisté à ce foutu mariage ?

— Eh bien justement non ! Enfin si… Je veux dire qu'il n'a pas été plus loin que l'église. Après, je ne sais pas ce qu'il a fait mais il n'était pas loin de 4 heures quand il est rentré dégoulinant d'eau…

— Il pleuvait cette nuit-là ?

— Absolument pas. Il faisait juste un peu frisquet mais il n'a rien voulu me confier. Il s'est changé, il a tourné en rond pendant un moment, après quoi il est reparti.

— Sans dire où il allait ?

— Rien du tout… et à pied. Alors je l'ai suivi.

Un bref sourire éclaira le visage fatigué d'Antoine :

— Je me disais aussi que tu avais bigrement changé ! Continue !

— Il est allé comme ça jusqu'à l'hôtel de Sarrance où j'ai vu qu'en dépit de l'heure il y avait le guet et un attroupement mais lui est entré…

N'ayant aucun moyen d'en faire autant, Gratien s'était mêlé aux curieux parmi lesquels circulaient les opinions les plus fantaisistes mais on s'accordait tout de même sur un point : le marié de la veille avait été trucidé et sa jeune épouse s'était envolée. On savait aussi que le prévôt de Paris était intervenu en toute hâte.

Le valet était resté en attente au milieu de ces gens, écoutant de toutes ses oreilles mais il ne se passait rien. On vit seulement sortir l'un des invités qui avait bien du mal à tenir sur ses jambes. Il amusa un instant la galerie, parce qu'il offrait une image parfaite du poivrot aimable : serrant tendrement dans ses bras une bouteille vide, il clignait des yeux en regardant ses spectateurs avec un large sourire : « Fait soif ! leur confia-t-il. Fait même très soif et... là-dedans y a pu rien... Hic ! Alors... J'm'en vais ! » Refusant avec une hauteur comique l'aide d'un archer, il avait opéré un demi-tour sur lui-même et était parti vers la Bastille dont la lourde silhouette se profilait dans la brume du petit matin.

— Ne me demandez pas pourquoi mais j'ai eu tout à coup l'idée de le suivre. Peut-être parce que, d'habitude, les beaux messieurs ont l'ivresse plus agressive... On a continué de la sorte jusqu'à la rue des Fossés-Saint-Germain où il y avait déjà pas mal de monde quand, subitement, il a cessé de chercher de temps en temps l'appui d'un mur et, reprenant un pas normal, a tourné à l'angle de la rue des Poulies. Et moi, je me suis mis à courir pour le rattraper. Je suis arrivé au coin juste à point pour le voir entrer dans une demeure d'assez belle apparence d'où il est ressorti peu après, à cheval et couvert d'une houppelande noire. Comme il se dirigeait vers le pont au Change et que, moi, je voulais retourner à la maison, je l'ai suivi de mon mieux mais comme il y avait peu de monde, il a pris le galop et j'ai dû abandonner. Je suis rentré juste avant M. Thomas. Evidemment, j'étais un brin essoufflé et il n'a pas eu l'air de s'en apercevoir parce qu'il était très soucieux. Il ne m'a rien raconté mais il est reparti presque aussitôt, à cheval cette fois, en me disant qu'il allait voir le Roi... Ensuite, il est revenu mais pour que je fasse son sac. Il partait pour l'Angleterre afin de vous rejoindre... et je n'en sais pas davantage ! conclut Gratien visiblement désolé.

— Inutile de demander si tu es inquiet. Moi aussi je le suis. Où peut-il bien être ?...

— Avant que Monsieur Antoine n'arrive, je pensais m'en aller à sa recherche.

— Tu veux suivre sa route jusqu'à Boulogne ?

— Pourquoi pas ? Il n'est pas homme à passer inaperçu et il a bien été obligé de relayer puisqu'il devait gagner Londres dans les plus brefs délais. Relever sa trace doit être possible...

— Sans aucun doute et même nous pourrions chercher ensemble. A deux, on a plus de chances ! Ecoute ! Il faut que je voie le Roi puisque c'est lui qui a expédié Courcy. Je vais lui demander de m'autoriser à repartir. Je suis soldat et il est le seul qui en ait le pouvoir en dehors de mon colonel. Mais, en attendant, pourquoi n'irais-tu pas te promener du côté de la rue des Poulies ? Ton ivrogne, dessaoulé comme par magie, m'intéresse. Essaie de savoir qui il est, s'il habite là où s'il ne fait qu'y passer quelquefois !

— J'y suis déjà retourné. La maison appartient à une fille galante un peu sur le retour, la Maupin. Comme elle jouit d'une certaine renommée pour ses... talents, elle reçoit pas mal d'amateurs. Quant à savoir qui, c'est une autre histoire parce qu'il paraît qu'elle est plutôt secrète et qu'elle ne fraye pas avec n'importe qui...

— D'où sors-tu ça ?

— D'un cabaret qui n'est pas loin de sa maison. Bien tenu d'ailleurs et fréquenté par la domesticité des hôtels avoisinants... C'est dire qu'on n'y clabaude pas beaucoup sur les voisins.

— Qui t'a renseigné ?

— Une des servantes à qui j'ai eu l'honneur de plaire d'autant plus que je lui ai glissé un peu d'argent mais, pour en apprendre davantage, je crois bien que c'est à la Maupin qu'il faudrait plaire... Et ça, ce n'est pas dans mes cordes ! Monsieur Antoine pense que mon faux soûlard est intéressant ?

— Je pense, oui... mais pour l'heure, c'est ton maître qu'il faut retrouver !... Et moi j'ai besoin d'une bonne nuit. Demain, j'irai voir le Roi.

Mais il était écrit qu'il n'y arriverait pas encore ce jour-là. Quand il se présenta au Louvre, ce fut pour apprendre qu'Henri ayant reçu un courrier était parti pour Saint-Germain en toute hâte : le dauphin Louis venait de tomber malade, ainsi d'ailleurs que le beau César, l'aîné des fils de la défunte Gabrielle d'Estrées. Avant de monter en selle, Henri était allé demander à son épouse si elle souhaitait l'accompagner, sans d'ailleurs s'illusionner beaucoup sur la réponse. Encore au fond de son lit, Sa Majesté avait poussé les hauts cris : non seulement elle n'irait pas risquer d'attraper un mal dont on ne savait rien mais, en outre, elle exigeait qu'on lui fît porter des nouvelles par un messager lavé de pied en cap avant de pénétrer en son particulier. Il était indispensable de préserver sa santé et celle du petit dernier, Gaston, duc d'Anjou, âgé de dix mois, qu'elle avait refusé jusqu'à présent de laisser partir pour le château-nurserie pour la raison, contestable mais réelle, qu'elle en raffolait, ce qui n'était pas le cas des quatre autres. Ceux-là, on ne leur rendait visite que le dimanche et souvent parce qu'Henri le voulait. La seule excuse que l'on pût trouver à cette sécheresse de cœur était la colère latente entretenue chez Marie par le fait que l'on élevait ensemble non seulement Louis, ses deux sœurs et son petit frère Nicolas[1] mais aussi les trois enfants de la belle Gabrielle et le jeune Verneuil, fils exécré de celle que Marie appelait « la marquise poutane » ! Sans oublier le jeune comte de Moret, fils de la belle et sotte Jacqueline du Bueil !

Déçu une fois de plus, Antoine gagna l'hôtel des chevau-légers pour demander un nouveau congé à son colonel. Après avoir reçu les condoléances bourrues mais chaleureuses de quelques camarades comme Bois-Tracy, Sagonne et Beaucé, il trouva leur chef dans son cabinet, occupé à écrire une lettre mais il jeta sa plume pour répondre au salut de son officier :

— Vous n'avez pas tellement meilleure mine qu'hier, Sarrance ! Vous venez prendre votre service ?

1. Mort en bas âge.

— Avec votre permission, non, Monsieur. Je voudrais que vous m'accordiez un congé...

— Encore ? Si vous ne traversiez une passe difficile, je vous aurais demandé si vous ne le souhaitez pas définitif ! Et pourquoi, s'il vous plaît ?

— Thomas de Courcy a disparu...

— Vous croyez que je l'ignore ? Depuis que je vous ai vu rentrer sans lui, je songeais à envoyer quelqu'un à sa recherche. Courcy est l'un de mes meilleurs hommes.

— Je sais, Monsieur, que vous l'appréciez. Pour moi, il est l'égal d'un frère et cette disparition m'inquiète. Je voudrais que vous m'autorisiez à le chercher moi-même. Les liens qui nous unissent sont si étroits que je pense avoir plus de chance que n'importe lequel de nos camarades !

— Je le pense aussi... C'est pourquoi je vous accorde ce congé mais avant de vous libérer puis-je savoir si vous avez pris des dispositions pour les funérailles de votre père ?

Soudain rouge de confusion, Antoine baissa la tête. Pas un instant depuis son retour, il n'y avait songé. En partant pour l'Angleterre, il était si furieux contre l'auteur de ses jours que la nouvelle de sa mort brutale, sous un couteau assassin, l'avait violemment choqué mais sans lui inspirer une véritable douleur. Il avait toujours admiré la vaillance d'Hector mais n'y ajoutait pas l'affection. Probablement y avait-il été disposé comme tous les petits enfants mais la disparition de sa mère, tuée à vingt-cinq ans, la tête fracassée contre un rocher, désarçonnée par son cheval emballé, avait coupé court à tout élan de tendresse. A cause de l'espèce d'indifférence dont le marquis avait fait montre dans ces circonstances qui auraient dû sinon le briser, au moins l'atterrer ? Elle était si belle, si tendre aussi, la jeune marquise ! Mais l'époux n'avait même pas versé une larme quand on l'avait portée en terre sous les dalles de la chapelle, à Sarrance. Le petit Antoine de sept ans avait cru mourir de chagrin...

Le regard perspicace de son chef ne quitta pas un instant ce visage qui essayait de masquer sa confusion. Depuis que le marquis Hector accumulait les actions d'éclat, attirant sur lui l'attention de ses contemporains, certains bruits couraient – discrètement parce que l'on ne souhaitait pas se créer une affaire avec sa redoutable épée ! – qui laissaient supposer que la mort d'Elisabeth de Sarrance n'était pas aussi naturelle qu'on l'avait pensé... Et dans le silence gêné d'Antoine, M. de Sainte-Foy lisait une multitude de choses.

— Rien ne presse dans l'immédiat, dit-il. Le Roi a fait déposer le corps dans une bière et il a été descendu à la crypte de Saint-Germain-l'Auxerrois. Cela peut donc attendre votre retour de la mission dont je vous charge : chercher où a bien pu passer Thomas de Courcy ! Voilà votre ordre, ajouta-t-il après avoir écrit quelques mots, signé et apposé son sceau... Allez maintenant ! J'avertirai Sa Majesté !

Le « merci Monsieur ! » d'Antoine fut singulièrement enroué mais le salut réglementaire lui permit de cacher les larmes de reconnaissance qui lui venaient aux yeux en découvrant la profonde bonté d'un homme qu'il avait cru jusque-là peu sensible aux autres.

Pour revenir chez lui préparer son bagage, il dut passer devant Saint-Germain-l'Auxerrois et décida d'y entrer. Le plus élémentaire respect exigeait que, avant de quitter Paris, il allât s'incliner sur la dépouille de son père.

Quand il pénétra sous la belle voûte bleue à fleurs de lys d'or toute neuve et due à la piété de Marie de Médicis, une messe était en cours et le desservant donnait la communion à la poignée de fidèles agenouillés devant l'autel. Ne s'étant pas confessé depuis longtemps, Antoine ne s'approcha pas, restant au contraire derrière un pilier jusqu'à la bénédiction finale. Puis il attendit que les personnes présentes se retirent avant de gagner le sous-sol muni d'un cierge qu'il s'était procuré à l'entrée.

Il vit tout de suite ce qu'il cherchait : le cercueil, soutenu par deux tréteaux et recouvert d'un drap noir à franges d'argent sur lequel on avait déposé les armes des Sarrance. De chaque côté, un gros cierge se consumait éclairant un petit seau d'eau bénite et son goupillon. Il y avait en outre deux prie-Dieu à la disposition des visiteurs ainsi qu'un porte-cierges, où d'ailleurs aucune flamme ne brillait.

Antoine alluma le sien, le mit en place et s'agenouilla mais ne réussit à se rappeler que les paroles rituelles des oraisons quotidiennes. Après quoi, il s'assit près de cette bière où reposait l'homme qui lui avait donné la vie. Il espérait qu'en faisant silence en lui-même une émotion s'éveillerait mais rien ne vint parce qu'il ne lui restait aucun souvenir tendre pour s'y accrocher. Rien d'autre qu'une vague rancune et le regret de ne pouvoir poser les questions qui le hantaient. Une surtout : que s'était-il passé durant la nuit de ces noces insensées ? Comment cette belle jeune fille en était-elle arrivée au geste terrible qui l'avait délivrée ? Elle ne voulait pas du marquis ; elle l'avait proclamé à la face de tous et on l'avait contrainte à ce mariage, mais cela suffisait-il ?... En vérité, s'il n'avait entendu le témoignage de la vieille Honoria, Antoine aurait opté plus volontiers pour l'intervention d'un amoureux quasi désespéré. Lui-même en aurait été capable s'il ne s'était agi de son père... et encore ! Dès qu'il avait vu Lorenza, il avait ressenti un désir fou de la conquérir. Au point qu'il lui avait fallu fuir pour, au moins, ne pas être présent au moment où on la livrerait à une convoitise qu'Hector n'avait même pas eu la pudeur de dissimuler...

Conscient d'avoir rempli son devoir de respect, il se releva pour partir, se signa, fléchit un genou et se retourna. Une femme était derrière lui, voilée mais la mousseline parut se relever d'elle-même et il reconnut Elodie de La Motte-Feuilly, des fleurs à la main...

Ils se regardèrent un instant puis elle déposa son bouquet sur le drap mortuaire, fit une courte prière et vint à Antoine :

— Je viens tous les jours, murmura-t-elle.

— Pourquoi ?

— Pour ce moment ! Je me doutais bien que vous rendriez votre devoir de deuil à votre père sitôt rentré. Bonjour, Antoine !

— Bonjour, Elodie. Pourquoi votre présence ici ? Il ne vous était rien...

— Il était celui qui avait demandé ma main pour la mettre dans la vôtre. Je lui dois mon plus grand bonheur... même s'il n'a duré qu'un instant.

Elle levait sur lui un regard bleu tout plein d'une douloureuse candeur et Antoine sentit revenir en lui un peu de l'émotion d'autrefois. Il fallait admettre qu'elle était charmante dans ce manteau de velours assorti à ses prunelles dont l'ample capuchon s'ourlait de fourrure blanche.

— Je croyais que vous aviez connu ce bonheur-là lorsque je vous ai dit que je vous aimais ? fit-il avec la belle inconscience masculine.

— C'était vrai jusqu'à ce que votre père intervienne. Souvenez-vous de tous ces obstacles dressés devant nous ! Le monde entier semblait ligué contre notre amour et puis, soudain, tout s'est aplani lorsque ce cher M. de Sarrance s'est incliné devant ma mère pour qu'elle accepte enfin de nous unir !... Mais aussitôt après, tout s'est écroulé par la faute de cette abominable créature que l'on vous destinait à l'origine. Alors lui, ce héros, a pressenti le danger et a voulu vous préserver en l'attirant sur lui ! Il a affronté les maléfices de la sorcière et voilà où il en est ! Il faut être fier de lui, cher Antoine, et je ne l'oublierai jamais... Nous ne l'oublierons jamais, n'est-ce pas ?

— Il n'y a aucun danger pour que je l'oublie un jour, observa Antoine qui avait suivi, non sans surprise, le panégyrique inattendu de la part de son ex-fiancée. Mais, si je suis touché par vos pieuses pensées, et les soins dont vous entourez sa dépouille...

— Des soins tout naturels, coupa-t-elle. Ne devrais-je pas être sa fille ?... et j'en viens à penser qu'il n'est peut-être pas trop tard !

Elle posa légèrement sa main gantée sur le bras d'Antoine en se rapprochant de lui.

— Comment l'entendez-vous ? s'inquiéta-t-il.

— Mais le plus simplement qui soit ! Vous avez été victime d'un envoûtement dont l'amour de votre père vous a délivré. Tout peut donc reprendre entre nous comme auparavant. Je n'en veux pour preuve que notre rencontre de ce matin. Soyez sûr que c'est lui, qui de là-haut l'a voulue...

Antoine sentit un vague malaise l'envahir. On nageait en plein mysticisme ! S'il laissait Elodie continuer sur ce ton il allait se retrouver marié avant même d'avoir pu respirer. Une fois de plus, il fallait couper court :

— Je crois que vous lui prêtez trop de pouvoirs. Quant à moi, je ne suis venu que pour m'assurer que le nécessaire avait été fait pour lui avant les funérailles. Elles ne pourront malheureusement avoir lieu avant mon retour.

— Votre retour ? Vous partez encore ?

— On peut le dire ainsi.

— Mais où allez-vous ?

— Là où l'on m'envoie ! Je suis soldat, Elodie, et j'ai des chefs auxquels – Dieu sait pourquoi ! – j'ai pris la mauvaise habitude d'obéir. Aussi vais-je vous prier de m'excuser.

Il salua précipitamment en se dirigeant vers l'escalier mais elle le rappela :

— Antoine !

— Oserai-je ajouter que je suis un brin pressé ?

— Tant pis ! Nous avons encore beaucoup à nous dire !

— Il faudra que cela attende. Ce qui ne devrait pas vous être trop pénible : ne m'avez-vous pas informé, à notre dernier revoir, que vous me haïssiez et que cette haine durerait toute votre vie ?...

— Ce ne sont que folies que vous arrachent la colère, la déception ! Vous savez pertinemment que je n'en pensais pas un mot ! Allez, à présent, je vais prier pour vous... pour nous, afin que, par l'intercession de votre admirable père, Dieu et ses anges vous délivrent du sortilège dont je vois bien que vous êtes encore captif !

Se détournant enfin, elle s'agenouilla sur l'un des prie-Dieu et enfouit son visage dans ses mains jointes... Renonçant à une nouvelle passe d'armes perdue d'avance face à une telle obstination, Antoine haussa les épaules, acheva de gravir les marches de la crypte, plia le genou en se signant devant l'autel où brillait la veilleuse de la Présence puis sortit en hâte afin d'éviter une nouvelle rencontre et regagna son logis.

Une heure plus tard, il franchissait, à son tour, la porte Saint-Denis sans seulement ralentir le galop de son cheval, effarouchant commères, volailles, badauds et même soldats du corps de garde. Au dernier moment, il avait renoncé à emmener Gratien. Au grand regret du brave garçon qui se consola tout de même un peu quand il lui confia le soin de veiller sur les gens de la rue des Poulies où il serait beaucoup plus utile.

Trois semaines après, il franchissait derechef la porte Saint-Denis dans le sens inverse, très sombre et plus qu'inquiet. Il n'avait cessé de battre la campagne entre Paris et Boulogne où il avait interrogé tous les patrons de bateaux susceptibles d'avoir fait passer de l'autre côté de la Manche un gentilhomme roux dont le physique passait difficilement inaperçu. Les auberges de la route et même les églises et moutiers ne le renseignèrent pas davantage. Personne ne put donner une information utile. C'était comme si Thomas avait été emporté au ciel sur un nuage aussitôt après s'être éloigné des remparts de la capitale... La mort dans l'âme, il alla rendre compte à M. de Sainte-Foy qui accusa le coup :

— Disparu ? Un homme de cette taille et de ce caractère ? Le Roi aura peine à le croire ! Le moindre éclat de sa voix évoquait une trompette de cavalerie ! Sans compter son rire !

— Il n'aura peut-être pas eu l'occasion de le faire entendre ! Je suis... profondément désolé, Monsieur !

— Je le vois bien. Vous reprendrez votre service demain. Je vais prévenir Sa Majesté !... Mais pas vos camarades ! Je ne peux pas croire, moi non plus, à une issue fatale ! Pour tout un chacun vous rentrez d'une mission dont vous n'avez rien à dire ! Compris ?

— Oui, Monsieur ! Puis-je ajouter que je préfère cela ? C'est trop pénible de fermer la porte à l'espoir !

Pendant ce temps, Lorenza revenait à la vie. Lentement. La mauvaise toux, traitée par des décoctions de plantes et un affreux sirop douceâtre, avait fini par lâcher prise, ce qui lui accordait des nuits plus paisibles. Les lacérations de son corps ne la faisaient plus guère souffrir grâce aux emplâtres que lui appliquait Campo et à un baume qu'il composait lui-même et dont Mme d'Entragues, intéressée au plus haut point, avait réussi à lui arracher la composition à force d'attentions aimables et de petits gâteaux au miel, à la pâte de noisettes, aux pommes et à une eau-de-vie tirée des même pommes dont il raffolait. Ne lui avait-il pas certifié que la jolie peau de la jeune fille n'en garderait avec le temps que des traces infimes sinon invisibles ? A une époque où épées, poignards et autres lames entraient en danse pour un oui ou pour un non, un tel dictame était vraiment un bienfait de Dieu !

— Je ne sais pas chez vous, lui confia-t-elle, mais les hommes de ce pays mettent flamberge au vent pour un œil de travers ou un éternuement...

— Chez nous, c'est plutôt pire ! On se tranche la gorge pour des motifs presque aussi futiles.

— Sans doute mais en ce qui concerne ceux qui restent en vie, ils se mettent au lit avec des peaux tellement couturées et striées de cicatrices boursouflées que l'on a l'impression de coucher avec une terre labourée !

Ces badinages distrayaient un peu la convalescente mais sans lui apporter ce dont elle avait le plus besoin : la paix du cœur et de l'esprit. La fièvre cérébrale dont elle avait failli mourir se traduisait parfois par des cauchemars et souvent par des crises d'angoisse qui l'amenaient au bord du désespoir. Qu'allait-elle devenir lorsqu'elle quitterait cette maison qui, grâce à Mme d'Entragues, lui avait été si accueillante ? Sans doute souhaitait-elle par-dessus tout revoir le ciel bleu et les collines de Florence mais aurait-elle jamais la possibilité d'y retourner ?

Par Mme de Verneuil dont la délicatesse n'était pas la qualité majeure elle avait appris que, dans toute la ville, on l'accusait du meurtre de son époux, que sa tante avait creusé son trou aux entours de la Reine et qu'elle l'accusait ouvertement, allant même jusqu'à assurer en avoir été le témoin alors qu'elle avait à peine mis les pieds à l'hôtel de Sarrance. La marquise ne lui avait rien caché, même pas que la Reine en personne menait le branle contre son « indigne filleule, la honte de la famille ! ».

— Mais enfin et en dehors de vous, Madame, qui m'avez secourue, deux personnes connaissent la vérité : M. de Courcy et aussi – m'avez-vous dit – le Roi à qui vous n'avez rien dissimulé ?

— Le jeune Courcy s'est volatilisé de façon tout à fait inexplicable. Le Roi l'avait envoyé en Angleterre chercher votre beau-fils afin qu'il soit tout de suite informé mais Antoine de Sarrance est revenu sans l'avoir rencontré. Il est même reparti à sa recherche. Or Courcy est votre témoin majeur... Même s'il n'était pas présent rue de Bethisy au moment du drame.

— Mais il n'est pas le seul. Vous-même, Madame...

— J'y étais encore moins que lui ! En outre, la grosse banquière me hait plus que je ne la méprise parce qu'elle redoute que je la chasse de son trône !

— Et... le Roi ?

— Alors que personne n'y croyait plus, il a repris le chemin de cette maison et renoué les fils un instant distendus de sa passion pour moi. Si sa bourrique savait que vous êtes chez moi et qu'il m'est revenu, plus ardent qu'avant peut-être, braillerait-elle si fort que tout Paris, toute la France, et la terre entière le sauraient et elle serait bien capable de le faire assassiner par son Concini ou quelque autre sbire de la bande d'Italiens qui foisonnent autour d'elle...

— Et si Courcy ne revient pas ?

— Mieux vaut n'y pas penser... Mais quand le temps sera plus clément, je pense vous envoyer à mon château de Verneuil ou alors à Malesherbes chez mes parents...

— Ne serait-il pas plus simple de m'aider à rentrer chez moi ?

— Pour subsister comment ? Vous êtes dépouillée de tout, ma chère. Ce qui vous appartenait est au seul Sarrance vivant à l'exception de vos vêtements – s'il en est que vous puissiez les récupérer puisqu'ils sont demeurés au Louvre ! – ainsi que vos bijoux dont je sais qu'ils plaisent beaucoup à votre si charmante marraine.

— Vous oubliez mon palais familial et ma ville de Fiesole. Je vois mal un Français aller s'y installer ! Pour quoi faire, mon Dieu ?

— Et pourquoi pas pour les vendre ?

— Ce serait indigne ! Selon nos lois, une veuve conserve au moins une partie de ses biens si elle a des enfants et la totalité si elle n'en pas !

— Ici aussi… sauf si elle meurt sur l'échafaud, ce qui pourrait être votre cas si l'on vous remet la main dessus. Votre tante n'aurait alors plus rien à réclamer, tout ce que vous possédez revenant alors à la Couronne…

— Jamais le grand-duc n'acceptera une telle vilenie !

— Vous ne m'avez pas laissée achever, reprocha Henriette avec un petit sourire C'est à la couronne de France que je faisais allusion puisque votre mariage a fait de vous une Française, ma chère enfant. Et qui dit la Couronne dit la grosse Médicis d'autant plus qu'elle vous est un peu parente. Soyez sûre qu'elle ne l'ignore pas. La Galigaï non plus qui ne cesse de lui soutirer argent et terres. Il ne faut pas chercher ailleurs la raison pour laquelle tout ce joli monde prend si grand soin de cette femme. Qui s'appelle comment, à propos ?

— Honoria Davanzati ! Mon père était son frère et si vous l'aviez connu, Madame, vous auriez peine à le croire : il était aussi beau qu'elle est laide, aussi bon et généreux qu'elle est méchante et avide…

— Cette anomalie peut se produire dans n'importe quelle famille. J'en sais des exemples, mais revenons à vous !...

— Pardonnez-moi, il me vient une idée ! A présent que je vais mieux, messer Campo va retourner auprès de messer Giovanetti. Il pourra, sinon le convaincre de venir ici ce qui pourrait lui être difficile...

— Sans aucun doute. Soyez sûre que cette grosse mégère le fait surveiller...

— ... mais lui demander d'essayer de prévenir le grand-duc Ferdinand et la grande-duchesse Christine de la situation dans laquelle je me trouve. Je peux compter sur leur affection et ils trouveront un moyen de me secourir, de me faire revenir. Même si je ne possède plus un ducat, il me sera alors possible de retourner au couvent où j'ai été élevée...

— On peut toujours essayer ! Mais nos relations diplomatiques avec la Toscane étant excellentes, il serait dommage que vous deveniez un brandon de discorde...

— Je ne vois pas pourquoi ? Le but de ma venue en France est atteint puisque le Roi et son épouse se sont réconciliés et que le jeune M. de Sarrance recevra ma dot. Quant au reste de notre fortune, il est géré par la banque Médicis...

— Inutile de discuter ! trancha Henriette avec plus d'impatience que de politesse : nous continuerons à vous cacher ici et, dès que le temps le permettra, vous irez chez mon père à Malesherbes. C'est au sud de Paris alors que Verneuil est au nord et, si une opportunité se présentait de vous donner la clef des champs, ce serait toujours autant de gagné.

— Clef... des champs ?

— Vous permettre de fuir. Seigneur ! Il faut donc tout vous expliquer !

Cette fois, Lorenza garda le silence. Elle comprenait parfaitement qu'elle devenait gênante. Cette femme qu'elle avait cru bonne et charitable ne l'avait gardée que pour avoir l'occasion de faire revenir auprès d'elle un amant qui se lassait. C'était chose faite mais encore fallait-il savoir si le raccommodage serait solide. En outre, une guérison toujours incomplète rendait sa « protégée » encombrante, voire dangereuse puisqu'il n'était plus possible d'en appeler à Thomas de Courcy de son acte de charité... Cela se sentait dans sa façon de lui parler et même de la regarder. Elle ne voyait plus en elle qu'un meuble inutile dont elle se fût peut-être débarrassée si sa mère ne s'y était opposée... Marie « Je charme tout » était vraiment bonne et s'était prise pour elle d'une certaine affection allant jusqu'à lui fournir de quoi s'habiller car si elle était plus ronde que Lorenza, elle était à peu près aussi grande. Elle lui avait fourni tout le linge nécessaire et fait reprendre, pour les mettre à sa taille, deux robes d'hiver. Elle lui avait aussi donné des pantoufles et une paire de souliers. Un vrai coup de chance qu'elles eussent le même pied !

Quant au Roi, Lorenza ne l'avait jamais vu. Elle savait qu'il venait souvent, parfois en pleine nuit, mais lui et sa maîtresse avaient autre chose à faire que s'occuper d'elle. D'ailleurs, à mesure que l'état de la malade s'améliorait, Henriette veillait à ce qu'ils ne se rencontrent pas...

Apprendre que, à la Cour comme à la ville, elle n'était plus qu'une criminelle lui causa un nouveau choc, plus cruel encore que se savoir recueillie par charité et à peu près réduite à la misère. Qu'avait-elle donc fait à tous ces gens pour qu'ils la chargent d'un meurtre affreux commis sur le meilleur ami du Roi, un véritable héros ? Peu à peu l'inextricable de sa situation se révéla et elle éprouva de la douleur en pensant au fils de sa prétendue victime, à ce beau garçon qu'elle était toute prête à aimer, qu'elle aimait même depuis que leurs regards s'étaient croisés à Fontainebleau juste avant que le cauchemar ne commence. Joindrait-il sa voix au chœur des autres pour réclamer sa tête si elle reparaissait au grand jour ? Et le Roi, que tous proclamaient si bon, la laisserait-il comparaître devant le tribunal et monter à l'échafaud sans rien dire et simplement parce qu'il redoutait les scènes de ménage ?

Cela valait peut-être d'en faire l'expérience ?

Oui... mais comment ?

Comment d'abord sortir de cette maison dont elle ne connaissait que sa chambre. Remise sur pied, on ne lui avait jamais permis d'en franchir les portes même pour faire trois pas dans le jardinet, bien clos cependant, par crainte qu'elle ne soit reconnue par l'un des nombreux visiteurs des dames d'Entragues. Même si l'on croyait la marquise de Verneuil en semi-disgrâce, nombreux étaient les équipages que, de sa fenêtre, la recluse pouvait voir entrer et sortir de l'hôtel. Presque toujours des hommes et de haute mine la plupart du temps. Par l'entremise de Marie qui venait régulièrement lui tenir compagnie, elle apprit à reconnaître le prince de Joinville, son frère aîné, le duc de Guise, prétendant à la main d'Henriette au grand mécontentement du Roi. Un mécontentement dont la belle ne faisait que rire :

— Ne faut-il pas songer à me faire un grand établissement quand viendra le temps où vous m'abandonnerez ? plaisantait-elle.

— Pas chez mes ennemis tout de même ! A l'exception de ce benêt de Joinville, tous les autres Guise me haïssent... et vous savez combien je tiens à vous !...

— Alors, rendez-moi à la face du monde la place qui est mienne si vous ne voulez pas que je cède à la tentation de devenir duchesse de Guise !

Quelques femmes aussi franchissaient le portail mais beaucoup plus rarement et la recluse ne les connaissait pas. L'une d'elles cependant attira son attention. En voyant descendre de voiture Mlle du Tillet, elle retint une exclamation. Que venait faire cette femme chez l'ennemie jurée de la Reine ? Ce n'était un secret pour personne que les deux dames se haïssaient. Quand chacune d'elles évoquait l'autre, elle n'usait jamais du nom mais d'un terme péjoratif sinon d'une injure. Or la du Tillet jouissait de la confiance de Marie de Médicis presque autant que la Galigaï. Et elle arrivait en affichant un sourire épanoui. Qu'est-ce que cela signifiait ?

Elle ne pouvait même pas en parler à Campo rentré l'avant-veille rue Mauconseil. Malheureusement, Mme de Verneuil avait surpris son invitée forcée à son poste d'observation et piqué une colère verte. Sa protégée n'avait-elle pas encore compris qu'elle ne devait courir aucun risque d'être aperçue et peut-être reconnue ? Ne comprenait-elle pas que, si on la savait là, toute la maisonnée serait impliquée et que le danger grandissait à mesure que le temps passait ?

— Personne – vous entendez ? – personne ne doit savoir que nous vous abritons. Y compris les domestiques ! Pourquoi donc croyez-vous que nous ayons mis à votre service la vieille Madeleine qui est sourde et à peu près muette ? Elle ne sait d'ailleurs même pas qui vous êtes !

— Et pour les autres, qui suis-je ?

— Une pauvre fille qui a eu des malheurs, tenté de se suicider et que ma mère a recueillie par charité...

— ... et pour laquelle on a fait venir le propre médecin de l'ambassadeur florentin ? C'est trop de bonté !

Les paupières d'Henriette se rétrécirent jusqu'à ne plus laisser filtrer qu'un mince trait bleu et brillant :

— Il était présent lors de votre venue. Il était normal qu'il s'occupe de vous. Mais vous avez raison de me le faire remarquer. Quand doit-il revenir ?

— Demain ? Je ne sais pas !

— Il ne reviendra pas. Je vais lui faire savoir que vous êtes complètement rétablie et qu'on vous envoie à la campagne respirer le bon air !

Lorenza se retint de faire observer que la pluie mêlée de légers flocons sévissant alors sur Paris ne lui paraissait pas le temps idéal pour une convalescence à la campagne mais elle se reprochait déjà sa remarque intempestive à propos de Valeriano Campo. Comme elle se reprochait d'ailleurs son manque de gratitude envers cette femme qui, tout de même, l'avait abritée, sauvée au moment du plus grand péril mais c'était plus fort qu'elle : tout au contraire de sa mère, la belle marquise ne lui inspirait aucune sympathie ! Ce en quoi elle aurait juré qu'elle était payée de retour. Mais que faire pour sortir de cette situation fausse ?

Deux jours plus tard, Mme de Verneuil rentrant à l'hôtel d'Entragues après avoir passé une partie de la journée dehors, monta directement chez Lorenza qu'elle trouva assise auprès du feu où elle chauffait ses mains.

— Je ne pensais pas en venir là aussi vite, lâcha-t-elle, un peu essoufflée d'avoir gravi deux étages à trop vive allure, mais vous ne pouvez plus demeurer ici. Demain, dès l'ouverture des portes, vous partirez pour Malesherbes. Sous un faux nom, évidemment. Vous passerez pour... pour... oh, il faut que j'y réfléchisse ! Ici, vous devenez trop dangereuse !

— Que se passe-t-il donc ?

— Votre grand-duc Ferdinand vient de mourir et la grosse truie exige le départ immédiat de Filippo Giovanetti qui, de ce fait, perd son titre d'ambassadeur en attendant qu'un autre vienne prendre sa place.

— Pourquoi tant de hâte ? Il l'a toujours bien servie, il me semble, et j'en suis la preuve !

— Une preuve que l'on apprécie pas du tout. Quant à lui, sa politique n'est plus au goût du jour. Marié à une Habsbourg, le nouveau prince va rapprocher Florence de l'Empire comme de l'Espagne, par conséquent tourner le dos à l'alliance avec la France...

Lorenza ne trouva rien à répondre sur le moment. La nouvelle la touchait au cœur. Elle aimait bien Ferdinand qui lui avait montré tant d'amitié... et Christine naturellement...

— Que devient la grande-duchesse dans ces beaux projets ? Le nouveau prince est bien jeune pour avoir des opinions aussi tranchées !

— Il faut croire que son épouse pense pour lui... ou tout au moins l'inspire.

C'était possible, après tout. Pas belle, hautaine mais douée d'une véritable force de caractère, Marie-Madeleine d'Autriche, sœur de l'héritier de l'Empire, avait dû savoir prendre beaucoup d'influence sur un garçon de dix-neuf ans, ami des arts et d'une grande piété mais qui ne possédait pas l'entregent de son père ni cet esprit libéral qui lui avait fait soutenir, contre vents et marée, non seulement un roi protestant converti du bout des lèvres mais aussi sa politique tendant au rapprochement avec les princes du Rhin et à la libération des Flandres du joug espagnol.

— Et c'est la reine de France qui veut chasser un ambassadeur qui ne lui a jamais failli ?

— Elle se moque éperdument de la France et ne rêve que du rapprochement avec l'Espagne, le pape et... mais qu'avez-vous besoin de savoir tout cela ?

A Malesherbes, nul n'ira vous chercher et je verrai ce que je peux faire de vous...

— Mais... le roi Henri n'a-t-il pas son mot à dire dans cette affaire ? Ce n'est pas son épouse qui règne, que je sache ?

— Non et je ne sais pas encore ce qu'il pense mais une chose est certaine : il souhaite la ménager.

— Pourquoi, grands dieux ?

— Elle est enceinte. Cela explique tout ! fit-elle avec rage. Et vous, songez à vous préparer : vous partez pour Malesherbes dès l'aube.

— Je pars, oui... mais pas pour Malesherbes !

— Oh, ne recommencez pas ! s'écria la marquise excédée. Que ce soit là ou ailleurs qu'est-ce que cela fait du moment que vous sauvez votre peau !

Le mot traduisait un tel mépris que Lorenza prit feu :

— Et où avez-vous été chercher que je souhaitais la sauver ?

— Comment ?

— Vous avez très bien compris ! soupira la jeune fille en allant s'asseoir au pied de son lit. Je crois bien que je n'ai plus envie de vivre !

— A votre âge et tournée comme vous êtes ? émit la marquise sans songer à dissimuler sa stupéfaction. Vous êtes folle, ma parole !

— Non. Simplement j'en ai assez de cette réclusion. Je vous serai toujours – du moins le temps que je vivrai ! – reconnaissante de m'avoir accueillie, soignée, remise debout mais pour rien au monde je ne le révélerai parce que je ne veux pas que l'on vous sache mêlée à mon histoire. Ce serait vous rendre le mal pour le bien ! D'autant que je deviens encombrante pour vous...

— N'exagérons rien !...

— Pouvez-vous me dire ce que vous ferez de moi à Malesherbes... où sans doute votre père ne sera pas ravi de ma venue ?

— Vous n'en savez rien !... Moi non plus d'ailleurs ! Vous vivrez comme on vit dans un château à la campagne. On ne va pas vous réduire à la domesticité...

— Mais sans avenir, sans quoi que ce soit qui m'appartienne ! Entretenue par charité ? Non merci ! Je ne veux pas vivre ainsi...

— Que fait-on d'autre dans ce couvent que vous réclamiez il n'y a pas si longtemps ?

— Ce n'est pas du tout pareil. Au moins on y connaît la paix avec Dieu et avec soi-même. Je ne sais pas combien de jours il me reste à vivre mais je veux pouvoir les vivre la tête haute... et au grand jour !

— Si c'est à la Bastille, la lumière n'y est pas fameuse !

— Tant pis ! J'en cours le risque. Et même celui de l'échafaud ! Je vais aller au Louvre réclamer que l'on me fasse justice. Je n'ai pas tué M. de Sarrance ! Il était devenu fou et m'aurait battue à mort si je ne lui avais lancé je ne sais quel objet à la tête. Puis je me suis enfuie avant de me jeter à l'eau...

— Malheureusement celui qui vous en a sortie a disparu et...

— Je ne crois pas que l'on en soit toujours là !

La porte venait de s'ouvrir sous la main nerveuse de Mme d'Entragues que Valeriano Campo, visiblement soucieux, suivait de près. Il prit à peine le temps de saluer :

— Messer Giovanetti m'envoie vous chercher, donna Lorenza. Il ne veut pas partir sans vous...

Lorenza poussa un cri de joie :

— C'est vrai ? Il ne m'abandonne pas ?

— Cela vous étonne ? Mais nous devons faire vite. Hâtez-vous d'enfiler ces habits de garçon que vous portiez quand nous sommes arrivés et couvrez-vous chaudement : le temps est glacial et vous restez fragile !

La transformation ne prit que quelques minutes bien que les mains de Lorenza tremblassent d'excitation. C'était tellement bon cette certitude d'avoir au moins un véritable ami et de reprendre avec lui la route de la terre natale ! Peu importait l'hiver, le froid, le gel, les mauvais chemins et moins encore sa fortune perdue jusqu'à ses vêtements et de ne plus posséder un sol ! Elle allait revoir Florence ! Et si les nouveaux souverains n'étaient pas de ses amis, elle avait la certitude que la grande-duchesse Christine serait là pour lui ouvrir les bras !

Un quart d'heure ne s'était pas écoulé qu'après avoir embrassé les deux femmes qui l'avaient maintenue en vie après son sauvetage par Thomas de Courcy, elle trottait au côté du médecin par les rues dont la neige fine commençait à dessiner lentement les contours.

— J'aurais pu venir vous chercher avec une voiture, s'excusa Campo, mais c'eût été trop voyant !

Vous n'êtes pas fatiguée ? Il y a quand même un petit bout de chemin...

— Même si j'étais à moitié morte je vous aurais suivi ! C'est la première fois que je mets le nez dehors depuis... depuis tant de jours et vous n'imaginez pas ce que cela peut être délicieux ! Nous partons bientôt ?

— A l'aube. Messer Giovanetti veut être le premier à franchir la porte Saint-Jacques lorsqu'elle ouvrira... Tout est prêt à l'ambassade : le carrosse et le chariot à bagages. Evidemment, celui-ci sera moins chargé qu'à l'aller. Le carrosse aussi puisque nous ne jouirons pas de la compagnie de votre chère tante.

— Elle est toujours au Louvre ?

— On pourrait dire plus que jamais. Elle et la Galigaï ne se quittent pratiquement pas...

— Mais enfin pourquoi ? Qu'a-t-elle à en attendre ?

— Votre héritage, tout bonnement. Antoine de Sarrance a refusé formellement la fortune que vous apportiez en dot ! Alors elle patiente en espérant que la Reine, à titre de parente, ne la réclamera pas à son propre profit !

— Je ne vois pas comment elle pourrait l'en empêcher !

— Galigaï, bien sûr ! Cette femme fait ce qu'elle veut de la grosse Marie qui s'est déjà fait remettre vos bijoux... Ces trois bonnes femmes forment un assez joli nid de vipères...

— Vous ne m'étonnez guère, murmura Lorenza qui pensait à autre chose et d'ailleurs l'exprima :

Ainsi M. de Sarrance a refusé ma dot ? Comme c'est bien à lui !

Elle avait dit cela d'un ton si doux que le médecin dressa l'oreille. Il regretta d'avoir parlé trop vite. Dieu sait ce qu'elle pouvait imaginer et ce n'était pas le moment de lui laisser emporter le moindre regret :

— Si on veut, bougonna-t-il. Selon moi, il est normal qu'il ne veuille rien devoir à celle qui a tué son père !

Il avait frappé fort. Trop fort peut-être et s'en voulut quand il entendit une petite voix douloureuse :

— Il le croit, lui aussi ?

— Pourquoi ne le croirait-il pas puisque Thomas de Courcy, dont on ne sait ce qu'il est devenu, n'est pas là pour le détromper ?...

— Evidemment...

A partir de cet instant ils ne parlèrent plus. On fut d'ailleurs bientôt rue Mauconseil où, en effet, tout était déjà prêt pour le départ. Mais Lorenza n'eut même pas le temps de saluer Giovanetti : Bibiena lui arrivait dessus de toute la vitesse acquise par son poids lancé depuis le perron.

— *Mia bambina !... Mia bambina !* répétait-elle en pleurant comme une fontaine.

Et de rire et de pleurer de plus belle ! Secouée, trempée et à demi étouffée, noyée sous le déluge de mots tendres, Lorenza passait elle aussi du rire aux larmes. Craignant que cela ne s'éternise, l'ambassadeur entreprit d'y mettre bon ordre :

— Allons ! Vous avez devant vous des centaines de lieues et largement le temps de parler ! Bienvenue, Madonna ! Vous ne pouvez savoir à quel point je suis heureux de vous voir !

— Moi aussi, ser Filippo ! s'écria-t-elle en lui tendant une main qu'il garda un instant entre les siennes. C'est une joie que je n'espérais plus ! Nous partons ?

— Tout de suite ! A moins que vous ne désiriez boire ou manger quelque chose ?

— Sûrement pas ! Je n'ai qu'une hâte, c'est quitter ce pays...

Il la conduisit jusqu'au carrosse dans lequel il l'aida à s'installer sur les coussins prenant soin d'envelopper ses genoux d'une couverture en fourrure puis ce fut le tour de Bibiena qui prit place auprès d'elle avec une satisfaction qui sécha ses larmes d'un seul coup. Enfin il monta et donna l'ordre du départ dès que Valeriano Campo les eut rejoints. Le cocher fit tourner ses chevaux. La voiture franchit le portail et s'engagea dans la rue Mauconseil, recouverte d'une couche immaculée que le trafic de la journée transformerait en boue. Giovannetti sourit à Lorenza :

— Cette neige ne tiendra pas ! Il ne fait pas assez froid. Donc elle ne devrait pas nous gêner...

— C'est sans importance... Pardonnez-moi de vous ramener à nos affaires communes mais avez-vous vu le Roi ?

Aussitôt il se rembrunit :

— Non et je le regrette. Il séjourne actuellement à Boulogne dans le gouvernement – un des gouvernements, devrais-je dire ! – du duc d'Epernon afin de mettre un frein à... certains agissements. C'est la Reine qui, dès qu'elle a su la mort de son oncle, a décidé de me renvoyer sur-le-champ porter ses condoléances... mais sans esprit de retour.

— Et sans l'assentiment du Roi ? Que lui avez-vous fait ?

— Rien sinon l'avoir trop bien servie peut-être en vous amenant ici. Le grand-duc Cosme II va suivre une politique plus conforme à la sienne en travaillant au rapprochement avec l'Espagne... et le pape dont elle se veut la fille dévouée hautement déclarée pour qu'on lui pardonne d'avoir épousé un parpaillot !

— Repenti tout de même et roi de France, ce qui n'est pas rien !

— Sans doute. D'ailleurs elle l'a voulu ce mariage que la nonne Pasithée, la visionnaire de Sienne, lui avait prédit. C'est la raison pour laquelle elle ne s'est mariée qu'à vingt-sept ans : elle a refusé tous les autres partis avec l'arrière-pensée d'arriver à gouverner la France comme elle l'entend !

— Il faudrait pour ce faire qu'il meure et qu'elle soit régente ! Or, il a l'air plutôt solide !

— On ne cesse pourtant et, de toutes parts, d'annoncer une mort plus proche qu'il ne le croit. Aussi, le nouveau cheval de bataille de la Médicis est d'être couronnée reine avec tout l'apparat rituel. Là, elle sera certaine d'avoir la régence ! Ce qu'aucun ami de la France ne saurait souhaiter : ce serait une catastrophe !

— J'imagine sans peine... Mais pour en revenir à votre départ, elle ne redoute pas la colère de son époux ?

— Elle prétendra que l'on m'a enjoint de rentrer sans délai et fera semblant de pleurer. Ou alors elle criera plus fort que lui... Elle sait bien que sa nouvelle grossesse et la mort de Ferdinand la mettent définitivement à l'abri de la répudiation !... Ah, nous voici en vue des remparts !

Les vieilles tours en poivrière se découpaient en effet sur le ciel que la grisaille du temps avait bien du mal à éclaircir. Les hommes du corps de garde s'activaient à relever la lourde herse qui protestait à sa manière en grinçant furieusement. Il y a avait déjà affluence, surtout de l'autre côté du pont-levis où s'époumonait une bande d'étudiants qui avaient dû passer la nuit à boire dans une guinguette campagnarde pour se donner le courage d'affronter les représailles du censeur de leur collège.

Giovanetti donna à son cocher l'ordre d'avancer mais, à cet instant, la portière du carrosse s'ouvrit sous la main d'un officier du guet royal :

— Vous êtes bien Monsieur de Giovanetti, ancien ambassadeur du grand-duché de Toscane ?

— Pourquoi ancien ? Je le suis toujours, lieutenant, et cela jusqu'à ce que mon maître me relève de mes fonctions ! Que me voulez-vous ?

— A vous, rien sinon savoir qui voyage avec vous.

— Mon secrétaire et ma cuisinière !

— Votre cuisinière ? Cela vous paraît normal ? Ne devrait-elle pas voyager avec les autres domestiques ?

— Pas chez moi ! grogna Filippo. C'est une femme de valeur et j'en prends grand soin !

— Après tout, cela vous regarde ! Voyons le secrétaire ! ajouta-t-il en faisant approcher un de ses hommes muni d'une lanterne afin d'éclairer l'intérieur de la voiture. Il s'en saisit braquant la flamme de la chandelle intérieure sur Lorenza dont le visage était caché en partie par le capuchon de sa pelisse noire : un sourire satisfait retroussa sa moustache :

— Je crains que vous ne soyez obligé de vous priver de ses services !

— De quel droit ? s'insurgea Filippo. Voici un passeport dûment valide au nom de...

— Ne cherchez pas ! Moi, c'est au nom du Roi que je vous prie de me suivre, demoiselle... Davanzati ! épela-t-il avec quelques difficultés.

Avec un soupir, Lorenza s'apprêtait à descendre mais Giovanetti l'en empêcha :

— Sous quel chef d'accusation ?

— Meurtre sur la personne du marquis de Sarrance qu'elle venait d'épouser ! Je dois la conduire au Châtelet ! Venez sans faire d'histoires !

Mais Giovanetti continuait à lui barrer le passage :

— Il n'en est pas question ! Cette voiture est à moi et ceux qui voyagent dedans et en ma compagnie sont protégés par mon immunité diplomatique ! Elle est en territoire florentin !

— Dites tout ce que vous voulez, répondit l'officier d'un air excédé. Moi je ne connais que mes ordres et ceux-ci interdisent à cette. . dame de quitter le territoire ! Ne m'obligez pas à employer la force !

— Ne vous donnez pas cette peine, lieutenant, intervint la jeune fille. Me voici prête à vous suivre. Adieu, ser Filippo ! Je n'oublierai pas votre amitié. Partez tranquille...

— Partir ? Certainement pas !... Je rentre à l'ambassade !

— Oh non ! trancha l'officier. Vous quittez Paris séance tenante : mes ordres sont de vous faire escorter au besoin. Vous n'êtes plus chez vous rue Mauconseil. Allez-vous-en !

A cet instant, Bibiena, frappée de stupeur devant la catastrophe, se réveilla :

— Moi je vais avec donna Lorenza ! s'écria-t-elle en voulant suivre sa *bambina* et, ce faisant, emportée par son poids, faillit tomber de la voiture. Le lieutenant la retint d'une main vigoureuse et la repoussa sur son siège !

— En voilà assez ! Vous partez vous aussi ! J'enlève déjà son « secrétaire » à Monsieur l'ambassadeur, je me refuse à le priver en outre de sa cuisinière ! Fouette cocher !... Et bon voyage !

Tout était perdu. Il fallait bien s'exécuter. Tandis que l'on emmenait Lorenza, les mains liées, jusqu'à une mule sur laquelle on la hissa, le carrosse franchissait la porte Saint-Jacques. Les larmes aux yeux, celle qui n'était plus qu'une prisonnière, le regarda se fondre dans la brume du petit matin...

9

Devant les juges…

Déjà en pleine journée, le Grand Châtelet n'avait rien de séduisant mais dans les ombres de l'aube, il était franchement sinistre. Gros pavé quadrangulaire traversé d'un passage voûté joignant le pont au Change à la rue Saint-Denis par l'étroite rue Saint-Leufroy, il était accolé à deux tours rondes et renfermait, dans ses trois étages de prison, une sorte de donjon. Il était là depuis des siècles puisqu'il servait jadis à la défense de la ville avant que Philippe Auguste ne redessine les limites de sa capitale par une ceinture de remparts. Pourtant les habitants du quartier, toutes générations confondues, ne s'étaient jamais habitués à cette présence menaçante. Sans doute parce qu'ils savaient que ce que l'on en voyait était le plus souriant comparé à ce que l'on ne voyait pas : quatre ou cinq étages de cachots enfoncés dans le sol jusqu'à d'abominables oubliettes sans air et sans lumière mais pas sans eau car le fleuve, surtout en temps de crue, y pénétrait comme chez lui. Le pire étant sans doute la Fosse. En forme d'entonnoir renversé, le malheureux que l'on y descendait par des cordes et une poulie ne pouvait que se tenir debout sans possibilité de s'asseoir ni de se coucher à cause de la pente des murs. Il n'y restait pas longtemps, finissant par tomber dans le puits sans margelle qui en formait le centre et au fond duquel coulait la Seine.

Une fois franchie la double grille ouvrant sous le passage voûté, on introduisit Lorenza dans une petite salle où était le greffe. Des chandelles y brûlaient sans cesse, l'éclairage étant insuffisant de jour comme de nuit. Se tenaient là deux hommes dont l'un écrivait sur un gros registre. L'autre s'empara d'une des bougies pour examiner la prisonnière sur toutes les coutures en insistant particulièrement sur le visage. Ce personnage-là était une sorte de physionomiste chargé de graver dans sa mémoire l'aspect de ceux qu'on lui amenait afin de pouvoir les reconnaître en cas d'évasion. Cela s'appelait « morguer » mais cette fois l'homme au registre grogna :

— Laisse-la tranquille ! C'est une trop belle fille pour qu'on puisse l'oublier quand on l'a vue une fois ! On va la conduire chez elle !

— Où ça ? Elle peut payer ? demanda le concierge qui servait d'hôtelier à cette lugubre auberge.

Selon ce que l'on pouvait donner on était... à peu près bien ou mal logé.

— Au deuxième étage ! C'est le palais qui paie !

— Pourquoi ?

— Elle est d'la haute ! C't'une dame... Elle doit faire partie de la clique de la Reine !... J'vois pas pourquoi elle est ici, d'ailleurs ! Devrait être à la Bastille !

— Oh alors !

Trop lasse, trop désespérée aussi par ce coup terrible qui, de fugitive, faisait d'elle une captive à l'instant même où allaient s'ouvrir devant elle les portes de la liberté, Lorenza avait fermé les yeux et se laissa emmener passivement par un porte-clefs qui, la croyant en train de s'endormir, la secoua mais sans brutalité excessive :

— Vaudrait mieux r'garder où vous mettez les pieds !

Elle obéit. Il avait pris le bout de la corde qui lui liait les mains et lui fit monter les hautes marches de pierre dont le temps et le passage de milliers de prisonniers incurvaient le centre. Enfin on la fit entrer dans une « chambre » étroite et longue où le jour devait pénétrer par une ouverture carrée suffisamment élevée dans la muraille pour qu'il soit impossible d'y voir autre chose que le ciel. Il y avait là un banc de pierre rustique couvert d'une paillasse faite de grosse toile. Deux couvertures pliées étaient posées dessus. Un escabeau, un seau et une cruche d'eau complétaient l'ameublement. Il y avait aussi, scellée au mur, une double chaîne terminée par des bracelets de fer que Lorenza regarda avec effroi mais le geôlier n'en fit pas usage. Il se borna à lui délier les mains et, quand elle leva sur lui des yeux surpris, il hocha la tête avec ce qui pouvait passer pour un sourire :

— Vous n'avez pas l'air bien solide ! dit-il. Et vous tremblez...

— J'ai froid...

— Couchez-vous ! Enveloppez-vous dans les couvertures ! L'eau d'la cruche est propre et j'vais vous apporter un peu de pain...

— Merci mais c'est inutile... Je n'ai pas faim !

— Va falloir manger si vous voulez t'nir ! On a besoin de forces en prison.

— Vous croyez que cela en vaut la peine ? rétorqua-t-elle en roulant l'une des couvertures pour s'en faire un oreiller puis s'enveloppant dans l'autre par-dessus son manteau.

Après quoi elle se coucha et referma les yeux.

— Tâchez d'dormir !

Il sortit en emportant la lanterne. Lorenza entendit le bruit de la clef et le claquement des verrous tandis que les ténèbres envahissaient sa prison. Mais en dépit de sa fatigue elle ne réussit pas à trouver le sommeil. Les idées s'étaient mises à tourner dans sa tête à une vitesse effrayante parce qu'elle ne parvenait pas à comprendre ce qui lui arrivait...

Pourtant, ne devrait-elle pas être satisfaite ? Hier encore, elle était décidée à se livrer en demandant justice mais ce qu'elle avait imaginé ne ressemblait guère à ce qui venait de se passer. Ce qu'elle voulait, c'était se rendre au Louvre pour exiger d'être mise en présence du Roi afin de s'en remettre à lui et faire cesser les mauvais bruits l'accusant du meurtre de Sarrance – même mort, elle lui refusait l'appellation de mari ! N'était-il pas le seul, d'après ce qu'on lui avait dit, à connaître la vérité puisque Thomas de Courcy avait disparu ? Certes, Mme de Verneuil en savait tout autant mais pour rien au monde Lorenza ne l'aurait appelée à témoigner. La

Reine la haïssait – non sans quelques raisons ! – mais c'eût été bien mal récompenser l'hospitalité reçue ! Ce qu'elle voulait c'était reparaître au grand jour. Pas être enlevée de nuit, fourrée dans un cachot où l'oublier tout simplement serait tellement facile à son infernale marraine. Et puis, entre-temps, il y avait eu ce miracle, cette bouffée d'air pur et d'espérance : partir dans les bagages de son cher ambassadeur, moins brillamment qu'elle n'était venue, certes, mais seul le résultat comptait !

A ces pensées déprimantes s'en joignait une autre, affreuse celle-là : pourquoi l'avait-on attendue aux portes de Paris ? Car le doute n'était pas possible : quelqu'un savait que Giovanetti l'emmènerait... A moins que le départ en question n'eût été hâté que pour mieux l'observer et en faire un piège ! Auquel cas, personne ne l'avait trahie, sauf si un espion s'était infiltré ? Mais comme on avait profité d'une absence du Roi, elle pouvait se considérer comme perdue !

Ne pouvant trouver le sommeil, elle essaya de prier mais ne réussit pas davantage parce qu'elle se sentait trop misérable ! Dieu était si grand et elle si petite : plus minuscule qu'un grain de poussière en face de son immensité ! Comment croire qu'il pût s'intéresser à elle, à démêler son humble prière au milieu des innombrables oraisons qui ne cessaient de monter vers sa gloire ?

La venue du jour ramena le geôlier : il lui apportait une soupe chaude et du pain qu'elle reçut avec reconnaissance. En dépit de ce qui la couvrait, elle était transie jusqu'à l'âme et ce geste simple de tenir le récipient grossier mais quasi brûlant entre ses doigts lui fit du bien.

— Mangez pendant que c'est chaud ! conseilla l'homme. Ça vous requinquera ! J'vous ai mis aussi un gobelet d'vin...

— Merci... Vous faites cela pour tous vos prisonniers ?

— Non. Même pour ceux qui peuvent payer mais vous êtes si jeunette... et vous avez encore plus p'tite mine que c'te nuit !

— J'ai été malade et ne suis pas complètement remise.

— Tout à l'heure, on va vous conduire d'vant M. le prévôt d'Paris. Vous croyez que ça va aller ?

— Il faudra bien... mais c'est gentil de vous intéresser à moi. Pourquoi ?

— Vous m'rappelez quelqu'un... mais j'saurais pas vous dire comment elle s'appelait : elle, c'était point une dame mais une pauv'fille qui pouvait avoir votre âge et qu'était bien mignonne. On l'a envoyée au bourreau pour un crime qu'elle avait pas commis. Seulement, on s'en est aperçu trop tard... C'est des choses qui arrivent ! ajouta-t-il en hochant tristement la tête.

En dépit de sa pénible situation, Lorenza faillit sourire. C'était décidément un brave homme même s'il avait du réconfort une conception bien personnelle :

— Comment est-elle morte ?

— Pendue ! J'vous ai dit qu'c'tait une pauvre fille. Vous, vous aurez droit sûrement au billot !

Enfin... s'ra temps d'y penser quand vous s'rez condamnée...

Pour lui la sentence ne faisait aucun doute ! Il s'en fut sur cette dernière parole. La prisonnière s'aperçut alors qu'elle ne lui avait même pas demandé son nom...

Au début de l'après-midi, un piquet de soldats armés de pertuisanes vint la chercher pour la conduire, de l'autre côté de la Voûte, dans les salles où se trouvait le double siège de la Prévôté et de la Justice. Il y avait aussi là autrefois les Finances mais le ministre Sully les avait transportées à la Bastille dans une tour que l'on appelait depuis le Trésor.

On introduisit Lorenza dans une vaste salle du rez-de-chaussée, plus longue que large, chichement éclairée par une étroite ogive de pierre enfoncée dans l'épaisse muraille. Deux torches accrochées dans des griffes de fer aidaient à y voir plus clair, comme les deux chandeliers posés sur une table derrière laquelle se tenaient trois hommes dont celui du centre siégeait sur une cathèdre élevée d'une marche et au-dessus de laquelle les armes de France rejoignaient la nef héraldique de Paris. Celui-là était le Prévôt et les deux autres, vêtus de noir et assis devant quelques papiers, ses assesseurs.

Sur l'un des côtés de la salle, un quatrième personnage écrivait debout derrière un lutrin, à l'endroit le mieux éclairé et, en face de lui, un rouleau de papier à la main, un cinquième porteur d'une robe noire. De ces deux-là, l'un était le greffier et l'autre le procureur Génin. Enfin deux sergents vêtus de rouge et de bleu, aux couleurs de la ville, veillaient près d'une porte basse. Il n'y avait personne dans le fond de la salle, l'audience devant se dérouler à huis clos.

Les gardes de la prisonnière la firent asseoir sur un tabouret en bois, la sellette, placée en face du prévôt au milieu d'un grand espace libre et on libéra ses poignets qu'elle frotta machinalement comme pour enlever une souillure. Comprenant qu'elle était devant ses juges, elle prit une profonde aspiration pour chasser la peur qu'elle sentait venir. En outre, elle avait froid et devait faire appel à tout son courage pour ne pas trembler... Cependant, la lecture de l'acte d'accusation commençait :

— Par-devant nous, Jean d'Aumont, prévôt pour le Roi siégeant en la chambre du Grand Châtelet, comparaît ce jour la nommée Lorenza Davanzati, née dans la cité de Florence en Toscane le 27 octobre 1581, fille noble accusée d'avoir assassiné dans la nuit du 3 décembre le noble seigneur Hector Louis Gaston, marquis de Sarrance en Béarn à qui elle venait d'être unie par les liens d'un mariage chrétien. Reconnaissez-vous les faits ? ajouta-t-il en faisant peser un regard sévère sur la jeune fille.

Cette fois la bataille était engagée. Cela lui rendit aussitôt toute sa combativité :

— Je n'ai pas tué M. de Sarrance ! répondit-elle.

— Comment se fait-il, en ce cas, qu'on ait retrouvé au matin, M. de Sarrance étendu sur l'escalier de son hôtel, sis rue de Bethisy, la gorge tranchée sans que l'on puisse d'ailleurs retrouver l'arme qui lui a ôté la vie ?

— Je n'en sais rien. Je m'étais déjà enfuie...

— Vous l'admettez. Et cela vous paraît normal qu'une jeune épousée abandonne la demeure de son époux en plein milieu de sa nuit de noces ?

— Certes pas... mais rien n'est normal dans cette histoire !

— Eh bien, racontez ! Nous sommes là justement pour vous entendre.

— Sur les ordres de Son Altesse Ferdinand Ier, grand-duc de Toscane et de son épouse, Christine de Lorraine, j'ai été amenée en ce pays-ci afin d'y épouser le comte Antoine de Sarrance, fils du marquis. Or ce denier m'a réclamée pour lui-même et, en dépit de mes refus successifs, m'a contrainte à me laisser marier. Même au pied de l'autel je voulais dire non. Alors quelqu'un m'a forcée à courber la tête en guise d'assentiment.

— Qui donc ?

— Je l'ignore. J'étais trop bouleversée pour me retourner et chercher. Ensuite, tout le monde s'est rendu rue de Bethisy pour le festin de noces à la fin duquel les dames m'ont conduite dans la chambre et dévêtue... Après quoi, M. de Sarrance est venu. Il était à moitié ivre et furieux. Il m'a jetée à bas du lit en m'accusant d'avoir voulu le faire poignarder puis il a saisi un fouet et m'a cinglée de coups. Il avait perdu l'esprit et m'aurait tuée si, en tentant d'échapper à mes souffrances, je n'avais trouvé sous ma main un objet en bronze que je lui ai lancé à la tête. Il est tombé sans connaissance et j'en ai profité pour fuir. Je saignais de partout. J'avais affreusement mal et j'étais désespérée... J'ai couru à travers les rues de Paris jusqu'à ce que je trouve la Seine... où je me suis jetée !

— Mais vous n'y êtes pas restée puisque vous voilà... et bien vivante, il me semble ?

— Quelqu'un m'a vue tomber et m'a sauvée...

— Qui donc ?

— M. de Courcy, un ami du jeune M. de Sarrance !

— Comme par hasard ! C'est merveilleux en vérité et nous attendons la suite avec impatience. Qu'a-t-il fait de vous ? Il vous a conduite chez lui ?

— Qu'aurait-il fait de moi ? Il m'a confiée à une dame de ses amies... dont je ne sais pas le nom et qui m'a soignée.

— Et pendant tout ce temps vous n'avez pas réussi à en savoir plus ? C'est pour le moins étrange !

— Je ne trouve pas. Elle ne le voulait pas. J'étais dans une chambre à l'écart et seule une servante sourde et muette s'occupait de moi... Il ne fallait pas que l'on me sache chez elle !

— Pour quelle raison ? Elle avait honte d'avoir recueilli une criminelle ?

— Peut-être ! Elle savait que j'étais recherchée. Mais que ne demandez-vous à M. de Courcy ?

— Il a disparu. Bizarre non ? Mais continuez ! C'est de plus en plus divertissant !

— Pas pour moi ! Voici peu elle m'a appris la mort du grand-duc et aussi que notre ambassadeur Filippo Giovanetti rentrait à Florence. Je l'ai suppliée de me procurer un habit de garçon de manière à passer inaperçue et de me faire conduire chez l'ambassadeur qui m'a toujours montré beaucoup d'amitié. Il allait partir, je lui ai demandé de m'emmener... Il y a consenti mais sans doute était-il surveillé. Vous savez la suite...

— Ce n'est pas le plus intéressant ! Mais revenons à la nuit de noces qui, elle, est passionnante. Vous prétendez que votre époux, persuadé que vous souhaitiez sa mort, vous a fouettée jusqu'au sang ?

— Si je n'avais pu l'arrêter il m'aurait tuée...

— Un pareil traitement a dû laisser des traces ?

— En effet. Certaines ne s'effaceront jamais !

— Alors montrez-les-nous ! Déshabillez-vous !

Lorenza devint pourpre :

— Ici ? Devant tous ces... Ne pourriez-vous faire venir... des femmes ?

— Nous n'en avons pas dans la justice mais... nous verrons cela plus tard. Donc vous avez réussi à faire perdre connaissance au marquis. Où vous trouviez-vous alors ?

— Dans la chambre.

— Dans ce cas, comment expliquez-vous que ce soit dans l'escalier qu'on l'ait retrouvé couvert de sang ? Il est assez éloigné de la chambre.

— Comment voulez-vous que je l'explique : j'avais fui...

— En emportant l'arme qui vous avait si utilement servie car on ne l'a pas retrouvée.

— C'est le meurtrier qui l'a ! Pas moi !

— Naturellement ! Comment n'y avons-nous pas pensé !... Il faudra y revenir mais en attendant vous maintenez que cet assassin, ce n'est pas vous ?

— Formellement. J'ai blessé le marquis au front mais nulle part ailleurs.

— Vous maintenez aussi qu'il était seulement inconscient quand vous vous êtes enfuie ?

— Inconscient mais vivant... et sur le sol de la chambre. Par le Dieu Tout-Puissant qui m'entend, j'en fais serment !

— Prenez garde à ne pas vous parjurer car c'est chose grave ! Il serait si simple d'avouer ! Puisque vous reconnaissez l'avoir frappé pourquoi ne pas continuer jusqu'au bout ? Sachez que nous possédons les moyens de vous faire parler...

Elle sentit un frisson de terreur courir le long de son dos :

— Je sais... Pourtant je ne peux dire que la vérité !

— C'est ce que nous allons voir ! Gardes !

Les deux sergents qui veillaient près de la porte basse vinrent s'emparer de la prisonnière pour la lui faire franchir et descendre l'escalier sur lequel elle ouvrait... Devinant ce qui l'attendait, elle tenta instinctivement de résister mais ses forces étaient dérisoires auprès de celles de ces hommes impassibles. Au bas des marches, il y avait une sorte de caveau éclairé par une étroite fente dans le mur, des torches et un four rougeoyant pratiqué dans la muraille et fermé par une grille à travers laquelle des instruments variés étaient disposés : longues tiges de fer, tenailles et pinces qui donnèrent le frisson à la malheureuse. Elle se sentit perdue. Comment ne pas avouer n'importe quoi quand ces outils terrifiants vous mordaient ?

Outre le four, il y avait aussi une grande roue armée de pointes, une planche de bois grossier entre deux treuils équipés de cordes pour étirer les membres de l'accusé, et aussi un banc de pierre pourvu d'un mince matelas de cuir portant des taches suspectes, à côté duquel on pouvait voir des objets divers comme des seaux d'eau et un entonnoir de bonne taille. Deux hommes aux bras puissants, vêtus et masqués de rouge, attendaient là.

Ce fut à l'un d'eux que l'on confia la jeune fille qu'ils dépouillèrent entièrement de ses vêtements avant de la coucher sur le matelas et d'attacher ses pieds et ses mains remontées au-dessus de sa tête.

— Nous allons vous faire subir la question de l'eau qui est la moins douloureuse et ne laisse pas de traces, lui annonça le procureur.

Mais les juges venaient de descendre dans le caveau et Jean d'Aumont s'approcha du corps dénudé sur lequel il se pencha en ordonnant :

— Que l'on m'éclaire !

L'un des bourreaux tendit une torche cependant que le Prévôt, sourcils froncés, remarquait :

— Cette femme disait vrai en prétendant avoir été cruellement fouettée. Les marques sont encore bien visibles... Regardez !... Là... Là et encore là...

Sans y touchez, ses doigts désignaient le ventre, les cuisses, les bras que les autres vinrent examiner à leur tour :

— Pourtant, remarqua l'un, le témoin visuel que nous avons entendu n'y fait pas allusion...

— Rien ne dit que ce soit l'œuvre du mari, renchérit un autre...

— Peut-être mais les blessures dont plusieurs sont encore mal cicatrisées doivent dater de ce moment, insista le Prévôt. Cela suffit pour surseoir à la question. Nous y reviendrons après la confrontation si besoin est. Détachez-la et ramenez-la dans sa prison !

Ravagée par la honte d'avoir été dénudée par ces mains brutales et exposée au regard de tous ces hommes, Lorenza se hâta de passer sa chemise mais ses mains tremblaient si fort qu'elle ne parvenait pas à enfiler ses chausses. Compatissant peut-être, l'un des bourreaux l'aida avec quelque douceur. Mais comme le Prévôt, après avoir conféré avec ses assistants, s'apprêtait à remonter, elle l'appela :

— S'il vous plaît, Monsieur le Prévôt !

— Que voulez-vous ? fit-il en se tournant vers elle.

— Ne pourrait-on me rendre mes vêtements féminins ?

— Où sont-ils ? A l'hôtel de Sarrance, je suppose ?

— Non. Aucun ne s'y trouve à l'exception de ma robe de mariée. Le marquis, pour ce premier soir, n'avait accepté ni mes serviteurs ni mes coffres. Tout cela ne devait être apporté que le lendemain. Donc il sont restés au Louvre dans le petit appartement que l'on m'y avait donné, voisin de celui de la signora Concini. Mes bijoux y étaient aussi !

D'Aumont fit la grimace mais poursuivit :

— Ne vous en a-t-on pas donné de rechange dans ce mystérieux endroit où vous vous êtes réfugiée ?

— Si, bien modestes, mais qu'on ne m'a pas laissé le temps de prendre quand j'ai été arrêtée. Ils sont partis avec messer Giovanetti... Je suis venue avec une fortune, constata-t-elle amèrement, et voilà tout ce qui m'en reste !

Si elle l'avait regardé, elle eût saisi une lueur de compassion dans les yeux du magistrat mais elle était trop meurtrie dans sa pudeur pour oser croiser un regard masculin.

— Soyez en paix ! Je vais faire en sorte que l'on vous porte ce dont avez besoin...

— Soyez-en remercié, Monsieur !... Du fond du cœur !

La voix était faible, morne, sans couleur. Jean d'Aumont hocha la tête sans essayer de cacher la pitié qu'il éprouvait :

— Pour aujourd'hui, vous ne comparaîtrez plus ! Reposez-vous autant que vous le pourrez... et que Dieu vous aide !

Il lui avait parlé doucement. C'était peu mais la prisonnière en tira un léger réconfort et, quand elle eut regagné sa prison, elle s'étendit sur sa paillasse en s'enveloppant étroitement dans ses couvertures et s'endormit... comme une masse.

Elle ne s'éveilla que dans la nuit. Même le passage du geôlier ne l'avait pas tirée de son sommeil. Pourtant il était venu lui porter sa nourriture et avait poussé la complaisance jusqu'à lui laisser une lanterne allumée. En outre, un paquet de vêtements était posé sur le tabouret. Elle se hâta de manger la soupe qui était encore tiède, le pain et le fromage qui l'accompagnaient et but un peu de vin. Ensuite elle examina les habits, craignant qu'on ne lui eût expédié que ceux de quelque servante et de propreté douteuse mais elle fut vite rassurée : le linge, les jupons, la robe d'épais drap vert foncé avec une petite fraise et des manchettes blanches, étaient bien à elle comme les bas et les souliers de bon cuir et même les gants. Ce n'était pas ce qu'elle possédait de plus élégant mais cela lui appartenait et elle en aurait pleuré de bonheur. Et, comble de félicité, une main compatissante y avait joint un morceau de savon, une serviette et un peigne... Lorenza ne voyait pas à qui cette main pouvait appartenir mais c'était au moins celle d'une personne qui ne lui voulait pas de mal.

Pensant qu'on la lui renouvellerait au matin, elle se servit de l'eau de la cruche pour faire un brin de toilette puis elle peigna sa chevelure en désordre que, faute d'épingles, elle tressa en une épaisse natte qu'elle laissa retomber sur son épaule. Après quoi, elle se sentit mieux. Incroyable ce que de menus soins et des vêtements familiers pouvaient apporter de réconfort ! Mais cela, il fallait avoir touché le fond de la misère pour l'apprécier.

Quand le geôlier revint avec la soupe – assez claire mais où nageaient de petits morceaux de viande ! – et le pain de la journée, il en resta pantois :

— Qu'est-ce que vous êtes belle ! admira-t-il, sincère. V's'avez vraiment pas l'air d'une tueuse !

— C'est que je n'en suis pas une !

— Ça, c'est c'que disent tous ceux qui passent ici après avoir trucidé quelqu'un. Tous innocents ! Même les pires ! Mais vous... c'est drôle... j'aurais plutôt envie d'vous croire ! J'espère qu'y z'en penseront autant ceux d'en bas.

— Je vais retourner devant les juges ?

— Ça, vous pouvez en être sûre !

En effet, peu après 3 heures, le piquet de gardes vint la chercher pour la ramener dans la salle du tribunal où elle était venue la veille. Ceux qui y siégeaient étaient les mêmes à cette différence près qu'au lieu de trois ils étaient cinq. La prisonnière n'y vit pas un heureux présage : cela en faisait deux de plus à convaincre...

Néanmoins, elle se sentait moins anxieuse... Avoir éveillé la pitié du Prévôt était un soutien même si, en d'autres temps et autres lieux, elle en eût été offensée mais, perdue au milieu de ce peuple étranger décidé à voir en elle une coupable, elle était sensible à la plus infime marque de sympathie. Et Dieu savait si elle allait en avoir besoin car, cette fois, il y avait du public massé dans le fond mal éclairé de la salle, contenu par des gardes armés de hallebardes qu'ils tenaient à l'horizontale afin de maintenir tout élan intempestif, mais bien présent si elle en croyait le sourd grondement qui s'était élevé à son entrée. Cependant, l'accusateur reprenait la parole :

— Femme, commença-t-il dédaigneusement et sans se préoccuper d'autres formules de politesse. Hier, il a été sursis à la torture que vous alliez subir sur l'ordre de Monsieur d'Aumont, grand prévôt de Paris, qui préside ces audiences parce qu'il semble que, sur un point au moins, vous nous ayez dit la vérité. Mais cette vérité, il convient de la confirmer car le meurtre du très excellent seigneur Hector, marquis de Sarrance, a eu un témoin des plus fiables que nous allons entendre maintenant. Un témoin dont nous ne saurions douter puisqu'il s'agit de votre seule parente, dame Honoria Davanzati.

Lorenza sentit une main de glace se refermer sur sa gorge ! Dieu seul savait ce que cette affreuse harpie allait proférer mais ce ne serait en aucun cas à son bénéfice. Si ces gens la croyaient, elle était perdue. Cela la poussa à un coup d'audace :

— Elle n'est pas ma seule parente ! J'en ai une autre, infiniment supérieure parce qu'elle est la reine de France qui est aussi ma marraine !

— Par voie bâtarde ! Ce qui fait une différence !

— Dans ce bas monde tout au moins car je ne crois pas qu'il en soit de même devant le Seigneur Dieu ! Lui sait toute vérité...

— Nous espérons bien l'apprendre aussi ! Que l'on fasse entrer cette dame ! Et que l'on se hâte !

L'instant d'après, Honoria faisait une entrée théâtrale à souhait au milieu d'un soudain silence. Tout de noir vêtue, la démarche hésitante soutenue d'un côté par une canne et de l'autre par l'une des femmes de chambre de Marie de Médicis, elle s'avança à petits pas jusqu'à un fauteuil que l'on venait d'apporter en le plaçant non loin de l'accusée et face au tribunal. Elle tenait à la main un vaste mouchoir blanc bordé de noir qu'elle portait de temps en temps à son visage plus jaune encore que d'habitude et semblait sur le point de rendre l'âme à chaque respiration. Finalement, après avoir répondu vaguement au salut du Prévôt, elle se laissa tomber lourdement dans le siège offert et renifla si vigoureusement le flacon de sels que lui présentait sa compagne qu'elle éternua à plusieurs reprises. Ce qui la fit pleurer.

— Madame, dit le procureur après lui avoir adressé un bref salut. Voulez-vous bien regarder celle que nous jugeons aujourd'hui et nous dire s'il s'agit de votre nièce ?

— Pour mon malheur, Monsieur, et celui de toute une famille dont elle est devenue la honte ! Mais je savais depuis longtemps qu'il en serait ainsi et c'est la raison pour laquelle j'ai voulu l'accompagner en France... afin d'essayer, par mes faibles moyens, de l'empêcher de nuire et cela en dépit des maux qui m'accablent et dont j'ai d'ailleurs manqué périr durant cette abominable traversée. Vous n'imaginez pas...

— Nous imaginons très bien, au contraire, Madame, mais de grâce je vous demande d'en venir dès à présent à ce qui nous occupe. Vous avez confié à Sa Majesté la Reine, qui a bien voulu nous le faire savoir, que vous aviez pu assister au meurtre du marquis de Sarrance dont la bénédiction nuptiale venait de faire votre neveu...

A cette évocation qui ne la rajeunissait pas, puisque Hector était plus vieux qu'elle, Honoria fit une si affreuse grimace que Lorenza eut une soudaine envie de rire en dépit de sa tragique situation.

— Effectivement. Toutes les dames s'étaient retirées après le coucher de la mariée mais moi je suis restée.

— C'est faux ! protesta Lorenza. Le marquis avait exigé de rester seul avec moi durant cette nuit. Même les domestiques devaient se retirer et surtout les gens de mon entourage. Il n'y avait plus personne sauf ceux qui, du fait de leur ivresse, ne pouvaient se tenir debout. Je précise que donna Honoria avait dû rentrer au Louvre après la cérémonie !

— Non. Je suis entrée avec les autres dames et, quand elles se sont retirées, je me suis cachée dans une chambre.

— Pourquoi ? s'étonna d'Aumont. Vous vouliez être certaine que le mariage serait bien consommé ?

— Non. Je redoutais le pire pour ce pauvre homme. Savez-vous qu'avant de venir en France, cette fille avait été sur le point de se marier et que, la veille des noces, le fiancé a été poignardé après avoir enterré sa vie de garçon en sortant d'un cabaret ? Tel devait être d'ailleurs le sort de quiconque oserait épouser cette vipère.

Il y eut un murmure dans le public auquel d'Aumont imposa silence sous peine de faire évacuer la salle.

— Poursuivez ! dit-il à Honoria. Donc vous vous êtes cachée dans une chambre... et alors ?

— Après le départ des dames, les hommes ont continué à boire puis ils ont accompagné l'époux jusqu'à sa chambre et sont partis. C'est à ce moment que j'ai quitté ma cachette afin de pouvoir entendre...

— Quoi ? fit le procureur. Les baisers et caresses que se dispensent de nouveaux époux ne font pas tant de bruit !

— Il n'en a guère été question ! J'ai entendu le marquis accuser cette fille d'avoir voulu le faire tuer. Tout recommençait comme à Florence, vous comprenez ?

— Oui. Et ensuite ?

— Il y a eu des bruits de lutte puis des cris : furieux, le marquis avait saisi un fouet et administrait une correction à cette meurtrière. Elle hurlait... après quoi il n'y a plus eu de bruit et j'ai entrouvert la porte de la chambre : le pauvre homme gisait à terre. Il avait dû être assommé par un objet lourd. Elle était à genoux près de lui, un poignard à la main... Elle avait l'air d'une folle et... riait... riait...

— Et vous n'êtes pas intervenue ?

— Moi ? Voyez ma faiblesse, messeigneurs ! J'avais bien trop peur. Je me suis sauvée sur la pointe des pieds en priant Dieu qu'elle ne m'entende pas mais elle était bien trop occupée par son affreuse besogne. J'ai pu quitter l'hôtel sans rencontrer personne et je suis rentrée au Louvre aussi vite que j'ai pu ! Oh ! J'ai cru mourir cent fois pendant ce retour...

— Quelqu'un vous a vue ?

— Les gardes, je suppose. Ceux qui n'étaient pas ivres tout au moins mais surtout Madame Concini qui est dame d'atour et la plus proche amie de Sa Majesté. C'est elle qui m'a réconfortée, rassurée et empêchée d'aller, dès l'aube, avertir les autorités. Elle m'a dit que ce serait stupide puisque nous avions notre bonne reine qui remplace le Roi quand il est absent... Voilà tout ce que je sais, Messieurs, et si vous voulez bien me permettre de me retirer. Je me sens lasse, vous savez, mais il fallait que j'accomplisse mon devoir... si cruel soit-il.

La voix de Lorenza s'éleva alors, lourde de mépris :

— Cruel ? A qui ferez-vous croire cela ? Vous vivez l'heure la plus exaltante de votre vie : pouvoir m'insulter, m'accuser impunément d'un crime que je n'ai pas commis et cela à la face de tous ! Oseriez-vous jurer sur le sang du Christ que vous avez dit la vérité ?

— Je dis toujours la vérité !

— Ce n'est pas cela que je vous demande : jurez-vous sur le...

— Cela suffit ! intervint le procureur Génin. Nous sommes céans pour entendre la déposition d'un témoin que je considère comme des plus fiables, non pour assister à une querelle de famille ! Madame Davanzati, nous avez-vous dit tout ce que vous savez ?

— Je l'espère... Si j'ai oublié quelque chose, que l'on veuille le pardonner à mon esprit troublé...

— Il le sera plus encore, ton esprit, méchante femme, quand tu auras ma mort sur la conscience, lança Lorenza. Ma vie va sans doute s'achever bientôt et je ne la regretterai pas mais toi, je te prédis une éternité de tourments quand tu devras rendre compte à la justice de Dieu et...

— Cela suffit ! coupa le procureur. Madame, vous pouvez vous retirer !

— Un instant !

La voix du Prévôt tonna si fort que le silence devint absolu :

— Il me semble, ajouta Jean d'Aumont avec sévérité, que vous faites peu de cas du tribunal, procureur ! Vous n'êtes pas seul ici, que je sache ?

— Veuillez me pardonner mon excès de zèle, Monsieur le prévôt, mais je ne vois pas ce que le témoin pourrait nous apprendre de plus ?

— Vous pourriez lui demander à qui ira ma fortune après ma mort ? proposa Lorenza.

— A l'héritier naturel du marquis de Sarrance ! A son fils.

— Il l'a refusée, m'a-t-on dit ?

— Qui « on » ?

— L'ambassadeur de Florence avec qui je voulais quitter Paris... en abandonnant tout ce que je possédais. Alors je répète : si M. de Sarrance refuse les biens, considérables, que j'apportais, à qui iront-ils... sinon à ma chère tante ? C'est bien là-dessus qu'elle compte !

Les cris d'indignation d'Honoria furent couverts par les coups de bâton que d'Aumont abattait sur la table :

— Assez ! Inutile de vous récrier ainsi, Madame ! Les biens d'une condamnée – si condamnation il y a ! – reviennent à la Couronne !

— On me l'a dit aussi, mais je jurerais qu'elle s'arrangera pour s'en faire octroyer une partie. En tenant à venir en France, ce n'est pas moi qu'elle accompagnait mais la fortune des Davanzati, la seconde de Florence après celle des Médicis...

— Mais faites-la donc taire, glapit Honoria, hors d'elle. Ou plutôt faites-lui avouer son crime et qu'on en finisse ! Confiez-la aux tourmenteurs. Ils sauront bien lui arracher la vérité !

Une subite nausée fit pâlir Lorenza. Cette femme de son sang, la propre sœur de son père, la haïssait au point de réclamer qu'on lui applique la torture ? Sans doute espérait-elle se repaître des cris que lui arracherait la souffrance. Mais déjà le Prévôt reprenait :

— Encore une fois, c'est à moi qu'appartient la direction de ce procès ! Je vous prie de sortir, Madame !

— Vous allez la condamner, n'est-ce pas ?

— Ne m'obligez pas à répéter que nous sommes les juges. Pas vous ! Soyez sûre que votre témoignage sera pris en considération !

Il n'ajouta pas « hélas » mais c'était écrit dans le regard sombre voilé de tristesse dont il l'accompagna jusqu'à sa sortie... Le peuple, lui, murmurait et il fallut de nouveau lui imposer silence...

Debout au fond de la salle où il s'était faufilé juste avant que l'on ne ferme les portes, Antoine, lui, ne disait rien. Il se contentait d'écouter et de regarder. De regarder surtout la fine silhouette verte qui se tenait si droite au milieu de ces gens de justice. Comme la veille – mais cela il l'ignorait, étant absent ! – elle avait repoussé avec dédain la sellette, sorte de pilori miniature où avaient pris place tant de misérables issus de la lie du peuple.

Il avait espéré, en venant, rompre le charme dont elle le tenait captif depuis Fontainebleau mais il n'en avait rien été. Plus pâle, plus menue – elle avait été malade disait-on ! –, elle lui parut plus belle que jamais dans cette simple robe sans autre ornement que la somptueuse tresse d'or glissant sur son épaule plus bas que la taille ! Et plus désirable si cela était possible. S'il ne pouvait lui pardonner la mort sauvage de son père, il pouvait comprendre qu'elle ait eu peur de lui. En la découvrant dans son lit sans autre voile que cette chevelure dénouée, le vieux avait dû prendre feu. Si elle lui avait opposé la moindre résistance, il l'avait sans doute brutalisée allant peut-être jusqu'au viol ! Si l'on en croyait la déposition de la tante, il l'avait frappée à coups de fouet ?...

Soudain une évidence s'imposa à lui : lorsque Honoria lui avait raconté sa version en présence de la Reine, la nuit fatale, il n'avait pas été question des coups de fouet. Il lui semblait maintenant que le récit était différent. N'avait-elle pas dit s'être évanouie ? C'était avant ou après le crime ? Tout se brouillait dans sa tête et, quand Honoria fut invitée à se retirer, il voulut la suivre mais il n'en fut pas capable parce qu'il s'était fait coincer dans un angle par une foule qui, rompant le service d'ordre, n'avait fait que grossir. En outre, il voulait connaître la suite, savoir si d'autres témoins allaient se présenter, si Lorenza allait être livrée aux bourreaux pour qu'on lui arrache des aveux.

C'était le souhait de la majorité du public bien qu'il n'eût pas le droit d'assister à la question mais, comme le fit remarquer une grosse femme à la bouche gourmande, on pourrait au moins entendre les cris et deviner, selon leur ampleur, l'intensité des tourments !

— Si c'est de l'eau, on n'entendra rien du tout ! grogna son voisin. Le patient étouffe et ne peut émettre que des glouglous...

L'affaire fut rondement tranchée. En se levant, le Prévôt annonça que la cour se retirait pour délibérer et que l'accusée devait être ramenée dans sa prison... Quelqu'un osa crier :

— Pas de torture alors ?

D'Aumont se levait avec un pli de dégoût aux lèvres et ce fut le procureur qui se chargea de la réponse :

— Nous n'en avons pas besoin !

— Elle va être exécutée ?

— Vous le verrez bien !

— Oui, mais le Roi peut faire grâce ? On dit qu'elle lui plaît !

— Le Roi est absent. Et puis en voilà assez ! Sortez tous ou je vous fais expulser par les gardes !

La salle se vida en maugréant. Le spectacle avait été trop court à son goût mais toute résistance était vaine. On se consola en pensant qu'il y aurait une suite et que la Sorcière de Florence – c'était le nom qu'on lui avait donné – n'échapperait pas à son destin. Même s'il eût volontiers couché avec elle, le Béarnais ne gracierait pas la meurtrière de son plus vieil ami, qui était de surcroît l'un de ses plus vaillants capitaines.

Antoine, que son colonel avait exempté de service jusqu'à ce que l'affaire soit terminée afin de le soustraire à la curiosité plus ou moins bienveillante de ses camarades, alla manger une soupe et une tourte à l'auberge La truie qui file puis rentra chez lui... Depuis le début du mois, un froid glacial s'était abattu sur le pays. Pourtant la neige était absente et c'était aussi bien. Cela évitait les plaques de verglas, génératrices de jambes cassées et les Parisiens, prudents, évitaient de jeter leurs eaux usées par les fenêtres. La Seine, elle, charriait des glaçons ce qui ne simplifiait pas la tâche des porteurs d'eau. Quoi qu'il en soit, on n'était mieux nulle part ailleurs que chez soi, au coin du feu...

C'est tout juste là qu'il retrouva Gratien. Accroupi près de la cheminée, il grillait des marrons dans une poêle à frire. Un menu cadeau de Mme Pelou, la cuisinière de la maison quand elle l'avait vu revenir tout à l'heure le nez bleu de froid. Elle y avait joint un pot de vin à la cannelle tout prêt à être réchauffé. Elle s'était d'ailleurs montrée généreuse en ajoutant :

— Tu partageras avec Monsieur Antoine quand il rentrera. Ça lui fera plaisir. Je lui trouve petite mine depuis qu'il est revenu !

C'était peu de le dire. Pris entre la mort brutale de son père, le sort d'une femme dont il ne savait plus très bien s'il l'aimait ou la détestait et l'absence plus qu'inquiétante de Thomas, le nouveau marquis de Sarrance cherchait vainement à quel saint se vouer. C'était surtout le troisième point dont il souffrait le plus. Solidement équilibré sur ses grands pieds, Thomas avait réponse à tout, trouvait une solution pour tout... Et quelle vitalité alors que la sienne commençait vraiment à lui faire défaut !

Tout en lui avançant un fauteuil et en le nantissant d'une écuelle de marrons brûlants, Gratien l'observait du coin de l'œil :

— Je crois que j'ai trouvé une piste ! annonça-t-il, l'air engageant.

Occupé à se brûler les doigts, Antoine demanda :

— Où cela ?

— Ben... rue des Poulies, voyons ! J'ai réussi à prendre langue avec la fille de chambre de la Maupin. L'homme – un natif de Florence qui s'appelle Bruno Bertini – est l'amant de cœur de la Maupin qui le loge gratis. Paraîtrait qu'elle en est folle. Il y passe le plus clair de la journée sauf à se rendre parfois chez un compatriote, le signor Concini, qui habite une maison proche du Louvre. C'est surtout la nuit qu'il sort pour se rendre dans un tripot de la Cité... Mais ce tantôt il est allé droit chez un armurier dans la rue du Roi-de-Sicile. Comme il y avait deux ou trois personnes déjà, j'y suis entré moi aussi et j'ai vu que le Bertini se retirait avec le patron dans l'arrière-boutique. Je me suis alors rapproché autant que j'ai pu en ayant l'air de m'intéresser à des couteaux sur un présentoir. Bertini venait chercher une dague qu'il avait donnée à réparer. Ça a discuté un bout de temps parce qu'on avait changé la lame dont l'extrémité avait été brisée au lieu de la travailler à la meule pour lui redonner du piquant. Le Bertini rouspétait que ça lui coûtait trop gros. Agacé, le patron a défait le paquet pour lui démontrer qu'il aurait été dommage de se contenter de rafistoler une arme de cette valeur. C'est vrai qu'elle était belle ! La poignée était sertie d'une fleur de lys dessinée avec des pierres rouges...

— Des rubis ou des escarboucles ?

— J'en sais trop rien ! Un beau rouge quoi ! Comme du sang frais... D'ailleurs le marchand a prononcé le mot mais il a tout de suite baissé la voix et je n'ai entendu que la fin de son discours : il disait que c'était nécessaire de changer la lame parce qu'après le coup qu'elle avait reçu elle risquait de se briser à nouveau.

— Ça s'est terminé comment ?

— Le Bertini a fini par payer ce qu'on lui demandait et il est rentré chez lui. De toute façon, je ne vois pas pourquoi il a fait tant d'histoires. S'il est de la bande des Conchine, il a les moyens...

Antoine ne répondit pas. Après avoir attendu un instant un commentaire quelconque, Gratien se remit à griller ses marrons, un peu vexé tout de même. Il pensait que ses longues heures de faction et le résultat qu'il en avait obtenu méritaient au moins quelques félicitations. Monsieur Thomas, lui, ne les lui auraient pas ménagées et, à la pensée qu'il ne reverrait peut-être plus ce bon garçon, il faillit pleurer. Un si bon maître ! Aussi n'avait-il aucune envie de finir ses jours au service de Monsieur Antoine... Il l'aimait bien mais sans plus et n'aurait pas de raison de rester avec lui. Si Monsieur Thomas devait ne plus revenir, Gratien retournerait tout naturellement à Courcy. C'était sa terre natale et même si le vieux Courcy, père du jeune baron, n'était pas facile à vivre – surtout pendant ses crises de goutte ! –, il était malgré tout plus réjouissant que les Sarrance père et fils. Leur comportement lui échappait complètement... Le dernier spécimen de la famille, en tout cas, s'assombrissait à vue d'œil...

C'est qu'en reparaissant dans de telles conditions, chez un Italien plus ou moins lié à la clique suspecte des Concini, la dague au lys rouge signait irrévocablement, à ses yeux, la culpabilité de Lorenza. S'il en croyait la dame Honoria – et il n'y avait aucune raison de ne pas la croire ! – c'était elle qui l'avait apportée de Florence après l'assassinat de son fiancé. Curieux souvenir pour une jeune fille de cette classe ! En outre – toujours selon Honoria ! – Hector avait reproché à sa toute fraîche épousée d'avoir tenté de le faire occire, comme le jeune Strozzi à la veille de ses noces. Enfin, ce Bertini, le coup fait, avait eu le sang-froid de retourner s'affaler parmi les ivrognes de la nuit de noces pour en sortir sous les yeux du prévôt et titubant assez pour ne pas éveiller les soupçons. Conclusion : il était bel et bien l'homme de main de sa belle payse... et pourquoi donc pas son amant ? C'était lui sans conteste possible qui l'avait aidée à fuir après la raclée – méritée finalement ! – que lui avait infligé un époux trop justement courroucé ! Et même si la déposition d'Honoria devant les juges différait un peu du récit fait devant la Reine, l'essentiel y était, prouvant largement qu'elle était crédible !

— A quoi ressemble-t-il ce Bertini ? demanda-t-il brusquement.

Perdu lui aussi dans ses pensées, Gratien sursauta, faillit lâcher sa poêle et, finalement, la posa sur la pierre de l'âtre :

— Ben... A un homme de là-bas ! J'entends par là qu'il a le poil et les yeux noirs comme les plumes d'un corbeau, la moustache qui rebique et une barbichette au bout du menton.

— Presque tous ceux que la Reine a emmenés avec elle ressemblent à ça. Tu ne peux pas m'en apprendre plus ?

— Quoi, par exemple ?

— Je ne sais pas, s'impatienta Antoine. Il est grand, petit, gros, mince, beau ou laid ? Quel âge à peu près ?

— Ah, pour ça il est pas vilain ! Je dirai même que c'est un beau coquin : assez grand, bien bâti, la jambe nerveuse et l'air avantageux... D'ailleurs, il me semble vous avoir dit qu'il logeait gratis chez la Maupin qui passe pour avare sauf de ses charmes à condition qu'on lui paie un bon prix.

— Cela je le sais, des camarades m'en ont parlé...

— Pourquoi ne pas lui rendre une visite en ce cas ? Je suis persuadé qu'elle ne serait pas contre un moment avec un bel homme comme Monsieur Antoine. Si quelqu'un peut donner des renseignements sur le Florentin, c'est bien elle ! Et sur l'oreiller on peut en apprendre quand on sait y faire !

— Tu as raison ! J'y penserai...

10

Le ciel était sombre...

Lorenza savait à présent qu'elle allait mourir.

La sentence lui avait été signifiée la veille par le Prévôt en personne qui avait pris la peine d'escalader la raide vis de pierre de la prison afin de lui éviter de reparaître dans la salle d'audience. Quatre archers l'accompagnaient qu'il avait laissés derrière la porte du cachot où il était entré seul. Et visiblement peu satisfait de sa mission :

— Je crains, dit-il d'une voix contenue, d'être porteur de très mauvaises nouvelles et j'en suis, croyez-moi, sincèrement désolé...

Elle s'était levée pour l'accueillir mais éprouva quelque peine à demeurer debout : elle sentait ses jambes faiblir sous elle :

— Je suis... condamnée ? murmura-t-elle.

— Hélas oui ! En dépit de tous mes efforts parce que je ne vous crois pas coupable. J'ai même réussi, hier soir, à voir la Reine pour lui demander de faire grâce. Elle devrait le pouvoir durant l'absence du Roi, mais elle n'a rien voulu entendre arguant que plus haut est le rang, plus grave est le crime. Puisque vous êtes sa filleule elle tient à faire un exemple...

— Quelle belle âme !... Et quand dois-je être exécutée ?

— Demain matin vous serez conduite en place de Grève pour y être décapitée par la main du bourreau...

Tout en parlant, il s'était déplacé afin d'occulter de sa longue personne le guichet de la porte derrière laquelle se trouvaient les soldats.

— En principe, murmura-t-il, vous devriez entendre l'arrêt à genoux mais ici c'est mon territoire et j'y agis à ma guise. Donc, asseyez-vous !

— Merci... Je dois donc mourir sous la hache ?

— Non. Par l'épée. En France, seule une arme noble peut toucher une tête noble et le bourreau est d'une extrême habileté : vous n'aurez pas le temps de souffrir... juste... d'avoir peur.

C'était un peu apaisant mais elle frissonna tout de même :

— J'ai ouï dire qu'avant d'être exécuté on devait subir...

Elle n'alla pas plus loin, mais Jean d'Aumont avait compris :

— La question préalable ? Vous n'y serez pas soumise, pas plus qu'à l'amende honorable devant Notre-Dame et en chemise ! J'ai au moins obtenu cette tolérance en démontrant à la Reine quel effet cela pourrait avoir sur le peuple – vous êtes si jeune et si belle ! – mais surtout sur le Roi quand il rentrera. Même s'il aimait beaucoup M. de Sarrance, il pourrait montrer quelque mécontentement.

— Sait-on quand il doit rentrer ?

— Hélas non. C'est la raison pour laquelle l'on presse les choses. Croyez que je suis sincèrement navré !...

— Je vous remercie... mais tout à l'heure, vous avez dit que vous croyiez pas à ma culpabilité. Pourquoi ?

— Simplement parce que cela me paraît impossible venant de vous. Assommer un homme, oui, mais l'égorger ? Non !

— Le fils de... ma victime partage-t-il votre opinion ?

— Je l'ignore. Il n'est pas venu me voir... ni d'ailleurs Thomas de Courcy qui a autant dire découvert le corps avec moi et dont je connais bien le père. Mais celui-là a complètement disparu. Au point que je me demande s'il est encore vivant ! Lui vous aurait défendue avec acharnement.

— Disons alors que je n'ai pas de chance ! Il ne me reste plus qu'à prier Dieu et la Madone d'avoir pitié de moi...

Sentant venir les larmes, elle cacha son visage dans ses mains. Le Prévôt, comprenant qu'elle préférait rester seule, tendit le bras pour toucher son épaule dans un geste de réconfort, n'osa finalement pas et se retira en silence. Les verrous claquèrent derrière lui et l'écho des bottes ferrées des soldats se perdit dans l'escalier... Lorenza alors s'écroula sur sa paillasse en sanglotant...

Elle pleura longtemps. Moins sur sa brève vie gâchée que d'avoir vu s'écrouler ses rêves l'un après l'autre et d'avoir découvert que, loin d'être un don de Dieu, une trop grande beauté pouvait être une malédiction... Sur son chemin, elle n'avait rencontré que le désir. Pas cet amour sincère que savaient si bien attirer des filles moins généreusement dotées en apparence mais sans doute plus aimables. Vittorio peut-être ? Et encore ! Elle finissait par se demander si, passés les premiers temps de doux accomplissements, il lui aurait gardé amour et fidélité ? En Hector de Sarrance elle n'avait éveillé qu'une effrayante concupiscence. L'eût-il aimée – rien qu'un peu ! –, il ne lui aurait pas imposé ce traitement barbare qui l'eût sans doute tuée si elle n'avait réussi à lui échapper. Antoine ? Le seul regard qu'ils eussent échangé parlait de passion réciproque. Un authentique coup de foudre aussitôt retombé avant d'avoir pu s'épanouir comme une pièce d'artifice mouillée par la pluie... sauf de sa part à elle. Dieu, qu'il lui avait plu ! A sa simple évocation, elle sentait encore son cœur s'affoler ! Et certes, elle l'aimerait jusqu'au bout traînant comme la pire des croix cet amour qu'il rejetait avec horreur. Non seulement il ne bougerait pas un doigt pour la réveiller de son cauchemar mais peut-être sa voix se mêlerait-elle à celle de la foule hostile qui battrait l'accès à l'échafaud appelant sur la criminelle la malédiction du Ciel ? Que dire, en outre, des membres restants de sa famille ? L'une s'était faite son accusatrice sans hésiter un instant devant un énorme mensonge et l'autre avait approuvé sans la moindre hésitation sa condamnation à mort ! Même ceux qui lui avaient montré de l'amitié lui avaient été arrachés ! Disparu le gentil Thomas qui l'avait sauvée de la noyade. Chassé comme un gueux l'ambassadeur Giovanetti dont on lui avait appris qu'il l'aimait. Quant aux dames d'Entragues, tapies au fond de leur hôtel, elles s'étaient bien gardées de se manifester ! Et même le Roi au nom de qui on allait la tuer était parti au loin ! Elle ne laisserait derrière elle que le vide le plus absolu et une poignée de gens acharnés à se partager la fortune dont on l'avait spoliée comme une meute à la curée !

Le dégoût, la colère vinrent à bout de ses larmes. Elle se relevait pour baigner ses yeux dans un peu d'eau quand son geôlier entra porteur de sa nourriture. En l'apercevant, il eut une exclamation d'épouvante :

— Mon Dieu ! Dans quel état vous vous êtes mise ! Vous vous abîmez à pleurer comme ça ! Et c'est dommage !

— Croyez-vous que mon apparence ait une quelconque importance ? Demain, à cette même heure, je serai au fond d'un trou et ma tête séparée de mon corps !

— Je sais que c'est affreux mais si j'avais seulement une once de votre beauté, il me semble que je voudrais la conserver jusqu'à la fin. Vous savez, les petites gens sont sensibles à la façon dont un condamné va au supplice. D'aucuns lui jetteraient des saletés en l'injuriant s'il tremble ou montre sa peur, d'autres tomberaient peut-être à genoux pour prier s'il fait preuve de courage ! Tenez ! Commencez par manger ce que je vous porte, ajouta-t-il en soulevant la serviette inhabituelle couvrant une écuelle fumante. Vous avez de la soupe bien épaisse, du ragoût d'oie, une pomme et un gobelet de vin ! Et demain, quand vous aurez reçu la communion, vous aurez un verre de lait chaud !

Elle le regarda un instant, stupéfaite :

— Pourquoi faites-vous cela ? On vous en a donné l'ordre ?

— Oui. C'est Monsieur le Prévôt... mais, de toute façon, je vous aurais mis un petit quelque chose !

Le Prévôt ! Celui de ses juges qui la croyait innocente ! C'était sans doute l'unique ami - avec ce brave porte-clefs - qui la regretterait mais, au moins, il y en aurait un. Même au fond de sa misère c'était un vrai réconfort... et elle se promit de faire tout son possible pour ne pas le décevoir.

— Vous lui direz merci pour moi !... Et merci à vous aussi !

— C'est rien ! Mangez pendant que c'est chaud !

Pour rien au monde elle n'eût voulu lui faire de la peine et mangea tout ce qu'il avait apporté. Il la regardait faire avec un air de contentement qui lui fit plaisir.

— Là ! dit-il quand elle eut fini. Vous ne vous sentez pas un peu mieux ?

— Si !... Beaucoup mieux !

— Ben maintenant, tâchez de roupiller ! Le prêtre sera là à 8 heures de relevée !

Dormir ? Elle aurait bien voulu car elle redoutait ces interminables heures nocturnes seule en face d'elle-même à écouter s'égrener les battements d'un cœur que l'épée du bourreau ferait bientôt taire à jamais. Afin de repousser les affres de l'agonie, elle s'efforça de penser aux beaux jardins de son cher couvent des Murate, aux massifs de lauriers-roses qui en formaient le fond, les myrtes, les jasmins et les roses qui l'embaumaient et le flot capricieux de l'Arno que l'on pouvait contempler des fenêtres du couvent. Celui de Fiesole était bien joli aussi avec ses murets de pierres blondes apportant jusqu'aux abords de la ville le foisonnement de ses oliviers argentés. Elle revoyait aussi la splendeur sans égale des jardins Boboli où s'encadrait le palais des grands-ducs, semés de fontaines jaillissantes, de bassins d'eau claire où nageaient des poissons dorés, de statues d'un marbre plus blanc que la neige... de...

De l'évocation, elle passa au rêve parce qu'elle venait de s'endormir sans s'en apercevoir...

Une main qui secouait doucement son épaule la réveilla. Un jour grisâtre se montrait à l'étroite fenêtre et un moine en robe brune se tenait auprès d'elle...

— L'heure approche, ma fille, murmura-t-il. Je suis le frère Barnabé. Je suis venu vous assister afin de vous préparer à paraître devant votre Créateur.

C'était un vieux moine aux yeux clairs et emplis de compassion. Lorenza se hâta de se redresser, rejetant en arrière ses cheveux qui s'étaient dénoués durant son sommeil :

— Me voici tout à vous, mon père. J'ai un peu honte d'avoir tant dormi au lieu de préparer ma conscience à se confier.

— Un bon sommeil est un don de Dieu. On dit qu'il est l'apanage des cœurs purs... Est-ce le cas du vôtre ?

Elle s'agenouilla sur les dalles tandis qu'il s'asseyait sur la paillasse en traçant sur lui-même un large signe de croix. Elle joignit les mains et baissa la tête :

— Pardonnez-moi, mon père, parce que j'ai péché... mais devant vous, représentant du Seigneur à qui je vais devoir répondre de ma vie, je jure, sur le salut de mon âme, n'avoir jamais tué personne ! Pas même M. de Sarrance qui tentait de me détruire à coups de fouet. Je l'ai frappé, certes, avec une statuette en bronze que je lui ai lancée à la tête et je l'ai privé de connaissance assez longtemps pour me permettre de fuir, mais ce n'est pas moi qui lui ai tranché la gorge !

— Vous-même non mais il est des hommes que l'on peut acheter pour accomplir une vilaine besogne... Et vous êtes riche !

— Je l'étais mais ne le suis plus. Non, je n'ai acheté personne...

— Veuillez continuer !

Alors elle entreprit de vider son âme de tout ce qu'elle avait pu accumuler de fautes en un peu plus de dix-sept ans d'existence, retrouvant même des fautes dont elle s'était déjà confessée quand elle était encore enfant. Elle essaya de ne rien cacher de ses pensées sans oublier la haine que lui inspirait sa tante Honoria et qui s'étendait maintenant à la Reine qui l'avait menée là où elle en était...

— Il faut vous en repentir, ma fille !

— C'est difficile quand on vous a fait tant de mal !

— Je sais mais ce pardon n'en aura que plus de valeur auprès de Dieu et soulagera votre cœur.

— Vous croyez ?

— Bien sûr je le crois ! Avec l'aide de Dieu, aussi celle de Notre Dame, tout est possible. Nous allons prier ensemble !

Il dit les premiers mots d'une prière dont elle connaissait les réponses mais elle était longue et, quand le geôlier fit son apparition, ce n'était pas terminé. Devant les yeux pleins d'angoisse que la prisonnière levait sur lui, le frère Barnabé lui donna l'absolution *in articulo mortis* puis l'hostie qu'il portait dans une custode sous son scapulaire et enfin la bénit :

— Allez en paix, ma fille ! Je serai auprès de vous jusqu'au bout...

Soudain fébrile, elle se hâta de se préparer, remit de l'ordre dans ses vêtements, peigna ses magnifiques cheveux et les ressembla en une épaisse natte sans trop trembler, endossa son manteau et alla prendre place entre les archers debout dans l'escalier. On descendit jusqu'à la Voûte où attendait un tombereau. Là, on lui lia les mains et on l'aida à monter. Le frère Barnabé la rejoignit et l'attelage se mit en marche en cahotant sur les gros pavés de la ville.

Le chemin était court qui menait du Châtelet à la place de Grève mais, en dépit du ciel sombre menaçant pluie, la foule s'agglutinait, venant de partout. Même si la condamnée n'avait été jugée que par un tribunal de droit commun réservé aux gens de petit lieu afin d'ajouter l'humiliation à son désespoir, on savait qui elle était et un murmure ressemblant à un soupir de satisfaction s'éleva sur son passage. Elle choisit alors de regarder le ciel même s'il était triste à pleurer, même si aucun oiseau n'en traversait les nuages bas... Elle s'obligeait à penser que bientôt ce serait fini et qu'en somme elle courait vers cette délivrance à laquelle elle aspirait quand Filippo Giovanetti l'avait envoyée chercher. Mais comment imaginer que ce peuple qui saluait son apparition avec des grondements de colère et des cris de mort était celui-là même qui lui souriait le jour de son arrivée ? D'ailleurs, cette joyeuse commère qui lui avait lancé une pomme dans laquelle elle avait mordu à belles dents était peut-être présente ?

Le lugubre équipage avançait lentement à la suite des archers qui ouvraient le passage. Pourtant quelque chose se passait. Quand on entra rue de la Boucherie, on entendit une cloche de l'église Saint-Jacques sonner le glas. Cette unique note de bronze tomba sur la foule comme un rappel à l'ordre. Elle s'apaisa peu à peu. Quelqu'un cria :

— Elle est toute jeune, toute belle et riche ! C'est pour ça qu'on la tue !

— Respect à la mort ! clama un autre.

Et ce fut le silence, troublé seulement par le grincement des roues et le lent battement, obsédant et lourd comme celui d'un cœur angoissé...

Avant même que l'on eût débouché sur la place de Grève, Lorenza avait vu l'échafaud dressé entre celle-ci et l'Hôtel de Ville. Tendue de noir, l'estrade dominait la houle de chapeaux et de bonnets. Un homme vêtu et cagoulé de rouge s'y tenait debout appuyé de ses deux mains sur une longue épée à large lame. Au-delà, sur une petite tribune dressée devant la maison commune, le Prévôt avait pris place encadré des juges et des échevins. La cloche tintait toujours. Elle ne se tairait qu'au moment où la tête tomberait.

L'attelage vint se ranger contre la plate-forme. Le moine aida la condamnée à descendre mais, en dépit de ses mains liées derrière son dos, elle voulut gravir seule le raide escalier. Il dut se contenter de suivre, un petit crucifix à la main. Il avait les larmes aux yeux et ne cessait de prier.

Parvenue sur l'échafaud, droite et fière, elle s'avança d'un pas ferme vers l'exécuteur qui, à son approche, mit un genou en terre pour obtenir son pardon.

— Je n'ai rien à vous pardonner, dit-elle. Mais ne pourrait-on me délier les mains pour que je puisse les joindre ?

Il acquiesça d'un battement de paupières, prit un couteau à sa ceinture et trancha la corde. Elle demanda encore :

— Devez-vous couper ma tresse ?

— Non. Il suffira que la nuque soit dégagée... C'est pour cela que je vais devoir échancrer le col de votre robe...

A ce moment, la rue de la Boucherie éclata en un énorme vacarme qui couvrit le glas : un cavalier hurlant « Place ! Place » à s'éclater les poumons fonçait à travers la foule qui s'ouvrait d'instinct. Au galop, il piqua droit sur l'échafaud, sauta de son cheval en voltige et grimpa l'échelle quatre à quatre :

— Ne touche pas à cette dame, bourreau ! Je suis Thomas, baron de Courcy et je veux l'épouser ! Et, par Dieu, je jure qu'elle est innocente !

Tandis que Lorenza, à bout d'émotions, cherchait l'appui du père Barnabé pour ne pas s'écrouler, la foule, toujours versatile, éclata en acclamations. L'arrivant faisait état en effet d'une loi antique permettant de libérer à l'ultime seconde un ou une condamnée si un homme ou une femme sans reproche demandait le mariage sachant parfaitement d'ailleurs que, ce faisant, il ou elle abandonnait tous ses biens. Il fallait donc aimer énormément pour en venir là et la loi en question avait fini par tomber en désuétude mais n'ayant jamais été abrogée, pouvait encore être utilisée...

Il y eut évidemment un instant de flottement sur la lugubre plate-forme mais déjà Jean d'Aumont y grimpait avec un piquet de hallebardiers destiné à mettre de l'ordre et tenir à l'écart le peuple qui menaçait cette fois de prendre l'échafaud d'assaut tant il y mettait d'enthousiasme.

— Nous allons, dit-il, rentrer dans l'Hôtel de Ville afin de discuter au calme ! Je vous avoue, baron, que je ne sais pas si votre requête est toujours recevable mais comme vous êtes le témoin indispensable que l'on croyait perdu, la sentence se retrouve invalidée jusqu'à preuve du contraire ! Mais, peut-être, devriez-vous assister donna Lorenza qui, j'ai l'impression, est en train de perdre connaissance.

C'était vrai, à la grande confusion du petit moine qui, peu habitué à soutenir les pâmoisons des dames, ne savait trop que faire de sa pénitente. Thomas se mit à rire, enleva Lorenza dans ses bras et sauta à bas de l'échafaud plus qu'il n'en descendit pour s'engouffrer dans le palais de la capitale tandis que le bourreau remettait sa lame au fourreau. Le ciel, lui, s'assombrissait à vue d'œil, prêt à se répandre, mais la foule ne bougea pas d'un pouce, décidée de toute évidence à attendre la fin d'un épisode aussi passionnant et ne regrettant pas l'exécution. Cela changeait de l'ordinaire et c'était bien plus amusant !

Certains, bien sûr, étaient déçus de ne pas avoir vu couler le sang. Cela donna lieu à de petites bagarres ponctuelles bien propres à calmer les nerfs et réchauffer les muscles en ce froid matin d'hiver.

Perdu au milieu de toute cette agitation, Antoine de Sarrance semblait frappé par la foudre. S'il n'avait été appuyé contre la fontaine qu'Henri IV venait de faire édifier en remplacement du vieux gibet permanent, il fût sans doute tombé comme celle qu'il était venu voir mourir dans l'espoir d'être délivré du sortilège dont elle le tenait captif.

Le chapeau enfoncé jusqu'aux yeux, enroulé dans un manteau noir, il s'était posté à l'issue d'une nuit sans sommeil, près de la Voûte du Châtelet avec, dans l'esprit, un mélange d'angoisse et de hâte…

Depuis qu'elle lui était apparue ce maudit soir de Fontainebleau, elle s'était emparée de son âme et lui qui en rencontrait si peu de cruelles, s'était senti faible comme un enfant quand le beau regard de velours noir s'était posé sur lui... D'instinct, il s'était élancé à sa rencontre afin de recevoir dans ses bras ce merveilleux cadeau du Ciel mais un autre s'était jeté à la traverse et cet autre était son père qui l'avait fait basculer dans le grotesque : cette enfant exquise modelée par l'Amour allait devenir sa belle-mère ! Quoi de plus risible ? Evidemment, le Roi lui avait permis de fuir jusqu'en Angleterre mais la belle image l'avait suivi, hantant ses rêves, surgissant partout même du fond des gobelets de vin quand il demandait à l'ivresse de lui accorder un moment d'oubli... Et il en avait cherché une à sa ressemblance parmi les jolies femmes de la cour anglaise sans en trouver une seule qui lui ressemblât. Au pied de Ses autels, il avait imploré Dieu lui-même de mettre fin à son supplice. Et la lettre était venue réclamant son retour : la trop jeune et trop belle épouse du vieux soldat l'avait assassiné, égorgé comme un porc à l'abattoir. Il n'avait pu que rentrer, traînant derrière lui un autre genre de tourment : intolérable pour un homme d'honneur : l'immonde satisfaction secrète de savoir qu'elle n'aurait pas à subir les assauts de ce vieillard et que lui-même ne verrait jamais la porte d'une chambre à coucher se refermer sur ce couple par trop disparate, le sauvant ainsi de son envie de meurtre.

Revenu à Paris, il avait presque réussi à se persuader de l'innocence de Lorenza mais, en dépit de toutes les objections qu'il formulait, il s'était heurté au témoignage effarant de la tante, aux certitudes de la Reine, sa parente cependant. Un nouvel espoir était venu avec les découvertes de Gratien mais que la dague au lys rouge soit aux mains de ce Bruno Bertini ne signifiait pas que Lorenza n'eût pas sur les mains le sang d'Hector. D'abord elle avait admis l'avoir frappé avec un objet lourd. En outre, le faux ivrogne était sur place et le fait qu'elle n'eût pas achevé elle-même l'ouvrage ne l'innocentait pas. Le Florentin avait agi pour elle. Cet homme qui était peut-être son amant.

Alors, même s'il avait relevé des discordances dans le récit de la tante Honoria, il avait senti un soulagement quand l'arrêt de mort était tombé : tout était fini ! Il n'y avait plus à y revenir : l'ensorceleuse disparaîtrait et lui, délivré de ce charme qui le tenait en si dure captivité, il redeviendrait l'Antoine d'avant et finirait par oublier. Mais les derniers instants de sa vie, il voulait y assister...

Il n'était qu'à quelques pas du tombereau pour mieux contempler cette gracieuse silhouette. C'était lui qui avait réclamé le respect devant la mort. Pendant tout le reste du temps, il ne l'avait pas quittée des yeux, murmurant même les mots d'amour qu'il ne lui dirait jamais afin de l'encourager. L'idée lui venait même, quand tout serait fini, d'aller voir le bourreau pour qu'il lui vende la natte dorée qui glissait si joliment le long de sa joue et en faire son plus cher trésor jusqu'au jour où il l'emporterait dans sa tombe.

Peut-être après tout était-il en train de devenir fou ? Il ne se rappelait plus soudain qu'il était là pour commencer à l'oublier ! Que son ombre au contraire devienne sa compagne, qu'elle le hante jusqu'à ce dernier jour où il la retrouverait serait tellement plus merveilleux ! Et ce fut dans une sorte d'apaisement qu'il la suivit des yeux quand elle gravit les marches de l'échafaud, quand elle accorda son pardon au bourreau... Et puis, comme au soir de Fontainebleau, tout bascula dans l'irréel. Il y eut l'arrivée de ce cavalier forcené qui fendait la foule en hurlant, rejoignait Lorenza en réclamant le droit de l'épouser avant de l'emporter dans ses bras... Ce cavalier qui n'était autre que Thomas !

Il serait peut-être resté là, hébété, pendant des heures, à regarder la plate-forme vide si quelqu'un – une femme ! – ne l'avait abordé :

— Vous ne vous sentez pas bien, Monsieur ?

Il sursauta, la regarda, vit qu'elle était âgée, avec un doux visage encadré d'une guimpe de religieuse, et machinalement, il ôta son chapeau :

— Veuillez m'excuser ! Vous disiez ?

— Je demandais si vous vous sentiez bien ? Vous êtes si pâle !

— Je... oh, ce n'est rien ! Je viens d'être malade !

— C'est ici un lieu bien singulier pour un convalescent ! Mais peut-être cette pauvre jeune femme est-elle de votre famille ?

Pourquoi posait-elle cette question ? Antoine fronça le sourcil :

— Non !... Non, je passais... Et vous ? répondit-il non sans insolence.

— Moi je suis venue prier ! Et Dieu a fait un miracle ! Béni soit son Nom ! Il vient d'arracher une innocente à un sort aussi cruel qu'injuste !

— Comment le savez-vous ?... Je veux dire qu'elle est innocente ?

— Oh, j'en suis certaine : il suffit de la regarder ! Il faut espérer qu'à présent, le Seigneur lui accordera un bonheur si largement mérité ! Je prierai pour cela ! Pour vous aussi, d'ailleurs, continua-t-elle en hochant la tête d'un air de commisération. Qu'il vous donne de voir clair en vous ! Vous en avez le plus grand besoin...

Elle le quitta pour se diriger vers la Seine mais elle devait être connue dans le quartier car plusieurs personnes s'approchèrent d'elle avec des sourires et des saluts pleins de respect. Comme elle s'éloignait, Antoine rejoignit une femme qui, les mains jointes, la regardait partir avec un air radieux.

— Pardonnez-moi ! Vous connaissez cette... dame ?

Elle le foudroya du regard :

— Ce n'est pas une dame : c'est une sainte ! Elle vient souvent ici quand il y a des âmes en peine ! On l'appelle sœur Doctrovée !

— C'est une religieuse ?

— Elle l'était quand les parpaillots ont brûlé son couvent sur la Loire. Depuis elle vit au cloître Notre-Dame, dans la maison de son frère qui est chanoine, mais elle est le plus souvent à la cathédrale... ou dans la rue. Elle est toujours aimable, toujours souriante... et parfois elle dit des choses !...

— Quelles sortes de choses ?

— Des conseils souvent mais ce n'est pas la peine de lui poser des questions. Elle n'y répondra que si elle a... un message à délivrer. Elle vous a parlé à vous ?

— Effectivement... mais elle m'en a peu appris... Simplement que celle que l'on devait exécuter était innocente !

— Alors, vous pouvez être sûr qu'elle l'est ! Et vous appelez ça peu en apprendre ? Sachez, Monsieur, que sœur Doctrovée ne se trompe jamais !

— Dans ces conditions, on ne doit pas cesser de la faire venir au Louvre ? On dit que la Reine...

— Il paraît qu'elle n'a jamais voulu s'y rendre.

— Pourquoi ?

— Parce qu'au palais on voit et entend que ce que l'on veut bien voir et entendre. L'effet du pouvoir sans doute ! Et elle a des visions trop vraies ! Je vous souhaite une bonne journée, Monsieur !

Et, comme sœur Doctrovée, elle s'éloigna mais dans la direction opposée. Antoine la suivit des yeux un moment puis se dirigea vers l'Hôtel de Ville...

La sérénité était loin d'y régner. Tandis que Thomas confiait une Lorenza à bout de forces et d'émotions à la femme du portier, les échevins rejoignaient les juges dans la grande salle pour assaillir Jean d'Aumont de questions au sujet de cette loi tellement ancienne que personne ne s'en souvenait plus. Ils l'accusaient d'avoir dépassé la limite de son autorité en décidant, sans avoir pris l'avis de quiconque, non seulement d'arrêter l'exécution mais encore de casser sans préalable la sentence de mort. Tout le monde parlait à la fois et l'entente n'était pas près de s'établir.

— Qui a jamais entendu parler de cette loi ? brama l'un des échevins. Elle remonterait à Hugues Capet ?... Pourquoi pas à Pharamond ?

— Pour ma part, déclara l'un des juges, je croirais volontiers que ce jeune homme aurait dépoussiéré n'importe quel parchemin pour sauver la vie de la condamnée dont il est certainement amoureux. Il fait même d'une pierre deux coups puisqu'il prétend l'épouser alors que M. de Sarrance n'est pas encore refroidi dans sa tombe !

— Et moi, j'affirme que c'est une honte ! clama un troisième au moment même où entrait le maître des lieux, le prévôt des marchands, Jacques Sanguin[1]. Estimant que l'exécution d'une jeune étrangère n'était pas de son ressort, il n'avait pas jugé bon d'y assister mais le vacarme déclenché sous ses fenêtres l'avait arraché à son austère cabinet de travail pour voir ce qui se passait. C'était un homme d'une cinquantaine d'années d'allure plutôt paisible mais à la voix de stentor qui lui était d'un grand secours avec une municipalité souvent agitée.

— On se tait ! intima-t-il du seuil et avec tant de vigueur qu'il fut obéi sur-le-champ.

Après quoi il tira à part Jean d'Aumont avec lequel il s'entendait assez afin d'en obtenir quelques éclaircissements. Renseigné, il déclara :

1. La municipalité de Paris se composait alors du prévôt des marchands et de quatre échevins. Jusqu'à la Révolution, la capitale a vécu presque continuellement sous un régime d'exception : sans maire.

— Que cela vous plaise ou non, je crois que Monsieur le prévôt de Paris a eu tout à fait raison de surseoir à l'exécution. D'abord, il faut examiner ce qu'il en est de cette loi dont s'est réclamé le baron de Courcy...

— On aurait pu le faire après ! grommela le procureur Génin.

— Après la décollation, voulez-vous dire ? Vous avez une bien curieuse conception de la justice, Monsieur le procureur ! En outre, le jeune homme affirme son innocence. Opinion que je partage. Vous aviez emporté la décision à la majorité mais je ne suis toujours pas convaincu..., riposta d'Aumont.

— Un témoin visuel ne vous semble pas suffisant ? Que vous faut-il de plus ?

— J'ai des doutes sur votre témoin. Cette femme a trop d'intérêts à la perte de sa nièce.

— La Reine y croit, elle. Or comme il s'agit de sa filleule, on peut lui accorder crédit, d'autant plus qu'elle a refusé de faire grâce !

— Qu'est-ce encore que cette histoire ? tonna Sanguin. La grâce appartient au Roi et au Roi seul ! Sauf peut-être quand il est en guerre ! Mais il s'est seulement absenté pour quelques jours et n'a pas délégué de pouvoirs. Donc la Reine n'est pas régente. Elle n'est même pas couronnée ! Alors le droit de grâce !... Mais elle pouvait exiger le sursis jusqu'au retour de son époux.

Cela déclencha une nouvelle bagarre oratoire sur laquelle flottait la basse-taille de Sanguin comme un bourdon de cathédrale au milieu de cloches de moindre importance. Cette fois, ce fut Thomas qui y mit le holà en s'armant du marteau en bois du maître de céans et en frappant à coups redoublés sur l'épaisse planche qui le supportait. C'était d'une grande audace mais il obtint un relatif silence :

— Messieurs, commença-t-il calmement, je suis venu ici non seulement pour vous empêcher de commettre un meurtre, mais aussi pour répondre à vos questions. J'en sais infiniment plus que vous sur la nuit tragique de l'hôtel de Sarrance...

— On se demande bien pourquoi vous ne vous êtes pas manifesté plus tôt ? lança aigrement le Procureur.

— Parce que j'en ai été empêché. Envoyé en mission par le Roi, j'ai eu un accident qui m'a immobilisé un certain temps dans le manoir où j'ai été recueilli.

— Quelle mission ? grinça l'un des juges.

— J'ai dit qu'elle m'avait été confiée par le Roi. Ce qui signifie que cela ne vous regarde pas. J'ajoute qu'au lieu de vous chamailler, vous seriez mieux avisés d'attendre le retour de Sa Majesté pour disposer de la vie de donna Lorenza parce que si, en revenant, il apprenait qu'elle a été exécutée sans sa permission, ceux qui l'auraient envoyée au bourreau pourraient apprendre à leurs dépens ce que pèse sa colère !

— Contre le désir de son épouse ? Cela m'étonnerait !

— Cela tient à ce que vous ne fréquentez pas la Cour. Sinon vous sauriez que, voici quatre mois, notre bonne Reine était à deux doigts d'être répudiée.

— Nantie de quatre enfants ? ricana quelqu'un.

— Aucun empêchement à la chose. Sa descendance dûment assurée, le Roi avait parfaitement le droit d'en finir avec les scènes violentes dont il était assourdi jour après jour. Donna Lorenza et sa fortune ont été amenées justement pour assurer à sa femme le ferme soutien du plus vieil ami de son mari...

— Et comme la belle ne voulait pas l'épouser, elle l'a occis ! triompha Génin.

Thomas le considéra avec une sorte d'accablement :

— Morbleu, vous êtes têtu ! Et si je vous apprenais qu'à l'heure où M. de Sarrance passait de vie à trépas, je sortais de la Seine sa jeune femme à moitié morte ?

— Je dirais, moi, qu'épouvantée par le crime qu'elle venait de commettre, elle avait voulu se suicider !

— Par tous les saints du Paradis ! explosa Thomas.

Il prenait déjà son élan pour faire prévaloir son point de vue en l'appuyant de quelques arguments frappants quand Jean d'Aumont lui barra le passage :

— Messieurs, Messieurs, je vous en prie ! Il est temps d'examiner la question avec calme et pondération...

— Et cesser de confondre l'Hôtel de Ville avec un champ de foire ! appuya Sanguin. Un peu de bonne volonté, que diable ! Dans l'état actuel de l'affaire, je pense que ce qui importe avant tout est d'attendre le retour du Roi qui ne saurait tarder, en suspendant naturellement l'exécution de la sentence. Jusque-là, cette jeune dame devrait réintégrer sa prison...

— Pour y mourir de froid... ou d'autre chose ? ricana Thomas, hors de lui. Je vous rappelle que j'ai retenu l'épée du bourreau en demandant à l'épouser !

— Vous êtes officier, fit remarquer d'Aumont. Il vous faut l'autorisation de votre colonel... et aussi du Roi. Sans compter votre père...

— Je réponds de mon père ! Et si je dois démissionner, je démissionne. Je me retirerai sur nos terres avec elle qui pourra enfin vivre en paix !

— En renonçant à servir le Roi ?

— Vous savez bien que non. Si la guerre venait, j'irai réclamer le droit de me faire tuer à ses côtés... Mais je ne veux pas que donna Lorenza retourne au Châtelet.

— Elle y a été... convenablement traitée !

— Ce convenablement ne vous suffirait sans doute pas ! Et je réitère que je veux l'épouser ! Sur-le-champ s'il vous plaît ! Il suffit de faire venir un prêtre et vous êtes assez nombreux pour servir de témoins ! assena-t-il avec insolence.

— Encore faut-il que l'intéressée accepte ! susurra maître Fulgent, l'un des juges.

Thomas tourna vers lui sa colère ·

— Entre une vie convenable et une mort honteuse, vous hésiteriez, vous ?

— Moi ? Heu... non... mais le mariage n'est pas toujours un état paradisiaque... tant s'en faut ! soupira Fulgent qui devait avoir son idée sur le sujet.

— Après ce qu'elle a subi aux mains du vieux Sarrance, vous croyez qu'elle l'ignore. Moi, je la respecterai ! Et si la cour la rejette, elle pourra vivre dignement – vivre ! Vous entendez ? – dans notre château de Courcy auprès de mon père et de ma tante.

— Selon votre fameuse loi, vous devez perdre tous vos biens !

— Je ne possède rien. Tout appartient à mon père qui, après le Roi, est bien le plus noble gentilhomme que je connaisse ! Et moi, si je n'ai plus ma place en France, j'irai mettre mon épée au service de Venise... ou du pape ! Encore une objection ?

Jean d'Aumont vint poser sur l'épaule du jeune furieux une main apaisante :

— Calmez-vous, mon ami ! Je suis aussi celui de M. de Courcy et je sais que dans vos domaines donna Lorenza connaîtrait la tranquillité. Mais il faut tout de même nous accorder du temps ! Car le fait est nouveau et l'affaire d'importance...

— Et moi j'entends que l'arrêt rendu soit respecté. Que l'on rappelle le bourreau et que la meurtrière du marquis de Sarrance soit exécutée sur l'heure !

Blême de fureur et l'épée au poing, Antoine surgit du fond de la salle. Ses yeux flambaient d'une rage proche de la folie. Thomas ne s'y trompa pas : il lui avait déjà vu, dans une bataille, ce délire de violence quasi incontrôlable qui en faisait une sorte de machine à tuer hors de tout raisonnement. Il tenta cependant de le freiner en se précipitant sur lui. Dans cet état d'esprit, le fils d'Hector était capable d'embrocher le conseil municipal et le tribunal du prévôt l'un après l'autre et sans respirer :

— Du calme, Antoine ! Tu déraisonnes et tu ne sais plus ce que tu dis !

— Ah, tu crois ? ricana Sarrance. Toi, en revanche, tu sais pertinemment ce que tu fais en réclamant cette fille pour épouse ! Elle te plaît, n'est-ce pas, et depuis le premier jour ! La mort de mon père t'arrange à merveille ?... Peut-être, d'ailleurs, y as-tu pris part ?

Le poing de Thomas partit comme un boulet de canon et frappa Antoine au menton mais ils étaient de force à peu près égale et si, sous le coup, le jeune homme vacilla et laissa échapper sa rapière, il ne tomba pas. L'instant suivant, tous deux roulaient à terre et tentaient de s'étrangler mutuellement. Pas longtemps et le combat cessa parce que Sanguin appela « A la Garde ! », que six hommes les agrippèrent au collet, réussirent à les séparer et à les maintenir à distance.

— Je te tuerai ! écuma Antoine. A moins qu'elle ne s'en charge comme du fiancé de Florence et de mon père !

— Elle n'a pas tué ton père, imbécile ! C'est un autre qui a abattu la besogne après qu'éperdue de douleur et déchirée à coups de fouet par ce vieux bouc, elle est allée tout droit dans la Seine !

— Ah oui ? Et comment sais-tu ça ?

— C'est moi qui l'en ai sortie à moitié morte ! Une dame entourée de ses serviteurs passait à ce moment sur la berge. Elle l'a emmenée chez elle pour la soigner...

— Vraiment ? Quelle dame providentielle ! Et elle s'appelle ?

— Cela ne te regarde pas ! Qu'il te suffise de savoir que le Roi a été informé !

— Et il serait resté coi pendant tout ce temps ? Faut-il que tu aies envie de cette pute pour proférer de tels mensonges !

— Je n'ai jamais menti ! hurla Thomas ! Et tu vas m'en rendre raison tout de suite !

— Je ne demande que ça ! Je vais te massacrer, faux jeton !

— Il suffit ! tonna Jean d'Aumont. Que l'on emmène ces deux agités au Châtelet ! Ils sont capables de mettre Paris à feu et à sang ! Et dans des cachots séparés ! Je vais, sur l'heure, envoyer un courrier à Sa Majesté le Roi !

— Pourquoi ne pas commencer par prévenir la Reine ? siffla Génin. Cela la regarde, il me semble !

— Non ! tonitrua le Prévôt exaspéré. Il se pourrait bien qu'elle aussi ait des comptes à rendre quand le Roi sera là ! Et si, à son retour, il est de mauvaise humeur, nous pourrions passer vous et moi un très sale moment...

— De toute façon, vous en passerez un, lança Antoine que les gardes en question entraînaient déjà à la suite de son nouvel ennemi. On ne me fera pas taire et je peux vous promettre...

— Rien du tout ! Vous n'êtes qu'un blanc-bec et je suis homme d'expérience ! Un petit séjour en prison vous rafraîchira les idées !

— Cela m'étonnerait ! Et elle, la criminelle, qu'allez-vous...

Le reste de la phrase se perdit dans les profondeurs de l'Hôtel de Ville.

— C'est la question dont je vous propose, Messieurs, de débattre entre nous. Si Monsieur le prévôt consent à ce que nous abusions encore de son hospitalité..., s'enquit Jean d'Aumont.

— Tant que vous voudrez ! accepta Sanguin. Siégeons donc, Messieurs ! ajouta-t-il en désignant la grande table où se réunissait habituellement le conseil municipal...

Une clameur de la foule qui ne se décidait pas à vider les lieux saluait l'apparition des deux prisonniers et de leur cortège. Sanguin s'empressa de refermer celle des fenêtres que l'on avait laissée ouverte pour aérer l'endroit malgré l'air froid et humide qui régnait à l'extérieur.

— Alors, Messieurs, commença Jean d'Aumont en s'asseyant, qu'allons-nous décider au sujet de donna Lorenza ?...

Pendant ce temps, personne n'imaginait ce qui se passait au Louvre.

Rentrant dans Paris, d'une humeur exécrable – ce qui était rare chez lui – et après avoir mis bon ordre aux intrigues du richissime et insatiable duc d'Epernon proche des Espagnols, qui avait été l'un des mignons d'Henri III, Henri IV avait entendu le glas sonner à Saint-Jacques de la Boucherie, demandé le pourquoi et, apprenant que l'on s'apprêtait à exécuter la « meurtrière de ce pauvre marquis de Sarrance », avait aussitôt expédié Bassompierre en hurlant :

— Va m'arrêter ça sur l'heure !

Puis tandis que le jeune homme partait en courant, il entra dans le Louvre au pas de charge et se rua chez sa femme qu'il trouva comme d'habitude assise à sa toilette devant une cassette de bijoux grande ouverte dans laquelle ses doigts boudinés picoraient comme dans une boîte de confiseries. L'entrée tumultueuse de son époux ne l'émut pas autrement mais elle referma vivement le coffret quand résonna à ses oreilles :

— C'est vous qui avez osé envoyer cette malheureuse Lorenza à l'échafaud ?

— Vous pourriez saluer, il me semble ?

— Au diable les salutations ! Répondez !

Marie de Médicis releva la tête et pinça les lèvres :

— Je ne l'ai pas envoyée : elle a été jugée et condamnée. J'ai seulement refusé d'accorder grâce !

— Le droit de grâce n'appartient qu'au Roi. Pas à vous ! Et vous devriez avoir honte ! Votre propre sang ?

— Abâtardi ! Et j'ai fait ce que je devais !

— Vous ne deviez rien faire du tout ! Et je sais pourquoi vous avez commis ce crime... Car c'en était un ! La pauvrette était entièrement innocente de ce dont on l'accuse !

— C'est faux ! glapit-elle avec cette voix de tête qui horripilait tellement Henri. Il y a eu un témoin du forfait ! Elle a vu cette misérable égorger…

— Qui l'a vue ?

— Sa propre tante : donna Honoria Davanzati !

— Cette mégère ? Cela vous ressemble bien d'ajouter foi aux propos de ce genre de bonne femme ! Elle ne restera pas ici une heure de plus ! Qu'on l'arrête !

— Vous n'avez pas le droit !

— J'ai tous les droits, ne l'oubliez jamais ! Alors écoutez bien ceci : si Bassompierre que j'ai dépêché à la Grève arrive trop tard, si la tête de donna Lorenza est tombée, toute votre satanée clique florentine aura quitté Paris ce soir ! Je n'y reviendrai pas !

Elle retourna à ses joyaux avec un petit sourire qu'elle croyait finaud :

— Bah ! Ce n'est pas la première fois que vous dites cela !

— Peut-être et j'ai eu grand tort de ne pas passer à l'exécution mais, par la croix de ma mère, je vous jure que ce sera la bonne ! Dehors, les Conchine et toute la bande de ruffians !

— Mais… ils sont près de deux mille !

— Tant que ça ? Ce sera donc un acte de salubrité publique : Paris ne s'en portera que mieux… et mes finances aussi ! Priez, vous dis-je ! C'est ce que vous avez de mieux à faire !

Elle ne l'avait encore jamais vu dans une telle colère. Comprenant enfin qu'il était déterminé, elle poussa un gémissement puis éclata en sanglots imprécatoires, poussant de véritables hurlements qui ne firent aucun effet sur un homme habitué à ces scènes depuis longtemps.

— Madame de Guercheville ! appela-t-il calmement.

— Que veut Votre Majesté ?

— Essayez d'apaiser la Reine... mais ne lui laissez aucun doute sur la fermeté de ma décision. Je vais faire appeler l'ambassadeur Giovanetti !

Il allait sortir. Elle le retint :

— Mais... Sire ! Il n'est plus là !

— Il est parti ? Sans dire au revoir ?

— C'est que... la Reine l'a renvoyé le jour même où l'on a su la mort du grand-duc. Votre Majesté venait de se mettre en route pour Boulogne...

— Qu'est-ce que vous racontez là ? vociféra l'intéressé. C'est lui qui a voulu s'en aller ! Il était même fort pressé et il est facile de comprendre pourquoi : il voulait emmener cette fille...

— Il ne serait pas parti sans saluer le roi de France ! gronda Henri. Mais nous réglerons cela aussi en temps voulu !

Et, sur ce, comme n'importe quel mari mécontent dévoré par l'envie de battre sa femme, Henri sortit en claquant la porte...

Après que l'on en eut délibéré – et aussi le passage en coup de vent de Bassompierre annonçant le retour du Roi et ce qui s'ensuivait –, Lorenza fut confiée provisoirement au couvent des Hospitalières Saint-Gervais proche de l'Hôtel de Ville et dont la supérieure était d'ailleurs une parente de Jean d'Aumont. Elle put y recevoir les soins rendus nécessaires par les chocs violents de son arrestation, de son emprisonnement et de sa montée à l'échafaud. L'intervention *in extremis* de Courcy avait apporté, certes, un soulagement appréciable mais tout cela suivait de trop près l'horreur de sa nuit de noces et ce qui en avait découlé.

La supérieure, mère Madeleine de la Divine Miséricorde, portait bien son nom. A cette échappée du billot qu'on lui amenait, quasi muette mais dont le regard criait la détresse, elle fit donner un bain chaud, une tisane calmante et, dans une cellule particulière, un lit de nonne c'est-à-dire pourvu du strict nécessaire mais dont les draps étaient propres et qui, comparé à sa couche du Châtelet, lui parut le comble du confort. Elle s'y glissa avec un soupir de bonheur et s'endormit aussitôt...

Quand elle s'éveilla le lendemain matin après des heures du meilleur sommeil qu'elle eût connu depuis longtemps, elle vit le visage attentif de Madame d'Entragues penché sur elle :

— Ah ! constata celle-ci avec satisfaction. Vous nous revenez cette fois encore ! Comment vous sentez-vous, ma petite ?

— Bien... je crois, répondit Lorenza en se redressant. Il me semble que je n'ai jamais aussi bien dormi ! Mais... vous vous êtes dérangée pour moi, Madame ? N'est-ce pas... imprudent ?

— Pas le moins du monde ! Beaucoup de choses ont changé depuis... depuis hier, s'empressa-t-elle de dire rattrapant de justesse la fâcheuse allusion au drame miraculeusement évité de la veille. Mais, en même temps, la mémoire revenait à la rescapée qui sentit son angoisse renaître.

— Dois-je retourner au...

Le mot ne passait pas. L'ex-favorite de Charles IX se mit à rire :

— Quelle idée ! Je viens de vous dire que l'on n'en était plus là ! Figurez-vous qu'au moment même où ce merveilleux Thomas de Courcy proclamait son intention de vous épouser, le Roi rentrait au Louvre. Il a entendu le glas, demandé des explications et – paraît-il parce que, hélas, je n'y étais pas à mon grand regret – le Roi a piqué une des plus belles colères de sa vie. Il a ordonné qu'on arrête votre affreuse tante et – d'après ce cher Joinville qui n'aime rien tant que raconter ce dont il a été témoin – un vent de panique a soufflé sur la clique fl... italienne de sa femme menacée d'expulsion totale au cas où Bassompierre n'arriverait pas à temps pour vous sauver. Ce cher Sire avait même effleuré un retour à la répudiation ! Personne n'en mène large au palais aujourd'hui...

— Est-ce... qu'il a pris une décision pour moi ?

— Pas encore mais nous serons fixés demain. Je suis venue prendre de vos nouvelles et vous informer que je passerai vous chercher après le dîner.

Sa Majesté a décidé de réunir tous ceux qui ont participé à vos malheurs afin d'éclaircir toute l'affaire. Naturellement, ma fille Verneuil y sera et vous n'imaginez pas à quel point nous nous réjouissons, elle et moi ! Ce sera la première fois depuis longtemps qu'elle et la grosse banquière vont se retrouver en un même lieu ! Cela va être... fabuleux ! conclut-elle en battant des mains avec l'enthousiasme d'une jeune fille à la veille de son premier bal.

— Y aura-t-il aussi MM. de Courcy et de Sarrance ?

— Evidemment, voyons ! C'est vrai que vous l'ignorez, mais hier ils se sont empoignés comme des chiffonniers et, pour les faire tenir tranquilles, le prévôt d'Aumont les a envoyés se calmer au Châtelet, dans des prisons séparées pour plus de prudence.

— Quelle tristesse ! commenta Lorenza, navrée. Ils sont amis depuis si longtemps. Et j'ai semé la zizanie entre eux !...

— Cela n'est pas si grave et d'ailleurs c'est une histoire vieille comme le monde ! Deux coqs vivaient en paix, une poule survint et ce fut la guerre ! Allons, ajouta-t-elle en se levant, vous n'allez pas vous faire du souci ! Songez seulement à prier pour celui qui, à deux reprises, vous a sauvé la vie ! Si l'on avait écouté l'autre, vous seriez déjà à six pieds sous terre ! Pensez à vous, que diable !... Ah ! Pendant que j'y pense, je vous ai apporté de quoi vous vêtir comme il convient.

Après tout, vous êtes veuve et le noir doit vous aller à merveille !

Ayant dit, Dame Marie posa un baiser sur le front de Lorenza, lui tapota la tête en manière d'encouragement et la laissa à ses réflexions.

TROISIÈME PARTIE

TEMPÊTE SUR LE LOUVRE

11

L'offense

Après mûre réflexion, Henri IV avait décidé que cette affaire, délicate par certains côtés, ne se réglerait pas au Louvre, ce rendez-vous des courants d'air plus ou moins malveillants mais à l'Arsenal, chez son ami et néanmoins ministre, Sully, qui, outre ses fonctions de grand maître de l'artillerie et de surintendant des Finances, avait entre autres charges celle de médiateur au sein du ménage royal et cela plus souvent qu'à son tour.

L'Arsenal, c'était à la fois son poste de commandement et sa maison : un petit palais reconstruit par Henri en 1594 entre la Bastille – il en avait fait le coffre-fort de l'Etat – et la Seine dont le séparait une belle allée plantée d'ormes, le Mail. Le jardin était magnifique et, aux beaux jours, le Roi et son épouse aimaient y venir festoyer[1]. Il arrivait même que la Reine lui empruntât sa Chambre Haute pour

1. Il n'en reste que la bibliothèque de l'Arsenal, l'ensemble étant occupé par une partie de la caserne des Célestins et le boulevard Morland.

y monter l'un de ces ballets qu'elle adorait et où elle jouait généralement le premier rôle...

Au physique, Maximilien de Béthune, marquis de Rosny et duc de Sully, n'avait en rien la prestance d'un diplomate... Gros homme de quarante-six ans, son crâne chauve compensé par une longue barbe et l'œil bleu glacier, c'était un bourreau de travail, doué d'un caractère exécrable. Mais d'une France quasi ruinée par les guerres de Religion il avait fait un pays prospère. Seules les Affaires étrangères, fief du duc de Villeroy, qu'il détestait, lui échappaient. Une espèce d'oubli qu'il espérait bien réparer un jour.

Tel qu'il était, une indéfectible amitié le liait à Henri depuis l'âge de douze ans. Interrompue parfois par des chicanes mais tenant fermement le cap contre toutes les tempêtes.

C'est dans un beau salon jouxtant le cabinet du grand homme qu'un garde introduisit les dames d'Entragues, mère et fille, escortant Lorenza vêtue cette fois de velours et de fourrure noirs, le visage caché par un voile assorti épinglé sur sa couronne de nattes et facile à rejeter en arrière. Elle était pâle mais ne tremblait pas. Toutes trois prirent place sur les sièges qu'on leur indiqua, à la droite des fauteuils préparés pour les souverains. L'autre côté était occupé par plusieurs chaises. Le feu flambait dans la cheminée.

Sully les rejoignit presque aussitôt, l'air rogue à son habitude. Il salua les deux dames avec une certaine chaleur envers la mère et une extrême froideur à l'égard de la fille : il lui devait trop de nuits sans sommeil passées à trouver des arguments propres à recoller les morceaux du ménage royal. En revanche, Lorenza qu'il n'avait jamais vue parce qu'il n'était pas à Fontainebleau, eut droit à l'esquisse d'un sourire.

— Evidemment ! dit-il seulement après l'avoir regardée avec attention.

Mme de Verneuil ouvrait déjà la bouche pour lui demander de s'expliquer mais Jean d'Aumont et Jacques Sanguin, suivis des juges, effectuaient leur entrée amenant avec eux Thomas de Courcy et Antoine de Sarrance, libres de toute entrave mais portant les traces de leur séjour au Châtelet. Leurs yeux convergèrent sur la jeune fille et, si Thomas lui adressait un sourire radieux, elle ne reçut d'Antoine qu'un regard chargé de rancune qui la fit frissonner mais lui rendit sa combativité. Après tout, il ne valait pas plus cher que son père. Même mauvais caractère, même cruauté puisqu'il s'obstinait à vouloir sa mort... Dieu sait ce qu'il serait advenu d'elle entre les pattes de ce trop beau garçon !

L'entrée du couple royal détourna son attention. Tout le monde s'inclina.

— Serviteur, Messieurs ! lança Henri avec sa jovialité habituelle. Mesdames, je vous baise les mains ! Mon cher Sully, merci de nous accueillir pour tenter d'en finir avec des événements d'autant plus tristes qu'ils n'auraient dû engendrer que du bonheur !

— Drôle de bonheur ! rétorqua Mme de Verneuil, acerbe. Une pucelle de dix-sept ans unie à un barbare qui aurait pu être son aïeul !

Occupée à loger dans un fauteuil son imposant volume de velours châtaigne abondamment brodé d'or, de perles et fourré de martre, la Reine lui jeta un regard venimeux :

— Que fait-elle ici, celle-là ?

Henri sourit à sa maîtresse et tapota gentiment la main dodue de sa femme :

— Allons, ma mie, essayez de vous montrer un peu accommodante ! Madame d'Entragues et sa fille ont bien voulu venir jusqu'ici pour apporter leur témoignage dans le drame qui nous occupe...

Avec plus d'énergie que de distinction, Marie renifla :

— Elles jouent un rôle dans cette infamie ? Rien d'étonnant !

— Un rôle important ! assena-t-il avec sévérité. Et tout à leur honneur puisqu'il s'agit de charité !

— Charitable, la Verneuil ? Voilà qui est nouveau et je voudrais bien savoir...

— Madame ! coupa Sully en s'efforçant d'introduire une dose d'apaisement dans le ton de sa voix. Nous avons à débattre d'une affaire trop grave et trop douloureuse pour que Votre Majesté nous refuse son attention. Nous avons tous eu connaissance du procès qui s'est déroulé la semaine passée sous la présidence de M. le prévôt de Paris, procès qui s'est conclu par une condamnation à la décollation. Grâce à Dieu, elle n'a pas été suivie d'exécution, un témoin capital s'est présenté à l'ultime minute...

— On peut se demander pourquoi il a attendu si longtemps ? croassa la Reine, maussade. Où était-il passé, cet envoyé du ciel ?

— Je pense qu'il va nous le faire savoir. Monsieur de Courcy ?

Thomas se leva et salua :

— Un accident stupide et dont je ne suis pas fier : envoyé à Londres par Sa Majesté le Roi pour en ramener au plus vite le fils du marquis de Sarrance, j'ai été désarçonné par mon cheval entré au galop en collision avec un tombereau chargé de pierres. Sur le coup, ma monture a été tuée net. Quant à moi, blessé à la tête, je suis resté sans connaissance pendant plusieurs jours...

— Où est-ce arrivé ? demanda le ministre.

— Près de Beauvais, Monsieur le duc !

— Je suppose que vous avez été soigné en quelque lieu ? Où était-ce ?

L'air soudain gêné de Thomas n'échappa à personne :

— Un... manoir aux environs de la ville...

— Et il s'appelle comment, ce manoir ? intervint le Roi. Il a bien un nom je présume ?

— Oui, Sire, mais je demande humblement au Roi de ne pas me le demander... et de me croire sur parole.

— Mais pourquoi, Jarnidieu !

— Sire ! piailla Marie, indignée, vous manquez à votre vœu ! N'avez-vous pas promis solennellement à votre confesseur, le père Coton, de ne plus jurer le nom du Seigneur !...

— Vous croyez que le moment est opportun pour me le rappeler ? gronda Henri. Jarnicoton alors ! Et toi, jeune Courcy, explique-nous pourquoi tu te refuses à dire où tu as été soigné ?

— Par délicatesse, Sire ! En... en fait, quand j'ai été remis sur pied, je me suis sauvé ! avoua le malheureux devenu écarlate en piquant du nez. Que l'on veuille me comprendre ! Il s'agit... d'une dame.

L'éclat de rire d'Henri dont les yeux se mirent à pétiller détendit l'atmosphère :

— Si tu es devenu son amant il ne faut pas en faire un drame ! Elle t'avait si heureusement... soigné que tu as tout oublié ?

— Ce n'est pas cela ! Elle m'a soigné, oui, et admirablement même... mais après elle n'a plus voulu me laisser partir. Elle... elle voulait que je l'épouse et j'ai été enfermé jusqu'à ce que je trouve le moyen de m'échapper. J'ai alors volé un cheval.

Cette fois, Henri n'était plus seul à rire. Mais Marie, elle, s'indigna :

— Curieuse façon de prouver votre reconnaissance ! Elle était si laide cette malheureuse ?

— Pas... pas vraiment ! Elle avait seulement le double de mon âge. Au moins !

— Restons-en là ! coupa Sully. Et revenons au rôle que vous avez tenu la nuit du meurtre de M. de Sarrance !

Thomas reprit son calme et sa couleur normale pour faire le récit de la tentative de suicide de Lorenza et ce qui s'était ensuivi, sa rencontre avec Mme de Verneuil, la décision de celle-ci de la confier à sa mère, sans pareille pour remédier aux maux les plus délicats...

Naturellement, la Reine, désagréable, trouva une objection :

— Pourquoi pas au Louvre ? Elle y eût reçu chez moi les soins de mon médecin, sans compter la signora Concini qui...

Pour le coup, elle avait réussi à mettre son époux en colère :

— Vous l'auriez secourue ? Vous si bigote et après une tentative de suicide ? Laissez-moi me gausser ! Vous auriez benoîtement attendu que la mort fasse son œuvre ! Sa bonne tante aurait été si enchantée de s'en occuper ! Au fait, où est-elle celle-là ? J'avais ordonné son arrestation, il me semble ?

— Ce n'était pas possible, Sire mon époux ! Elle avait perdu connaissance et je l'ai confiée...

— Elle doit être réveillée ! Qu'on l'amène ici !

— C'est que...

Pour la première fois depuis son entrée, la Médicis parut mal à l'aise.

— Eh bien ?

Elle toussota, se tortilla sur son siège, fouilla fébrilement dans sa manche à la recherche d'un mouchoir, s'essuya les narines délicatement puis, finalement, lâcha :

— Ce matin, ma Galigaï a trouvé sa chambre vide. Elle a parcouru tous les appartements sans que quiconque l'ait vue. Il semble qu'elle ait... disparu !

— Elle aussi ? Ventre-saint-gris ! Cela devient une habitude ! Il faut la retrouver et le plus tôt sera le mieux !

Le procureur Génin, qui n'avait encore rien dit, prit la parole :

— Ce n'est pas d'une grande importance, Sire ! Nous avons sa déposition écrite.

— Elle est fausse, soupira Lorenza. Elle n'est jamais venue à l'hôtel de Sarrance ! Je ne l'ai pas remarquée parmi les autres dames...

— Si elle se cachait, rien d'étonnant ! De toute façon, Vos Majestés, déclara Génin en se tournant vers le couple royal, ce que nous a appris le baron de Courcy ne l'infirme en rien...

— Ah, vous trouvez ? protesta l'intéressé. L'état dans lequel j'ai découvert donna Lorenza ne lui permettait absolument pas d'égorger un homme robuste comme l'était le marquis. Il était d'une force peu commune et il venait de la blesser sérieusement à coups de fouet...

— Vous n'omettez qu'un détail... que l'accusée a d'ailleurs admis : elle lui a jeté un bronze à la tête avec assez de force pour lui faire perdre connaissance. Quoi de plus facile, dès lors, que de passer une lame bien effilée sur le cou d'un homme inconscient ? Je vous rappelle qu'ensuite, elle a pu courir à travers les rues jusqu'à la Seine où elle a plongé poussée par... le remords, peut-être ? Ou la crainte de ce qui pourrait lui arriver : la noyade est une mort douce comparée à celle qu'inflige l'échafaud...

— Qu'en savez-vous ? lança Thomas, furieux. Vous avez déjà essayé ?

La peur se mêlait en lui à la colère. L'argument était de poids et rendait leur crédibilité aux déclarations venimeuses d'Honoria. Même si Lorenza affirmait que celle-ci n'était pas présente au soir de ses noces puisqu'elle assurait qu'elle était cachée... Le coup, d'ailleurs, avait porté. Il suffisait de voir le sourire narquois de la Reine, le pli soucieux entre les sourcils du Roi, l'air inquiet du clan d'Entragues, la mine satisfaite du procureur. Dans le silence qui suivit, s'éleva soudain la voix lasse de la jeune femme :

— Pourtant, je ne l'ai pas tué ! Sur le salut de mon âme, j'en fais serment ! Je ne suis pas coupable !

— Moi, je vous crois ! s'écria le Roi en frappant du poing le bras de son fauteuil. Je sais qu'il existe une force dans la terreur et le désespoir, capable de pousser à la fuite un être épuisé mais certainement pas pour s'agenouiller froidement auprès d'un corps inerte pour lui trancher la gorge ! Et vous étiez à demi morte quand je vous ai vue...

Il n'alla pas au bout de sa phrase. Une lueur guerrière dans le regard, soufflant la fureur par les naseaux, sa douce épouse venait de se dresser sur ses pieds :

— Vous l'avez vue ? Et où l'avez-vous vue sinon chez cette femme ? brama-t-elle en tendant un index vengeur en direction de Mme de Verneuil.

— Et alors ? N'est-ce pas naturel ? Quand Courcy m'est venu dire ce qui s'est passé dans la nuit j'ai voulu me rendre compte par moi-même et pour cela il fallait bien me rendre où la malheureuse se trouvait. Courcy est venu avec moi. N'est-ce pas, baron ?

— En effet... et je n'ai pas quitté Sa Majesté, mentit Thomas avec un aplomb convaincant.

Rentré au Louvre, j'ai reçu l'ordre de partir pour l'Angleterre afin de rappeler M. de Sarrance et, surtout, de lui apprendre la vérité avant que ne lui parviennent les bruits malveillants déjà en train de se lever. Quant à donna Lorenza, elle respirait à peine et il était impossible de prévoir si elle ne s'éteindrait pas d'un instant à l'autre.

Après avoir émis un raclement de gorge d'une rare élégance, la Reine retourna au combat :

— Et Mme d'Entragues possède des connaissances en médecine suffisantes pour faire ressusciter une moribonde ?

La voix mélodieuse de la vieille dame contrasta agréablement avec les propos acerbes de Sa Majesté :

— Je ne suis pas assez savante, Madame, et il s'agissait d'un cas alarmant. Aussi avons-nous fait appel à l'ambassadeur Giovanetti qui a auprès de lui un médecin de grande valeur. Valeriano Campo a traité notre invitée avec le talent que l'on peut imaginer en la voyant.

— Malheureusement, il n'est plus dans les parages pour témoigner, fulmina le Roi... Je me demande ce qui vous a pris de renvoyer ce bon Giovanetti qui vous a si bien servie cependant ? Et sans attendre mon avis ?

— De toute façon, il aurait été rappelé : le nouveau grand-duc ne l'apprécie pas !

— Ah oui ? Et quel âge avait le nouveau grand-duc lorsque vous avez quitté Florence ? Huit ans ? Neuf ans ? C'est fichtrement précoce pour avoir des vues politiques à si longue distance, hé ?

Sentant accourir la scène de ménage, Sully se jeta dans la mêlée :

— Quoi qu'il en soit, cela n'a plus d'importance et nous sommes ici pour nous prononcer sur le meurtre du marquis de Sarrance. Je pense sincèrement que nous pouvons en décharger donna Lorenza ! Elle n'a pas pu le tuer !

— Mais elle a pu soudoyer quelqu'un !

Toutes les têtes se tournèrent vers Antoine qui se levait, visiblement animé d'une détermination farouche, et Lorenza sentit son cœur défaillir. Qu'avait-elle fait pour que celui qu'elle avait aimé au premier regard – et qui l'avait aimée aussi, elle en était certaine ! – soit devenu le plus implacable de ses accusateurs ?

— Où avez-vous été pêcher cette sornette ? demanda Sully avec la rudesse d'un homme qui déteste la contradiction. Vous n'avez rien vu : vous étiez à Londres !

— Thomas de Courcy, lui, était là, comme il vient de l'expliquer. Pourquoi donc ne serait-il pas... ?

Il n'eut pas le temps d'en dire plus. Emporté par une rage irraisonnée, Thomas venait de lui allonger un maître coup de poing dans la mâchoire qui l'expédia sur le tapis et se serait jeté sur lui si leurs gardes n'avaient réussi à le maîtriser.

— En voilà assez, Sarrance ! tonna le Roi. Vous n'allez pas l'accuser maintenant ?

— Non, Sire ! Ce n'est pas ce que je voulais dire. Il se trouve que jusqu'à présent nous avons partagé un même logement et un même valet qui est d'ailleurs le sien...

Il expliqua alors comment Gratien, après avoir suivi son maître au matin du drame, avait vu sortir de l'hôtel de Sarrance l'un des ivrognes miraculeusement remis sur pied, ce qui l'avait conduit rue des Poulies où il habitait. Par la suite, il avait pu le filer jusqu'à chez un armurier afin d'y récupérer une dague ornée d'un lys rouge qu'il avait donnée à réparer et qu'on lui avait rendue avec une lame neuve. Ce qui l'avait mécontenté parce qu'il avait trouvé cet échange un peu trop onéreux...

— Quel est son nom ? le pressa Sully.

— Bruno Bertini. C'est un Florentin, fort joli garçon, soit dit en passant, et il a l'heur de plaire aux femmes...

Lorenza avait bondi :

— Qu'essayez-vous d'insinuer ? Je ne connais pas cet homme ! Je ne l'ai même jamais vu...

— Point n'est besoin de « voir » quelqu'un pour le charger d'une mission ! Une chose est certaine : ce Bertini a passé toute la nuit chez mon père. Quand il en est sorti, ses vêtements étaient couverts de vin, ce qui est une adroite manière de dissimuler le sang et la dague qu'il a remise à l'armurier est arrivée à Paris dans vos bagages, Madame... Si elle était ébréchée, c'est parce qu'elle avait servi précédemment à attaquer mon père à la veille des noces et que la cotte de mailles dont il s'était revêtu l'avait préservé. D'après votre récit, le malheureux vous l'a montrée, n'est-ce pas ? Et c'est ce qui vous a valu d'être flagellée...

— Exactement. Elle ne pouvait donc pas être en possession de ce...

— Il l'aura trouvée dans la chambre après votre fuite...

— Ainsi cet homme, payé par moi, aurait deviné ce qui allait se passer, m'aurait laissée tranquillement être déchirée par le fouet de ce monstre – il a dû entendre mes cris, pourtant ! – sans même venir voir ce qu'il en était ?

— Au milieu d'autres braillards avinés ce n'est pas évident...

— Faut-il que vous me haïssiez pour imaginer que j'ai pu, même terrifiée, même rendue à moitié folle par la souffrance, me pencher sur un homme inconscient pour...

— Je veux bien admettre que vous n'avez pas frappé personnellement mais que vous ayez rétribué ses services, oui !

— Et je l'aurais connu où et quand ? Je ne suis jamais venue à Paris avant d'y être conduite par ser Filippo Giovanetti et entre notre arrivée et ce maudit mariage voulez-vous me dire combien de temps m'a été donné pour parcourir la ville, rencontrer cet homme qui – à ce que j'ai cru comprendre ! – est l'un de ceux qui ont accompagné la Reine quand elle s'est mariée – il y a neuf ans ! –, le convaincre d'accomplir ce meurtre, lui donner la dague et le payer alors que je ne disposais plus d'un liard ?

— C'est un compatriote. Vous pouviez l'avoir connu antérieurement.

— J'ai été élevée au couvent des Murate à Florence, pas dans un bouge. On n'y rencontre guère d'assassins à gages !

— Il était au festin de noces. Ce n'est donc pas un truand ! Et pourquoi pas un ami de votre famille ?...

Le « oh ! » indigné de Lorenza fut couvert par la voix sèche du Roi :

— Vous proférez des âneries, Antoine de Sarrance, et vous devriez avoir honte ! Tant d'acharnement n'est pas digne d'un gentilhomme ! Aussi Monsieur le prévôt, nous vous saurions gré de faire chercher ce Bertini et de nous l'amener...

— L'ordre d'arrestation est déjà parti, Sire ! La rue des Poulies n'est pas loin et la maison de la Maupin connue du guet ! En attendant, j'oserai demander au Roi s'il entend faire droit à la revendication de M. de Courcy se réclamant sur l'échafaud de l'antique loi d'Hugues Capet exprimant sa décision d'épouser donna Lorenza !

— Je m'y oppose ! rugit Antoine. Qu'elle le veuille ou non, elle est la veuve de mon père, je suis le seul à pouvoir en disposer !

— C'est nouveau ça ! gronda Sully. Ce damné mariage fait de vous l'héritier de votre père, donc de la dot de son épouse mais pas de sa personne !

— Je ne veux pas de la dot !

— Libre à vous mais la suite ne regarde que la justice du Roi ! Veuve de votre père, elle est la sujette du Roi ! Un point c'est tout !

— Si je peux encore donner mon avis, intervint Lorenza avec tristesse, je remercie de tout mon cœur M. de Courcy de son offre si généreuse mais je refuse qu'il sacrifie son avenir, presque son honneur, par compassion et pour m'éviter le trépas. En ce qui me concerne, je le libère de cette parole.

— Même si ce refus devait vous ramener au bourreau ?

— Même, Monsieur le prévôt ! Si j'en juge par ce que j'ai vécu depuis ma sortie du couvent, je ne suis pas faite pour le bonheur et j'en viens à penser que... que je porte malheur. Deux hommes ont payé de leur vie leur volonté de m'épouser. Tous deux sont morts... et je ne veux pas avoir à me reprocher son trépas !

— Ne vous tourmentez pas pour cela ! la rassura Thomas avec un grand sourire. Je sais parfaitement prendre soin de moi... et je serais heureux d'avoir le droit de veiller sur vous, ajouta-t-il avec une soudaine gravité. Aucune compassion là-dedans, je vous le jure...

— On a aucun mal à te croire, lança Antoine, hargneux. Si elle était affligée d'une bosse dans le dos, d'un nez de travers et d'yeux bigleux, tu ne t'y intéresserais pas si noblement ! Il faut un courage louable, voire admirable, pour mettre dans son lit une aussi belle fille... même un peu abîmée par la correction qu'elle a encaissée !

— Sire ! s'écria Lorenza, je vous supplie d'intervenir ! C'est... c'est intolérable !

Elle se leva, le visage inondé de larmes et se jeta aux pieds du souverain :

— Donnez-lui ma tête, Sire, puisque c'est son désir ! Qu'il me haïsse s'il croit que j'ai tué son père mais qu'il ne m'insulte pas !

Son désespoir était si visible que Mme d'Entragues la rejoignit, passant un bras autour d'elle :

— Un peu de pitié, Sire, je vous en conjure ! Elle est bien jeune pour endurer autant !

Haussant les épaules, Marie de Médicis fit entendre un petit rire :

— *Comedia !*

Henriette de Verneuil laissa échapper un oh ! d'indignation, rejoignit les deux femmes mais resta debout :

— Il est de notoriété publique que vous n'avez pas de cœur... Madame ! lança-t-elle véhémente. Tout ce que vous savez faire c'est parader en portant votre poids de joyaux. C'est faible charge pour une reine de France !... Quant à vous, Sire, et avec votre permission, nous ramenons Mme de Sarrance chez nous ! Elle en a suffisamment entendu pour aujourd'hui et, si vous décidez finalement de la tuer, au moins attendra-t-elle ce scandale en paix ! Mais je me réserve le droit de dire ce que je pense de votre justice ! Venez, mère ! Nous rentrons ! acheva-t-elle tout en se penchant pour aider Lorenza à se relever.

Tandis que son épouse éclatait en imprécations, Henri, l'œil soudain pétillant, eut un bref éclat de rire :

— Allez, marquise, allez ! Vous n'avez pas tout à fait tort. Il y a des limites à ce qu'une jeune personne peut supporter ! Mais peut-être pourriez-vous accorder une once de respect à Sa Majesté royale, hé ?

— On récolte ce que l'on a semé, Sire ! répondit-elle en plongeant dans la plus gracieuse des révérences qu'elle accompagna sournoisement d'une œillade assassine. Quant à moi, rien n'altérera jamais le respect que je dois à mon Roi !... Le respect et l'amour ! fit-elle en baissant la voix jusqu'au murmure.

— J'irai très bientôt vous donner des nouvelles, chuchota-t-il en la caressant du regard. (Puis, haussant le ton et à la cantonade :) Que l'on accompagne ces dames à leur voiture avec tout le respect qui convient.

Elle sortirent dans un silence oppressant... qui ne dura pas. D'abord suffoquée d'indignation, la Reine entamait les préliminaires d'une de ces crises de nerfs dont elle avait le secret, agrémentés de halètements et de petits sanglots étouffés. Henri se tourna vers elle, lui prit la main, la tapota et appela :

— Madame de Guercheville !

La dame d'honneur apparut dans l'instant :

— Sire ?

— Ramenez la Reine au Louvre ! Elle ne se sent pas bien... son état sans doute ?

Quand il employait un certain ton, Marie savait qu'il n'était pas bon d'insister et choisit d'entrer dans son jeu : dolente, maintenant, elle abandonna la place au bras de Guercheville mais sans rien perdre de sa majesté, respectueusement escortée par le maître de maison. En attendant le retour de celuici, le Roi en revint aux deux garçons :

— A nous à présent ! Et je veux des réponses sans équivoque ! Marquis, vous êtes intimement persuadé de la culpabilité de donna Lorenza ?

— Oui, Sire ! Elle n'a pas commis l'acte elle-même mais je crois que ce Bertini a été son instrument, payé ou par simple dévouement. Nous ignorons qui est cet homme mais il suffit de la regarder pour savoir que sa beauté lui donne le pouvoir de déchaîner des passions...

— A commencer par la vôtre ! Ai-je rêvé ou m'avez-vous supplié de vous envoyer vous faire étriper le plus loin possible afin de ne pas être contraint d'assister aux joyeuses épousailles de votre père avec celle dont, cependant, vous ne vouliez pas entendre parler étant « follement » épris d'une autre demoiselle ?

— Non, Sire... Tout cela est vrai. Lorsque j'ai vu donna Lorenza il m'a semblé que mes yeux s'ouvraient...

— Ventre-saint-gris, mon garçon ! On dirait que vous les avez refermés depuis en y ajoutant des œillères pour être bien sûr de ne pas les rouvrir ! Et maintenant vous réclamez sa tête à cor et à cri ? Vous ne seriez pas un peu fou par hasard ?

Le ton était sévère. Antoine renâcla :

— Fou non, Sire ! Mais ensorcelé, je le redoute ! Florence semble une ville curieuse ! Les filles n'ont-elles pas la réputation de s'adonner à la magie ou même à la sorcellerie ?

Surpris, Thomas allait émettre une protestation mais Henri, lui, partit d'un énorme éclat de rire :

— Vous imaginez la Reine enfourcher un balai et se coiffant d'un chapeau pointu pour se rendre au sabbat ?... Oh, non que c'est drôle ! Volant dans les airs... elle qui a le vertige ? Il faudrait qu'il soit costaud le balai !...

Il en pleurait presque sous l'œil effaré de Jean d'Aumont, du procureur Génin et de Thomas qui, après un instant, lui firent chorus. Seul, Sarrance ne riait pas. On se moquait de lui et s'il ne s'était agi de son souverain il n'aurait pas hésité à en demander raison. Au lieu de cela, il tenta d'expliquer que Sa Majesté n'était pas en cause mais sa sulfureuse dame d'atour, cette Leonora Galigaï laide comme le péché, qui hantait les appartements royaux sous son voile noir comme une ombre maléfique. Et Henri cessa de rire :

— Pour ce coup, je ne vous donne pas tort ! Il arrive que cette femme me fasse peur ! Mais je vous ferai observer qu'il est difficile de trouver le moindre point commun avec cette ravissante enfant que vous poursuivez d'une hargne incompréhensible ! Il serait temps que vous essayiez de voir clair en vous-même, mon garçon !

Il venait d'employer les mêmes mots que l'étrange sœur Doctrovée qu'Antoine avait rencontrée en place de Grève. Celle-là semblait tellement convaincue de l'innocence de Lorenza... Le Roi reprenait :

— Passons à vous, Thomas de Courcy qui vous êtes déclaré son champion si hautement ! N'avez-vous obéi qu'à un mouvement de compassion en la réclamant pour épouse au moment où sa tête allait tomber ?

Thomas réfléchit un instant puis, ses yeux dans ceux du Roi :

— Je ne sais pas, Sire !

— Allons donc ! marmotta Antoine.

— Ou vous vous taisez, Sarrance, ou je vous expédie de nouveau au Châtelet. Quant à vous, Courcy, tâchez de vous expliquer ! Je vais formuler ma question différemment : aimez-vous donna Lorenza ? D'amour, j'entends !

Thomas mit un genou en terre :

— Pardonnez-moi, Sire, si je ne peux répondre autrement ! Quand j'ai su le crime qui se fomentait en place de Grève, quand je l'ai vue, elle, maniée par le bourreau qui s'apprêtait à lui décoller la tête, j'ai été envahi par la pitié sans doute mais surtout par une horreur sacrée comme si l'on allait assassiner un ange. Il m'a semblé que si elle mourait, un rayon du soleil déserterait cette terre. Que pour moi, en tout cas, rien ne serait plus comme avant et que cette scène abominable hanterait mes nuits...

Brusquement, il s'adressa à Sarrance :

— Et toi, qu'éprouvais-tu tandis que, caché dans la foule, tu regardais s'accomplir un crime de l'injustice et de l'imbécillité contre une pauvre enfant dont on avait osé se servir comme monnaie d'échange, qu'on avait frappée plus ignominieusement qu'une esclave et chargée des pires forfaits sans pitié pour sa jeunesse et dont le seul péché était d'être trop belle ?

— J'espérais ma délivrance ! J'espérais que, morte, elle cesserait de me hanter...

— Ce sont les morts qui hantent, pas les vivants !

— Elle, si ! Elle a détruit ma vie, celle de mon père...

— Un instant, s'il vous plaît !

Jean d'Aumont à l'oreille de qui un serviteur entré sur la pointe des pieds venait de parler, se leva et s'inclina :

— Sire, veuillez me pardonner cette interruption mais je viens d'apprendre un nouveau drame !

— Encore ? Qu'est-ce que c'est cette fois ?

— Les hommes que j'ai envoyés rue des Poulies appréhender le sieur Bertini et sa dague, y ont rencontré une escouade du guet : Bertini et la Maupin, sa maîtresse, ont été assassinés cette nuit dans leur lit. Egorgés tous les deux ! Avec une arme qui a disparu... Peut-être celle que nous cherchions.

Sully, qui revenait après avoir accompagné la Reine et sa dame d'honneur, regarda l'un après l'autre ceux sur qui la nouvelle venait de tomber. Tous, tant qu'ils étaient, semblaient pétrifiés. Il rejoignit le Roi qui se tourna vers lui :

— Vous avez entendu, Monsieur le grand maître ?

— Oui, Sire... et je crois en mon âme et conscience que ce double meurtre fait table rase de toutes les accusations portées jusqu'à présent sur... Madame la marquise de Sarrance ! Il est impossible qu'elle y soit impliquée !

— Je le crois aussi, Messieurs, ajouta-t-il à l'intention des magistrats présents. Avez-vous quelque objection à formuler ?

— Non, Sire, répondit Génin en s'inclinant. La cause est entendue et nous abandonnons les poursuites !

Ils se retirèrent aussitôt menés par le prévôt, visiblement ravis d'une issue aussi heureuse qu'inattendue et parlant tous à la fois. Sully les rappela à l'ordre :

— Ne perdez tout de même pas de vue qu'il s'agit maintenant de rechercher le ou les auteurs d'un double homicide...

— Je vais m'y attacher, Monsieur le grand maître, le rassura d'Aumont... Mais c'est bien la première fois qu'un meurtre m'enchante !

— Je partage votre sentiment, approuva Henri. Et avant de rentrer au Louvre, je vais faire un tour chez les dames d'Entragues afin de les informer. La jeune Lorenza n'a pas besoin d'une mauvaise nuit de plus... Eh bien, et vous, Sarrance, qu'en pensez-vous ? Vous ne dites rien ?

— C'est qu'en vérité je ne sais que dire, Sire !

— Ah non ? Vous avez le soupçon tenace, j'ai l'impression ?

— C'est que... demeure l'accusation formelle de donna Honoria qui a disparu comme par enchantement. L'assassinat de Bertini et de sa maîtresse pourraient n'être... qu'une coïncidence... et n'avoir aucun rapport avec la mort de mon...

L'agression de Thomas lui coupa la parole. Blême de colère, son ancien ami venait de lui sauter à la gorge en l'empoignant par la fraise de son pourpoint :

— Pour le coup, je crois que je vais t'étrangler ! Que t'a fait donna Lorenza pour que tu t'acharnes ainsi contre elle ? Tu détestais ton père, tu le maudissais pour t'avoir soufflé sous le nez la merveille que tu dédaignais quelques heures plus tôt faute de l'avoir vue !

Ils roulèrent sur le tapis mais ne luttèrent qu'un instant, vite séparés et remis sur pied par le ministre et le Roi sans être calmés pour autant.

— Tu es le pire idiot que je connaisse, hurla Thomas ! Assez borné pour croire qu'on a tué Bertini pour le faire taire ?...

— Ce que je crois ne te regarde pas !

— Oh que si ! Quand tu refuses de voir l'évidence !...

Echappant à ceux qui les maintenaient, ils s'empoignèrent de nouveau et, cette fois, ce fut la garde qui les sépara. Ils étaient de force sensiblement égale et l'on ne pouvait prédire l'issue du combat mais, même maîtrisé par trois hommes, Antoine ne se calmait pas :

— Si tu t'imagines que tu vas l'avoir pour toi, tu te trompes ! Je t'étriperai avant...

Le Roi se dressa devant lui :

— ... et tout de suite après, je vous dépêcherai à l'échafaud, Marquis !...

— Oh ! Si le Roi le protège !

— Je ne protège personne sinon l'innocence. Et vous, j'ai bonne envie de vous envoyer réfléchir à la Bastille puisque apparemment le Châtelet ne vous a pas suffi.

— Avec lui, j'espère, cracha Antoine en désignant Thomas d'un mouvement de tête.

— Non. Vous avez délibérément provoqué sa colère et il aura droit aux arrêts de rigueur. J'en conférerai avec le comte de Sainte-Foy ! En outre, sachez que j'interdis formellement toute provocation en duel ! Une désobéissance vous conduirait en place de Grève... là où vous tenez tellement à envoyer une belle jeune fille...

A ce moment, emporté par l'une de ces fureurs qu'il ne savait pas contrôler, Antoine ricana avec insolence :

— Que vous avez gaillardement l'intention de mettre dans votre lit un jour prochain ?... Avec mon père ce n'eût...

La gifle l'interrompit. Henri l'avait appliquée à toute volée et la joue de l'impudent s'empourpra :

— Tudieu, si vous n'étiez pas le Roi..., gronda-t-il, les poings serrés.

— Eh bien, que feriez-vous ?

— Je vous enverrais rejoindre vos ancêtres !...

— Et vous, vous vous retrouveriez en place de Grève... mais pour y être tiré à quatre chevaux !

— Vous avez osé me souffleter ! Moi, un gentilhomme...

Terrifié, Thomas tenta d'intervenir :

— Tu es malade ! Reprends-toi !

— Mêle-toi de tes affaires ! Il m'a humilié !

— Un gentilhomme qui insulte son roi n'en est pas un pour moi ! gronda Henri. Rien d'autre qu'un traître !...

— C'est le moment ou jamais de me reléguer à la Bastille !

— Non ! Allez-vous-en, Monsieur de Sarrance ! Je ne veux plus vous voir ! Votre père avait un caractère exécrable mais il était fidèle ! Je ne peux plus admettre que ce soit encore votre cas ! Rentrez chez vous !

— Giflé, banni ! Le Roi me gâte !

— Estimez-vous heureux qu'il vous laisse libre !

— Sire, protesta Sully ! Faites-lui tâter de la Bastille ! Au moins le temps qu'il s'apaise !

A demi fou de rage et d'orgueil blessé, Sarrance brisa son épée sur son genou, en jeta les morceaux aux pieds du Roi :

— Surtout ne changez rien, Sire ! La liberté a du bon... et, à ce propos, je pense qu'elle sera encore meilleure agrémentée de l'héritage de mon père comprenant, bien entendu, la dot de ma ravissante belle-mère ! Fallait-il avoir été assez sot pour la refuser !

Et il s'en fut laissant derrière lui un silence consterné, que Thomas eut le courage de rompre le premier :

— Il a perdu l'esprit, Sire ! Son comportement ne peut s'expliquer autrement. Moi qui le connais depuis notre prime jeunesse, je n'arrive pas à croire ce que je viens d'entendre et de voir !... Et j'ai peur d'en être responsable. Après tout, c'est moi qui l'ai attaqué le premier. Je... je n'ai pas supporté de l'entendre pour la énième fois mettre en doute l'intégrité de...

— De celle que vous aimez, Courcy ? C'est bien naturel ! Si vous le souhaitez toujours, épousez-la donc !

— Ce serait pour moi un bonheur infini... mais après ce qu'elle vient de subir, l'idée d'une nouvelle union ne doit guère la séduire.

Il semblait si gauche, tout à coup, si malheureux aussi qu'Henri retrouva le sourire :

— Puisque je vais de ce pas chez Mme d'Entragues, j'essaierai de savoir ce qu'elle en pense !

— Merci, Sire ! Mais que le Roi veuille bien lui dire que je souhaite seulement le droit de la protéger de ses ennemis dont je crains que le nombre n'augmente de façon inquiétante et que... je serai pour elle... comme un frère ! J'en fais serment !

Les sourcils du Béarnais remontèrent jusqu'au milieu de son front tandis qu'une flamme de gaieté animait son regard :

— Comme un... Ventre-saint-gris, mon ami, vous vous avancez peut-être un peu beaucoup ? Ou alors, vous avez une sacrée force de caractère. J'en connais un qui en serait incapable...

— C'est pourtant facile à expliquer : je prends conscience que je l'aime ! J'avoue qu'en arrivant au lieu du supplice, j'aurais inventé n'importe quoi pour l'arracher au bourreau...

— De la chevalerie pure, en quelque sorte ?

— Je ne sais pas... mais ce que je sais, maintenant, c'est que je désire par-dessus tout la voir sourire... me sourire et s'en remettre à moi de sa sécurité !

— C'est ce que je disais : de la chevalerie ! D'un autre âge sans doute mais que je me réjouis de voir encore fleurir. Pas vous, Sully ?

— C'est une question épineuse à se poser quand on vit à la Cour !

— Quoi qu'il en soit, je me ferai votre interprète, mon garçon !

Le ministre se racla la gorge, renifla et enfin hasarda :

— Faut-il vraiment que vous rendiez visite à ces dames ce soir, Sire ?

— Evidemment qu'il le faut ! Je viens de vous le dire. Et puis...

— Et puis ?

Henri allongea une bourrade dans les côtes du grand maître :

— Vous ne croyez pas, mon bon, que j'ai largement mérité une petite récompense ?

— Vous n'allez tout de même pas larmoyer jusqu'à la fin des siècles ! protesta Mme de Verneuil en voyant Lorenza, assise en face d'elle de l'autre côté de la cheminée, effacer du bout du doigt – discrètement cependant – une nouvelle larme.

La jeune fille tressaillit :

— Pardonnez-moi ! Je... je pleure sans m'en rendre compte. Mes nerfs, je pense...

— Laissez-la tranquille, ma fille ! plaida Mme d'Entragues. Tout ce qu'elle vient d'entendre, surtout après le calvaire qu'elle a enduré, en abattrait de plus coriaces. Cette hargne dont la poursuit le jeune Sarrance est incompréhensible.

— Je vous le concède. Ce garçon ne sait pas ce qu'il veut. Il a supplié le Roi de l'envoyer au loin afin de ne pas assister, en témoin impuissant, aux accordailles de son vieux père avec celle dont il venait de découvrir qu'elle lui plaisait après l'avoir refusée parce qu'il était épris d'une autre, et le voilà qui réclame sa tête à tous les échos ? Cela n'a aucun sens et il doit être stupide. C'est dommage quand on est si beau ! déplora-t-elle avec un soupir qui était peut-être un regret...

Marie d'Entragues étendit une main qu'elle posa sur celles de Lorenza :

— Je suis d'accord avec vous, ma fille, mais je pense que cette enfant a vécu le plus dur. On peut faire confiance au Roi...

L'instant suivant, celui-ci entrait sans qu'on l'ait entendu venir et, tout sourires, s'adressa à Mme d'Entragues :

— Comme c'est heureux, Madame, d'avoir aussi bonne opinion de moi. Me direz-vous ce qui me vaut cette confiance ?

— Ma mère pensait, Sire, que vous avez sans doute su ramener Antoine de Sarrance à la raison !

— Cela, ma chère, c'est tout à fait impossible car, de raison, il n'en a plus guère. Il en est à nier l'évidence... Les gens du prévôt partis appréhender le sieur Bertini sont revenus nous apprendre qu'il avait été assassiné la nuit dernière avec sa maîtresse. Ce qui innocente définitivement votre protégée...

— Oh, quelle joie, Sire ! s'écria Lorenza. Ainsi je suis libre ?... Et je vais pouvoir regagner Florence ?

Henri IV la regarda un instant : l'idée qu'il allait encore lui faire du mal le peinait :

— Libre, oui, mais que ferez-vous à Florence où Ferdinand n'est plus et où Christine de Lorraine s'est retirée dans l'une des villas médicéennes ? En outre, votre fortune ne vous sera pas rendue... Le nouveau marquis de Sarrance... qui ne fait plus partie de nos proches a finalement décidé de la garder ! Il est toujours persuadé de votre culpabilité. Pardonnez-moi d'ajouter à vos douleurs ! fit-il en lui prenant la main.

Le geste alerta la marquise qui se hâta d'aller prendre le bras libre d'un amant qu'elle entendait conserver pour elle seule :

— Il y a là un mystère ! Comment se peut-il ?

— C'est tout simple, mon cœur. Ce blanc-bec a dépassé les limites jusqu'à m'insulter. Je l'ai giflé et chassé !

— Pourquoi ne l'avoir pas envoyé à la Bastille ? protesta Henriette.

— Je l'ai frappé à la tête et il est gentilhomme. Si je n'étais le Roi, nous en aurions décousu sur le pré. Il m'a paru plus juste de l'éloigner de mon service.

— Tout de même ! C'est faire preuve de...

Lorenza n'écoutait plus. De ce qu'avait dit le Roi elle retenait seulement qu'Antoine demeurait convaincu de sa culpabilité. C'était tellement navrant qu'elle avait peine à le croire. La voix de la marquise se faisant plus aiguë à mesure que sa colère montait l'atteignit d'autant mieux qu'elle la tenait par les épaules :

— Et celle-ci, alors, que va-t-elle devenir ? Elle perd tout dans cette machination montée par votre grosse pondeuse !

— Sauf l'amour d'un noble cœur ! Thomas de Courcy a réitéré son offre de vous épouser, ma chère enfant !

— Je ne veux de la pitié de personne !

— Ce n'est pas de la pitié mais de l'amour et le plus pur qui soit ! Les Courcy sont de très ancienne et très noble maison. Leur tortil de baron vaut la couronne d'un duc et ils n'ont nul besoin d'augmenter leur fortune. Thomas est fils unique. Le baron Hubert ne s'est jamais remis de la perte de son épouse mais ne s'est pas enseveli pour autant dans les larmes. Dans son magnifique château sur l'Oise... pas très loin de Verneuil, précisa-t-il, avec un sourire à sa maîtresse. Il vit avec sa sœur et préfère cultiver son jardin et sa bibliothèque plutôt que la mélancolie... Vous pourriez, un jour, être heureuse...

— Et eux, le seraient-ils avec moi ? Je ne porte pas bonheur !

— Vous n'avez pas eu de chance, voilà tout ! Je crains, malheureusement, d'y avoir joué un rôle – et que dire de mon épouse ! Ce mariage ferait de vous une grande dame et serait peut-être votre meilleure revanche sur la vie ?...

— Si le Roi le dit... mais il y a dans le mariage des... réalités...

— Qui vous effraient ? Rassurez-vous ! Courcy vous aime assez pour vivre avec vous comme un frère ! Il me l'a juré… et j'ai toutes les raisons de le croire ! Rien ne vous presse, d'ailleurs ! Réfléchissez !

Ayant dit, il se tourna vers Henriette et passa un bras autour de sa taille…

— Si nous nous occupions un peu de nous, mon cœur ? Déposer les soucis du pouvoir entre vos belles mains est ce à quoi j'aspire le plus maintenant. C'est chose si facile et si douce auprès de vous !

— Le croyez-vous vraiment ? Il m'a semblé, parfois, que vous pensiez différemment ?

— C'est que je n'étais pas moi-même mais vous me connaissez mieux que je ne le fais et vous savez bien que vous êtes… incomparable !

Il l'attira à lui, l'embrassa dans le cou et ils sortirent tous deux en se tenant enlacés sans plus se soucier de Mme d'Entragues ni de Lorenza mais la première était habituée et la seconde perdue dans ses pensées…

Un devin passant à l'hôtel d'Entragues à ce moment aurait fort surpris Henri en lui prédisant que, le lendemain, à la même heure, il serait complètement guéri – et cela de manière irrévocable ! – de la passion charnelle qui l'enchaînait depuis tant d'années et qui, même après les pires tempêtes, le ramenait toujours dans les bras de Mme de Verneuil.

Et pourtant…

12

Des conséquences d'un coup de foudre

Henri IV était de mauvaise humeur.

D'abord parce qu'il n'avait pour ainsi dire pas dormi. Ou si peu !

Rentré tard, avec le plus de discrétion possible en caressant l'espoir que Marie serait endormie, il avait eu la surprise de la trouver assise sur son lit entre un plateau de fruits confits et Leonora Galigaï à visage découvert cette fois, qui lui parlait de façon intime en agitant des papiers qui semblaient lui tenir fort à cœur. L'irruption du Roi la fit disparaître comme par enchantement, voile réajusté et papiers escamotés. Henri, qui avait sommeil, se garda bien de poser la moindre question et se coucha avec un soupir de soulagement après avoir repoussé le plateau au pied du lit. Fâcheuse idée ! Sa royale épouse ouvrit la bouche mais non pour croquer la prune qu'elle tenait du bout des doigts, hélas ! C'était parti pour la scène de ménage que l'on tenait au chaud depuis la séance chez Sully. Tout y passa à commencer par la « parodie de justice » donnée à l'Arsenal jusqu'à la présence de la marquise « poutane » à cette réunion... et ce qui s'ensuivait touchant ses relations avec Henri, et sans omettre la « criminelle » mansuétude envers une meurtrière avérée qui ne tarderait sans doute pas – si ce n'est déjà fait ! – à le recevoir dans son lit...

Après avoir vainement tenté de changer en duo conciliateur ce solo vengeur, Henri se leva, enfila sa robe de chambre, ses pantoufles, prit son oreiller sous le bras et s'en alla finir chez lui – où les feux étaient éteints ! – le peu qu'il restait de la nuit...

Son travail de la matinée s'en ressentit. En outre, le temps était froid, gris et il neigeait. Enfin, alors qu'il examinait le dernier rapport de son ambassadeur en Espagne, des flots de musique envahirent le palais et changèrent son humeur noire en humeur massacrante : le ballet ! Le foutu ballet les *Nymphes de Diane* que la Reine avait mis en répétitions pour le mardi gras où il serait interprété dans la Chambre Haute de l'Arsenal. Il ne manquait plus que ça !

Marie raffolait de ces ballets pour lesquels le premier rôle lui était toujours réservé – la « grosse banquière » en Diane, il fallait imaginer ! –, les autres étant tenus généralement par les plus jolies filles de la Cour.

La musique sautillante envahissant son cabinet et ses oreilles, Henri décida d'abandonner la place et d'aller demander à dîner à Sully. Accompagné par son capitaine des gardes, M. de Montespan, et par son ami Bellegarde, son Grand Ecuyer récupéré au passage, le Roi, les mains nouées dans le dos, la tête dans les épaules et sans rien regarder, fonçait à travers la grande galerie où évoluaient ces demoiselles pour gagner le vestibule quand Bellegarde s'exclama :

— Voyez donc, Sire ! Mademoiselle de Montmorency est admirable !

Il leva alors les yeux... et le monde entier bascula. A cet instant, les Nymphes, fort légèrement drapées de quelques voiles transparents, brandissaient des javelots qu'elles faisaient mine de lancer. Juste en face de lui, Henri crut voir un ange blond dont les yeux d'azur, les lèvres tendres souriaient en dirigeant l'arme vers son cœur... Ce qu'il ressentit fut si violent qu'il vacilla sur ses jambes et fût peut-être tombé si Bellegarde ne l'avait soutenu ·

— Vous êtes souffrant, Sire ?

— Non... Emerveillé... Ebloui ! Son regard m'a brûlé !... Ramène-moi dans mon cabinet !

Plus tard, revenu à une claire conscience, il essaya d'analyser ce qui venait de lui arriver. Jamais il n'avait ressenti pareil choc. Si le javelot de l'adorable fille ne l'avait pas atteint, il n'en avait pas moins été foudroyé, ensorcelé et, à présent, il se retrouvait à cinquante-cinq ans amoureux éperdu d'une exquise enfant de quatorze ans. De quoi faire rire en vérité ! Aussi voulut-il donner une couleur plus respectable à une attirance qui l'était beaucoup moins : Charlotte était la fille du Connétable de Montmorency, un de ses plus vieux amis ; il l'avait connue nourrissonne (même s'il ne l'avait jamais vue) et cet amour si soudain ne pouvait être que paternel !...

Comme pour le conforter dans cette illusion en lui rappelant les dures réalités de l'âge, il était pris, le soir même, d'une crise de goutte qui l'envoya dans son lit pour quinze jours. Laissant Sully et Villeroy se débrouiller avec les affaires de l'Etat, il y employa son temps à rêver un peu et à se faire lire, par Bassompierre et Grammont, le nouveau et retentissant succès littéraire du moment : *L'Astrée* d'Honoré d'Urfé. On y traitait d'amours platoniques, de bergeries amoureuses et délicates. L'œil humide, Henri habilla une passion qu'il ne mesurait pas encore à ces aimables images, en tentant de se persuader qu'il vouait à Charlotte une tendresse toute paternelle... Qu'il lui confia quand, avec sa tante, la duchesse d'Angoulême, elle vint lui faire une visite sur son lit de douleurs...

Malheureusement, en dépit de son jeune âge, Charlotte était déjà fiancée. Et à qui ? Au jeune et séduisant Bassompierre qu'Henri aimait beaucoup. Cette idée le tourmenta si bien que, peu de temps après, remis sur pied, il lui demanda si elle était heureuse d'épouser le jeune homme. Sinon, il s'arrangerait pour mettre fin à ce projet.

Or, Charlotte, non seulement ne songeait pas à tourner en ridicule l'amour de ce barbon, mais en était, au contraire, extrêmement fière et toute prête à y répondre. Aussi quand le Roi lui posa la question, elle rougit et répondit d'une voix un peu triste :

— Si c'est la volonté de mon père, Sire, je m'estimerai fort heureuse avec lui...

Mais le ton était celui de la résignation et elle avait ponctué sa phrase d'un soupir qu'elle accompagna d'un regard désolé de ses beaux yeux. Henri flamba comme un brandon. Après une nuit de cauchemars où il se débattit en vain contre sa passion et sa jalousie, il fit appeler l'heureux « promis » de cette merveille et lui tint à peu près ce discours :

— Vous savez l'affection que je vous porte ainsi qu'à votre famille. Il m'est donc apparu que je ne saurais trop faire pour ajouter à votre illustration... Aussi m'est-il venu l'idée de vous marier à Mlle d'Aumale, ce qui me permettra de rétablir le duché d'Aumale en votre faveur. Vous serez duc, mon cher !

— Sire ! fit Bassompierre éberlué, voilà que vous me voulez bailler deux femmes ?

Henri prit alors une profonde respiration et se lança :

— Ecoute, je veux te parler en ami. Je suis devenu non seulement amoureux mais furieux et outré de Mlle de Montmorency. Si tu l'épouses et qu'elle t'aime, je te haïrai ; si elle m'aimait tu me haïrais[1]...

Et d'ajouter qu'il avait dans l'idée de la marier à son neveu, le prince de Condé, et de la garder auprès de la Reine afin qu'elle soit la « consolation » de ses vieux jours. Moyennant quoi, le jeune Condé, fort impécunieux, recevrait cent mille francs par an pour s'adonner autant qu'il voudrait

1. Philippe Erlanger, *L'Etrange Mort d'Henri IV*.

aux plaisirs de la chasse qu'il préférait de beaucoup au commerce des dames.

Ce n'était pas si mal imaginé, bien que l'astuce fût un peu grosse. Le jeune Condé – Monsieur le Prince pour la Cour où il était seul à porter le titre – préférait ouvertement les garçons aux filles. Avec lui Henri était à peu près sûr que la nuit de noces serait purement théorique et que rien ne s'opposerait à ce qu'il cueille lui-même la fleur si fraîche qui le tentait...

Mais on n'en était pas là. Bon garçon encore qu'un peu surpris, Bassompierre répondit à son maître qu'il avait toujours cherché une occasion de se dévouer à son service et n'en pouvait trouver une plus haute que de renoncer à ce beau mariage et à la jeune fille qui lui plaisait tant. Après quoi, Henri l'embrassa en pleurant. Il ne restait plus qu'à mettre son projet à exécution.

On ne perdit pas de temps : le soir même, alors que le Roi jouait aux dés avec Bellegarde assis à son chevet, il vit entrer la duchesse d'Angoulême[1] accompagnant sa nièce, les fit approcher et, sans plus attendre mais à voix basse, leur apprit ce qu'il venait de décider. Charlotte, toute rougissante mais souriante, se déclara prête à obéir aux ordres du Roi et la duchesse ne put moins faire que lui emboîter le pas. Du coup, Henri aux anges se sentit pousser des ailes mais ce fut alors Bassompierre qui mesura son malheur : en le croisant dans la chambre du Roi, Charlotte avait haussé les épaules

1. Diane de France, fille légitimée d'Henri II et de Filippa Duco, une belle Piémontaise qu'il avait plus ou moins violée !

avec une moue de dédain... Sans oublier la mercuriale sévère dont le régala le duc d'Epernon sur la coupable faiblesse dont il venait de faire preuve. En vieillissant, l'ancien mignon d'Henri III se voulait le parangon de toutes les vertus tout en s'efforçant de devenir l'homme le plus puissant et le plus riche de France. Acquis secrètement à la cause espagnole, il détestait le Roi mais avait l'oreille de sa femme, ce qui faisait de lui un personnage inquiétant avec lequel il fallait compter. Ainsi honni quasi publiquement, le pauvre Bassompierre rentra chez lui tellement désolé que, de deux jours, il ne put ni manger, ni boire, ni dormir...

Le Roi, lui, ressuscitait à vue d'œil... Il allait terminer en apothéose une carrière amoureuse des mieux remplies. Aussi, quand vint la représentation des *Nymphes de Diane* dans la Chambre Haute de l'Arsenal, rayonnait-il positivement, tout en velours de soie, tiré à quatre épingles, baigné, frisé et répandant autour de lui, au lieu de son odeur intime agrémentée d'ail, des fragrances d'ambre et de musc. Le parfum même de Bassompierre dont c'était l'une des meilleures armes auprès des femmes...

Ainsi accommodé, il put contempler à loisir les gracieuses évolutions de l'adorable Charlotte dont les charmes étaient à peine voilés par une tunique transparente. Il était même tellement transporté de joie que, dès le lendemain, il fit chercher le poète Malherbe pour qu'il lui concocte quelques vers célébrant les attraits infinis de sa bien-aimée...

Pendant ce temps, à Verneuil où elle s'était retirée afin d'y attendre l'une des longues visites que son amant définitivement reconquis – du moins le croyait-elle ! – ne manquerait pas lui rendre, la marquise ignorait tout, occupée qu'elle était aux embellissements de son château, commencé au siècle précédent par Androuet du Cerceau pour Jacques de Boulainvilliers, et achevé par le duc de Nemours[1]. Elle avait l'intention d'en faire une demeure vraiment royale et plus accueillante encore pour abriter le renouveau de leurs amours. Le printemps ne venait-il pas d'arriver ?

Quand elle se laissait aller à sa gaieté naturelle – et c'était le cas ! –, Henriette pouvait être la plus charmante des hôtesses. Lorenza vécut alors, entre sa mère et elle, des jours pleins d'agréments au fil desquels s'apaisa son esprit, toujours empêtré dans les cauchemars nés de la prison et de la perspective de l'échafaud. En outre, elle se retrouvait lavée de tout soupçon : le Roi lui-même, en présence de la Reine, des ministres, de Jean d'Aumont et de toute la Cour, avait proclamé son innocence et donné lecture de la lettre d'excuses qu'il lui adressait chez l'amie compatissante qui l'avait secourue, soignée et qui, à présent, lui offrait l'asile de son château de Verneuil afin qu'elle y trouve le repos, la paix et si possible l'oubli...

Ainsi réhabilitée, elle pouvait redevenir elle-même dans les toilettes qui lui avaient enfin été

1. Rasé par le prince de Condé dans le but d'agrandir son domaine de Chantilly.

rendues grâce à la diligence pleine de compassion de Mme de Guercheville… sur « ordre » de la Reine ! Officiellement du moins ! La cassette de bijoux manquait à l'appel mais, pour le moment, la rescapée ne s'en souciait pas. L'important était d'essayer d'effacer les heures noires qu'il lui avait fallu traverser et redevenir ce quelle n'aurait jamais dû cesser d'être : une jeune fille de dix-sept ans qui pouvait goûter les joies simples de la vie, le ciel bleu, la terre en train de renaître, les pousses aux branches des arbres, le chant d'une alouette au matin, celui des jardiniers au travail dans les beaux parcs et le retour des hirondelles.

L'avenir, elle se refusait à y penser. Il lui suffisait de se sentir sereine. Ce n'est qu'à ce prix qu'elle parviendrait peut-être à effacer la brûlure infligée par le mépris et la haine d'Antoine de Sarrance, son beau-fils puisqu'elle était devenue marquise « douairière » de Sarrance ! Un titre grotesque sur lequel elle préférait ne pas s'attarder…

La quasi-béatitude dans laquelle on baignait à Verneuil ne résista pas, hélas, à l'innocente visite de Claude de Joinville venu bavarder, comme il aimait le faire avec celles qu'il appelait ses « belles dames ». Il était porteur en effet de la plus inattendue, la plus effarante des nouvelles. Si peu futé qu'il soit, il ne pouvait douter que non seulement elle ne plairait pas à la maîtresse de ces lieux mais encore qu'elle soulèverait une tempête. Il estimait cependant de son devoir de mettre une si délicieuse amie au fait des derniers événements du Louvre… ainsi que de son indignation, en bon

Lorrain, du camouflet infligé par le Roi au cher Bassompierre en rompant ses fiançailles avec Mlle de Montmorency.

— Ils allaient former un si beau couple ! soupira-t-il avec âme. Et tout ce gâchis pour la donner à l'affreux petit Condé qui n'a ni sou ni maille, dont la naissance est incertaine, qui est méchant comme teigne et qui, de surcroît, n'approche jamais une femme ! Cela pourquoi ? Parce que notre Sire est tombé sous le charme de la fiancée ! N'est-ce pas insensé ?

— Incroyable en vérité ! répliqua Henriette d'un ton pincé qui aurait dû mettre Joinville en garde. Mais pris par son sujet, le bon Claude ne fit grâce d'aucun détail à une dame dont la colère gonflait à vue d'œil. Inquiète, Mme d'Entragues observait le phénomène en cherchant désespérément un moyen de le pallier quand, soudain, tout se calma. L'orateur développait sa péroraison :

— Dans ces conditions, on peut s'attendre que le mariage étant annulé par l'Eglise faute de consommation, le Roi se fasse démarier lui-même pour faire une reine de son enchanteresse !

— Une de plus ! persifla Henriette d'une voix anormalement soyeuse. Ne conviendrait-il pas de compter avec celle qui occupe la place depuis bientôt dix ans et qui attend un sixième enfant ?

— Il est certain qu'elle émettra au moins une protestation. D'autant que tout ne va pas au mieux dans le couple...

— Cela ne va jamais au mieux ! Et dans les circonstances actuelles...

— Vous n'y êtes pas ! La croyant en position de moindre résistance à cause de sa future maternité, il lui a proposé une sorte de traité.

— Un... traité ?

— Absolument ! Il s'engageait à n'avoir dorénavant plus de maîtresse à condition qu'elle renvoie les Concini en Italie et qu'elle renonce à faire venir de Sienne cette nonne Pasithée qui ne cesse de prophétiser sa mort prochaine à lui !

— Et alors ?

— La Reine a fait une vague concession pour Pasithée mais a refusé tout net de se séparer du couple !

— Ce n'est pas la première fois ! Mais pourquoi a-t-il repris feu contre eux ?

— Ils ne cesseraient de lui rendre les plus mauvais offices. Ainsi, il est persuadé que c'est la Galigaï qui a fait disparaître donna Honoria Davanzati et qui la tient soigneusement cachée quelque part à couvert, ajouta-t-il en se tournant vers Lorenza.

— Pourquoi aurait-elle fait cela ? murmura celle-ci désagréablement ramenée à ce qu'elle s'efforçait d'oublier.

— Je ne saurais vous le dire mais il est certain que ces gens-là ne font jamais rien sans une excellente raison et toujours en leur faveur ! Eh bien, chère marquise, que faites-vous donc ? s'étonna-t-il en voyant Henriette se lever. Vous me chassez ?

— Pas du tout ! Restez ici tant que vous voudrez à tenir compagnie à ces dames. Moi, je rentre à Paris ! Mère, voulez-vous, s'il vous plaît, prévenir d'Escoman que je l'emmène ? Je vais avoir besoin d'elle.

— Vous n'allez pas imposer une scène au Roi au moins ?

— Moi ? Me connaissez-vous si mal ? Je laisse ce plaisir à la grosse banquière. Je ne le verrai même pas. Vous savez que je ne suis pas la bienvenue au Louvre... Ah ! Pendant que j'y pense, vous devriez rappeler à ce cher Bassompierre qu'il a fabriqué un petit garçon à ma jeune sœur Marie et promis formellement de l'épouser. Alors, que ses touchantes fiançailles soient cassées sans compter sur moi pour pleurer dessus ! Il aura d'ailleurs à en répondre devant la justice et n'a reçu, après tout, que ce qu'il mérite.

Un moment plus tard, elle partait en compagnie de celle de ses suivantes qu'elle avait réclamée. Etant donné que, lors de son premier séjour à l'hôtel d'Entragues, elle avait été tenue quasiment au secret, Lorenza ne l'avait découverte – comme le reste du personnel ! – que récemment et n'avait pu s'empêcher de la remarquer. Jacqueline d'Escoman eût été, en effet, une assez jolie fille si elle n'avait été affligée d'une bosse dans le dos et d'une légère boiterie, que compensaient un peu des yeux bruns, vifs et intelligents, et un sourire timide qui n'était pas sans charme.

Jusqu'à ce qu'elle entre au service de Mme de Verneuil, la vie ne l'avait pas plus gâtée que la nature. Fille d'un greffier, elle avait épousé le sieur d'Escoman, soldat aux gardes qui, non content de la battre et de la prostituer, l'avait abandonnée sans un sou vaillant avec un enfant qu'elle avait été obligée de mettre en nourrice. Pour survivre, il lui fallait se placer chez une dame d'importance. Intelligente, née pour guider et soutenir les intrigues amoureuses, elle savait voir, entendre sans rien répéter...

La reine Margot, la première à qui elle s'était proposée, ne l'avait pas retenue. Ses amours – et Dieu sait qu'en dépit de son âge elle ne s'en privait pas – ne débordaient plus les murs de son petit palais parisien ou de son château d'Ivry où elle entretenait quelques jolis jouvenceaux blonds dont elle faisait couper les cheveux pour s'en faire des perruques. Jacqueline trouva donc à se caser chez la sœur cadette de Mme de Verneuil, cette Marie-Charlotte d'Entragues, charmante au demeurant, qui s'était fait piéger par Bassompierre. Elle y remplissait les fonctions de « dariolette », à la fois messagère discrète, arrangeuse de rendez-vous et même confidente, à l'entière satisfaction de la jeune femme. Henriette la lui avait empruntée mais ne la lui avait pas rendue. C'était une femme précieuse pour qui avait, comme elle, le goût de l'intrigue. D'autant qu'elle ne manquait pas d'esprit, pouvait être amusante et Lorenza avait déjà éprouvé du plaisir à bavarder avec elle.

— Je n'aime pas beaucoup ce départ précipité ! commenta Mme d'Entragues en regardant s'éloigner la voiture du haut d'un balcon. Quelle idée aussi de venir lui raconter tout à trac la nouvelle folie du Roi ? reprocha-t-elle à Joinville qui n'avait pas bougé et buvait à petites gorgées le rossolis qu'on lui avait servi.

— Il n'y avait pas cinquante moyens de le lui apprendre et il était nécessaire qu'elle le sache. Depuis combien de temps le Roi ne l'a-t-il pas vue ?

— Vous le savez aussi bien que moi ! Depuis que nous avons ramené Mme de Sarrance à Verneuil.

— Donc j'ai eu raison. Elle n'aurait sans doute pas tardé à revenir à Paris pour savoir ce qui le retenait loin d'elle. Au moins c'est un ami qui l'a renseignée... et non quelque langue venimeuse !

— La nouvelle n'en a pas été plus agréable pour autant ! Dieu sait ce qu'elle est capable d'inventer ! Vous auriez dû l'accompagner.

— Oh, vous me chassez ? Moi qui espérais pouvoir bavarder aussi avec Mme de Sarrance !

— Y a-t-il quelque chose que j'ignore ? dit celle-ci avec un sourire amusé. Cela m'étonnerait puisque le Roi a eu la bonté de mettre un terme définitif à une célébrité dont je me serais passée... aisément !

— Il n'est pas question de vous directement mais de votre... beau-fils ! Je veux parler d'Antoine, se hâta-t-il d'ajouter devant la légère grimace de la jeune femme.

Cette fois, Marie d'Entragues se mit à rire :

— Vous devriez laisser de côté le lien parental ! Si vous croyez que c'est agréable de se retrouver douairière à dix-sept ans ! Mais passons ! Qu'a-t-il encore fait celui-là ?

— Des folies et je crains, justement, que le douaire de donna Lorenza ne soit fort aventuré. Le... marquis s'occupe à refaire entièrement l'hôtel de Sarrance dont il a brûlé tous les meubles pour en racheter d'autres afin qu'aucune trace ne subsiste de la tragédie, et il ne regarde pas à la dépense. En outre, depuis qu'il n'est plus aux chevau-légers il fait sa compagnie habituelle des membres les plus turbulents des fêtards parisiens et des filles avec lesquelles ils frayent. Il joue gros jeu, il boit... Il fréquenterait même le Concini.

— Voulez-vous me dire ce que j'y peux ?

— Au moins demander au Roi d'y mettre le holà ? Il va vous réduire à la misère ?

— Il me restera toujours mon palais à Florence et ma villa...

— Il est tout à fait capable de vous en délester. Je vous répète qu'il va jusqu'à hanter cet ancien croupier que le Roi abomine sans parvenir toutefois à s'en débarrasser ! La Reine s'y refuse formellement...

— ... et comme, si je vous ai bien compris, notre Sire n'a plus en tête que la petite Montmorency, il tente de maintenir un semblant d'entente dans son ménage ! soupira Mme d'Entragues. Or la grosse banquière n'est pas prête à lâcher prise : les prédictions qui n'accordent au Roi que peu de temps à vivre courent les rues. Et, évidemment, elle persiste à vouloir être couronnée ?

— C'est son discours préféré, Madame ! fit Joinville en hochant la tête avec tristesse... (Il se resservit du rossolis avant de demander à Lorenza :) Veuillez me pardonner mais... pourquoi n'épousez-vous pas Thomas de Courcy ? Vos intérêts...

— Un mot que je ne veux pas entendre ! En dehors du fait que j'ai eu mon compte de mariage, jamais je ne me lierai par intérêt ! Surtout pas avec un homme de cette qualité ! Il mérite beaucoup mieux !...

Emportée par son indignation et soudain nerveuse, elle allait et venait à travers le salon, les bras croisés sur sa poitrine, et ne vit pas s'ouvrir la porte, pas plus qu'elle n'entendit l'annonce du valet. En revanche, la voix de celle qui venait d'entrer l'arrêta net :

— Si vous lui laissiez le soin d'en juger ?

Lorenza vit alors devant elle une dame déjà âgée, toute ronde mais distinguée comme une reine. Elle avait dû être d'une surprenante beauté car, en dépit de son menton empâté, elle avait un profil d'une grande délicatesse et les pattes d'oie qui griffaient ses yeux – d'une rare nuance violette – ne parvenaient pas à la vieillir. Sa peau avait la teinte de l'ivoire mais un sang resté vif la teintait aux pommettes d'un rose de bonne santé.

— Madame..., fit la jeune femme désorientée en reculant pour la saluer.

— Je suis sa tante, précisa la dame. C'est dire que je connais à fond mon sujet !

— Madame la comtesse de Royancourt ! s'exclama Marie d'Entragues dans l'échange des révérences. Elle est un peu notre voisine. Mais quel plaisir inattendu !

— Je vous prie d'excuser ce qui ressemble à une intrusion étant donné que je ne me suis pas fait annoncer mais il fallait que je vienne. Je ne dirai pas que je regrette l'absence de Mme de Verneuil parce qu'en fait c'est vous que je souhaitais rencontrer... ainsi que cette belle jeune fille !

— C'est un réel plaisir pour moi, renouvela Marie d'Entragues. Sachez donc, Lorenza, que Mme de Royancourt, sœur du baron de Courcy, nous est un peu voisine depuis qu'après son veuvage, elle a rejoint le château familial qui est à deux petites lieues d'ici. Une magnifique demeure en vérité !

— Oui, ce n'est pas mal, admit l'arrivante en s'installant dans le fauteuil que Joinville lui avançait avec un large sourire.

Il devait la connaître car ils s'étaient salués en gens qui ne se rencontrent pas pour la première fois. D'ailleurs, en lui offrant aussitôt un verre de rossolis, ce qui lui permit de se servir une fois de plus, il s'enquit :

— Comment se porte le cher baron ? Toujours occupé de ses plantes ?

— Pour le moment, il est beaucoup trop tracassé par la goutte qui martyrise ses orteils ! Il jure et sacre à longueur de journée ! Sinon, il serait sans doute venu avec moi étant immensément curieux de rencontrer celle que son héritier désire tant lui offrir comme fille alors que, jusqu'à présent, Thomas semblait décidé à rester vieux garçon ! J'avoue, ajouta-t-elle en souriant à Lorenza, que je viens de comprendre ce qui l'a fait changer d'avis. Vous êtes extrêmement belle, ma chère ! Quel homme ne souhaiterait...

— Ne vous y trompez pas, Madame ! En proposant de m'épouser, votre neveu a seulement suivi l'élan de son cœur généreux ! Songez à ce que je viens de vivre, à toutes les injures dont on m'a couverte ! En dépit de la volonté du Roi qui m'a innocentée de si éclatante façon – ce dont je ne le remercierai jamais assez ! – on a voulu faire de moi une criminelle et sans le baron Thomas – qui m'avait déjà sauvé la vie la nuit de mes lamentables noces ! – j'aurais péri sur un échafaud comme... comme...

— Allons, calmez-vous, mon enfant ! Le crime fait la honte et non pas l'échafaud ! Et criminelle vous n'êtes point et n'avez jamais été ! Et si vous vous imaginez qu'en vous offrant son nom, Thomas se soumet à une chevalerie qui n'est plus de mode, vous vous trompez ! Il vous aime, un point c'est tout ! C'est aussi bête que cela ! Et pour en venir à vos propos lorsque je suis entrée il n'a aucun doute sur votre qualité ! Un prince pourrait vous épouser sans déchoir !...

— C'est pourtant vrai ! s'exclama Joinville avec la conviction d'un croyant qui découvre une vérité essentielle. Moi, par exemple, je me sens tout disposé à faire de vous la mère de mes enfants à venir ! Comment n'y ai-je pas songé plus tôt ?

— Mon cher ami, soupira Mme de Royancourt, vous êtes certainement l'un des hommes les plus charmants que je connaisse mais aussi le plus étourdi. Ce n'est pas parce que vous collectionnez les maîtresses que vous connaissez quelque chose à l'amour ! Même si vous pouvez être le meilleur des amis, modula-t-elle pour atténuer ce que ses paroles pouvaient avoir d'abrupt. Bien sûr, vous épouseriez volontiers Mme de... donna Lorenza, mais comme vous aimeriez vous parer d'un joyau ! C'est votre vanité qui serait satisfaite, pas votre cœur ! Et... en parlant de cœur – pardonnez-moi,

Madame, ce manquement à la plus élémentaire politesse ! –, j'aimerais pouvoir m'entretenir un moment, seule à seule...

— Avec Lorenza ? s'écria Marie d'Entragues en se levant. Mais c'est trop naturel, voyons. J'aurais dû vous y inviter moi-même ! Allons, suivez-moi, Joinville ! Je vais vous montrer les nouveaux embellissements que ma fille a commandés...

Quand ils se furent éloignés en bavardant à bâtons rompus, le silence régna quelques instants dans le salon. Mme de Royancourt observait Lorenza et celle-ci, consciente de ce regard fixé sur elle, se sentait mal à l'aise. Enfin, elle se décida :

— C'est lui... euh... votre neveu qui vous envoie ?

— Thomas ? Dieu non ! Il ne sait même pas que je suis venue ici. Il doit être à Fontainebleau. En résumé, je me suis déléguée toute seule ! A mon tour, à présent, de poser une question en dehors des réticences – d'une délicatesse remarquable, j'en conviens – dont vous venez de faire preuve. Pourquoi n'avez-vous pas encore répondu à la demande de Thomas ? Il vous déplaît ? Si c'est le cas, il faut me le dire sans barguigner : j'abandonne la place et je retourne dans mes foyers !

— Me déplaire ? Oh non, Madame ! Je ne vois pas comment ce serait possible !

Sur le miroir de sa mémoire, elle le revit soudain tel qu'il lui était apparu au soir de son arrivée à Fontainebleau quand elle les avait observés du haut de l'escalier mais sans être vue, tandis qu'accompagné d'Antoine de Sarrance il s'entretenait avec Giovanetti. Le lion et le loup ! Elle aurait pu décrire aussi bien de jour que de nuit la crinière d'un blond tirant sur le roux du premier contrastant avec les cheveux noirs du second, le visage plus large – plus gai – et l'autre plus aigu et plus sombre. Les silhouettes, elles, ne différaient guère : même taille élevée – un peu plus peut-être chez Thomas ! –, même corps puissant mais sans lourdeur... Quoi encore ?... Les yeux ! D'un vert métallique chez Sarrance, ils étaient, chez Courcy, d'un bleu outremer dont, à première vue, on ne remarquait pas la profondeur à cause des paillettes de gaieté qui y dansaient le plus souvent. Elle-même ne l'avait remarqué que depuis peu... Non, en vérité, il n'y avait rien chez Thomas qui pût lui déplaire et n'eût-elle pas rencontré Sarrance, elle l'eût peut-être aimé... Mais il y avait eu ce regard échangé dans le Salon ovale de Fontainebleau qui l'avait marquée pour son plus grand malheur ! Même maintenant, après tout le mal qu'il lui avait fait et qu'il continuait de lui faire, elle n'arrivait pas à démêler ce qui subsistait d'un amour qui l'avait prise au vol et sans même qu'elle en eût réellement conscience...

— Alors ? reprit la comtesse qui s'efforçait de deviner ce qui se passait dans cette jeune tête. Ne me répétez pas vos scrupules d'un autre âge qui prouvent seulement votre qualité d'âme. Thomas ne s'attend pas à ce que vous preniez feu pour lui. Ce qu'il souhaite, c'est seulement le droit de vous protéger, de vous rendre ce que l'on vous a arraché sans pitié ni scrupules, de procurer un havre de paix à un petit navire courageux démâté par un ouragan. En échange, il ne demande rien… que votre confiance !

— Il l'a déjà ! Comment pourrait-il en être autrement ?

— Bon ! Alors ? Vous ne pourrez pas végéter ici indéfiniment ! Si bonne que soit Mme d'Entragues, elle n'y est pas chez elle et la générosité n'est pas la vertu dominante de sa fille. Un jour viendra où votre jeunesse et votre beauté l'insupporteront.

Elle se leva sur ce dernier mot, s'approcha de Lorenza et posa sur son épaule une main potelée singulièrement chaude :

— Vous pouvez, certes, attendre que ce jour vienne ! J'ajoute qu'au cas où vous tiendriez essentiellement à retourner en Toscane, nous sommes prêts à vous en offrir les moyens…

— Madame ! Mais à quel titre ?

— Celui de l'amour. Thomas vous aime suffisamment pour ne vouloir que votre bonheur. Il est ainsi, que voulez-vous !… Allons, je vais vous laisser réfléchir ! Si vous désirez me revoir, faites-moi tenir un mot ! Nous pourrions… faire quelques promenades ensemble !

Et comme la jeune fille levait sur elle un regard interrogateur, elle sourit :

— Pour vous montrer le pays, vous faire connaître Courcy et son maître ! A lui tout seul, mon frère mérite le déplacement ! C'est un original ! Cela lui vaut d'être parfois exaspérant mais jamais ennuyeux ! Un aspect de la question à considérer au cas où vous accepteriez d'entrer dans notre famille !

Elle caressa d'un doigt léger la joue de la jeune fille :

— A y repenser, je ne vois pas pourquoi vous devriez m'écrire pour que je vienne vous chercher. Laissons de côté le mariage et essayons de nous connaître mieux ! Vous êtes charmante et quelques moments en votre compagnie me plairaient beaucoup ! Et vous ?

— Oh, à moi aussi ! s'écria spontanément Lorenza avec le sourire joyeux qu'elle n'avait plus depuis longtemps.

— Alors, c'est entendu ! Je viens vous chercher... dans une semaine pour vous montrer un peu de notre vallée !... Soyons au moins amies ! C'est de cela, je pense, que vous avez le plus besoin...

Tandis qu'elle la raccompagnait à son carrosse – un véhicule sans faste mais élégant avec sa caisse bleue sobrement frappée d'armoiries, attelé de magnifiques chevaux ! – Lorenza éprouvait une sorte de regret de voir partir cette femme dont elle ignorait encore l'existence deux heures plus tôt, et quand l'équipage franchit le pavillon où s'abritait le porche, elle eut l'impression qu'il lui manquait quelque chose !

En disant qu'elle avait besoin d'une amie, Mme de Royancourt avait émis une vérité première car des amies, Lorenza n'en avait aucune depuis les Murate, où elle s'était séparée de Chiara Albizzi, un peu plus jeune qu'elle mais qui lui avait inspiré une véritable affection. Payée de retour d'ailleurs mais à laquelle il avait bien fallu renoncer : Chiara, appartenant à une nombreuse famille, était destinée à passer sa vie dans le couvent des bords de l'Arno. Depuis, aucune jeune fille n'avait cherché à attirer sa sympathie. Il est vrai qu'on l'avait précipitée de but en blanc, dans un monde peuplé surtout d'hommes, dans lequel aucune femme – à la seule exception de Marie d'Entragues, mais celle-ci demeurait sous la coupe de sa fille – ne lui avait tendu la main. La tante de Thomas n'était plus jeune, elle non plus, mais il se dégageait d'elle une chaleur, une ardeur à vivre, une vitalité communicative telles qu'on n'en rencontrait guère même chez les adolescentes. Quant à Bibiena qui lui manquait tellement, on ne pouvait l'assimiler à une amie : c'était presque une mère mais au moment du plus grand péril, on l'avait éloignée d'elle et Dieu seul savait si elle la reverrait un jour !

— Eh bien ? fit Marie d'Entragues qui l'attendait sur le seuil du salon où la visiteuse l'avait saluée en partant. Qu'en pensez-vous ? J'ai l'impression que vous avez sympathisé toutes les deux ! C'est une femme étonnante, n'est-ce pas ?

— Tout à fait, et combien charmante !

— Pourtant ma fille Henriette ne l'aime pas mais, ajouta-t-elle avec une pointe de tristesse, il faut avouer qu'elle déteste les autres femmes en général ! Sauf moi, quoique cela dépende si elle est bien ou mal lunée !

— Elle a une sœur pourtant ?

— Marie ? Elles s'associent volontiers pour faire face à ce qu'elles considèrent comme leurs rivales et la chance veut qu'elles n'aient encore jamais aimé le même homme. Le Roi a certes fait une ou deux incursions dans le lit de ma cadette mais cela n'a pas tiré à conséquence d'autant qu'elle est tombée amoureuse de Bassompierre dès son apparition à la Cour. Mais pour en revenir à la comtesse, je suis ravie qu'elle vous plaise et, plus encore je crois, qu'elle vous attire.

— Vous avez dit qu'elle est étonnante. Pourquoi ?

— Parce qu'elle l'est vraiment ! Tous les Courcy d'ailleurs et vous en serez convaincue lorsque vous aurez rencontré son frère, le vieux baron ! Mais je préfère vous en laisser la surprise car un jour ou l'autre on vous emmènera au château. Quant à la comtesse Clarisse, elle devait avoir seize ans lorsqu'elle s'est fait enlever de son couvent par le cadet des Royancourt. Tous deux s'aimaient passionnément. Tellement qu'il a fallu les marier malgré les réticences de son père qui trouvait l'alliance un peu mince : un cadet, en général, est destiné à l'Eglise mais il aimait sa fille et ne voulait pas la voir malheureuse... Ils ont eu sept ans de bonheur jusqu'à ce que le vicomte se fasse tuer à la bataille d'Arques. Malheureusement, il n'y avait pas d'enfants. Clarisse est rentrée chez son frère, veuf depuis peu lui aussi, mais il avait Thomas sur lequel ils ont concentré l'amour qu'ils ne pouvaient plus donner à leurs défunts.

— C'est en effet assez surprenant. A l'époque où nous vivons, l'amour n'a guère de chance de durer longtemps...

— Et pourtant ils en sont l'exemple ! J'ajoute que leur château est sans conteste le plus beau de la région après Chantilly, qu'ils sont follement riches et que, s'ils accueillent volontiers leurs amis chez eux – le Roi les a visités à plusieurs reprises ! –, ils ne mettent jamais les pieds à la Cour... En revanche, ils entretiennent des liens étroits avec le connétable de Montmorency... et donc avec Chantilly. C'est plutôt drôle parce que Montmorency est quasi illettré et Courcy considéré comme un savant, mais il paraît qu'ils s'entendent tout de même à merveille ! Pourquoi pas après tout ?... Si je vous parle de tout cela, ma chère, c'est pour que vous sachiez vers quoi vous vous dirigeriez si vous acceptiez d'entrer dans la famille.

— Est-ce un conseil ?

L'ancienne favorite royale resta songeuse un court instant puis sourit avec un soupçon de mélancolie et baissa la voix :

— C'en est un ! Le meilleur sans doute que je puisse vous donner... à moins que votre cœur ne soit pris ailleurs, mais après la tempête que vous venez d'essuyer, je ne vois pas de havre plus sûr !

— Même ici ?

— Je ne dirai pas « surtout ici ! » mais je crains fort que les jours à venir ne soient pas aussi sereins que l'on peut le souhaiter...

Henriette rentra deux jours plus tard et la sérénité ne fut plus en effet qu'une métaphore. Elle soufflait le feu et la fureur presque sans discontinuer. Elle ne jugea pas utile de s'en expliquer, sinon à sa mère lors d'un bref entretien toutes portes closes dans son cabinet d'où ne filtrèrent que deux ou trois éclats de voix... Et qui fut bref. En revanche, elle passa des heures dans ledit cabinet à rédiger des lettres qu'elle confiait à des messagers à cheval – pour les longues distances certainement ! – ou à la seule Escoman qui, plus bossue que jamais, semblait courber le dos en filant comme une souris poursuivie par le chat, porter quelque billet dans un lieu mystérieux.

Chose étrange et alors qu'elle avait à peine paru s'apercevoir de la présence de Lorenza, elle se dérida en apprenant la visite de Mme de Royancourt et les liens qui semblaient se tisser entre elle et son invitée :

— Etre recherchée par ces gens-là est ce qui pouvait vous arriver de mieux ! lui déclara-t-elle de but en blanc. J'espère que vous n'allez pas commettre la folie de les décourager !

Et elle tourna les talons sans laisser à Lorenza le temps de dire ouf !

Par Joinville qui accourut trois jours après dans l'intention quasi proclamée d'apporter quelques consolations, et qui bavardait sans déplaisir à tort et à travers, on en sut un peu plus. La passion du Roi pour l'ensorcelante petite Charlotte – qui d'ailleurs ne cachait pas la satisfaction qu'elle en éprouvait – prenait des proportions dévastatrices. Décidé à la marier, coûte que coûte, au jeune Condé – qui lui n'en voulait pas ! – Henri avait eu avec ce « futur » récalcitrant et son gouverneur, le comte de Belin, une scène retentissante au cours de laquelle il les avait insultés tous les deux, accusant Belin d'avoir été l'amant de la princesse douairière, une la Trémoille qui, soupçonnée d'avoir empoisonné son époux, avait tâté de la prison, et Condé lui-même de n'être qu'un bâtard issu des amours de sa mère avec le page Belcastel.

Naturellement, le Roi avait eu le dernier mot et les fiançailles – fastueuses au demeurant ! – venaient d'être célébrées dans la grande galerie du Louvre en présence de la Cour au grand complet et d'une épouse royale qui n'arrivait pas à cacher sa colère entre deux nausées. Henri, lui, rayonnait dans des atours inhabituels : pourpoint, chausses de velours et satin gris, sous le ruban bleu du Saint-Esprit, fraise et manchettes de dentelle précieuse, la barbe et les cheveux savamment taillés, soigné, adonisé et parfumé d'ambre. L'œil pétillant d'allégresse, il avait l'air aussi heureux que s'il s'était agi de ses propres fiançailles. Le terme n'était pas trop fort puisqu'il tenait pour acquis le cœur de la belle enfant et une virginité que l'on n'aurait pas le mauvais goût de lui disputer...

Le contraste était frappant entre la mine rechignée du « petit Condé » et celle, catastrophée, du pauvre Bassompierre. Comment ne pas éprouver de regrets devant l'éclatante beauté qui lui échappait ? Et qui paraissait tellement heureuse !

— Pire encore ! compatit le bon Claude. Le roi l'a tenu près de lui et s'est même appuyé sur son épaule durant tout le temps de la cérémonie ! Dieu sait que je l'aime et lui suis dévoué mais je ne peux m'empêcher de juger le traitement cruel !

— Bassompierre n'a que ce qu'il mérite ! lâcha la marquise qui entrait chez sa mère à cet instant. Il n'avait qu'à défendre sa cause : cette petite dinde lui était promise.

— Quand le Roi veut quelque chose, il n'en démord pas ! Un refus eût sans doute coûté trop cher à l'imprudent ! D'autant que la fiancée ne dissimule pas qu'elle se promet d'être toute au Roi !...

— Qu'espère-t-elle ? grinça Henriette. Que le mariage étant blanc, il sera facilement cassé par l'Eglise, que ce vieux fou d'Henri obtiendra aussi du pape l'annulation afin de pouvoir l'épouser ? C'est faire par trop bon marché de la Reine ! Elle saura défendre sa place sur le trône...

Lorenza tressaillit en se demandant si elle avait bien entendu. La Reine ? Elle avait dit la Reine ? C'était vraiment la première fois qu'elle usait du titre pour désigner une femme à qui elle n'attribuait jamais assez d'épithètes injurieuses ! Mais elle poursuivit ainsi un grand moment en dépit des regards inquiets de sa mère.

— Calmez-vous, Henriette, je vous en conjure ! finit-elle par assener. Que vous soyez déçue, indignée même, je peux le comprendre mais vous savez que la colère ne vous vaut rien et qu'elle est le plus souvent mauvaise conseillère.

Débordant d'une bonne volonté touchante, Joinville voulut arranger les choses et les aggrava comme d'habitude :

— Votre mère a tout à fait raison, ma chère ! C'est à vous que vous faites du mal ! Ce n'est pas parce que le Roi a refusé de vous recevoir..

Elle braqua sur lui le double tir de son regard fulgurant :

— Vous feriez mieux de ne pas clabauder cela partout, Joinville, sinon je ne vous reverrai de ma vie ! Mais d'abord, je vais épouser votre frère aîné et nous verrons alors si ce vieux bouc puant osera refuser sa porte à la duchesse de Guise !...

Là-dessus elle sortit d'un pas outragé enfonçant presque la double porte que le valet n'eut pas le temps d'ouvrir devant elle.

— Miséricorde ! gémit le coupable. Je crains que nous n'allions au-devant d'une catastrophe ! Mon frère confiait hier tout justement qu'il songeait à épouser Mademoiselle de...

— Taisez-vous, malheureux ! s'écria Mme d'Entragues. Vous voulez qu'elle démolisse le château avec ses dents ? Quand elle est dans cet état, elle est au-delà de tout raisonnement et vous auriez intérêt à rentrer à Paris !

— Oh ! Vous croyez ? Moi qui lui ai toujours souhaité tous les bonheurs, je voudrais qu'elle sache...

— Mais elle sait tout cela et vous lui le direz plus tard ! A bientôt !... Et n'allez pas rapporter au Roi ce qui se passe ici !

Il ouvrit de grands yeux innocents :

— Pourquoi pas ? Je suis certain qu'il l'aime toujours au fond de lui-même. Il serait désolé, j'en suis persuadé, de la savoir si troublée ! Il est tellement bon !

Ce fut au tour de la vieille dame de s'emporter :

— Tellement que mon fils Angoulême croupit à la Bastille et n'en sortira pas tant que sera vivant votre « bon » Roi ! Allez donc en parler aussi à Bassompierre dont il s'est attribué la fiancée. A ce pauvre

Condé – prince du sang cependant mais impécunieux ! – à qui il réserve le rôle dégradant de mari postiche avant d'en faire la risée de la Cour en lui plantant la plus belle paire de cornes qui se soit jamais vue...

Lorenza n'en entendit pas davantage. Comprenant que l'on avait oublié sa présence et qu'il était préférable de ne pas rester là plus longtemps, elle avait cherché discrètement l'abri d'un paravent puis la porte de la pièce voisine qu'elle ouvrit précautionneusement, descendit l'escalier et, par les salons du rez-de-chaussée, sortit dans les jardins dont s'environnait Verneuil. Sans savoir pourquoi elle éprouvait un urgent besoin d'air frais et celui de ce beau temps revenu l'était merveilleusement.

S'enveloppant d'une mante qu'elle avait prise en passant au vestiaire du vestibule, elle fit quelques pas parmi les parterres descendant vers la rivière avec l'intention d'aller s'asseoir un moment sur un banc qu'elle affectionnait près d'un bouquet d'aulnes mais une armée de jardiniers était à l'œuvre en train de réparer les dégâts causés par la tempête qui s'était abattue sur la région deux jours auparavant. Alors elle choisit de quitter le domaine en suivant le cours de l'Oise dans la direction de la route de Paris. Elle rencontra bientôt un petit bois et s'assit sur une souche pour regarder couler l'eau. Là au moins on n'entendait que les oiseaux et le léger friselis du flot autour d'un tronc d'arbre abattu par le vent et cela l'apaisa. Elle se sentait en effet assez désorientée par la face cachée de cette vieille dame qu'elle aurait juré n'être que douceur. Son subit éclat de fureur, tellement semblable à ceux de sa fille aînée, l'avait stupéfiée parce qu'elle révélait une acrimonie – pour ne pas dire une haine ! – envers ce roi qui avait si longtemps donné la première place à cette même fille mais, évidemment, tenait son époux en résidence à Malesherbes et son fils au fond d'une prison qu'il ne quitterait peut-être jamais, refusant d'admettre qu'après une double conspiration contre la vie même du souverain, la captivité était peu de chose. Si le bâtard royal avait la réputation d'être une dangereuse bête fauve, pour Marie, il était son fils… et rien que son fils !

Elle resta là, sans bouger, à regarder couler la rivière en s'efforçant de faire le vide dans son esprit, mais c'était difficile… Une intuition lui faisait pressentir que vivre chez les dames d'Entragues pouvait le devenir plus encore. Ne leur avait-elle pas été confiée par le Roi ?…

Un bruit de voix vint interrompre sa rêverie. Un homme et une femme discutaient – ou plutôt se disputaient ! – derrière elle dans l'épaisseur du petit bois… Même leurs voix n'étaient pas en accord car, si la femme chuchotait, l'homme, qui semblait mécontent, ne s'encombrait pas d'assourdir un timbre sonore encore qu'un peu enroué.

— Pourquoi ne voulez-vous pas que je voie Mme la marquise ? Vous savez pourtant que je viens de loin et que M. le duc d'Epernon m'envoie !

Lorenza ne put percevoir la réponse de la femme. Se levant tout doucement, elle s'avança sous les arbres, jusqu'au tronc épais d'un chêne derrière lequel elle se dissimula. Elle se trouvait, en effet, suffisamment proche du couple pour mieux entendre mais aussi pour avoir sur ces gens une vue assez nette. La femme, immédiatement reconnue en dépit de la mante qui la recouvrait à moitié, était Jacqueline d'Escoman mais elle n'avait jamais vu l'homme, un grand diable au poil roux habillé d'un épais tissu de laine verte un peu élimé, un bonnet de même couleur drapé sur ses cheveux hirsutes comme sa barbe. Ses chausses, ses gros souliers poussiéreux et le bâton sur lequel il s'appuyait révélaient qu'il avait dû effectuer un long trajet à pied. Il semblait fort mécontent.

— L'an dernier, vous vous étiez occupée de moi et voilà que vous me renvoyez ?

— Parce que vous ne deviez pas revenir ! Vous m'aviez promis de ne plus penser à ces folies !

— C'est vrai... j'avais promis... mais les voix sont revenues. Elles annonçaient que le temps approche où je devrai accomplir la volonté de Dieu !

— Ces voix vous trompent !

— Ce n'est pas ce que disent mon confesseur et les bons pères ! Quand Dieu ordonne, il faut obéir ! Je voudrais que Mme la marquise – qui avait été si bonne pour moi, souvenez-vous, quand elle a envoyé le valet de son père me conduire ici depuis Malesherbes –, je voudrais qu'elle me garde jusqu'à ce que viennent le jour et l'heure où je saurai qu'il faut frapper l'Antéchrist...

— C'est impossible, vous dis-je ! Allez-vous-en ! Retournez à Angoulême et ne revenez plus !

— Mais M. le duc d'Epernon assure...

— Je ne veux pas le savoir ! Je ne vois pas d'ailleurs pourquoi il vous envoie ? Il n'a qu'à vous garder chez lui !

— Il y a trop de monde et il ne veut pas. Il dit que si on me voyait, cela pourrait gâter l'affaire. Alors il m'envoie chez Mme la marquise. C'est une campagne tranquille et le château est grand. Ce sera facile de me cacher...

— Et pendant combien de temps ?...

— Il ne sait pas encore... Ah si !... J'oubliais !...

L'homme leva un doigt et les yeux vers le ciel :

— Le sacre de la Reine ! Ce sera le signe... et de grands malheurs seront évités !

— Oh alors ! s'exclama la dariolette qui parut soulagée. Ce n'est pas pour demain ! Si même cela vient un jour, cela demandera un long temps de préparation ! Croyez-moi, Ravaillac ! Rentrez chez vous, priez pour que le Seigneur vous éclaire davantage !

— Mais...

— Pas de mais ! Croyez-moi !... Vous aurez largement le temps de revenir quand il sera question de la couronner ! Venez avec moi jusqu'au château. Je vous ferai donner de quoi manger et aussi un peu d'argent puis vous repartirez ! Mais surtout pas un mot de ce que vous venez de me dire !

— Et si je vois Mme la marquise ?

— Vous ne la verrez pas. Les murs ont des oreilles chez nous et vous pourriez non seulement vous perdre mais la perdre aussi.

— Ah bon !

— Venez !

Ils quittèrent le bois pour rejoindre l'entrée de Verneuil. Lorenza alors sortit de derrière son arbre et retourna s'asseoir au bord de la rivière, étourdie de ce qu'elle venait d'entendre et qui n'avait pas besoin d'explications laborieuses : cet homme projetait de tuer le Roi ! Il était envoyé à Mme de Verneuil, ce qui ne pouvait signifier qu'une entente entre elle et M. d'Epernon. Evidemment, d'Escoman s'était efforcée d'écarter le danger et Lorenza se demandait pourquoi. De l'humeur dont était la marquise, elle ne voulait aucun bien à son ancien amant... Mais ne lui en avait-elle pas voulu dès l'instant où elle avait compris qu'elle ne serait pas reine même si elle faisait encore semblant d'y croire ? D'ailleurs, même à l'époque de leurs folles amours, n'avait-elle pas participé à ces deux conspirations contre la vie du Roi ourdies par son père et son demi-frère ? Seule la passion d'Henri avait sauvé leurs têtes...

Lorenza rentra au château fort troublée avec l'idée de poser quelques questions discrètes à Joinville mais il était déjà reparti et cela aussi l'étonna : quand il prenait la peine de se déplacer depuis Paris, il passait la nuit au château...

Dans les trois jours qui suivirent, la jeune fille abandonna ses dernières illusions. En admettant qu'il lui en restât encore ! Il était évident qu'elle n'était plus que tolérée à Verneuil. Henriette lui adressait à peine la parole. En revanche, le nom de « la Reine » revenait de plus en plus souvent dans ses discours. Seule Mme d'Entragues conservait envers elle le même comportement ou tout au moins essayait, mais surtout en dehors de la présence de sa fille... Le reste du temps, elle devenait curieusement silencieuse.

Dans cette atmosphère en train de devenir irrespirable, il aurait fallu que Lorenza fût idiote pour ne pas comprendre qu'elle était gênante... Bientôt sans doute on la mettrait à la porte et il lui faudrait chercher un autre asile... Elle n'attendrait pas d'en être là. Il lui restait encore une carte à jouer.

Vint le matin où Mme de Royancourt devait l'emmener visiter Courcy...

13

Enfin le port ?...

Posé comme un nénuphar blanc sur l'eau miroitante d'un étang, le château de Courcy enchanta Lorenza quand elle le découvrit au tournant d'une route forestière. Verneuil était joli mais celui-là ressemblait à un château de légende avec ses tours immaculées coiffées d'ardoises bleutées, ses girouettes dorées, ses hautes fenêtres dont les vitres renvoyaient les rayons du soleil. Autour, et jusqu'à la lisière des bois, s'étendaient des jardins parfaitement entretenus et, un peu à l'écart, un élégant bâtiment sans étages abritant les écuries et aussi une orangerie[1].

— Que c'est beau ! s'extasia Lorenza, incapable de contenir sa surprise admirative.

— Cela vous plaît ? fit sa compagne avec un sourire ravi.

— C'est peu de le dire ! Je ne trouve pas les mots... mais je comprends pourquoi, comme je l'ai appris, vous n'allez jamais à Paris !

1. Une serre à l'époque.

— Si, quelquefois pour voir des amis comme notre ancienne reine Marguerite mais non au Louvre. C'est une question d'atmosphère ! J'avoue que j'y respire mal et mon frère pas du tout ! Il prétend que le soleil n'y a pas la même couleur !

— Je veux bien le croire !

Cette matinée, en tout cas, était radieuse et Lorenza en goûtait chaque minute depuis que l'on avait quitté Verneuil. Lorsque Mme de Royancourt était arrivée, elle n'avait pu se défendre d'une inquiétude sur la façon dont elle serait reçue par une marquise d'une humeur si sombre qu'un simple détail pouvait déchaîner une colère latente. Or, il n'en avait rien été : Henriette avait même déployé ses grâces, poussant l'amabilité jusqu'à inviter la nouvelle venue à s'entretenir avec elle en son particulier. Mais la jeune fille n'avait été vraiment rassurée qu'à la fin en voyant les deux dames se saluer avec des sourires. Et puis l'on était parti... Lorenza avait alors éprouvé une sensation neuve : celle d'être en vacances.

Tout au long du chemin d'environ une lieue et demie, son hôtesse lui fit découvrir un pays qu'elle aimait et connaissait à fond. C'était en effet une charmante région que cette vallée de l'Oise... Elle savait en parler.

Le carrosse à présent franchissait le pont amarrant le château à la terre ferme, gagnait la vaste cour intérieure et venait se ranger devant le perron où attendaient deux laquais en livrée vert foncé soutachée de rouge. L'un ouvrit la portière tandis que l'autre abaissait le marchepied et offrait une main gantée de blanc pour aider la comtesse à descendre avant de rendre le même service à son invitée.

A ce moment, un personnage portant un chapeau de paille et un tablier de jardinier escalada le perron à toute vitesse et s'engouffra dans le vestibule en faisant le dos rond. Au passage, il tendit un panier à un troisième valet et disparut sans qu'il ait été possible de voir sa figure. Mme de Royancourt se mit à rire :

— Il a dû oublier l'heure et n'a aucune envie de se montrer à vous dans cet appareil, mais c'est mon frère ! confia-t-elle.

En pénétrant dans le vestibule dallé de marbre blanc, rouge et noir, Lorenza se souvint des paroles du Roi : « Les Courcy ne sont pas de petits sires. Leur tortil de baron vaut couronne ducale. » Leur demeure mêlant harmonieusement les flamboyances d'un Moyen Age finissant aux grâces de la Renaissance le proclamait hautement : où que se posât le regard, on découvrait un meuble, une tapisserie chatoyante, un objet précieux, ou un portrait de grande mine grâce auquel on remontait le temps. Pas d'accumulation fastueuse comme au Louvre où l'or était omniprésent mais une harmonie de nuances, un accord parfait entre le décor et ce qu'il renfermait.

— Je vous ferai visiter ce tantôt, promit la comtesse en prenant le bras de Lorenza. Nous allons d'abord monter chez moi ôter les poussières de la route et nous rafraîchir avant de passer à table !

A l'étage, elles furent accueillies par une femme aux cheveux argentés, au regard assuré, que, hormis son tablier de soie noire à la ceinture duquel pendait une bélière supportant un trousseau de clefs, on aurait pris facilement pour un membre de la famille.

— Voilà dame Benoîte, présenta la châtelaine. Elle est ma femme de chambre mais elle règne aussi sur le personnel féminin de la maison. Pour les hommes, c'est Chauvin, le majordome que vous avez dû apercevoir au rez-de-chaussée !

Tandis qu'une jeune Guillemette à la mine éveillée les aidait à se débarrasser de leurs manteaux, leur donnait quelques coups de brosse et qu'une autre – Sidonie ! – apportait les bassins pour se laver les mains, Lorenza se demandait pourquoi on jugeait bon de lui présenter des serviteurs mais ne fit aucun commentaire, se contentant de remercier d'un sourire tout en admirant le décor chaleureux où dominaient l'incarnat et le vert amande.

Quand, enfin, on le rejoignit, le baron Hubert, vêtu cette fois de velours brun avec fraise et manchettes d'un blanc irréprochable, faisait les cent pas, les mains derrière le dos, dans la salle où le couvert était dressé.

— Ah ! fit-il seulement en entendant arriver les deux femmes qu'il regarda approcher par-dessus les bésicles dont son nez était chaussé. Voilà donc notre invitée ? Soyez la très bienvenue, jeune dame !

Incontestablement, il ressemblait à son fils – ou plutôt son fils lui ressemblait ! C'étaient les mêmes cheveux roux mais panachés de gris et de blanc que l'on retrouvait dans la moustache et la barbe. Le même visage, encore que la fermeté des traits soit en voie d'affaissement, le même sourire à cela près que les dents n'étaient plus au complet ! – et sans doute la même taille si le dos, rendu un peu courbe par le jardinage et la lecture, avait pu se redresser. En revanche, les yeux différaient : le bleu outremer de Thomas faisant place à une couleur noisette, mais une pareille malice y pétillait.

Ayant pris la main de Lorenza, il la conduisit cérémonieusement à sa place avant de rejoindre la sienne et de déclarer :

— C'est gentil à vous d'avoir accepté de venir jusqu'ici. Sans cela, je ne vous aurais jamais vue et c'eût été dommage ! Diantrement belle, hein, Clarisse ?

— Hubert ! protesta sa sœur. On dirait qu'avec l'âge, l'éducation que l'on vous a donnée s'en va en charpie !

— Ne me fatiguez pas avec ça ! C'est justement un privilège de l'âge de pouvoir dire ce que l'on veut ! Je vous ai choquée, jeune dame ?

— Pas du tout ! répondit Lorenza en riant.

— Là ! Vous voyez bien ! (Puis revenant à la jeune femme :) Je disais donc que je ne vous aurais jamais vue ! Il faudrait me ficeler sur un cheval pour m'obliger à me rendre chez cette Verneuil ! Une vraie mégère ! Et capable de tout et de n'importe quoi ! Je n'ai jamais compris que « nouste Henri » comme s'appellent les paysans, soit tombé si éperdument amoureux de cette teigne !... Non, vous pouvez refermer la bouche, Clarisse ! Vous ne me convaincrez pas du contraire ! Comment réussissez-vous à la supporter, jeune dame ?

— Je lui dois de la reconnaissance, baron. Elle s'est montrée compatissante envers moi... quand j'étais dans une telle détresse.

— Compatissante ? Vous ne me ferez jamais avaler ça ! Elle devait avoir quelque raison cachée !

— Je ne sais pas. En tout cas, il est plus aisé d'aimer Mme d'Entragues. C'est elle, surtout, qui s'est occupée de moi !

— Celle-là je la crois bonne, en effet ! Et douce, et patiente. Il faut l'être pour avoir réussi à dompter jadis ce demi-fou qu'était Charles IX. Quant à la fille, elle doit souffler le feu par les naseaux ! Son règne est fini et bien fini cette fois ! Il est ardu de lutter contre un tendron de quinze ans qui par-dessus le marché ne demande qu'à être séduite. Sans compter que le mariage avec Condé va être un véritable désastre ! Le vieux Montmorency se fait du souci et il y a de quoi. Il m'en parlait l'autre jour...

Délaissant son pâté d'anguille à la sauce verjus, Mme de Royancourt gémit :

— Pour l'amour du Ciel, Hubert ! Notre jeune amie va vous prendre pour un vieux cancanier ! Ce qu'à Dieu ne plaise il n'est pas, sachez-le, ma chère...

— Trêve d'hypocrisie, Clarisse ! Vous l'êtes plus que moi ! Et la vérité n'a jamais fait de mal à personne ! Où en étais-je ? Ah oui ! Montmorency ! Ce bon connétable se fait même un sang d'encre parce que le petit Condé est pauvre comme un rat d'église et qu'il est lui-même avare comme il n'est pas permis ! Sans sa tante, la duchesse Diane, la mignonne Charlotte irait toute nue. « Nouste Henri » va devoir mettre la main à l'escarcelle pour arroser tout ce monde. Au fait, je me demande si je ne devrais pas faire un tour à Paris pour examiner ça de plus près ? Ce doit être distrayant...

— Restez donc tranquille ! Je ne suis pas sûre que cela vous plairait ! Moi non plus d'ailleurs. Le nouvel amour du Roi fait osciller la Reine entre l'hystérie et la peur...

— Que craint-elle ?

— D'être empoisonnée ! Si elle trépassait, le Roi ferait l'économie d'une annulation papale qui lui coûterait la peau du dos ! Alors elle fait tester tous ses plats. Elle songerait même à les faire cuisiner dans ses appartements !

— Ça, c'est à mourir de rire ! Inutile de chercher qui lui souffle ces niaiseries ! Les joyeux Concini, bien sûr ! Mais si nous causions un peu de vous, jeune dame ? Nous cancanons, nous cancanons ! Cela ne doit pas vous amuser beaucoup ?

— Plus que vous ne pensez ! J'avoue... ne guère aimer la reine Marie et chez Mme de Verneuil, on m'adresse à peine la parole.

— Pourquoi y restez-vous alors ? Venez ici ! Ce n'est pas la place qui manque. En outre, vous êtes tout à fait charmante et...

Une quinte de toux de sa sœur l'interrompit, trop forte pour être naturelle :

— Que vous arrive-t-il, Clarisse ? Il n'y a pas d'arêtes dans la longe de veau ?

— Ce... ce n'est pas cela !...

Elle le fixait et il crut comprendre :

— Ah ! Vous voulez parler de Thomas ?

— ... non ! Absolument pas !

— Je ne vois pas pourquoi on n'en parlerait pas ! Ce n'est pas parce qu'il aimerait vous épouser – ce que je comprends tout à fait ! – que cela doit vous empêcher de vivre parmi nous. A part le fait qu'il est le plus souvent à Paris et en service dans son régiment, vous ne le verrez que si vous le souhaitez... et sur le plan aussi amical que vous le voudrez. Pour ce que j'en sais, vous ne devez pas tenir le mariage en haute estime après ce que vous avez enduré ! Voyez-vous... Allons bon ! Clarisse, ça vous reprend ? Buvez un peu d'eau, que diable !

— Ce qui m'agréerait surtout c'est prendre la parole et, quand vous vous y mettez, Hubert, ce n'est pas évident ! Or, sur ce point de votre discours j'ai quelque chose à dire.

— Eh bien dites-le ! Je me tais... provisoirement !

La comtesse eut alors un sourire où entrait l'ombre d'une gêne :

— Ma chère Lorenza, vous avez dû observer que, tout à l'heure, Mme de Verneuil a désiré s'entretenir avec moi en privé... J'avoue que le procédé m'a déplu bien que le fond du propos aille dans le sens de mes vœux.

— Elle vous a parlé de moi ?

— Oui. En gros, elle m'a demandé de vous garder à Courcy quelques jours, elle-même devant s'absenter. C'était assez cavalier et j'ai préféré attendre que vous ayez vu la maison... et ce qu'elle contient avant de vous en toucher un mot car je ne veux nullement vous contraindre. Si cela ne vous convient pas...

— Oh si, cela me convient !

Elle avait dit cela si spontanément qu'elle rougit mais l'idée de passer un moment loin de Verneuil qui commençait à l'étouffer l'enchantait !

— Eh bien voilà ! s'écria le baron en levant son verre ! Sachez, jeune dame...

— On m'appelle Lorenza !

— J'y penserai !... Sachez donc que vous êtes doublement bienvenue ici ! Et j'espère que vous resterez longtemps ! Il faut faire préparer une chambre, Clarisse !

— Benoîte s'en occupe ! On doit y avoir porté le bagage dont un laquais avait chargé la voiture. A votre insu ! Ce que je regrette parce que je n'ai pas compris le pourquoi de cette cachotterie : Mme de Verneuil aurait aussi bien pu ne pas en faire mystère devant vous...

Elle comprit mieux quand, vers le milieu de l'après-midi, un chariot vint déposer au perron les coffres et sacs contenant la totalité de la garde-robe de la jeune femme accompagnée de deux billets : l'un pour elle, l'autre pour Mme de Royancourt. Sous une forme un brin différente – plus alambiquée pour la comtesse –, Henriette se débarrassait purement et simplement d'une invitée permanente dont la présence chez elle risquait de déplaire à la Reine.

— Déplaire à la Reine ? s'étonna Clarisse de Royancourt, perplexe. Voilà une tournure inédite, n'est-ce pas ? Jusqu'à présent, lorsqu'elle y faisait allusion, Mme de Verneuil usait de formules plus… plus..

— Plus imagées ! compléta son frère. Qu'est-ce qui lui prend ? Je sais que la petite Montmorency l'a balayée du devant de la scène mais le Roi existe toujours, il me semble ? Et avec l'aide de Dieu, j'espère qu'il régnera encore un bout de temps en dépit des prétendues prédictions qui courent la ville et la campagne ! Vous voilà bien rouge, tout à coup, jeune dame ?

Au souvenir de ce qu'elle avait vu et entendu dans le petit bois, Lorenza en effet s'empourprait de plus en plus, affreusement mal à l'aise tout à coup et ne sachant que répondre. Raconter ce qu'elle avait surpris serait trahir la maison qui lui avait donné asile et se taire priverait peut-être un roi qu'elle aimait bien, à présent, d'une aide ou d'un avertissement capable de le sauver.

— Sauriez-vous quelque chose ? insista-t-il.

— Ne la tourmentez donc pas, Hubert ! Ce matin encore, elle s'est réveillée sous le toit de Verneuil !

— … qui vient de s'en débarrasser comme d'un meuble encombrant ! Que cette femme souhaite la mort d'Henri n'a rien de surprenant. Avez-vous oublié les deux conspirations tramées par son père, son frère, quelques mécontents… et elle par-dessus le marché ? Le maréchal de Biron y a laissé la tête, Entragues n'a sauvé la sienne que de justesse grâce aux charmes de sa fille, le bâtard de Charles IX végète à la Bastille sans grande chance d'en sortir avant la mort du Roi et la chère Henriette elle-même devrait être à cette heure au fond d'un couvent, le crâne rasé avec le seul droit de dire merci parce qu'elle méritait bel et bien le billot ! Tout ce beau monde complotait benoîtement l'assassinat d'Henri et de son petit Dauphin pour mettre à leur place le gamin de Verneuil avec sa maman dans le rôle de reine-mère. Alors que vous faut-il de plus ?

— Vous avez entièrement raison mais...

— Pas de mais quand il s'agit de la vie du meilleur souverain que nous ayons eu depuis des décennies ! Il nous a rendu la paix et nous l'aimons tous les deux !

Cela décida Lorenza :

— Moi aussi ! affirma-t-elle. Je ne sais pas ce que vous en penserez ni même si cela présente quelque importance...

Et elle rapporta la conversation qu'elle avait surprise. Elle avait à peine fini que le baron Hubert réagissait :

— Vous vous demandiez si cela avait de l'importance ? J'en suis persuadé, jeune dame ! L'homme vient d'Angoulême qui est dans le gouvernement du duc d'Epernon...

— Je ne le connais pas.

— Nous si ! Depuis l'assassinat du feu roi Henri III – qui n'était pas aussi mauvais qu'on s'est plu à le répandre ! – il n'a jamais aimé personne que lui-même et n'a d'autre but dans la vie qu'accumuler les biens de toutes sortes ! Plus arrogant que lui ne se peut trouver ! En le recommandant à son successeur, Henri III, qui s'illusionnait sur son compte, lui a fait – sans le savoir ! – un cadeau empoisonné. Quant aux « bons pères » auxquels l'individu a fait allusion, il ne peut s'agir que des Jésuites qui ont, là-bas, une maison prospère...

— Mais le Roi a été sacré par l'Eglise ?

— Oh ! ce détail ne les dérange pas ! Et pas davantage que le Roi les ait rappelés et rétablis dans leur puissance après dix années d'exil que leur avait valu l'attentat de Jean Chastel, un de leurs élèves ! Pour eux, Henri n'est qu'un parpaillot converti pour régner. Et ils n'avaient été bannis que d'une partie du royaume. Vous voyez que ce dialogue « sans importance » que vous avez surpris en a sûrement plus que vous ne le supposez ! Et, à propos d'Epernon, vous devez connaître l'une des dames de la Reine qui s'appelle du Tillet ? On dirait même que le souvenir n'est pas fameux ? ajouta-t-il en voyant Lorenza ébaucher une grimace.

— En effet ! C'est elle qui m'a pour ainsi dire « enlevée » de l'ambassade de Toscane ! Et sans ménagement !

— Elle est la maîtresse d'Epernon !

— Et je l'ai vue venir à l'hôtel d'Entragues !

— Là vous comprenez ! triompha le baron. En tout cas, ce qui est important aussi c'est l'allusion au sacre de la Reine !

— Il semble qu'il n'y ait pas beaucoup de chances ! intervint sa sœur. Il paraît que le Roi ne veut pas en entendre parler et si sa bonne épouse en est à faire la cuisine dans ses appartements...

— Vous savez bien qu'elle est à moitié idiote ! Elle est enceinte, ce qui la met à l'abri de tout attentat. En admettant que son époux souhaite sa mort – ce que je ne croirai jamais, il aime trop ses enfants pour risquer d'en abîmer un ! Quant au sacre – qu'elle ne cesse de réclamer, je vous l'accorde ! –, il est peut-être plus proche que nous ne le pensons.

— Pour célébrer la naissance attendue ?

— Ou au cas où nous aurions la guerre ! Et sur ce, si nous abandonnions ces gens pour procéder à l'installation de... Lorenza ! conclut-il en tendant à la jeune fille une main où elle mit la sienne avec un sourire.

D'invitée, celle que l'on rejetait se changea rapidement en membre à part entière de Courcy... Elle s'y intégra comme la pierre tombée d'un mur qu'un maçon soigneux scelle à nouveau, avec un naturel qui ne laissa pas de la surprendre. C'était un peu comme si elle rentrait chez elle après un long et pénible voyage : une délicieuse impression de délassement et d'insouciance ! Le port tant désiré peut-être ?

Le charme du château opérait toujours. Plus élégante que vraiment fastueuse – l'or n'y coulait pas de la moindre corniche ou si peu ! –, la nouvelle demeure n'entassait pas meubles et bibelots précieux comme chez la Reine ou chez Mme de Verneuil mais donnait à chacun la place qui lui convenait le mieux pour le mettre en valeur et nuançait les couleurs selon l'effet que l'on en attendait.

En outre, le baron Hubert et ses jardiniers ne la laissaient pas manquer de fleurs que l'orangerie fournissait en abondance en attendant les beaux jours.

D'emblée, elle avait adoré sa chambre. Située dans l'une des tours, elle ouvrait par deux balcons sur l'étang aux cygnes. Ses tentures de brocart jaune soleil orné de passementeries blanches renvoyaient la lumière qui entrait à flots. Il y avait des livres dans une petite bibliothèque, des lilas blancs dans un vase, des flacons de parfum sur une table à coiffer, une cheminée de marbre blanc et, dans un cabinet voisin, des commodités en faïence ainsi que, encastré dans un mur, un vaste placard pour le rangement des vêtements. Les coffres à bagages prenaient, une fois vidés, le chemin des greniers. La jeune Guillemette qui avait à peu près l'âge de Lorenza veillait sur tout cela à l'entière satisfaction de celle-ci parce qu'elle avait en permanence le sourire aux lèvres et savait coiffer à la perfection.

Au fil des jours, l'invitée put constater que, loin d'être isolé, Courcy entretenait des relations avec les châteaux des environs. Et en particulier Chantilly, propriété royale mais assez mal entretenue du connétable de Montmorency qui, s'il était trop ladre pour recevoir, aimait beaucoup venir partager le pain et le sel avec son vieil ami Courcy, ce qui lui permettait de jouir de sa cuisine – et surtout de sa cave ! – sans débourser un liard. En échange, on ne manquait jamais de nouvelles au château, ce qui expliquait comment, sans bouger de chez lui, le baron Hubert était au courant de tout ce qui se passait à la Cour. Par Montmorency lui-même, qui, s'il s'y rendait rarement, était renseigné par sa belle-sœur, la duchesse d'Angoulême, celle-ci faisant volontiers le voyage entre son hôtel de la rue Pavée et le domaine familial, s'arrêtant parfois à Courcy pour déverser ses soucis dans le giron compatissant de la comtesse Clarisse...

Dans ces cas-là, Lorenza ne se montrait pas. Consciente d'une situation un peu en porte-à-faux et soucieuse de laisser oublier au plus vite la tourmente qui avait failli l'emporter, elle avait obtenu sans peine de se retirer chez elle lorsque quelqu'un venait. Elle se refusait, en effet, à être présentée en tant que marquise de Sarrance et son nom florentin ne devait pas être complètement effacé des mémoires.

— Et baronne de Courcy, cela ne vous tenterait pas ? lança un soir le baron en prenant un air finaud qui attira la réaction immédiate de sa sœur.

— Je sais que vous êtes têtu comme un âne rouge, Hubert, mais j'aimerais ne pas être obligée de vous rappeler que nous avons promis à Lorenza – comme d'ailleurs à Thomas ! – de la traiter en fille de la maison mais sans essayer le moins du monde de lui en faire accepter le statut réel ?

Il fit le dos rond et lui offrit un regard de chien battu :

— Je sais, je sais, Clarisse ! Mais on a le droit de rêver.

— Rêvez tant que vous voulez mais en silence !

La main de la jeune fille vint alors se poser sur celle de son hôte :

— Une fille ne pourrait vous aimer plus que je vous aime, dit-elle avec douceur. Vous me donnez la vie que je souhaitais en venant en France.

C'était la simple vérité ! En dehors du temps accordé au sommeil, il ne se passait pas une minute dans la journée où elle n'était pas avec l'un ou l'autre de ses commensaux. Sous l'égide d'Hubert, elle s'appliquait à la botanique, s'initiait aux plantes et à leurs vertus, le regardait procéder à des croisements de plantes ou encore, dans la librairie, lisant avec lui un texte qu'il appréciait particulièrement ou faisant elle-même des découvertes parmi les centaines de volumes amassés là depuis des lustres. Avec la comtesse Clarisse, elle s'adonnait à la musique, apprenait à jouer de la guitare et du luth, visitait les alentours, bavardait de choses et d'autres tout en brodant une chasuble somptueuse destinée à l'abbé Joufflot, le curé du village voisin. Elle avait réappris à rire, à chanter et les jours passaient sans même qu'elle s'en rende compte. Tous ensemble, on commentait les nouvelles qu'apportaient lettres ou visiteurs. La situation apparemment ne s'améliorait pas : le Roi trépignait en attendant la dispense papale nécessaire pour marier d'aussi proches cousins que Condé et Charlotte, ouvrait largement sa bourse pour constituer un trousseau convenable à une future princesse de Condé, Mme d'Angoulême lui ayant appris, en effet, qu'à cause de l'avarice du connétable, elle manquait de tout et ne possédait « même pas une chemise de rechange ».

Le 17 mai, enfin, les Courcy, frère et sœur, magnifiquement accommodés, montèrent dans leur plus beau carrosse pour se rendre à Chantilly où le mariage de Charlotte devait avoir lieu « dans l'intimité ». Ils s'étaient fait précéder d'un beau collier de perles destiné à la mariée.

Quand ils rentrèrent assez tard le soir, ils en riaient encore :

— Ça, pour de l'intimité, c'en était ! confia le baron Hubert à Lorenza qui les avait attendus. Il y avait la famille et nous, un point c'est tout ! Une vraie noce de campagne à cette différence près qu'à celles-là on dispense généreusement les produits de la ferme et le vin ! Chauvin, ajouta-t-il à l'adresse de son majordome, faites-nous donc servir un petit en-cas, la comtesse et moi sommes presque morts d'inanition !

— Le Roi n'était pas présent ?

— Ni la Reine ni la Cour. Tout le monde est à Fontainebleau où l'on prépare les noces de César de Vendôme, l'aîné des fils que le Roi a eus de Gabrielle d'Estrées, avec Françoise de Lorraine, commenta Mme de Royancourt. Nous étions les seuls invités « extérieurs ».

— La mariée était belle au moins ?

— Exquise ! Et parée à ravir ! Je n'en dirai pas autant du jeune Condé. Il était visiblement d'une humeur de chien... d'un chien de manchon, j'entends... et cela ne l'arrangeait pas ! Je me demande à quelle nuit de noces la pauvre enfant va avoir à se soumettre ?

— Ne vous tourmentez pas pour ça ! fit son frère. Il m'étonnerait qu'il lui fasse grand mal. C'est tout juste s'il l'a regardée deux fois. Quant à la jeune Charlotte, elle avait dans l'œil une lueur de défi fort peu prometteuse d'accomplissements éblouissants. Elle aurait, paraît-il, fait serment de ne se donner qu'au Roi ! Cela dit, si l'on ne s'est pas gobergé, c'était un mariage assez gai ! On a dansé ! Même nous et même le vieux Montmorency et Mme d'Angoulême. Enfin, voilà qui est fait ! soupira-t-il en se laissant aller dans un fauteuil. Reste à attendre la suite du roman ! Que regardez-vous donc, Clarisse ?

Elle s'était approchée, pendant qu'il pérorait, d'une des fenêtres ouvertes :

— Nos jardins si beaux ! Ils débordent de fleurs ; c'est un enchantement alors que ceux de Chantilly sont à peine entretenus ! Quelle pitié !

— Quelle honte, oui ! Je m'échine à chapitrer Montmorency sur le sujet ! Il est loin d'être miséreux pourtant et je suis persuadé qu'il empile les sacs d'écus dans un coin. Enfin, il faut espérer que son fils saura les trouver !

— Il n'a que quatorze ans mais c'est un bien charmant garçon ! Je suis sûre qu'il aura du succès auprès des dames ! affirma Clarisse d'un ton rêveur.

— Ne vous inquiétez pas, il en a déjà ! fit le baron d'un ton moqueur. Allons Clarisse ! Contentez-vous de votre neveu ! Thomas aussi est un charmant garçon !

— Et qui prétend le contraire ? J'aime énormément Thomas et vous le savez ! Je regrette seulement de ne pas le voir plus souvent...

Elle rougit soudain, consciente qu'elle venait de gaffer, mais Lorenza sourit :

— J'espère, dit-elle, que ce n'est pas ma présence à Courcy qui le retient à l'écart. J'en serais sincèrement désolée... et d'autant plus que l'occasion ne m'a pas été donnée de lui exprimer ma profonde gratitude. Il m'a sauvée par deux fois et en prenant des risques inouïs. J'aimerais... j'aimerais pouvoir le lui dire !

— En vérité ?

Le visage de Clarisse venait de s'illuminer :

— En vérité ! Moi aussi je pense qu'il est charmant !

— Alors je vais lui écrire ce soir même !

— Allez plutôt vous coucher ! conseilla gracieusement son frère. Vous avez dansé comme une folle ! Moi aussi d'ailleurs ! Vous écrirez demain matin !

Pourtant les jours continuèrent de couler sans ramener le jeune homme. En revanche, on vit beaucoup Mme d'Angoulême fort inquiète de la tournure que prenait le mariage de sa nièce. Qu'il eût été consommé ou non était de peu d'importance. Mais le petit Condé développait à l'encontre de sa ravissante épouse une jalousie quasi maladive :

— Une jalousie sans amour ! déplora-t-elle. La pire de toutes car elle ne ménage pas notre

Charlotte ! Refusant toujours de la mener à Fontainebleau, il la tient sous bonne garde à Paris !

— Et elle ? Comment réagit-elle ? demanda la comtesse. Elle pleure ?

— Point du tout ! Elle tient tête et elle écrit ! Des lettres absolument passionnées où elle appelle son soupirant « Astre que j'adore ». Vous vous rendez compte ?

— C'est assez surprenant mais il faut croire qu'elle l'aime. Ce sont des choses qui arrivent. Mais si le prince fait si bonne garde, comment ces missives parviennent-elles à leur destinataire ?

— Par mon entremise, évidemment ! Et par celle d'un ou deux serviteurs fidèles ! A l'exception de la Reine qui enfle à vue d'œil, il n'est personne à la Cour qui ne soit prêt à se dévouer pour favoriser de si belles amours ! Au cas où Henri irait jusqu'au bout de son propos en la faisant reine de France !

— Et lui ? Comment réagit-il ?

— Outre qu'il convoque régulièrement Condé pour l'abreuver d'injures et lui annoncer qu'il ne lui donnera plus un écu, il se comporte comme un amoureux d'une chanson de geste, soigne sa toilette comme il ne l'a jamais fait et se livre à toutes les folies que lui inspire sa passion. Imaginez que voici une semaine il est allé se cacher sous le balcon de Charlotte, afin de l'apercevoir. Prévenue, naturellement, elle s'est montrée audit balcon, ses magnifiques cheveux épars sur les épaules, entre deux femmes portant des chandelles allumées. Il a failli s'évanouir à cette vue.

— Et elle ?

— Elle était ravie et s'est mise à rire. « Mon Dieu qu'il est fou ! » s'est-elle écriée avant de lui envoyer des baisers du bout des doigts et aussi son mouchoir. Lui, de son côté, lui fait tenir des vers que ne cesse de composer son poète Malherbe ! Nous nageons en plein roman, vous dis-je ! Mais moi je trouve cela plutôt amusant...

— Amusant, amusant ! grogna le baron après le départ de la duchesse. Il faut être une femme pour trouver cette situation drôle ! Surtout avec quelqu'un d'aussi teigneux que le petit Condé ! Moi, je n'aime pas beaucoup qu'Henri perde à ce point la raison et joue les damerets pour une jouvencelle sûrement flattée d'être la cause de tout ce tintouin...

— Il en a fait d'autres ces dernières années, plaida sa sœur, indulgente. Et c'est sans doute son dernier amour.

— Peut-être, mais le moment est mal choisi quand des rumeurs de guerre nous arrivent des frontières.

En effet, depuis le mois de mars, la mort sans héritier du duc de Clèves et de Juliers, abandonnant ses riches duchés et comtés de Juliers, Clèves, Berge, La Marck, Ravensberg et Ravenstein, offrait une proie de choix à l'appétit de ses puissants voisins. D'autant plus que ces territoires occupaient une position stratégique idéale entre la France, la Hollande, les Pays-Bas espagnols et l'Allemagne rhénane. L'équilibre entre catholiques et protestants en Allemagne dépendrait du nouveau souverain.

Le catholique empereur Rodolphe – comme il en avait le droit d'ailleurs – avait mis l'héritage sous séquestre mais envoyé un peu trop de troupes pour ne pas inquiéter les princes allemands – protestants – candidats à l'élection. Or, ils étaient les alliés de la France – et de la Hollande ! – et celle-ci diligentait déjà une armée vers lesdites principautés. L'investissement devait être complet à la fin de cette année 1609.

— Cela signifie qu'en attendant l'élection, notre Béarnais va déclarer la guerre aux Habsbourg d'Autriche, d'Espagne et des Pays-Bas, conclut le baron. Une guerre qui sera considérée comme impie par la Reine, Epernon, les Jésuites et tous ceux du parti catholique inféodés au pape !

— C'est entendu, concéda la comtesse sur le mode apaisant, mais je ne vois pas ce que la divine Charlotte et son triste époux viennent fabriquer là-dedans ?

— Oh, c'est simple : Condé songerait à se réfugier aux Pays-Bas avec sa trop séduisante épouse et à se mettre sous la protection de l'archiduc Albert si on ne le laisse pas tranquille. Il va d'un château ami à un autre mais il est toujours surveillé... Et maintenant Lorenza, venez donc avec moi ! Il faut que nous allions à l'orangerie voir où en sont nos derniers greffons !

Thomas arriva le lendemain soir.

Le galop de son cheval fit lever les yeux de Lorenza qui lisait sur le balcon de sa chambre. D'un geste machinal, elle referma son livre pour s'accouder sur l'appui et le regarder approcher. Le soleil à son déclin était encore chaud. Le jeune homme avait ôté son pourpoint et chevauchait tête nue pour mieux profiter du vent de la course. L'ayant aperçue, il leva un bras afin de la saluer et elle lui répondit spontanément, un peu étonnée de se sentir tout à coup plus joyeuse !

Ce n'était pas faute, pourtant, de s'être interrogée à son sujet. Il avait trop fait pour elle et il dégageait trop de joie de vivre pour qu'elle n'éprouve pas pour lui une amitié réelle mais son image, occultée par celle d'Antoine de Sarrance, demeurait un peu floue. Cette fois, elle le voyait nettement et surtout ne voyait que lui : ce « lion », crinière au vent, dont elle pouvait distinguer à présent le grand sourire à belles dents blanches était un magnifique cavalier que plus d'une fille, sans doute, souhaiterait s'attacher. Or c'était elle qu'il aimait et elle le savait...

Sans plus réfléchir, elle s'élança pour le rejoindre, sortit de sa chambre et courut vers l'escalier, mais s'arrêta au moment de s'y engager. Elle n'avait pas le droit de priver ses parents de ce premier instant de retrouvailles ! Clarisse, relevant ses jupes à pleines mains, traversait déjà le vestibule aussi vite que lui permettaient ses pieds menus dont elle était fière et qu'elle chaussait peut-être un peu à l'étroit. Elle disparut dans la cour cependant que tout le château se mettait à bruisser et qu'éclatait au-dehors la voix de basse-taille du baron. La maison entière, relayant le salut allègre des jardiniers, accueillait le jeune maître !

En descendant l'escalier à pas comptés, la jeune fille s'intégra sans même en avoir conscience à la joie générale et quand Thomas apparut enfin à l'entrée entre son père et sa tante accrochée à son bras, ce fut sans hésitation qu'elle alla à sa rencontre les deux mains tendues.

— Enfin vous voilà ! dit-elle gaiement. Vous n'imaginez pas comme je suis heureuse de vous voir !

Il s'inclina pour prendre les mains offertes qu'il baisa l'une après l'autre sous l'œil ravi de la famille. Son regard bleu étincelait de joie :

— Et moi donc ! Etre accueilli par ce beau sourire dans cette maison dont je sais qu'elle vous a adoptée est un vrai bonheur !

— Plus tard les bavardages ! brama le baron qui reniflait une larme discrète. Va te changer ! Tu sens la sueur et l'écurie ! On passera à table ensuite !

— Ce que vous pouvez être agaçant, Hubert ! morigéna sa sœur. Laissez-leur le temps de se dire bonjour !

— Je croyais que c'était déjà fait ? De surcroît, il ne va pas repartir tout de suite ! Tu nous restes un moment, mon garçon ?

— Deux jours, père.

— Pas plus ?

— Malheureusement non ! Encore en suis-je redevable à Monsieur de Sainte-Foy ! Le Roi bouge beaucoup en ce moment. Les chevau-légers aussi !

— Il a vraiment besoin d'un régiment pour courir sur les traces de sa belle ?

— Tout de même pas ! fit Thomas en riant, mais nous sommes quotidiennement en manœuvre au cas où...

— Où nous aurions la guerre. Tu le penses, toi ?

— A mon tour de dire : plus tard les bavardages ! intervint Clarisse. Ce garçon a besoin de se rafraîchir et nous avons faim ! assena-t-elle en passant son bras sous celui de Lorenza.

Ces deux jours défilèrent comme dans un rêve et Lorenza en goûta chaque instant. Le château n'engendrait guère la mélancolie en temps normal mais, avec Thomas, tout semblait s'épanouir et l'on n'y rencontrait que des visages souriants. Comment ne pas être à l'unisson ? A son égard, il était d'un naturel parfait, comme si elle avait appartenu à la famille depuis sa naissance. Il ne cherchait pas à s'isoler avec elle. Pas davantage à lui faire la cour. Et s'ils firent ensemble une promenade à cheval, ce fut au galop, une course née d'un défi qu'il eut la galanterie de lui laisser gagner. Ce qu'elle lui reprocha vertement.

En vérité, elle se sentait bien auprès de lui et, retirée aux heures de sommeil, elle s'interrogeait sur ce qu'elle éprouverait lors de son départ. Du regret sans aucun doute ! Alors pourquoi ne pas lui confier sa vie à demi brisée ? Pourquoi ne pas s'intégrer définitivement à cette famille qui lui avait ouvert les bras et où elle se plaisait tant... et plus encore quand elle était auprès de lui ?

L'envie de retourner à Florence l'avait quittée. Pour y trouver quoi ? Même le jardin des Murate avait perdu de son charme étouffé sous les roses que le baron Hubert faisait foisonner un peu partout. Il en était fou et ne cessait de rechercher de nouvelles espèces, se livrant à une alchimie compliquée pour laquelle, peu à peu, elle-même se passionnait. Pourquoi, enfin, ne pas rendre une part de la joie de vivre qu'on lui avait restituée ? Et la rendre pleinement : avec son cœur et avec son corps ! Elle ne marchanderait pas sachant que la venue d'un enfant les comblerait tous de bonheur ! Ce serait sans erreur possible la meilleure façon d'effacer le douloureux souvenir qu'elle portait en elle.

Aussi, le soir précédant le départ du jeune homme, elle lui proposa de faire quelques pas le long de l'étang. La nuit était tiède, constellée d'étoiles, romantique à souhait. Ils marchèrent plusieurs minutes côte à côte sans se parler. Thomas partait à l'aube. Il ne fallait pas gâcher cet instant mais les circonlocutions n'étaient pas dans la nature de Lorenza. C'est pourquoi elle dit sans préambule :

— Souhaitez-vous toujours faire de moi votre femme, Thomas ?

— Vous n'avez pas changé ? Alors moi non plus ! répondit-il d'une voix calme mais que l'émotion enrouait.

Ils s'étaient immobilisés l'un en face de l'autre et se turent. Ils se regardèrent un instant sans rien dire comme s'ils hésitaient au bord des mots mais, cette fois, ce fut lui qui rompit le silence :

— Je vous aime plus que jamais ! murmura-t-il. Assez pour respecter...

— Non, l'interrompit-elle en lui posant un doigt sur la bouche. Ce serait avilissant pour tous les deux. Au soir du mariage, je serai à vous tout entière, sans arrière-pensée, sans regret et, je crois, avec bonheur !

— Lorenza !... En vérité ?

— Prenez-moi dans vos bras, Thomas, serrez-les très fort... et ne les ouvrez plus jamais !

— Tant que je vivrai, Lorenza ! Tant que je...

Leur premier baiser étouffa le dernier mot...

Ce fut la veille du mariage que la lettre arriva portée par un messager à cheval qui la lança à un valet avant de repartir. Elle était adressée à donna Lorenza Davanzati et ne contenait que deux courtes phrases ainsi qu'un dessin reproduisant minutieusement la dague au lys rouge :

« Si tu l'épouses, il mourra comme les autres ! Tu seras à moi ou à personne ! »

Frappée au cœur mais sans un cri, elle s'écroula...

Saint-Mandé, janvier 2010

TABLE

DU MÊME AUTEUR

CHEZ PLON

Dans le lit des rois, 1983.
Dans le lit des reines, 1984.
Les Loups de Lauzargues :
  1. Jean de la nuit, 1985.
  2. Hortense au point du jour, 1985.
  3. Felicia au soleil couchant, 1987.
Le Roman des châteaux de France :
  1. 1985.
  2. 1986.
  3. 1987.
La Florentine :
  1. Fiora et le Magnifique, 1988.
  2. Fiora et le Téméraire, 1989.
  3. Fiora et le pape, 1989.
  4. Fiora et le roi de France, 1990.
Le Boiteux de Varsovie :
  1. L'Etoile bleue, 1994.
  2. La Rose d'York, 1995.
  3. L'Opale de Sissi, 1996.
  4. Le Rubis de Jeanne la Folle, 1996.
Secret d'Etat :
  1. La Chambre de la Reine, 1997.
  2. Le Roi des Halles, 1998.
  3. Le Prisonnier masqué, 1998.
Les Emeraudes du prophète, 1999.
Le Jeu de l'amour et de la mort :
  1. Un homme pour le Roi, 1999.
  2. La Messe rouge, 2000.
  3. La Comtesse des ténèbres, 2001.
La Perle de l'Empereur, 2001.
Les Chevaliers :
  1. Thibaut ou la Croix perdue, 2002.
  2. Renaud ou la Malédiction, 2003.
  3. Olivier ou les Trésors templiers, 2003.
Les Joyaux de la sorcière, 2004.
Marie des intrigues, 2004.

Marie des passions, 2005.
Les « Larmes » de Marie-Antoinette, 2006.
Le Collier sacré de Montezuma, 2007.
L'Anneau d'Atlantide, 2009.

AUX ÉDITIONS JULLIARD

Les Dames du Méditerranée-Express :
1. La Jeune Mariée, 1990.
2. La Fière Américaine, 1991.
3. La Princesse mandchoue, 1991.

Les Treize Vents :
1. Le Voyageur, 1992.
2. Le Réfugié, 1993.
3. L'Intrus, 1993.
4. L'Exilé, 1994.

AUX ÉDITIONS CHRISTIAN DE BARTILLAT

Cent ans de vie de château, 1992.
Un aussi long chemin, 1995.
De deux roses l'une, 1997.
Reines tragiques, 1998.
Tragédies impériales, 2000.
Elles ont aimé, 2001.
Des maris pas comme les autres, 2004.
Suite italienne, 2005.
Les Chemins de l'Aventure, 2006.

CHEZ PERRIN

Le Sang des Koenigsmark :
1. Aurore, 2006.
2. Fils de l'Aurore, 2007.

Le Temps des poisons :
1. On a tué la Reine !, 2008.
2. La Chambre du Roi, 2009.

Cet ouvrage a été imprimé en France par

CPI
BUSSIÈRE

à Saint-Amand-Montrond (Cher)
en avril 2010

N° d'édition : 14543. – N° d'impression : 101276/1.
Dépôt légal : mai 2010.